Lindsey Davis wuchs in Birmingham auf und studierte in Oxford, um danach als Beamtin zu arbeiten. Nach dreizehn Jahren im Staatsdienst kündigte sie und begann zu schreiben. Mit den »Silberschweinen« gelang ihr auf Anhieb ein Bestseller.

Lindsey Davis

Silberschweine

Roman

Knaur

Dieses Buch wurde auf chlor- und säurefreiem Papier gedruckt.

Vollständige Taschenbuchausgabe April 1993
Droemersche Verlagsanstalt Th. Knaur Nachf., München

Aus dem Englischen von Reinhard Kaiser

Titel der Originalausgabe »The Silver Pigs«
Originalverlag Sidgwick & Jackson Ltd., London
Umschlaggestaltung Graupner + Partner, München
Umschlagfoto Archiv für Kunst und Geschichte, Berlin
Satz Ventura Publisher im Verlag
Druck und Bindung Elsnerdruck, Berlin
Printed in Germany
ISBN 3-426-60023-4

2 4 5 3

Für Richard

Das Imperium

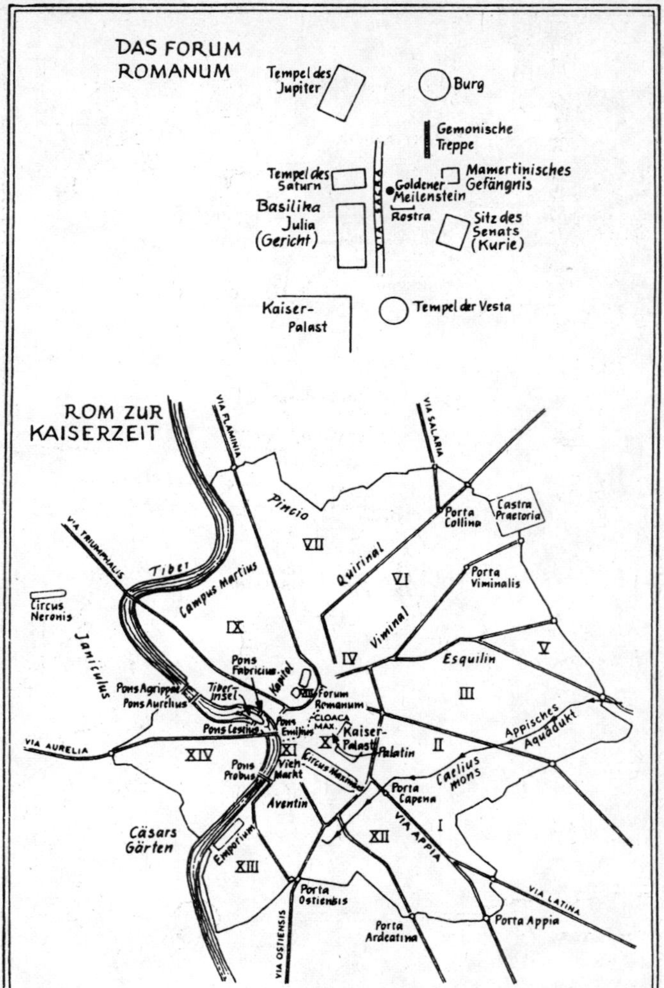
DAS FORUM ROMANUM
Tempel des Jupiter
Burg
Gemonische Treppe
Tempel des Saturn
Mamertinisches Gefängnis
Goldener Meilenstein
Basilika Julia (Gericht)
VIA SACRA
Rostra
Sitz des Senats (Kurie)
Kaiser-Palast
Tempel der Vesta
ROM ZUR KAISERZEIT
VIA FLAMINIA
VIA SALARIA
Pincio
Porta Collina
Castra Praetoria
VIA TRIUMPHALIS
VII
Quirinal
Porta Viminalis
Tiber
Campus Martius
VI
Circus Neronis
IX
Viminal
V
Janiculus
IV
Esquilin
Pons Fabricius
Kapitol
III
Pons Agrippae
Tiber-insel
VIII
Forum Romanum
Pons Aurelius
CLOACA MAX.
Pons Cestius
Pons Emilius
Kaiser-Palast
Appisches Aquädukt
VIA AURELIA
XIV
XI
X
Palatin
II
Pons Probus
Vieh-Markt
Circus Maximus
Caelius mons
Porta Capena
Aventin
Cäsars Gärten
XII
VIA APPIA
I
Emporium
XIII
Porta Ostiensis
VIA LATINA
Porta Appia
Porta Ardeatina
VIA OSTIENSIS

Rom

Dramatis Personae

Im Kaiserlichen Palast

Vespasian Augustus:	Ein gutmütiger alter Knabe, tauchte aus dem Nichts auf und machte sich zum Kaiser von Rom.
Titus Cäsar:	Dreißig, Vespasians älterer Sohn; beliebt und brillant.
Domitian Cäsar:	Zwanzig, Vespasians jüngerer Sohn; weniger beliebt und weniger brillant.

In der Regio I (Bezirk Porta Capena)

Decimus Camillus Verus:	Ein Senator (Millionär).
Julia Justa:	Die ehrwürdige Frau des Senators.
Helena Justina:	Die Tochter des Senators, dreiundzwanzig, seit kurzem geschieden: eine vernünftige junge Frau.
Publius Camillus Meto:	Der jüngere Bruder des Senators; tätig im Import/Export-Handel.
Sosia Camillina:	Metos Tochter, sechzehn. Blond, schön und deshalb nicht verpflichtet, vernünftig zu sein.
Naïssa:	Helena Justinas Magd mit den großen Augen ...

Gnäus Atius Pertinax:	Ein junger Beamter im Rang eines Ädilen (Spezialgebiet: Disziplin).

In der Regio XIII (Aventinischer Bezirk)

Marcus Didius Falco:	Privatermittler mit republikanischen Ansichten.
Falcos Mutter:	Eine Mutter mit Ansichten über alles und jedes.
Didius Festus:	Falcos Bruder. Nationalheld (verstorben).
Marcia:	Drei, die Tochter von Falcos Bruder.
Petronius Longus:	Hauptmann der Aventinischen Wache.
Lenia:	Eine Wäscherin.
Smaractus:	Ein Immobilienspekulant; außerdem Besitzer einer Gladiatorenschule.

In anderen Teilen Roms

Astia:	Ein Kutscherliebchen.
Julius Frontinus:	Ein Hauptmann der Prätorianergarde.
Glaucus:	Ein Mann aus Kilikien. Besitzer eines ehrbaren Sportzentrums. Ein ungewöhnlicher Charakter.
Ein Glühweinkellner:	(Anrüchig).
Ein Wachmann:	(Betrunken).
Das Pferd eines Gärtners:	(Befinden unbekannt).

In Britannien

Gaius Flavius Hilaris:	Kaiserlicher Prokurator der Finanzverwaltung, in dessen Verantwortungsbereich auch die Silbergruben fallen.
Älia Camilla:	Die Frau des Prokurators, die jüngste Schwester des Senators Camillus Verus und seines Bruders Publius.
Rufrius Vitalis:	Zenturio a.D. der Zweiten Augusteischen Legion, lebt im Ruhestand in Isca Dumnoniorum.
T. Claudius Triferus:	(Ein Brite). Verwalter der Kaiserlichen Silbermine von Vebiodunum in den Mendip-Bergen.
Cornix:	Ein Sadist. Sklavenaufseher in der Kaiserlichen Silbermine.
Simplex:	Sanitätsoffizier der Zweiten Augusteischen Legion in Glevum (Spezialgebiet: Chirurgie).

Einleitung

Rom: 70 n. Chr.

Eine Stadt im Aufruhr, denn mit dem Tod Neros war die von Augustus Cäsar begründete Dynastie erloschen.

Eine Stadt, die über ein gewaltiges Imperium herrschte: den größten Teil Europas, Nordafrika und Teile des Nahen Ostens. Kaiser Claudius (unterstützt von einem unbekannten jungen General namens Vespasian) hatte einige Zeit zuvor sogar schon den Fuß in eine wüste Gegend gesetzt, die den Römern immer aufs neue namenlosen Schrecken einflößte: Britannien! Dreißig Jahre später ging jener Vespasian siegreich aus dem Machtkampf um die Nachfolge Neros hervor.

Rom hatte einen erbitterten Bürgerkrieg hinter sich. Das Reich drohte aus den Fugen zu geraten. Die Staatskasse war bankrott. Vespasian mußte seine Kritiker in dieser Situation davon überzeugen, daß er und seine beiden Söhne, Titus und Domitian, die besten Hoffnungen auf Frieden und eine gute Regierung verkörperten.

Auch in Britannien, das sich langsam vom Aufstand der Königin Boudicca erholte, zeigten sich die üblen Folgen von Neros nachlässiger Verwaltung. Wichtige Schürfrechte, darunter auch die in der bedeutendsten kaiserlichen Silbermine in den Mendip-Bergen, wurden an einheimische Unternehmer verpachtet. Die Gruben wurden schlecht geführt: Vor einigen Jahren fand man vier gestohlene Barren, im 1. Jahrhundert n. Chr. in Charterhouse mit einem amtlichen Stempel versehen und nachher

unter einem Steinhaufen versteckt. Wer hatte sie gestohlen und so sorgfältig versteckt, um dann nie wieder zurückzukehren? Und welche Folgen hatte dieser Diebstahl im fernen Britannien für den neuen Kaiser Vespasian, der in Rom um die Festigung seiner Position kämpfte?
Marcus Didius Falco – der das Kaisertum mißbilligte und dennoch auf seine Weise dem Staat diente - kannte die Wahrheit ...

Teil I

Rom

Sommer – Herbst, 70 n. Chr.

Kapitel 1

Das Mädchen, das da die Treppe heraufgestürmt kam, hatte für mein Gefühl viel zuviel an.

Es war Spätsommer. Rom brutzelte wie ein Pfannkuchen auf dem Backblech. Die Leute schnürten sich die Schuhe auf, mußten sie aber anbehalten. Selbst ein Elefant hätte diese Straßen nicht ohne Schuhe überqueren können. Die Menschen fläzten sich auf Schemeln in schattigen Hauseingängen, die Knie gespreizt und nackt bis zur Taille – und in den Seitenstraßen des Aventinischen Bezirks, wo ich wohnte, waren das vor allem die Frauen.

Ich stand auf dem Forum. Sie rannte. Sie sah zu schick aus, und die Hitze bekam ihr ganz und gar nicht. Aber bis jetzt war ihr die Puste nicht ausgegangen. Sie glänzte wie ein glasierter Hefezopf, und als sie die Stufen des Saturntempels heraufgestürmt kam, direkt auf mich zu, machte ich keinen Versuch, ihr aus dem Weg zu gehen. Trotzdem verfehlte sie mich – knapp. Manche kommen als Glückspilze auf die Welt, andere heißen Didius Falco.

Aus der Nähe fand ich erst recht, daß ihr weniger Tunika besser gestanden hätte. Aber verstehen Sie mich bitte nicht falsch. Ich mag es, wenn Frauen ein paar Fetzen am Leib haben: immerhin kann ich dann hoffen, sie ihnen abzustreifen. Wenn sie hingegen von vornherein ohne alles kommen, wirkt das auf mich in aller Regel eher deprimierend, denn entweder sie haben sich kurz vorher für einen anderen ausgezogen, oder, und in meinem

Beruf ist das der häufigere Fall, sie sind tot. Diese hier war quicklebendig.
In einem hübschen Landhaus mit Marmortäfelung und dem einen oder anderen Springbrunnen inmitten von tiefen, schattigen Gärten hätte eine müßige junge Dame vielleicht etwas Kühle finden können, selbst wenn sie sich in allerlei bestickten Putz hüllte und ihr die Gagat- und Bernsteinarmreifen vom Ellbogen bis zum Handgelenk reichten. Aber sobald sie nach draußen ging und obendrein auch noch rannte, war es damit vorbei. Unter der Hitze mußte sie zerfließen. Die leichten Gewänder klebten an sämtlichen Linien ihrer schlanken Figur. Das helle Haar pappte in peinigenden Strähnen an ihrem Hals. Die Füße gerieten auf den nassen Sohlen ihrer Sandalen ins Rutschen, und ganze Rinnsale von Schweiß ergossen sich an ihrem heißen Hals hinab in die interessanten Gefilde unter all diesen Textilien …
»Entschuldigung«, keuchte sie.
»*Ich* bitte um Entschuldigung!«
Sie wollte einen Bogen um mich machen; ich trat höflich zur Seite. Sie wich aus; ich wich aus. Ich war auf das Forum gekommen, um meinem Bankier einen Besuch abzustatten, jedesmal ein bedrückendes Erlebnis. Ich begrüßte diese glühende Erscheinung mit dem Eifer eines Mannes, dem jeder Ärger recht ist, wenn er dadurch nur auf andere Gedanken kommt.
Sie war ein schmales Püppchen. Mir waren große Frauen am liebsten, aber ich machte kein Dogma draus. Sie war wahnsinnig jung. Ich hatte es damals eher mit den älteren – aber auch sie würde heranwachsen, und warten hatte ich gelernt. Während wir so auf den Stufen herumtänzelten, warf sie einen Blick über die Schulter zurück – in Panik. Zuerst bestaunte ich noch diese wohlgeformte Schulter, dann sah ich ebenfalls über sie hinweg und war wie vom Schlag gerührt.
Sie kamen zu zweit. Zwei widerliche Fettwänste, die aussahen wie Knastbrüder, beide so breit, wie sie hoch waren, schoben

sich durch das Menschengewühl auf sie zu. Sie waren kaum zehn Schritte entfernt. Die Kleine bekam es offensichtlich mit der Angst.

»Lassen Sie mich vorbei!« flehte sie.

Ich überlegte, was ich tun sollte. »Manieren heutzutage!« sagte ich in tadelndem Ton, als die beiden klobigen Finsterlinge nur noch fünf Schritte entfernt waren.

»Lassen Sie mich vorbei!« schrie sie. Sie war einfach hinreißend. Das Forum bot den üblichen Anblick. Gleich links von uns das Staatsarchiv und der Kapitolshügel; rechts das Gericht und weiter unten an der Via Sacra der Kastor-Tempel. Gegenüber, auf der anderen Seite der Rednertribüne aus weißem Marmor, das Senatsgebäude. Alle Säulenhallen waren überfüllt von Schlachtern und Bankiers, überall drängten schwitzende Menschenmassen, hauptsächlich Männer. Über den Platz dröhnten die Flüche der ihren Herren vorausmarschierenden Sklavenriegen, die einander fortwährend ins Gehege kamen, wie bei einer schlecht organisierten Militärparade. In der siedenden Luft hing der Geruch von Knoblauch und Pomade.

Das Mädchen sprang zur Seite; ich glitt in die gleiche Richtung. »Soll ich Ihnen den Weg erklären, mein Fräulein?« fragte ich hilfsbereit.

Sie war zu verzweifelt, um sich noch zu verstellen. »Ich brauche Polizeischutz.« Noch drei Schritte: unsere Möglichkeiten wurden jetzt schnell knapper ... Ihre Miene veränderte sich.

»Nein, *helfen Sie mir!*«

»Mit Vergnügen!«

Ich nahm die Sache in die Hand. Ich hakte sie unter und riß sie zur Seite, als der erste Fettwanst gerade zum Sprung ansetzte. Aus der Nähe sahen sie noch klobiger aus, und das Forum gehörte nicht zu den Gegenden, wo ich irgendwelche Hilfstruppen mobilisieren konnte. Dem ersten Schläger pflanzte ich die Sohle meines Schuhs vor die Brust und streckte dann mit aller Kraft das Bein durch. Ich spürte, wie es im Knie knirschte, aber

der Halunke taumelte rückwärts, rempelte in seinen Kollegen hinein, und nun schwankten sie beide wie zwei untalentierte Akrobaten. Ich überlegte, wie ich ihnen ein bißchen Ablenkung verschaffen konnte.
Die Treppen waren wie immer bevölkert von illegalen Wettbrüdern, und auf den Absätzen hatten sich Marktstände breitgemacht, die allerlei überteuerte Waren feilboten. Ich überlegte, ob ich mir ein paar Melonen schnappen sollte. Aber aufgeplatzte Früchte machen dem Händler ein Loch in die Kasse. Ich hatte selbst ein Loch in der Kasse und entschied mich deshalb für das geschmackvolle Kupfergeschirr. Ein leichter Stoß mit der Schulter – und der komplette Stand kippte. Das Gekrächz des Verkäufers ging unter im Geschepper der Kannen, Krüge und Vasen, die mit einem Beulen-Tempo die Tempelstufen herunterpolterten, gefolgt von ihrem verzweifelten Besitzer und einer Anzahl rechtschaffener Passanten, die hofften, an diesem Abend mit einer neuen, hübsch kannelierten Obstschale unter dem Arm nach Hause zu kommen.
Ich packte das Mädchen und riß sie die restlichen Tempelstufen hoch. Es blieb uns wenig Zeit, die ehrwürdige Schönheit des ionischen Portikus zu bewundern. Ich zerrte sie zwischen den Säulen hindurch ins Innere des Heiligtums. Sie zeterte; aber ich ließ nicht los und stürmte mit großen Schritten weiter. Es war so kühl, daß wir zu frösteln begannen, und so dunkel, daß ich ins Schwitzen geriet. Der Raum war von einem alten, genauer gesagt: uralten Geruch erfüllt. Unsere Schritte hallten über den alten Steinfußboden.
»Darf ich überhaupt hier rein?« zischte sie.
»Mach ein frommes Gesicht – wir sind richtig!«
»Aber raus kommen wir hier nicht mehr!«
Wenn Sie sich mit Tempeln auskennen, wissen Sie, daß die nur einen einzigen prächtigen Eingang haben, und zwar vorne. Wenn Sie sich mit Priestern auskennen, wird Ihnen aufgefallen sein, daß sich diese Leute meistens ein diskretes Türchen offen-

halten, und zwar hinten. Die Priester des Saturn enttäuschten uns nicht.
Ich brachte sie auf der Seite der Rennbahn nach draußen und schlug den Weg nach Süden ein. Aus dem Regen war das arme Mädchen direkt in die Traufe geraten, oder vielmehr aus der Arena in die Löwengrube. Ich galoppierte mit ihr durch dunkle Gassen und um stinkende Ecken, vertrauteren Gefilden entgegen.
»Wo sind wir hier?«
»Im Dreizehnten Bezirk, dem Aventinischen. Südlich vom Circus Maximus, vor uns liegt die Via Ostiensis.« Das war ungefähr so beruhigend, wie wenn der Hai die Flunder angrinst. Vor Gegenden wie dieser hatte man sie bestimmt oft genug gewarnt. Und wenn ihre liebevollen alten Kindermädchen etwas von ihrem Job verstanden, dann hatten sie sie bestimmt auch vor Kerlen wie mir gewarnt.
Nachdem wir die Via Aurelia überquert hatten, ging ich langsamer, zum einen weil ich mich nun auf dem sicheren Boden meines eigenen Viertels befand, aber auch weil sie nicht mehr konnte.
»Wohin?«
»In mein Büro.«
Sie wirkte erleichtert. Aber nicht lange: mein Büro bestand nämlich aus zwei Zimmern im sechsten Stock einer dumpfen Mietskaserne, deren Wände im wesentlichen durch Dreck und tote Bettwanzen zusammengehalten wurden. Bevor meine Nachbarn anfingen, sich Gedanken über den Preis ihrer Kleider zu machen, schob ich sie von dem Schlammpfad herunter, der angeblich unsere Hauptstraße war, und bugsierte sie in Lenias Wäscherei. Daß hier nur kleine Leute verkehrten, sah man auf den ersten Blick.
Da vernahm ich die Stimme von Smaractus, meinem Vermieter, also machten wir gleich wieder kehrt.

Kapitel 2

Zum Glück wollte er gerade gehen. Ich zog das Mädchen in die Arkade eines Korbflechters, duckte mich hinter sie und machte mir an den Riemen meines linken Schuhs zu schaffen.

»Wer ist das?« flüsterte sie.

»Ein Kotzbrocken hier aus der Gegend«, erläuterte ich und ersparte ihr meinen Vortrag über den Immobilienmagnaten als Schmarotzer. Aber sie kapierte sofort.

»Dein Hausherr!« Schlaues Kind!

»Ist er weg?«

Sie nickte. Ich wollte kein Risiko eingehen und fragte noch: »Hatte er fünf oder sechs dürre Gladiatoren im Schlepptau?«

»Alle mit einem blauen Auge und schmutzigen Verbänden.«

»Gut, dann komm!« Wir tasteten uns durch die nassen Kleidungsstücke, die Lenia zum Trocknen auf die Straße gehängt hatte, und mußten jedesmal das Gesicht abwenden, wenn sie zurückschwappten. Endlich waren wir drinnen.

Lenias Wäscherei. Dampfschwaden wälzten sich uns entgegen. Wäscherjungen stampften die Kleider. Bis an die aufgesprungenen Knie im heißen Wasser stehend, platschten sie in den Bottichen herum. Ein ziemlicher Lärm erfüllte die stickige Enge – die Wäsche wurde gewalkt und geschlagen und ausgewrungen, dazwischen das Geschepper irgendwelcher Kessel. Die Wäscherei nahm das ganze Erdgeschoß ein und hatte sich bis in den Hinterhof ausgedehnt.

Die Besitzerin kam auf uns zu und begrüßte uns mit spöttischer Miene. Lenia war vermutlich sogar jünger als ich, aber mit ihrem ausgemergelten Gesicht sah sie aus wie vierzig. Ihr schlaffer Bauch schwappte über den Rand des Korbes, den sie vor sich her trug. Ein paar Haarsträhnen kräuselten sich unter einem farblosen Band hervor, das sie um den Kopf geschlungen hatte. Als sie meine Biene sah, stieß sie ein gackerndes Lachen aus.
»Falco! Erlaubt dir das deine Mutter, mit kleinen Mädchen zu spielen?«
»Dekorativ, wie?« Es sollte verbindlich klingen. »Ein Schnäppchen, das ich auf dem Forum gemacht habe.«
»Daß mir der Lack ja keine Kratzer bekommt!« spottete Lenia. »Smaractus hat dir einen Tip hinterlassen: Du sollst bezahlen, sonst pieksen dir seine Fischerjungen mit dem Dreizack in den Allerwertesten.«
»Wenn er was von mir will, soll er's schriftlich einreichen. Sag ihm –«
»Sag's ihm selber!«
Eigentlich stand Lenia auf meiner Seite, aber aus dem ewigen Hickhack zwischen mir und dem Hausherrn hielt sie sich heraus. Smaractus machte ihr gewisse Avancen, denen sie momentan zwar nicht nachgab, weil sie ihre Unabhängigkeit schätzte, aber als gute Geschäftsfrau hielt sie sich alle Möglichkeiten offen. Er war ein abscheulicher Kerl. In dieser Beziehung hielt ich Lenia für verrückt und hatte ihr das auch deutlich gesagt, worauf sie mir ebenso deutlich gesagt hatte, daß mich das einen feuchten Kehricht anginge.
Ihr unruhiger Blick huschte wieder zu meiner Begleiterin hinüber.
»Eine neue Klientin«, prahlte ich.
»Ach nee! Bezahlt sie dich für deine Erfahrung oder bezahlst du sie für den Spaß?«
Gemeinsam nahmen wir mein junges Fräulein in Augenschein. Sie trug eine weiße Untertunika aus feinem Stoff, die an den

Achseln von blauen Emailspangen zusammengehalten wurde, und darüber ein ärmelloses Gewand. Es war so reichlich bemessen, daß es sich über ihrem aus Goldfäden gewirkten Gürtel bauschte. Nicht nur an den breiten Stickereien um ihren Hals, am Saum und vorne auf ihrem Gewand, sondern auch daran, wie Lenia ihre wäßrigen Augen zusammenkniff, konnte ich erkennen, daß wir hier erstklassiges Tuch bewunderten. In jedem ihrer hübschen kleinen Ohren trug meine Göttin einen Drahtreifen, auf den winzige Glasperlen gefädelt waren, außerdem ein paar Halsketten, drei Armreifen am linken und vier am rechten Arm, dazu noch die verschiedensten Fingerringe in Gestalt von Schlingen, Schlangen oder Vögeln mit langen gekreuzten Schnäbeln. Wenn wir die ganze Pracht verkauft hätten, wäre mehr dabei herausgesprungen, als ich im letzten Jahr verdient hatte. Und was uns ein Bordellbesitzer für das hübsche Luder selbst gegeben hätte, daran mochte ich gar nicht denken.
Sie war blond. Jedenfalls in diesem Monat, und da sie höchstwahrscheinlich weder aus Mazedonien noch aus Germanien stammte, mußte wohl Farbstoff im Spiel sein. Es war geschickt gemacht. Ich wäre nicht drauf gekommen, aber Lenia hat es mir später erklärt.
Ihr Haar war in drei breite, weiche Ringellocken gelegt, die im Nacken von einem Band zusammengehalten wurden. Es zwackte mich wie Hornissenstiche, dieses Band zu lösen. Natürlich malte sie sich das Gesicht an. Meine Schwestern taten es auch. Wenn sie sich zurechtgemacht hatten, sahen sie immer aus wie frisch vergoldete Statuen. Meine Schwestern sind hinreißend, wenn sie sich angepinselt haben, aber ein bißchen aufdringlich wirkt es schon. Bei der hier war es subtiler und viel wirkungsvoller, bloß daß ihr bei dem Herumrennen in der Hitze das eine Auge ein bißchen verschmiert war. Sie hatte übrigens braune, weit auseinanderliegende Augen, wunderbar arglose Augen.
Lenia hatte lange vor mir genug vom Hinsehen.

»Kinderschänder!« sagte sie. »Los, pinkel in den Eimer, bevor du sie mit nach oben nimmst!«
Nicht daß mich Lenia für krankhaft veranlagt hielt und deshalb eine Urinprobe von mir wollte; es war vielmehr ein ganz und gar freundlich gemeintes Angebot mit geschäftlichem Hintergrund.

Die Sache mit dem Eimer und dem Bleichbottich muß ich wohl erklären.
Viel später erzählte ich diese ganze Geschichte mal einer Bekannten, und wir unterhielten uns darüber, mit welchen Mitteln die Wäschereien Kleider bleichen.
»Ausgelaugte Holzasche?« schlug meine Bekannte zögernd vor. Sie benutzen tatsächlich Asche, Pottasche. Sie benutzen auch Soda und Bleicherde, und für die prachtvollen Gewänder der Wahlkandidaten verwenden sie Pfeifenton. Aber die echten alten Togen unseres großartigen Imperiums werden wirklich und wahrhaftig mit dem Urin aus den öffentlichen Latrinen gebleicht. Kaiser Vespasian, der immer originelle Einfälle hatte, wenn es darum ging, bei den Leuten Geld lockerzumachen, hatte diesen altehrwürdigen Handel mit menschlichem Unrat eines Tages mit einer Steuer belegt, und Lenia bezahlte die Steuer auch, aber sie ergänzte ihre Vorräte kostenlos, wo immer es ging oder vielmehr lief.
Die Frau, der ich diese Geschichte erzählte, bemerkte dazu nur ganz trocken: »In der Salatzeit, wenn alle Leute Rote Bete essen, ist die Hälfte der Togen auf dem Forum wohl in einem dezenten Rosa gefärbt. Oder werden sie ausgespült?«
Damals zuckte ich die Achseln und ließ die Sache auf sich beruhen. Auch an dieser Stelle hätte ich derart unappetitliche Einzelheiten nicht zur Sprache gebracht, wenn Lenias Bleichbottich nicht eine entscheidende Rolle in dieser Geschichte gespielt hätte.
Da ich im sechsten Stock eines Blocks wohnte, der nicht besser

ausgestattet war als andere Mietskasernen in Rom auch, betrachtete ich Lenias Eimer seit langem als einen lieben Freund. Lenia klang nicht unfreundlich, als sie meiner Besucherin anbot: »Kleine Mädchen gehen hinter die Krempelgestelle.«
»Lenia, bring meine reizende Klientin nicht in Verlegenheit!« Ich errötete für sie.
»Ach, ich bin tatsächlich ziemlich überstürzt von zu Hause weg –«
Hübsch und hastig huschte meine Klientin hinter die Recks, auf denen die Kleider, nachdem sie getrocknet waren, mit Karden gekratzt wurden, um den Flor wieder aufzurichten. Während ich auf sie wartete, füllte ich meinen Eimer und unterhielt mich mit Lenia über das Wetter. Wie man das so tut.
Nach fünf Minuten ging mir das Wetter aus.
»Verschwinde, Falco!« begrüßte mich eine Wollkämmerin, als ich hinter die Gestelle spähte. Von meiner Klientin keine Spur. Wäre sie weniger attraktiv gewesen, hätte ich sie vielleicht laufen lassen. Aber sie war nun mal außerordentlich attraktiv – und ich sah überhaupt keinen Grund,diese Unschuld irgendeinem anderen zu überlassen. Fluchend zwängte ich mich an den riesigen Kleiderpressen vorbei und in den Hof der Wäscherei hinaus.
Über einer Feuerstelle wurde dort das Brunnenwasser für die Wäsche erhitzt. Auf Gestellen aus Weidenzweigen waren Kleider über Heizpfannen ausgebreitet, in denen Schwefel brannte, dessen Rauch die weißen Kleider aufgrund irgendeiner geheimnisvollen Chemie noch weißer macht. Ein paar junge Burschen standen herum und amüsierten sich über meinen Zorn, außerdem stank es abscheulich. Von meiner Klientin war nichts zu sehen. Ich sprang über einen Handkarren und rannte los, die Gasse hinunter.
Sie hatte die rußschwarzen Öfen des Färbers hinter sich gelassen, den Misthaufen überwunden und war auch an den Geflügelkäfigen schon halb vorbei, wo ein paar fußlahme Gänse und

ein roter Flamingo mit hängendem Kopf auf den Markt am nächsten Tag warteten. Als ich herankam, hatte sie vor einem Seiler gebremst, der ihr den Weg versperrte und gerade begann, sich den Gürtel vom Wanst zu schnallen, um sie mit jener beiläufigen Brutalität zu vergewaltigen, die in Vierteln wie diesem als Sinn für die Schönheit der weiblichen Gestalt galt. Ich bedankte mich bei dem Seiler dafür, daß er sich um sie gekümmert hatte, und schleppte sie, bevor einer von beiden irgendwelche Einwände erheben konnte, wieder zurück.
Wenn ich mit dieser Klientin klarkommen wollte, mußte ich sie mir mit einem ordentlichen Strick ans Handgelenk binden.

Kapitel 3

Nach dem Betrieb auf dem Forum und dem Drunter und Drüber in den Straßen war es im Falco-Apartment erfreulich still. Unten murmelte die Stadt und über der ausgedehnten Landschaft der Ziegeldächer zwitscherte gelegentlich ein Vogel. Ich wohnte direkt unter dem Dach. Wir kamen an, wie alle Ankömmlinge hier oben ankommen: völlig außer Atem. Das Mädchen blieb stehen und las mein Firmenschild aus gebranntem Ton. Dieses Firmenschild war eigentlich sinnlos, denn niemand steigt sechs Treppen hoch, wenn er nicht vorher schon weiß, wohin er will. Aber mich hatte eines Tages das Mitleid mit einem fliegenden Händler gepackt, der mich so lange beschwatzte, bis auch ich glaubte, Reklame sei gut fürs Geschäft. Für meine Branche stimmt das zwar nicht, aber egal.

»M. Didius Falco. M für Marcus. Soll ich Sie Marcus nennen?«

»Nein«, sagte ich.

Wir traten ein.

»Je höher die Treppe, desto niedriger die Miete«, erklärte ich ihr. »Früher habe ich auf dem Dach gewohnt, bis sich die Tauben beschwerten, ich würde das Niveau senken …«

Ich wohnte zwischen Himmel und Erde. Das Mädchen war hingerissen. Sie kannte nur die erfreulichen Wohnlagen zu ebener Erde, mit eigenem Garten und Anschluß an die Aquädukte, und ahnte wahrscheinlich nichts von den Nachteilen meines Adlerhorstes. Ich lebte in der ständigen Angst, die

Fundamente des Hauses könnten nachgeben und sechs Schichten Wohnraum in einer Wolke aus Mörtelstaub in sich zusammenstürzen, oder ich könnte in einer Brandnacht den Alarm der Feuerwache verschlafen und dann im eigenen Fett brutzeln.
Im Nu war sie draußen auf dem Balkon. Ich ließ ihr einen Augenblick Zeit und trat dann neben sie – auf meine Aussicht war ich nämlich wirklich stolz. Zumindest diese Aussicht war phantastisch. Unser Block stand so hoch auf dem Aventin, daß man über die benachbarten Häuser hinweg unten in der Tiefe die Probus-Brücke sah. Meilenweit konnte der Blick in die Ferne schweifen – über den Fluß und den Transtiberinischen Bezirk zum Janiculus und die Landschaft der Westküste. Nachts war es am besten. Sobald der Lärm der Handkarren verhallt war, wurden alle Geräusche so intensiv, daß man hören konnte, wie das Wasser des Tibers am Ufer nippte und wie nach hinten hinaus, auf dem Palatin, die kaiserlichen Palastwachen ihre Speere in den Boden rammten.
Tief sog sie die warme, von Großstadtdüften erfüllte Luft ein – die Gerüche aus den zahllosen Lokalen, aus den Werkstätten der Kerzenzieher und den Duft der Pinien in den öffentlichen Gärten auf dem Pincio.
»So würde ich auch gern wohnen –« Sie mußte meinen Gesichtsausdruck bemerkt haben. »Sie halten mich für eine verhätschelte Göre! Sie glauben, ich hätte nicht bemerkt, daß Sie kein Wasser haben und keine Heizung für den Winter und keinen richtigen Backofen und daß Sie sich Ihre Mahlzeiten aus der Garküche mitbringen müssen!« Sie hatte recht, genau das hatte ich geglaubt. Sie kam näher und fragte mit gesenkter Stimme: »Wer sind Sie?«
»Sie haben es gelesen: Didius Falco«, versetzte ich und sah sie an. »Privatermittler.«
Sie überlegte. Einen Augenblick war sie unschlüssig, doch plötzlich wurde sie ganz aufgeregt: »Sie arbeiten für den Kaiser!«
»Vespasian kann Leute wie mich nicht ausstehen. Nein, ich

arbeite für traurige Männer, die glauben, ihre verworfenen Frauen würden mit irgendwelchen Wagenlenkern schlafen, und für noch traurigere, die wissen, daß ihre Frauen mit den eigenen Neffen schlafen. Manchmal arbeite ich auch für Frauen.«

»Und was tun Sie für diese Frauen – oder ist das eine indiskrete Frage?«

Ich lachte. »Alles, wofür sie mich bezahlen!«

Ich ließ es dabei.

Ich ging wieder nach drinnen, räumte verschiedene Dinge weg, die sie nicht sehen sollte, und fing an, das Abendessen herzurichten. Nach einiger Zeit folgte sie mir und sah sich in dem trostlosen Loch, das ich von Smaractus gemietet hatte, ein bißchen um. Der Preis, den er dafür verlangte, war eine Unverschämtheit – aber ich bezahlte ihn auch nur selten.

Das auf den Balkon führende Zimmer war so groß, daß sich ein Hund noch eben darin umdrehen konnte – wenn er ein kleiner Hund war und den Schwanz einzog. Ein wackliger Tisch, eine schiefe Bank, ein Wandbrett mit Töpfen, eine provisorische Feuerstelle aus Ziegelsteinen, ein Bratrost, ein paar Weinkrüge (leer), ein Müllkorb (voll). Wenn man es leid war, drinnen andauernd auf Kakerlaken zu treten, konnte man auf den Balkon gehen, oder man wendete sich der zweiten Türöffnung zu, die hinter einem bunt gemusterten Vorhang mit einladenden Streifen verborgen lag – sie führte ins Schlafzimmer. Das Mädchen ahnte es vielleicht, jedenfalls fragte sie nicht.

»Falls Sie an Gelage mit sieben Gängen gewöhnt sind, bei denen zwischen Eiern in Fischsauce und Fruchteis aus der Schneegrube ein ganzer Abend verstreicht, muß ich Sie warnen: Dienstags besucht mein Koch immer seine Oma.«

Meine neue Klientin machte ein unglückliches Gesicht.

»Bitte, keine Umstände! Ich kann essen, wenn Sie mich nach Haus gebracht haben –«

»Sie gehen hier nicht weg!« sagte ich. »Nicht, solange ich nicht weiß, was Sie zu Hause erwartet. Und jetzt essen Sie!«

Es gab frische Sardinen. Ich hätte ihr gern etwas Aufregenderes angeboten, aber die Frau, die sich um mein Essen kümmerte, hatte nun mal Sardinen hingestellt. Um den Fisch ein bißchen aufzumuntern, mixte ich eine kalte süße Sauce dazu: Honig mit einem Schuß von diesem und einem Spritzer von jenem, das Übliche. Das Mädchen sah mir zu, als hätte sie noch nie im Leben gesehen, wie jemand Liebstöckel und Rosmarin in einem Mörser stößt. Vielleicht hatte sie es tatsächlich noch nie gesehen.

Ich war vor ihr mit Essen fertig, pflanzte meine Ellbogen auf die Tischkante und sah die junge Dame mit meiner vertrauenswürdigsten Miene an.

»Und jetzt erzählen Sie dem Onkel Didius mal alles der Reihe nach. Wie heißen Sie?«

»Helena.« Ich war so sehr mit meiner vertrauenswürdigen Miene beschäftigt, daß mir nicht auffiel, wie sie errötete. Diese Röte hätte mir sagen können, daß die Zuchtperle in dieser Auster eine Attrappe war.

»Kennen Sie diese Unmenschen, Helena?«

»Nein.«

»Und wo haben sich die Kerle an Sie herangemacht?«

»Bei uns zu Hause.«

Ich stieß einen Pfiff aus. Das war eine Überraschung.

Die Erinnerung machte sie wütend – und gesprächiger. Sie war von den beiden am hellichten Tage entführt worden.

»Die läuteten wie wild an der Tür, stießen den Portier zur Seite, stürmten durchs Haus, schleiften mich nach draußen zu einer Sänfte, und dann rasten sie mit mir die Straße entlang! In dem Gedränge auf dem Forum mußten sie langsamer gehen, da bin ich abgesprungen und weggelaufen.«

Sie hatten sie also so weit eingeschüchtert, daß sie sich still verhielt. Aber den Kopf hatte sie nicht verloren. »Haben Sie eine Ahnung, wohin die mit Ihnen wollten?«

Sie schüttelte den Kopf.

»Na schön. Nur keine Sorge«, sagte ich. »Wie alt sind Sie eigentlich?«

Sie war sechzehn. O Jupiter!

»Verheiratet?«

»Sehe ich aus wie eine Frau, die verheiratet ist?« Sie sah aus wie eine, die es bald sein würde.

»Hat der Papa irgendwelche Pläne? Vielleicht hat er einen Offizier aus gutem Hause im Auge, der gerade aus Syrien oder Spanien zurückgekommen ist?«

Die Vorstellung schien sie zu interessieren, aber sie schüttelte den Kopf. Ich konnte mir nur einen Grund vorstellen, warum man diese Schönheit entführen sollte, und steigerte die Vertrauenswürdigkeit meiner Miene. »Hat Sie in letzter Zeit einer von Papas Freunden vielleicht ein bißchen zu freundlich angelinst? Hat Ihre Mutter Sie mit irgendwelchen gutaussehenden Söhnen irgendwelcher Jugendfreundinnen bekannt gemacht?«

»Ich habe keine Mutter«, meinte sie ruhig.

Es entstand eine Stille, und ich fragte mich, warum sie das so merkwürdig ausgedrückt hatte. Die meisten Menschen hätten gesagt: »Meine Mutter ist tot« oder etwas Ähnliches. Ich kam zu dem Schluß, daß sich ihre ehrwürdige Mama bester Gesundheit erfreute. Wahrscheinlich hatte ihr Mann sie mit einem Lakaien im Bett erwischt und verstoßen.

»Entschuldige – eine rein berufliche Frage: Gibt es einen Verehrer, von dem deine Angehörigen nichts wissen? Ich darf doch Du sagen?«

Plötzlich brach sie in ein Gekicher aus. »Ach, hören Sie doch mit diesem Unsinn auf! Nein, so jemanden gibt es nicht!«

»Du bist eine sehr attraktive junge Dame!« beharrte ich und fügte rasch hinzu: »Aber bei mir bist du – sind Sie natürlich sicher.«

»Verstehe!« Ihre großen braunen Augen funkelten vor Übermut. Verwundert mußte ich feststellen, daß sie sich über mich lustig machte.

Es war allerdings auch Bluff dabei. Vorhin war sie zu Tode erschrocken gewesen, und jetzt spielte sie die kesse Nudel. Je kesser sie wurde, desto reizender sah sie aus. Aus ihren schönen Augen, randvoll mit Unheil, sah sie mir tief in die meinen und setzte mir mächtig zu …
Gerade zur rechten Zeit kamen draußen vor der Tür Schritte zum Stehen; dann pochte es mit jener saloppen Überheblichkeit, die nur einen Besuch des Gesetzes ankündigen konnte.

Kapitel 4

Nach den vielen Treppen war das Gesetz außer Atem.
»Nur herein!« sagte ich mit freundlicher Stimme. »Es ist nicht abgeschlossen.«
Er war schon drinnen und brach soeben am anderen Ende meiner Bank zusammen. »Nimm ruhig Platz«, sagte ich.
»Falco, alter Schurke! Das nenne ich eine Verbesserung!« Er grinste mich an. Petronius Longus, Hauptmann der Aventinischen Wache. Ein großer, gutmütiger, schläfrig dreinblickender Mann mit einem Gesicht, dem die Leute vertrauten – wahrscheinlich, weil es so wenig preisgab.
Wir kannten uns schon seit einer Ewigkeit. Wir waren am selben Tag in die Armee eingetreten, begegneten uns in der Schlange der Rekruten, die dem Kaiser ihren Eid ablegten, und stellten außerdem fest, daß wir nur fünf Straßen voneinander entfernt aufgewachsen waren. Anschließend waren wir sieben Jahre lang Zeltgenossen, und als wir danach heimkehrten, hatten wir noch etwas gemeinsam: Wir waren Veteranen der Zweiten Legion Augusta in Britannien. Genauer gesagt: Wir waren Veteranen der Zweiten aus der Zeit des Aufstandes der Königin Boudicca gegen Rom. Wegen der miserablen Leistung dieser Truppe verließen wir das Heer achtzehn Jahre zu früh und hatten auf diese Weise beide etwas, worüber wir lieber nicht sprachen.
»Schieb deine Glubschaugen wieder rein«, sagte ich zu ihm. »Sie heißt Helena.«

»Hallo Helena. Hübscher Name! Wo hast du denn *die* gefunden, Falco?«
»Bei einem Wettrennen um den Saturntempel.« Ich hatte mich für eine ehrliche Antwort entschieden, weil immerhin die geringe Chance bestand, daß Petronius schon Bescheid wußte. Außerdem sollte das Mädchen glauben, daß sie es mit einem Mann zu tun hatte, der die Wahrheit sagt.
Ich stellte den Wachhauptmann meiner betörenden Klientin vor: »Petronius Longus, Hauptmann der Bezirkswache; der beste.«
»Guten Abend, Hauptmann«, sagte sie.
Ich lachte erbittert. »Besorg dir einen Posten bei der Stadtverwaltung, und schon reden dich die Frauen mit dem Titel an! Schätzchen, man muß es nicht übertreiben!«
»Achten Sie nicht auf diesen hinterhältigen Menschen«, spottete Petronius und schenkte ihr ein interessiertes Lächeln, das mir gar nicht gefiel.
Sie lächelte zurück, also ging ich dazwischen: »Wir Männer wollen bei einem Becher Wein ein bißchen plaudern; gehen Sie hinüber ins Schlafzimmer und warten Sie dort auf mich.«
Sie warf mir einen finsteren Blick zu, aber sie ging. Das ist der Vorteil der liberalen Erziehung: Dieses Mädchen wußte bereits, daß sie in einer Männerwelt lebte. Außerdem hatte sie gute Manieren, und es war ja schließlich mein Haus.
»Klasse!« meinte Petronius leise.
Er hat eine Frau, und aus irgendeinem Grund betet sie ihn sogar an. Er redet zwar nie von ihr, aber es muß ihm auch was an ihr liegen; er ist der Typ dazu. Sie haben drei Töchter, und wie jeder gute Vater in Rom liebt er seine Nachkommen heiß und innig. Ich sah den Tag schon kommen, an dem es im Verlies des Mamertinischen Gefängnisses von lauter widerwärtigen Schnöseln wimmelte, die irgendwann einmal ein Auge auf Petros Töchter geworfen hatten.
Ich holte zwei Becher hervor, die sauber aussahen, aber den von

Petro wischte ich mit dem Saum meiner Tunika noch einmal aus, bevor ich ihn auf den Tisch stellte. In dem Loch unter einer Diele, das mir als Weinkeller diente, verwahrte ich ein rauchiges Gift spanischer Herkunft, das mir ein dankbarer Klient geschenkt hatte, einen trüben Rotwein, der schmeckte, als wäre er aus einem etruskischen Grab gestohlen, und außerdem eine Amphore mit einem anständigen weißen Sentiner. Weil mir Petros Besuch so ungelegen kam, überlegte ich, ob ich ihm einfach den Etrusker anbieten sollte, aber schließlich entschied ich mich doch für den Sentiner, weil wir alte Freunde waren und weil ich selbst Lust auf einen guten Schluck hatte.

Sobald er gekostet hatte, war ihm klar, daß er bestochen wurde. Er sagte nichts. Wir leerten mehrere Becher. Es kam die Zeit, da ein kleiner Plausch unaufschiebbar schien.

»Hör zu«, begann er. »Es gibt da ein Riesengeschrei wegen eines Rocks mit Goldsaum, der heute morgen aus dem Haus eines Senators entführt worden ist, frag mich nicht, warum –«

»Du meinst, ich soll die Augen offenhalten?« Ich warf ihm einen harmlosen Blick zu, aber ich sah schon, daß er sich nicht täuschen ließ. »Wahrscheinlich eine Erbin, oder?«

»Hör bloß auf, Falco! Später hat man sie in den Klauen eines geifernden Ungeheuers gesehen, dessen Beschreibung haargenau auf dich paßt. Sie heißt Sosia Camillina, sie ist absolut tabu, und ich werde sie dorthin zurückschaffen, wo sie hergekommen ist, bevor die Schnüffler von irgendeinem Prätor in meinem Bezirk herumkrebsen und unverschämte Bemerkungen über meine Marktaufsicht machen ... Ist sie das, da drinnen?« Er machte eine Kopfbewegung in Richtung Schlafzimmer.

Ich nickte ergeben. »Schätze ja.«

Ich mochte ihn; er verstand etwas von seinem Beruf. Wir wußten beide, daß er sein Kätzchen gefunden hatte.

Ich erklärte ihm, wie alles gekommen war, und strich dabei meine Rolle als galanter Retter verrückt spielender Adelstöchter kräftig heraus, während ich (im Hinblick auf Petros frühere

Bemerkung) der Zertrümmerung gewisser Marktstände in meiner Darstellung weniger Platz einräumte. Ich wollte ihn nicht in Verlegenheit bringen.
»Ich muß sie zurückbringen«, sagte Petro. Er war ziemlich betrunken.
»Ich werde sie zurückbringen«, versprach ich. »Tu mir den Gefallen, und laß mich das machen. Wenn du gehst, heißt es bloß: *Danke, Hauptmann, daß Sie Ihre Pflicht getan haben!* Bei mir lassen sie vielleicht eine kleine Belohnung springen. Wie wär's mit halbe-halbe?«
Mit einem guten Wein im Bauch wird auch mein Kumpel Petronius zum Gentleman. Es gibt nicht viele Leute, die auf die Geschäftsbilanz von M. Didius Falco so viel Rücksicht nehmen.
»Oh …« Er leerte seinen Becher mit gequälter Miene. »Ich glaube, das reicht jetzt. Gib mir dein Ehrenwort!«
Ich gab es ihm und außerdem auch den Rest des Sentiners, danach ging er fröhlich seiner Wege.
Eigentlich hatte ich nicht vor, sie zurückzugeben.
Jedenfalls … noch nicht.

Kapitel 5

Ich schoß ins Schlafzimmer hinüber. Der Vorhang zischte die Schiene entlang. Mit einem Gesicht, auf dem das schlechte Gewissen deutlich zu lesen war, sprang das arme Mädchen von meinem Bett auf, und alle meine privaten Notizbücher fielen zu Boden.

»Her damit!« schrie ich. Jetzt war ich wirklich wütend.

»Du bist ja ein Dichter!« Sie versuchte Zeit zu gewinnen. »Handelt ›Aglaia, die weiße Taube‹ von einer Frau? Ich nehme an, sie handeln alle von Frauen, sie sind ein bißchen grob ... tut mir leid, es hat mich interessiert ...«

Aglaia war ein Mädchen, das ich kannte, sie war nicht weiß und hatte auch nichts von einer Taube, und da wir schon mal dabei sind: sie hieß auch nicht Aglaia.

Lockäugelchen warf mir noch immer diesen verletzlichen Blick zu, aber das machte jetzt alles nur noch schlimmer. Auch die liebreizendsten Frauen verlieren ihren Glanz, wenn sie uns frech ins Gesicht lügen.

»Du wirst noch ganz andere Grobheiten zu hören bekommen!« fauchte ich. »*Sosia Camillina?* Warum der falsche Paß?«

»Ich hatte Angst!« erklärte sie. »Ich wollte meinen Namen nicht sagen, ich wußte ja nicht, was du mit mir vorhast –« Das akzeptierte ich; ich wußte es selber nicht.

»Wer ist Helena?«

»Meine Cousine. Sie ist nach Britannien gegangen. Sie ist geschieden –«

»Verschwendungssucht oder normaler Ehebruch?«
»Sie sagte, es sei zu kompliziert, um es zu erklären.«
»Aha!« rief ich erbittert. Ich war nie verheiratet gewesen, aber ein Experte in Scheidungsfragen. »Also Ehebruch! Ich habe schon gehört, daß Frauen wegen unmoralischen Verhaltens auf Inseln verbannt worden sind, aber Verbannung nach Britannien kommt mir doch sehr hart vor!«
Sosia Camillina sah mich neugierig an. »Wieso? Woher weißt du?«
»Bin mal dort gewesen.«
Wegen der Revolte faßte ich mich so kurz. Sosia mußte damals ungefähr sechs Jahre alt gewesen sein. Sie konnte sich an die große Revolte der Briten wohl nicht erinnern, und ich hatte keine Lust, ihr Nachhilfeunterricht in Geschichte zu erteilen.
Plötzlich fragte sie: »Warum hat dein Freund gesagt, du wärst ein hinterhältiger Charakter?«
»Ich bin Republikaner. Petronius Longus hält das für gefährlich.«
»Warum bist du Republikaner?«
»Weil jeder freie Mann eine Stimme in der Regierung der Stadt haben sollte, in der er leben muß. Weil der Senat die Herrschaft über das Imperium nicht auf Lebenszeit einem einzigen Sterblichen überlassen sollte, der sich am Ende als verrückt oder korrupt oder sittenlos erweisen könnte und wahrscheinlich auch erweisen wird. Weil ich nicht mit ansehen kann, wie Rom langsam zu einem Irrenhaus verkommt, in dem eine Handvoll Aristokraten das Sagen haben, die selbst wieder bloß die Marionetten ihrer zynischen Ex-Sklaven sind, während die Masse der Bürger kaum das Nötigste zum Leben hat ...« Unmöglich zu sagen, was sie sich für einen Reim auf das alles machte. Ihre nächste Frage war jedenfalls ganz nüchtern und praktisch.
»Verdienen Privatermittler das Nötigste zum Leben?«
»Wenn sie jede legale Möglichkeit nutzen, die sich ihnen bietet, reicht es, um nicht zu sterben. Und an guten Tagen«, fügte ich

hinzu, »haben wir manchmal sogar so viel zu futtern, daß wir genügend Kraft finden, gegen die Ungerechtigkeit der Welt zu wettern.« Ich war jetzt ziemlich hinüber. Was das Trinken anging, hatte ich mit Petronius inzwischen gleichgezogen.
»Du glaubst, die Welt sei ungerecht?«
»Ich weiß es, meine Liebe!«
Sosia sah mich ernst an, als betrübe es sie, daß mich die Welt so schlecht behandelt hatte. Ich war auch nicht besonders erfreut darüber.

Ich war müde. Ich ging ins Wohnzimmer hinüber, und wenig später folgte mir das Mädchen.
»Ich muß noch mal aufs Klo.«
Mich ergriff die Beklommenheit eines Mannes, der ein kleines Hündchen mit nach Hause bringt, weil es so süß aussieht, und plötzlich merkt, daß er da im sechsten Stock leicht Probleme bekommt. Aber kein Grund zur Panik. Meine Wohnung war zwar spartanisch, aber mein Lebenswandel hygienisch.
»Nun ja«, stichelte ich, »du hast mehrere Möglichkeiten. Du kannst nach unten flitzen und versuchen, ob du Lenia dazu bringst, ihren Laden nach Feierabend noch mal aufzuschließen. Oder du läufst die Straße runter zu der großen öffentlichen Bedürfnisanstalt drüben – aber vergiß nicht, Kleingeld mitzunehmen, sonst lassen sie dich nicht rein.«
»Ich nehme an, du und deine Freunde, ihr pinkelt vom Balkon«, fauchte sie.
Ich sah sie bestürzt an. Und das war ich auch – leicht bestürzt.
»Weißt du denn nicht, daß das verboten ist?«
»Hätte nicht gedacht, daß du dich an die Vorschriften zur Aufrechterhaltung der öffentlichen Ordnung hältst.« Langsam durchschaute sie auch meine Firma. Mich hatte sie schon durchschaut.
Ich krümmte einen Finger. Sie folgte mir zurück ins Schlafzim-

mer, wo ich ihr die Einrichtungen zeigte, deren ich mich selbst bediente.
»Danke«, sagte sie.
»Keine Ursache«, erwidert ich.
Ich pinkelte vom Balkon – bloß um zu beweisen, daß ich ein freier Mensch war.

Als sie diesmal zurückkehrte, grübelte ich vor mich hin. Irgendwie machten mir die Hintergründe dieser Entführung mehr zu schaffen als gewöhnlich. Mir war einfach nicht klar, ob ich den entscheidenden Punkt übersehen hatte oder ob ich tatsächlich alles wußte, was es zu wissen gab. Ich fragte mich, ob der Senator, dem sie gehörte, politisch aktiv war. Dann hatte man Sosia vielleicht entführt, um ihn bei irgendeiner Abstimmung zu beeinflussen. O Götter, bestimmt nicht! Sie war einfach viel zu schön! Es mußte mehr dahinterstecken.
»Bringst du mich jetzt nach Hause?«
»Zu spät. Zu gefährlich. Außerdem habe ich zuviel getrunken.«
Ich machte kehrt, wankte durch das Schlafzimmer und ließ mich auf mein Bett fallen. Sie stand im Türrahmen wie eine hängengebliebene Fischgräte.
»Und wo soll ich schlafen?«
Ich war fast so betrunken wie Petronius. Ich lag flach auf dem Rücken und tätschelte meine Notizbücher. Ich brachte nur noch schwammige Gesten und albernes Getue zustande.
»An meinem Herzen, kleine Göttin!« rief ich und öffnete meine Arme, vorsichtig, einen nach dem anderen.
Sie schrak zusammen.
»Also gut!« gab sie zurück. Tapferes Mädchen.
Ich schenkte ihr ein mattes Grinsen und drehte mich in meine frühere Position zurück. Ich war selbst ziemlich erschrocken. Aber ich hatte recht. Es war einfach zu gefährlich, mit einem so kostbaren Kind in der Gegend herumzulaufen. Nicht nach Einbruch der Dunkelheit. Nicht in Rom. Nicht in diesen finsteren

Straßen, in denen es von Räubern und Sittenstrolchen wimmelte. Bei mir war sie besser aufgehoben.
War sie denn *gut* aufgehoben? hat mich später mal jemand gefragt. Ich wich einer Antwort aus. Bis heute weiß ich nicht genau, ob Sosia Camillina bei mir damals gut aufgehoben war oder nicht.

Zu ihr sagte ich jetzt barsch: »Gäste nehmen die Lesecouch. Decken sind im Holzkasten.«
Ich sah zu, wie sie sich einen aufwendigen Kokon baute. Sie machte eine gewaltige Aktion daraus. Wie ein Zeltvoll junger Rekruten, acht lustlose Kerle in neuen, kratzigen Tuniken, die keine Ahnung haben, wie man ein ordentliches Feldbett baut. Eine halbe Ewigkeit fummelte sie an der Couch herum und stopfte viel zu viele Bettücher viel zu fest.
»Ich brauche ein Kopfkissen«, erklärte sie schließlich mit kleiner Klagestimme, wie ein Kind, das ohne ein ganz bestimmtes abendliches Ritual nicht einschlafen kann. Der Wein und die Aufregung hatten mich selig gemacht; ich konnte mit und ohne Kopfkissen schlafen. Ich stützte mich auf einen Ellbogen und warf ihr meines zu, schlecht gezielt, aber sie fing es auf.
Sosia Camillina inspizierte mein Kissen, als würden Flöhe darin hausen. Auch das sprach gegen den Adel! Vielleicht waren ja wirklich welche drin, aber alles etwaige Getier war in dem farbenfrohen Bezug fest vernäht, den mir meine Mutter aufgedrängt hatte. Ich hatte nichts übrig für arrogante junge Dinger, die über meinen Hausrat die Nase rümpften.
»Es ist vollkommen sauber! Nimm es und sei dankbar.«
Sie legte das Kissen an ihr Kopfende und zupfte es zurecht. Ich blies das Licht aus. Zuweilen benehmen sich auch Privatermittler wie Gentlemen – jedenfalls, wenn sie für andere Dinge zu betrunken sind.
Ich schlief wie ein kleines Kind. Ob meine Besucherin genauso schlief, weiß ich nicht. Wahrscheinlich nicht.

Kapitel 6

Der Senator Decimus Camillus Verus wohnte im Bezirk Porta Capena. Von meinem Bezirk aus gesehen, war das der übernächste, also ging ich zu Fuß. Unterwegs begegnete ich meiner jüngsten Schwester Maria und mindestens zwei von den zahlreichen kleinen Rabauken, die dem Stammbaum unserer Familie entsprossen waren.

Manche Privatermittler erwecken den Eindruck, wir wären einsame Männer. Bei mir war das anders, und vielleicht kam ich deshalb auf keinen grünen Zweig. Jedesmal wenn ich irgendeinem ehebrecherischen Bürokraten in seiner abgetragenen Tunika nachschlich, begegnete mir einer dieser Bengel, schneuzte sich in seinen Ärmel und brüllte im nächsten Augenblick meinen Namen über die Straße. Ich lief durch Rom wie ein bunter Hund, und wahrscheinlich war ich mit den meisten Leuten zwischen dem Tiber und dem Ardeatinischen Tor auch noch verwandt. Damals hatte ich fünf Schwestern, hinzu kam das arme Mädchen, das mein Bruder Festus nie geheiratet hatte, weil ihm die Zeit dazu fehlte, außerdem dreizehn Neffen, vier Nichten und einige weitere, die unterwegs waren und sich schon deutlich abzeichneten. Dabei habe ich meine Erben vierten und fünften Grades, wie die Anwälte sie nennen, noch gar nicht erwähnt: die Brüder meiner Mutter, die Schwestern meines Vaters und all die Vettern zweiten Grades der Kinder aus erster Ehe von den Stiefvätern der Tanten meines Großvaters.

Eine Mutter hatte ich auch, obwohl ich das zu ignorieren versuchte.
Ich winkte den Rabauken zu. Ich halte sie mir bei Laune. Manchmal lasse ich mich bei der Jagd auf Ehebrecher von diesen Burschen vertreten und gehe statt dessen zum Rennen.

Decimus Camillus besaß ein eigenes Haus auf eigenem Grund und Boden in einem ruhigen Wohnviertel. Er hatte sich das Recht gekauft, direkt aus dem alten Appischen Aquädukt, das in der Nähe vorbeiführte, Wasser abzuzapfen. Er hatte es nicht nötig, die Räume an der Straßenfront seines Hauses als Läden oder die im Obergeschoß als möblierte Zimmer zu vermieten, aber er teilte sein beneidenswertes Grundstück mit dem Besitzer eines Hauses nebenan, das ein genaues Gegenstück zu seinem eigenen war. Woraus ich schloß, daß dieser Senator keineswegs überreich war. Wie wir anderen hatte auch dieser arme Kerl seine liebe Not, einen Lebensstandard zu wahren, der seinem Rang entsprach. Der Unterschied zwischen ihm und den meisten von uns bestand nur darin, daß Decimus Camillus Millionär sein mußte, sonst hätte er nicht Mitglied des Senats werden können.
Da ich einer Million Sesterzen einen Besuch abstatten wollte, setzte ich meine Kehle dem Rasiermesser eines Barbiers aus. Ich trug eine fadenscheinige weiße Toga, die so gefaltet war, daß man die Löcher darin nicht sehen konnte, eine kurze saubere Tunika, meinen besten Gürtel, den mit der keltischen Schnalle, und braune Schuhe. Ein typischer freier Bürger, dessen Ansehen man an der Zahl der Sklaven ablesen konnte, die ihm vorausschritten – in meinem Fall kein einziger.
An den Türen des Senators waren nagelneue Schlüssellochschilder angebracht, aber ein Portier mit Arme-Sünder-Miene und einem großen blauen Fleck auf der Backe spähte durch das Gitterchen und öffnete mir, sobald ich den Strick an der großen Kupferglocke gezogen hatte. Sie erwarteten jemanden. Wahr-

scheinlich den, der dem Portier gestern eine geknallt und das Mädchen abgeschleppt hatte.
Wir durchquerten ein schwarzweiß gekacheltes Vestibül mit verblichenen, zinnoberroten Wänden und einem blubbernden Springbrunnen in der Mitte. Camillus war ein schüchterner Mann Mitte Fünfzig, der sich in einer Bibliothek zwischen Massen von Papier und Schreibereien, einer Kaiserbüste und ein paar hübschen Bronzelampen vergraben hatte. Er sah ganz normal aus, aber er war es nicht. Zum einen war er höflich.
»Guten Morgen. Was kann ich für Sie tun?«
»Mein Name ist Didius Falco. Wenn Sie gestatten, Senator, hier meine Beglaubigung.« Ich schob ihm einen von Sosias Armreifen zu. Es war britannischer Gagat, das Zeug, das sie von der Nordostküste holen; die einzelnen Glieder waren so geschnitten, daß sie sich ineinanderfügten. Sosia hatte mir erzählt, ihre Cousine habe es ihr geschickt. Ich kannte die Art aus meiner Soldatenzeit, aber in Rom waren sie selten.
Er prüfte den Reifen freundlich.
»Darf ich fragen, woher Sie ihn haben?«
»Vom Arm einer höchst ansehnlichen Person, die ich gestern vor zwei diebischen Halunken gerettet habe.«
»Ist sie verletzt?«
»Nein, Senator.«
Unter seinen dichten Augenbrauen sah er mich direkt an. Obwohl sein Haar nicht besonders kurz war, stand es ihm vom Kopf ab, und das gab ihm ein munteres, jungenhaftes Aussehen. Ich sah, wie er seinen ganzen Mut zusammennahm, um die Frage zu stellen, was ich von ihm wolle. Ich machte ein hilfsbereites Gesicht.
»Senator, soll ich sie zurückbringen?«
»Welches sind Ihre Bedingungen?«
»Haben Sie eine Ahnung, wer sie entführt hat, Senator?«
»Nicht die geringste.« Wenn ich geglaubt hätte, daß er lügt,

hätte ich die Promptheit bewundert, mit der er antwortete. So gefiel mir seine Beharrlichkeit.
»Ihre Bedingungen bitte!«
»Rein berufliche Neugier. Ich habe sie an einem sicheren Ort versteckt. Ich bin Privatermittler. Ein Wachhauptmann aus dem dreizehnten Bezirk namens Petronius Longus wird für mich bürgen.«
Er griff nach seinem Tintenfaß und machte sich eine Notiz in der Ecke eines Briefes, den er gerade las. Auch das gefiel mir. Er wollte meinen Angaben überprüfen.
Ohne ihn zu bedrängen, deutete ich an, daß er mich, wenn er sich dankbar erweisen wolle, unter Vertrag nehmen könne. Er machte ein nachdenkliches Gesicht. Ich erläuterte ihm meine Honorarsätze, die ich im Hinblick auf seinen Rang etwas erhöhte, denn wenn ich ihn ständig mit »Senator« ansprechen mußte, würde alles ein bißchen länger dauern. Er zögerte, wahrscheinlich weil es ihm nicht gefiel, daß ich dann ständig in der Nähe des Mädchens herumhängen würde, aber schließlich vereinbarten wir, daß ich ihn in Fragen des Objekt- und Personenschutzes beraten und außerdem wegen der Entführer die Ohren offenhalten würde.
»Vielleicht hatten Sie recht, Sosia Camillina verschwinden zu lassen«, sagte er. »Ist das Versteck respektabel?«
»Von meiner eigenen Mutter persönlich überwacht, Senator!«
Das stimmte: Sie durchstöberte regelmäßig meine Wohnung nach Hinweisen auf leichte Mädchen.
Manchmal wurde sie fündig, manchmal gelang es mir, die Betroffenen noch rechtzeitig hinauszuschaffen.
Dieser Senator war kein Dummkopf. Er meinte, jemand müsse mich zurückbegleiten und sich vergewissern, daß das Mädchen auch wirklich in Sicherheit sei. Ich riet ihm davon ab. Bei meinem Kommen hatte ich in dem Lokal auf der anderen Straßenseite ein paar schmierige Fettwänste gesehen, die beobachteten, wer sein Haus betrat. Möglicherweise hatten sie mit Sosia

gar nichts zu tun, es konnten auch irgendwelche Einbrecher sein, die ihren nächsten Fischzug auskundschaften wollten und einen ungünstigen Tag erwischt hatten. Da er mich sowieso in seinem Haus herumführte, wollte ich sie ihm zeigen.
An der Vordertür hatten sie ein solides Holzschloß mit einem fünfzehn Zentimeter langen eisernen Drehschlüssel und vier zusätzliche Türriegel aus Messing, ein Gitterfensterchen mit einem piekfeinen kleinen Schieber davor und einen großen Eichenbalken, der nachts in zwei gut verankerte Gabeln eingehängt werden konnte. Der Portier wohnte in einem Kämmerchen gleich nebenan.
»Ausreichend?« fragte der Senator.
Ich sah ihn lange an – ihn und den verschlafenen Hausgeist, den sie als Türsteher benutzten, diesen murrmäuligen Strich in der Landschaft, der Sosias Entführer hatte hereinspazieren lassen.
»O ja, Senator! Ein ausgezeichnetes System, ich hätte nur einen Tip: Benutzen Sie es!« Ich konnte sehen, daß er verstand, was ich meinte.
Ich ließ ihn durch das Gitter einen Blick auf die beiden Knilche in dem Lokal werfen.
»Diese Schnüffler haben mich kommen sehen. Ich werde mich über die hintere Mauer absetzen. Lassen Sie mich noch einen Blick auf die Rückseite des Hauses werfen. Schicken Sie einen Sklaven zur nächsten Wache und lassen Sie die beiden Kerle wegen Ruhestörung verhaften.«
»Aber sie haben doch gar nicht –«
»Das kommt dann schon ... Wenn erst mal die Truppe des Prätors anfängt, sich mit ihnen zu beschäftigen.«
Das überzeugte ihn. Die Führer des Imperiums sind so leicht zu lenken.
Der Senator sprach mit dem Portier. Der machte zwar ein ärgerliches Gesicht, aber er zog ab. Ich ließ mir von Camillus Verus die Räumlichkeiten in der oberen Etage zeigen, und als wir zehn Minuten später wieder herunterkamen, sah ich noch

einmal nach draußen und konnte beobachten, wie die beiden Halunken, die Hände auf dem Rücken gefesselt, gerade von einer zackigen Soldatentruppe aus dem Lokal abgeführt wurden.
Immerhin beruhigend, daß die Behörden auf die Beschwerde eines vermögenden Mannes so prompt reagierten!

Typisch! Die Vordertür strotzte von eiserner Wehrhaftigkeit, aber hinten gab es sieben verschiedene Türen, die allesamt in den Garten führten, und keine einzige war mit einem anständigen Schloß versehen. Die Küchentür bekam ich mit meinem eigenen Wohnungsschlüssel auf. Keines der Fenster war vergittert. Ein Balkon, der um das obere Stockwerk herumführte, eröffnete den Zugang zum ganzen Haus. Ihr elegantes rauchblaues Eßzimmer hatte schlappe Falttüren, die ich mit einer Platte von der Einfassung einer Blumenrabatte aufhebelte. Der Sekretär des Senators sah mir dabei zu. Er war ein schlanker griechischer Sklave mit einer Hakennase und jener Überheblichkeit im Blick, mit der griechische Sekretäre anscheinend schon auf die Welt kommen. Ich diktierte ihm ausführliche Anweisungen.
Ich stellte fest, daß mir das Diktieren Spaß machte. Spaß machte mir auch der Blick, den mir der Grieche nachsandte, als ich mich verabschiedete, auf eine Sonnenuhr kletterte, auf einer knotigen Efeuranke einen Halt für meinen Fuß fand und mich auf die schmale Trennmauer hievte, um mir das Nachbarhaus anzusehen.
»Wer wohnt dort?«
»Der jüngere Bruder des Herrn!«
Da ich selbst ein jüngerer Bruder war, stellte ich mit Vergnügen fest, daß dieser Camillus junior ein vernünftiger Mann war. Er hatte jedes Fenster mit soliden, dunkel malachitgrün gestrichenen Fensterläden ausgerüstet. Beide Häuser waren mit den üblichen Lavablöcken verkleidet, und bei beiden wurde das

obere Stockwerk von schmächtigen, aus einem ganz gewöhnlichen grauen Stein gehauenen Pfeilern gestützt. Bei den verzierten Terracotta-Giebeln hatte der Architekt viel Aufwand getrieben, aber als es dann darum ging, das Gelände mit den üblichen Statuen von anmutigen Nymphen in Unterwäsche zu versehen, da war sein Etat für die Kunst offenbar erschöpft gewesen. Im Garten hatte es nur noch für ein paar dürftige Spaliere gereicht, aber die Pflanzen daran gediehen gut. Auf beiden Seiten der Mauer war der gleiche Bauunternehmer am Werke gewesen. Schwer zu sagen, warum das Haus des Senators ein offenes, freundliches Lächeln zeigte, während das seines Bruders förmlich und kalt wirkte. Ich war froh, daß Sosia in dem lächelnden Haus wohnte.

Lange sah ich zu dem Haus des Bruders hinüber, ohne recht zu wissen, wonach ich eigentlich suchte. Dann winkte ich dem Griechen noch einmal zu und ging auf der Trennmauer bis an das hintere Ende. Ganz lässig sprang ich nach unten.

Ich landete in der Gasse hinter dem Garten des Senators. Als ich mich aufrappelte, war ich mit Staub bedeckt und hatte mir das Knie verrenkt. Herkules weiß, warum ich es getan habe. Es gab eine Einfahrt für Lieferwagen mit einem ganz ausgezeichneten Tor.

Kapitel 7

Je näher ich meiner Wohnung kam, desto mehr schwoll der Straßenlärm an, die Rufe der Händler, die Hufschläge, die Glöckchen an den Geschirren der Zugtiere. Als ich an einem Bäckerladen vorüberging, bellte mich ein kleiner schwarzer Hund, dem das Fell in spitzen Büscheln am Leib klebte, wie verrückt an. Fluchend drehte ich mich zu ihm um und polterte im nächsten Moment mit dem Schädel in eine Ansammlung von Krügen, die ein Töpfer an einer Schnur aufgehängt hatte – offenbar hielt er es für besonders werbewirksam, dem Publikum zu demonstrieren, daß seine Ware einen kräftigen Schlag vertragen konnte; glücklicherweise habe ich einen harten Schädel. In der Via Ostiensis rempelten mich Haarnadelverkäufer und Lakaien in karminroter Livree ziemlich hart an, aber ich revanchierte mich, indem ich mehreren Sklaven kräftig auf die Zehen trat. Drei Straßen von meinem Haus entfernt sah ich meine Mutter, die gerade Artischocken kaufte und dabei die Lippen zusammenpreßte, wie sie es immer tat, wenn sie an mich dachte. Ich ging hinter einigen Fäßchen mit Strandschnecken in Deckung, weil ich keine Lust hatte, herauszufinden, ob meine Vermutung stimmte. Anscheinend hatte sie mich nicht gesehen. Alles lief wunderbar: ich war mit einem Senator befreundet, hatte einen unbefristeten Vertrag, und das beste von allem war Sosia.
Aus dieser Träumerei weckten mich zwei Schlägertypen, deren Begrüßung mir ein Stöhnen abpreßte.
»Hoppla!« rief ich. »Also, hört mal, Jungs, es war doch nur ein

Versehen. Sagt Smaractus, die Miete ist schon bei seinem Buchhalter –« Ich erkannte keinen von beiden wieder, aber Smaractus behält seine Gladiatoren nie sehr lange. Wenn sie ihm nicht davonlaufen, sterben sie unweigerlich im Ring. Und wenn sie es soweit nicht bringen, dann verhungern sie eben, denn für Smaractus besteht eine ordentliche Sportlerdiät im wesentlichen aus einer Handvoll blaßgelber Linsen und reichlich altem Badewasser. Ich hielt die beiden Kerle für die neuesten Muskelmänner aus der Turnhalle meines Vermieters.

Aber ich hatte mich geirrt. Inzwischen steckte mein Kopf unter dem Ellbogen des ersten Kerls. Der zweite beugte sich zu mir herunter und grinste mich an; als ich den Kopf ein bißchen verrenkte, sah ich die Wangenschützer der jüngsten Helmmodelle und ein Halstuch in vertrautem Scharlachrot unter seinem Kinn. Diese Typen gehörten zur Armee. Ich überlegte kurz, ob ich mich als alter Kollege zu erkennen geben sollte, aber ein Aussteiger aus der Zweiten Augusta würde sie wahrscheinlich nicht sonderlich beeindrucken.

»Schlechtes Gewissen, wie?« schrie die Visage neben mir. »Tja, der Kummer nimmt kein Ende – Didius Falco, du bist verhaftet!«

Daran, daß mich die Jungs in Rot verhafteten, war ich genauso gewöhnt wie an die Art, mit der mir Smaractus das Geld aus der Tasche kitzelte. Der größere der beiden Hünen versuchte mir gerade mit dem tatkräftigen Eifer eines Erbsen aushülsenden Küchenjungen die Mandeln herauszupressen. Ich hätte ihn gebeten, damit aufzuhören, aber die Bewunderung für seine Technik verschlug mir die Sprache.

Kapitel 8

Ein geselliges Beisammensein in der Wache – die Einladung verdankte ich der Freundlichkeit des Ädilen Atius Pertinax. Ich hatte damit gerechnet, daß sie mich ins Gefängnis schaffen würden, vielleicht sogar, falls mich das Glück völlig verlassen hatte, ins Mamertinische. Statt dessen schafften sie mich im Sturmschritt den ganzen Weg zurück, nach Osten, in den ersten Bezirk. Ich fand es verblüffend, denn bis zu diesem Tag hatte ich im Bezirk Porta Capena noch nie geschäftlich zu tun gehabt. Es wunderte mich, daß ich in so kurzer Zeit bei den Behörden Mißfallen erregt hatte.

Wenn es einen Schlag von Menschen gibt, den ich hasse, dann die Ädilen. Für Leute aus der Provinz muß ich vielleicht erklären, daß in Rom eine Anzahl von Prätoren über Recht und Gesetz wachen, ehemalige Senatoren, von denen jeweils sechs neu gewählt werden. Sie teilen die vierzehn Bezirke untereinander auf, und jeder von ihnen bekommt einen Gehilfen, der für sie die Laufereien erledigt – eben diese Ädilen, hemmungslose Opportunisten, die zum erstenmal ein öffentliches Amt bekleiden und die Zeit absitzen, bis sie einen besseren Posten bekommen können, wo die Bestechungsgelder höher sind.

Gnäus Atius Pertinax war ein typischer Vertreter dieser Bande, ein junger Schnösel mit kurzen Haaren, der sich die politische Leiter emporhangelte, indem er Metzger piesackte, die ihre Läden nicht sauber hielten, und indem er mich windelweich prügelte. Ich hatte ihn noch nie gesehen. Und wenn ich heute zurückdenke, erinnere ich mich nur noch an eine verschwommene Schliere, einen verwaschenen grauen Fleck, halb verdeckt von einem blendenden Sonnenstrahl. Das Grau hängt vielleicht mit dem Erinnerungsverlust zusammen. Ich glaube, er hatte helle Augen und eine spitze Nase. Er war Ende Zwanzig (ein bißchen jünger als ich), und sein ganzes Wesen zeigte sich in seinem verkniffenen Gesicht.

Ein älterer Mann ohne Purpurstreifen am Gewand – also kein Senator – saß am Spielfeldrand und sagte nichts. Ein leeres, nichtssagendes Gesicht und ein kahler, nichtssagender Kopf. Erfahrungsgemäß sind es die Männer in den Ecken, auf die man vor allem achten muß. Aber zuerst tauschte Pertinax Höflichkeiten mit mir aus.

»Falco!« rief er in gebieterischem Ton, nachdem ein rasantes Vorspiel meinen Namen zutage gefördert hatte. »Wo ist das Mädchen?«

Ich versuchte mir gerade eine Antwort von angemessener Grobheit zurechtzulegen, als er seinem Feldwebel befahl, mich etwas aufzumuntern. Ich machte ihn darauf aufmerksam, daß ich freigeborener Bürger sei und daß es eine Beleidigung der Demokratie sein, die Faust gegen einen Bürger zu erheben. Wie sich herausstellte, waren weder Pertinax noch seine Schläger in politischer Wissenschaft sehr bewandert: Bedenkenlos gingen sie daran, die Demokratie zu beleidigen. Ich hatte das Recht, direkt an den Kaiser zu appellieren, kam aber zu dem Schluß, daß es keinen Zweck hatte, diese Idee weiterzuverfolgen.

Hätte ich geglaubt, Pertinax sei aus Zuneigung zu Sosia so gewalttätig, dann wäre das Ganze eventuell leichter zu ertragen gewesen, aber uns bewegten nicht die gleichen Gefühle. Die Sache machte mir erhebliches Kopfzerbrechen. Natürlich konnte es sein, daß der Senator es sich anders überlegt, den Vertrag storniert und mich beim Magistrat angezeigt hatte, aber ich hatte Decimus Camillus so leicht herumbekommen, und er wußte ja (ungefähr), wo sein fehlendes Fräulein steckte. Also hielt ich durch, blau gefleckt, aber stolz.

»Ich werde Sosia Camillina ihren Angehörigen zurückgeben, sobald sie mich darum bitten. Du kannst machen, was du willst, Pertinax – kein anderer wird sie bekommen!«

Ich sah, wie sein Blick zu dem Bürgerlichen in der Ecke wanderte. Der Mann zeigte ein mageres, betrübtes, geduldiges Lächeln.

»Sehr freundlich«, sagte er. »Mein Name ist Publius Camillus Meto. Ich bin ihr Vater. Vielleicht dürfte ich Sie jetzt bitten!«

Ich schloß die Augen. Richtig – niemand hatte mir gesagt, in welcher Beziehung der Senator eigentlich zu Sosia stand. Der da mußte sein jüngerer Bruder sein, der Mann, der das frostige Haus nebenan bewohnte. Mein neuer Klient war also nur ihr Onkel. Alle Besitzansprüche lagen beim Papa.

Nach einigen weiteren »Fragen« erklärte ich mich bereit, ihren Vater und seine netten Freunde zu ihr zu führen.

Als wir bei der Wäscherei ankamen, schoß Lenia zur Tür heraus. Das wilde Getrampel so vieler Füße hatte sie neugierig gemacht. Daß ich verhaftet war, überraschte sie nicht.

»Falco? Deine Mutter sagt – Oh!«

»Aus dem Weg, alte Vettel!« schrie Pertinax und stieß sie zur Seite.

Ich wollte ihm die Schande ersparen, von einer Frau in die Mangel genommen und zu Brei gequetscht zu werden, deshalb legte ich behutsame Fürsprache für ihn ein: »Jetzt nicht, Lenia!«

Nachdem sie zwanzig Jahre lang triefnasse Togen ausgewrungen hatte, besaß sie viel mehr Kraft, als man ihr ansah. Pertinax hätte ganz erheblich Schaden nehmen können. Ich wünschte es ihm. Am liebsten hätte ich ihn festgehalten, während sich Lenia um ihn kümmerte. Am liebsten hätte ich mich selbst um ihn gekümmert.

Doch inzwischen hatte uns der Schwung unserer Ankunft bereits nach oben befördert. Es wurde ein kurzer Besuch. Als wir in meine Wohnung stürmten, war Sosia Camillina nicht da.

Kapitel 9

Pertinax war wütend. Ich war deprimiert. Ihr Vater wirkte erschöpft. Ich erbot mich, ihm bei der Suche nach ihr zu helfen: Ich sah, wie er einschnappte.

»Lassen Sie die Finger von meiner Tochter, Falco!« rief er zornig.

Verständlich. Wahrscheinlich ahnte er, weshalb sie mich so interessierte. Irgendwelche Lümmel von einer solchen Tochter fernzuhalten, nahm vermutlich einen ziemlichen Teil seiner Zeit in Anspruch. Ich murmelte in verantwortungsvollem Ton:

»Dies ist dann wohl nicht mehr mein Fall –«

»Das ist er nie gewesen, Falco!« krähte Pertinax, der Ädil.

Ich hatte keine Lust, mich mit einem reizbaren Opportunisten anzulegen. Vor allem nicht mit einem, der ein so grämliches Gesicht machte und eine so spitze Nase hatte.

Pertinax befahl seinen Leuten, meine Wohnung nach Beweismaterial zu durchsuchen. Sie fanden nichts; sogar die Sardinenteller waren gespült – aber nicht von mir. Bevor sie gingen, verwandelten sie mein Mobiliar in äußerst handliches Kleinholz. Und als ich protestierte, versetzte mir einer von ihnen einen Schlag ins Gesicht, der mir fast die Nase gebrochen hätte.

Wenn Atius Pertinax es darauf anlegte, daß ich ihn für einen miesen Flegel mit den Manieren einer Kanalratte hielt, hatte er es fast geschafft.

Kaum waren sie weg, da kam Lenia die Treppe heraufgestürzt, um nachzusehen, ob sie Smaractus mitteilen müßte, daß einer seiner Mieter verendet sei. Wie angewurzelt stand sie da, als sie die Trümmer meines Hausstands sah.

»Bei Juno! Dein Zimmer, Falco – und dein Gesicht!«

Auf das Zimmer kam es nicht an, aber auf mein Gesicht war ich mal stolz gewesen.

»Ich brauchte sowieso einen neuen Tisch«, ächzte ich. »Man kann jetzt ganz wunderbare kaufen. Eine schöne Ahornplatte, eins achtzig Durchmesser, auf einer einfachen Marmorstütze, genau passend zu meinem Bronzekandelaber –« ich pflegte mein Zimmer mit in Talg getauchten Binsenhalmen zu beleuchten.

»Alberner Kerl! Deine Mutter sagt –«

»Verschone mich«, sagte ich.

»Wie du willst!« *Wer nicht hören will* ..., fügte die Miene, mit der sie wieder verschwand, noch hinzu.

Es lief doch nicht alles so wunderbar. Aber mein Hirn war noch nicht vollständig zerbröselt. Mir lag zuviel an meinem Wohlbefinden, als daß ich eine Botschaft von meiner Mutter ignoriert hätte. Doch Lenia brauchte ich deswegen nicht zu bemühen; ich wußte, wie die Botschaft lautete. Und was mein verschwundenes Püppchen mit den reizenden braunen Augen anging, so ahnte ich, wo sie war.

Neuigkeiten sprechen sich schnell herum auf dem Aventin. Während ich mir unter qualvollen Stöhnen das Gesicht wusch, tauchte Petronius auf, nervös und nicht besonders erfreut.

»Falco! Ich will diese uniformierten Lümmel, mit denen du dich da angefreundet hast, in meinem Bezirk nicht mehr sehen –« Er stieß einen Pfiff aus. Sofort nahm er mir den schwarzen Tonkrug aus der zitternden Hand und träufelte mir Wasser über das Gesicht. Es war wie in alten Zeiten, nach einer nächtlichen Schlägerei vor dem Offiziersclub in Isca Dumnoniorum.

Mit neunundzwanzig schmerzte es bloß viel mehr als mit neunzehn.
Später legte er das, was von meiner Bank übriggeblieben war, quer über zwei Ziegelsteine von meiner Feuerstelle und setzte mich darauf.
»Wer war das, Falco?«
Zum Reden benutzte ich nur die linke Hälfte meines Mundes.
»Ein übergeschnappter Ädil namens Atius Pertinax. Rösten sollte man den Kerl, wie ein Brathähnchen, auf einem sehr heißen Grill.«
Petronius knurrte. Er haßt die Ädilen noch mehr als ich. Immer kommen sie ihm in die Quere, bringen die Loyalitäten innerhalb des Viertels durcheinander und lassen ihn dann mit dem Scherbenhaufen allein.
Er griff unter meine lose Diele und brachte mir einen Schluck Wein. Aber der Wein brannte mir zu sehr in der Kehle, also trank er ihn selbst. Wir lassen beide nicht gern etwas verkommen.
»Geht's besser?« Ich nickte und ließ ihn reden. »Ich habe mich wegen der Familie Camillus ein bißchen umgesehen. Die Tochter des Senators ist auf Reisen. Er hat zwei Söhne, der eine absolviert sein Jahr beim Heer, in Germanien, der andere hockt am Schreibtisch – putzt dem Statthalter im Bätikanischen Spanien die Nase. Deine kleine Freundin ist ein Fehltritt, den der Bruder des Senators vertuscht. Er ist nicht verheiratet – frag mich nicht, wie er das schafft! In den Unterlagen des Zensors ist Sosia als Tochter einer seiner Sklavinnen eingetragen, er hat sie anerkannt und dann adoptiert. Vielleicht ist ihr Vater einfach ein anständiger Kerl. Vielleicht war die Mutter auch eine so hochgestellte Person, daß er sie nicht nennen kann.«
»Habe ihn kennengelernt«, stöhnte ich. »Ziemlich verschlossen. Warum ist er nicht auch im Senat?«
»Die übliche Geschichte. Die Familie konnte sich nur einmal in die Politik einkaufen: Der ältere Sohn bekam die Purpurstreifen,

den jüngeren steckten sie in die Wirtschaft. Wie gut, daß es die Wirtschaft gibt! Stimmt es, daß du sie verloren hast?«
Ich versuchte zu grinsen. Es ging total daneben.
»Ich habe sie nicht verloren. Komm mit, Petro. Wenn sie dort ist, wo ich vermute, brauche ich deine Unterstützung ...«
Sosia Camillina war dort, wo ich vermutete.

Kapitel 10

Mit eingezogenen Köpfen traten Petro und ich in einen Hauseingang, der zwischen der Werkstatt eines Messerschmieds und einem Käseladen lag. Kurz vor der eleganten Wohnung im Erdgeschoß, wo der Freigelassene wohnte, dem inzwischen der ganze Block gehörte (und noch ein paar andere dazu – diese Leute verstehen zu leben), bogen wir ab und nahmen die Treppe nach oben. Das schmuddelgraue Haus lag hinter dem Emporium, nicht allzu weit vom Fluß entfernt, aber auch nicht so nah, daß es im Frühjahr mit den Füßen im Wasser stand. Das Viertel war arm, aber an allen Säulen auf der Straßenseite ringelten sich Kletterpflanzen in die Höhe, Katzen schliefen in den Blumenkästen, Sommerblumen brachten Farbe auf die Balkone; irgend jemand fegte hier sogar regelmäßig die Treppe. Mir war diese Gegend immer sehr freundlich vorgekommen – ich kannte sie auch lange genug.

Auf dem Treppenabsatz des ersten Stocks klopften wir an eine ziegelrote Tür, die ich unter massivem Druck eigenhändig gestrichen hatte. Eine schmächtige Sklavin ließ uns ein. Wir bahnten uns unseren Weg zu dem Zimmer, in dem alle zusammenhocken würden.

»Hah! Machen die Kneipen neuerdings so früh zu?«

»Hallo, Mutter«, sagte ich.

Meine Mutter saß in der Küche und überwachte ihre Köchin, mit anderen Worten: Die Köchin war nirgendwo zu sehen, während meine Mutter einer Gemüseknolle mit einem scharfen Messer irgend etwas Schnelles zufügte. Ihr Grundsatz lautete: Wenn etwas gut werden soll, muß man es selber tun. Überall hockten Kinder von anderen Leuten herum und vernichteten mit stahlharten Kiefern jede Menge Brot und Obst. Sosia Camillina saß am Küchentisch und verschlang ein Stück Zimtkuchen, und zwar mit einer Wonne, die deutlich zeigte, daß sie sich schon ganz wie zu Hause fühlte. So ergeht es fast allen Leuten in meinem Elternhaus.

Wo war eigentlich mein Vater? Lieber nicht daran rühren. Als ich sieben war, ging er mal weg und wollte irgendwo eine Partie Dame spielen. Muß ein langes Spiel geworden sein, bis jetzt ist er jedenfalls noch nicht zurück.

Ich gab meiner Mutter pflichtschuldigst einen Kuß auf die Wange und hoffte, Sosia würde es mitbekommen. Statt dessen bekam ich eins mit dem Sieb über den Kopf. Für Petronius dagegen hatte sie ein freundliches Lächeln. (So ein netter Junge; so eine tüchtige Frau; so eine ordentliche, gut bezahlte Stelle!)

Meine älteste Schwester Victorina war auch da. Petronius und ich gingen innerlich in Deckung. Ich hatte Angst, Victorina würde mich Minus nennen und Sosia würde es hören. Warum *er* so ängstlich dreinblickte, wußte ich nicht.

»Hallo, Minus«, sagte meine Schwester, und dann zu Petronius: »Hallo, Primel!«

Sie war jetzt mit einem Verputzer verheiratet, aber in mancher Beziehung hatte sie sich nicht verändert, seit sie in unserer Kinderzeit den Dreizehnten Bezirk tyrannisiert hatte. Uns andere hatte Petronius damals nicht gekannt, aber Victorina war ihm ein Begriff gewesen – ihm und allen anderen in einem Umkreis von mehreren Meilen ebenfalls.

»Wie geht es denn meinem Lieblingsneffen?« fragte ich, denn sie hatte ihre jüngste Stupsnase auf dem Arm. Der Kleine hatte das Runzelgesicht und den vertränten Blick eines Hundertjährigen. Über ihre Schulter starrte er mich mit offenkundiger Ver-

achtung an: konnte kaum krabbeln, aber einen Lügner erkannte er.
Victorina warf mir einen müden Blick zu. Sie wußte, daß mein Herz Marcia gehörte, unserer dreijährigen Nichte.
Meine Mutter brachte Petronius mit einem Kästchen Rosinen zur Ruhe und entlockte ihm nun allerlei Belanglosigkeiten über die Beziehung zu seiner Frau. Mir gelang es, einer Melonenschnitte habhaft zu werden, aber Victorinas Kleiner schnappte sich das andere Ende. Er hatte den Griff eines liburnischen Ringers. Wir kämpften ein paar Minuten, dann gab ich auf. Der Strolch schleuderte die Melone zu Boden.
Sosia beobachtete alles aus riesengroßen, ernsten Augen. So ein munteres Chaos hatte sie vermutlich noch nie erlebt.
»Hallo, Falco!«
»Hallo, Sosia!« Ich ließ ein Lächeln spielen, das ihren Körper in flüssiges Gold hüllen sollte. Meine Schwester tauschte einen höhnischen Blick mit meiner Mutter. Ich stellte einen Fuß auf die Bank neben Sosia und grinste zu ihr herunter, bis meine Mutter es bemerkte.
»Nimm den Schuh von meiner Bank!«
Ich nahm den Schuh von der Bank.
»Kleine Göttin, wir müssen uns dringend mal unter vier Augen unterhalten.«
»Was dringend ist«, erklärte meine Mutter, »kann auch gleich hier besprochen werden!«
Heftiger feixend, als ich es für angebracht hielt, setzte sich Petronius Longus jetzt an den Tisch, stützte das Kinn in die Hand und wartete darauf, wie ich anfangen würde. Alle merkten, daß ich nicht wußte, was ich sagen sollte.
Mir hatten schon mehrmals empörte Angehörige des weiblichen Geschlechts geschildert, was für ein Gesicht meine Mutter machte, wenn sie in meiner Wohnung einer bemalten Dame mit duftendem Rock begegnete. Einige von ihnen habe ich danach nie wiedergesehen. Ich muß allerdings zugeben, daß unter

meinen Eroberungen auch ein paar schlimme Fehler gewesen sind.
»Was ist denn hier los?« hatte meine Mutter geblafft, als sie Sosia während meiner Zwangsplauderei mit Pertinax entdeckte.
»Guten Morgen«, entgegnete Sosia. Meine Mutter rümpfte die Nase. Sie marschierte zum Schlafzimmer hinüber, riß den Vorhang beiseite und sah das Feldbett.
»Aha! Verstehe. Klientin?«
»Das darf ich nicht sagen«, sagte Sosia.
Meine Mutter erwiderte, was man hier dürfe und was nicht, darüber habe sie zu befinden. Dann ließ sie Sosia Platz nehmen und gab ihr etwas zu essen. Sie hatte ihre Methoden. Es dauerte nicht lange, und sie kannte die ganze Geschichte. Sie fragte, was Sosias ehrwürdige Mama wohl von der ganzen Sache halten würde, woraufhin Sosia unvorsichtigerweise erwähnte, sie habe keine ehrwürdige Mama. Meine alleinerziehende Mutter war entsetzt.
»Gut! Du kannst mitkommen!« Sosia murmelte, sie fühle sich hier sicher genug. Meine Mutter sah sie einmal scharf an, und Sosia kam mit.

Zum Glück kam mir jetzt Petronius zu Hilfe.
»Es wird Zeit, daß wir dich nach Hause bringen, Fräulein!«
Ich erzählte Sosia, wie mich der Senator engagiert hatte. Die Schlußfolgerungen, die sie daraus zog, gingen allerdings zu weit.
»Er hat es dir also erklärt? Ich dachte zuerst, Onkel Decimus würde mit seiner Vorsicht übertreiben –« Sie brach ab und fuhr mich an: »Du weißt ja überhaupt nicht, wovon ich spreche!«
»Dann erzähl es mir«, sagte ich sanft.
Sie wirkte ziemlich verstört. Ihre großen Augen flogen hinüber zu meiner Mutter. Alle Leute haben Vertrauen zu meiner Mutter.
»Ich weiß nicht, was ich tun soll!« jammerte Sosia.

»Mich brauchst du nicht so anzusehen«, sagte meine Mutter patzig. »Ich mische mich nie ein.«
Ich ließ ein Schnauben hören. Sie beachtete es nicht, aber selbst Petronius konnte sich ein Lächeln nicht verkneifen.
»Du mußt ihm von deinem Schließfach erzählen, Kind«, sagte meine Mutter. »Mehr als das, was drin ist, kann er auch nicht stehlen.« Dieses Vertrauen, das sie zu mir hatte! Aber man kann es ihr wohl nicht verdenken. Aus irgendeinem seltsamen Grund hat es mein älterer Bruder zum Nationalhelden gebracht. Dagegen komme ich einfach nicht an.
»Onkel Decimus hält etwas sehr Wichtiges in meinem Tresorfach auf dem Forum versteckt«, murmelte Sosia mit bedrückter Stimme. »Ich allein kenne die Nummer des Fachs. Diese Männer wollten mich dorthin bringen.«
Ich starrte sie an und ließ sie schmoren. Schließlich wandte ich mich zu Petronius um. »Was hältst du davon?« Ich wußte, wie er antworten würde.
»Wir gehen hin und sehen es uns an!«
Sosia Camillina war auf einmal sehr willig. Sie machte uns sogar darauf aufmerksam, daß wir einen Handkarren brauchen würden, um die Beute zu transportieren.

Kapitel 11

Auf dem Forum war es jetzt kühler und ruhiger als bei meinem letzten Besuch zusammen mit Sosia, vor allem in dem langen Säulengang, wo die Geldwechsler für ängstliche Bürger Schließfächer bereithielten. Die Bankverbindung der Familie Camillus war ein grinsender Bithynier, der zuviel in überschüssiges Körperfett investiert hatte. Sosia flüsterte ihm die Nummer zu, und der Strahlemann öffnete das Fach. Es war ziemlich groß, aber das, was darin lag, entpuppte sich als ziemlich klein.

Der Deckel des Kastens klappte zurück. Sosia Camillina stand auf der einen Seite, Petro und ich spähten von der anderen hinein. Ihre Ersparnisse waren noch weniger beeindruckend als meine. Daß ihr Onkel diesen Tresor für sie gemietet hatte, war sicherlich eine vernünftige pädagogische Maßnahme, aber im Augenblick besaß sie nicht mehr als zehn Goldmünzen und ein paar anständige Schmuckstücke, und ihre Tante meinte, sie sei noch zu jung, um sie zu tragen. (So konnte man es auch sehen. Für mich war sie alt genug.)

Der eigentliche Gegenstand unseres Interesses war in ein Filztuch gehüllt und mit einer Hanfkordel verschnürt. Da uns der Bankier mit unverhohlener bithynischer Neugier zusah, half mir Petronius, das Päckchen unausgepackt herauszunehmen. Es war unglaublich schwer. Zum Glück hatten wir uns den Handkarren von meinem Schwager, dem Verputzer, geborgt, der wie üblich arbeitslos war. (Aber nicht etwa deshalb, weil alle Mauern Roms sauber und glatt gewesen wären. Es lag nur daran, daß den Leuten in Rom der Anblick nackter Latten an den Mauern lieber war als der Gedanke, einen scheeläugigen, stinkfaulen Schurken wie ihn anzustellen.) Wir zogen mit unserem Wägelchen ab, das unter seiner Last knarrte. Petro überließ mir die meiste Arbeit.

»Tu dir nicht weh!« rief Sosia besorgt.

Petronius zwinkerte ihr zu. »So kümmerlich, wie er aussieht, ist er gar nicht. Trainiert heimlich Gewichtheben in einer Gladiatorenschule. Komm, laß die Muskeln spielen, Sportsmann –«

»Irgendwann mußt du mir mal erzählen, warum Victorina dich Primel nennt«, versetzte ich keuchend.

Er sagte nichts. Aber er wurde rot, ich schwöre es.

Zum Glück ist Rom eine Weltstadt. Zwei Männer, die mit einem Mädchen und einem Handkarren in der Gegend herumziehen, können hier in einer Kneipe einkehren, ohne Aufsehen zu erregen. Wir suchten uns eine aus, die in einer schattigen Seitengasse lag. Ich belegte einen Tisch in einer dunklen Ecke, während Petro uns ein paar Pasteten organisierte. Wir mußten beide zupacken, um das wertvolle Stück auf den Tisch zu wuchten. Vorsichtig streiften wir den Filz zurück.

»Schatten des Hades!« entfuhr es Petronius.

Jetzt sah ich, warum Onkel Petronius dieses Baby nicht im *Römischen Tageblatt* ankündigen wollte.

Sosia Camillina hatte keine Ahnung, was es war.

Petro und ich wußten es. Uns wurde beiden ein bißchen flau. Aber Petro mit seinem eisernen Magen lehnte sich trotzdem auf seinem Klappschemel zurück und schlug seine Zähne in eine Gemüsepastete. Statt unerfreulichen Erinnerungen nachzuhängen, biß auch ich erst einmal zu. In meiner war vor allem Kaninchen, mit Hühnerleber und wahrscheinlich Wacholder – nicht übel. Außerdem gab es noch einen Teller mit Leckerbissen vom Schwein; den überließen wir Sosia.

»Diese verfluchte Zollstation«, erinnerte sich Petro voller Grau-

en. »Total einsam an der Mündung der Sabrina, auf der falschen Seite der Grenze. Nichts zu tun, als die Fischerboote im Nebel zu zählen und ein Auge darauf zu haben, ob die kleinen dunklen Männer mal wieder zu einem Raubzug über den Fluß kommen. O Götter! Weißt du noch, Falco, der Regen?«
Ich wußte noch. Der lange, trübselige Regen in Südwestbritannien ist nämlich unvergeßlich.
»Falco, was ist denn das nun?« zischte Sosia.
Ich genoß die Dramatik, während ich verkündete: »Sosia Camillina, das ist ein Silberschwein!«

Kapitel 12

Es war ein Bleibarren.

Er wog zweihundert römische Pfund. Ich habe mal einer Frau zu erklären versucht, wie schwer das ist:

»Kein bißchen schwerer als du selbst. Du bist ein großes Mädchen mit was dran. Ein Bräutigam könnte dich noch gerade über seine Schwelle wuchten, ohne daß ihm das alberne Lächeln vergeht ...« Das Mädchen, das sich meine Frechheiten anhören mußte, war ziemlich kräftig gebaut, aber ohne Übergewicht. Es klingt vielleicht unfreundlich, aber wenn Sie jemals versucht haben, eine wohlgenährte junge Dame auf den Arm zu nehmen, dann müssen Sie zugeben, daß der Vergleich durchaus trifft.

Petronius und ich betrachteten das Silberschwein wie einen alten, etwas ungelegen kommenden Freund.

»Was ist ein Silberschwein?« fragte Sosia. Ich sagte es ihr. »Und warum nennt ihr sie Schweine?«

»Wenn man wertvolle Erze verfeinert, läuft das flüssige Metall aus dem Schmelzofen in einen langen Kanal, von dem zu beiden Seiten die Formen der Barren abzweigen – sie liegen da wie saugende Ferkel an der Muttersau.«

Petronius starrte mich skeptisch an, während ich sprach. Manchmal wundert er sich darüber, was ich alles zu wissen behaupte.

Dieses wertvolle Mastferkel war ein glanzloser Metallblock, ungefähr fünfzig Zentimeter lang, zwölf Zentimeter breit und zehn hoch, an den Kanten leicht abgeschrägt, mit dem Namen des Kaisers und dem Datum an einer Längsseite. Er sah wirklich nach nichts aus, aber wer ihn zu schleppen versuchte, ging bald in die Knie. Vierundzwanzig Schöpfkellen flüssiges Metall pro Standardform, gerade so schwer, daß man noch damit hantieren konnte. Aber zu schwer, um ihn zu stehlen. Dabei hätte es sich gelohnt. Der Silbergehalt des Bleis aus den Mendip-Bergen ist beträchtlich, im Schnitt hundertdreißig Unzen pro Tonne. Ich fragte mich, ob dem Spielzeug auf dem Tisch das Silber schon entzogen war.

Der Staat hatte ein Monopol auf Edelmetallerze. Egal, woher dieser Barren kam, er gehörte der Münze. Wir drehten ihn um und suchten nach einer offiziellen Prägung.

Er war ordnungsgemäß gestempelt: T CL TRIF, irgendein Unsinn, nicht einmal, sondern gleich viermal, und dann EX ARG BRIT – die altbekannte Prägung, die wir zugleich befürchtet und erhofft hatten. Petronius stöhnte.

»Britannien; die Signatur stimmt! Irgendwem geht da jetzt ganz ordentlich die Muffe.«

Ein unbehagliches Gefühl überkam uns beide.

»Sehen wir zu, daß wir weiterkommen«, meinte Petro. »Soll ich ihn wegräumen? Der übliche Platz? Kümmerst du dich um das Mädchen?«

Ich nickte.

»Falco, was ist denn jetzt?« fragte sie aufgeregt.

»Er deponiert das Silberschwein an einem Ort, wo es ein bißchen riecht und wo Verbrecher mit ihren empfindlichen Nasen nie nachsehen würden. Du gehst jetzt nach Hause. Und ich muß mich dringend mit deinem Onkel Decimus unterhalten.«

Kapitel 13

Ich brachte Sosia in einer Sänfte nach Hause. Wir hatten beide Platz darin. Sosia war eine halbe Portion, und ich konnte mir ausgiebige Mahlzeiten nur so selten leisten, daß die Träger uns zusammen hineinließen. Lange sagte ich keinen Ton, aber als sie merkte, daß ich ihr nicht mehr böse war, begann sie zu plappern. Ich hörte es, aber ich hörte nicht zu. Sie war noch so jung; sie konnte nach einer Überraschung einfach nicht stillsitzen.

Langsam begann mich die ganze Familie Camillus zu ärgern. Nichts von dem, was diese Leute sagten, stimmte wirklich, immer fehlte irgend etwas, oder es erwies sich als so unerfreulich, daß ich lieber nichts davon gehört hätte. Mit meinem unbefristeten Vertrag war ich in eine Sackgasse geraten.

»Warum bist du so still?« fragte Sosia plötzlich. »Würdest du das Silberschwein gern stehlen?« Ich sagte nichts. Natürlich hatte ich darüber nachgedacht, wie sich das organisieren ließe. »Hast du überhaupt jemals Geld, Falco?«

»Hin und wieder.«

»Und was machst du damit?«

»Ich würde meine Miete damit bezahlen«, sagte ich.

»Aha!« meinte sie mit ernster Miene. Sie sah mich mit diesen großen Augen an, die mich jedesmal aus der Fassung brachten. Ihre Miene verdunkelte sich zu einem schmollenden Schmachten – wegen meiner Aggressivität. Ich wollte ihr sagen, es sei nicht besonders klug, Männern, mit denen sie allein war, solche

Blicke zuzuwerfen, aber dann ließ ich es bleiben. Es wäre mir schwergefallen, ihr zu erklären, warum.
»Didius Falco, was tust du wirklich damit?«
»Ich schicke es meiner Mutter.« Mein Tonfall ließ sie dort, wo ich Frauen am liebsten lasse: im unklaren darüber, ob ich es ernst meine oder nicht.
Zu jener Zeit war ich der Meinung, ein Mann solle Frauen nie sagen, was er mit seinem Geld tut. (Damals war ich natürlich noch unverheiratet, und meine Frau hatte mir ihre Einstellung zu diesem Problem noch nicht klargemacht.)
In Wirklichkeit bezahlte ich mit meinem Geld manchmal die Miete. (Aber nicht oft.) Von dem, was nach Abzug der unvermeidlichen Ausgaben übrigblieb, schickte ich die Hälfte meiner Mutter; den Rest gab ich der jungen Frau, die mein Bruder aus Mangel an Zeit nicht mehr geheiratet hatte, bevor er in Judäa fiel, und dem Kind, dessen nichtsahnender Vater er war.
Aber das alles ging eine Senatorennichte nichts an.

Ich lud sie bei ihrer erleichterten Tante ab.
Aus meiner Sicht gibt es drei Arten von Senatorenfrauen. Jene, die mit Senatoren schlafen, aber nicht mit denen, die ihnen angetraut sind; jene, die mit Gladiatoren schlafen; und einige wenige, die zu Hause bleiben. In der Zeit vor Vespasian traf man die beiden ersten Sorten auf Schritt und Tritt. Und nachher noch häufiger, denn als Vespasian, während er mit seinem älteren Sohn im Orient unterwegs war, Kaiser wurde, lebte Domitian, sein Jüngster, in Rom und hegte die Vorstellung, der Weg zum Cäsarenthron führe durch die Betten möglichst vieler Senatorenfrauen.
Die Frau des Decimus Camillus gehörte zur dritten Sorte: sie blieb zu Hause. Soviel wußte ich, anderenfalls hätte ich von ihr schon gehört. Sie war so, wie ich sie mir vorgestellt hatte: stattlich, ein bißchen angespannt, vollendete Umgangsformen und reichlich mit klingelndem Goldschmuck behangen – eine

Frau, der es an nichts fehlte, mit einem Gesicht, das alles hatte. Zuerst betrachtete sie Sosia, dann wanderten ihre klugen schwarzen Augen zu mir herüber. Sie war eine von diesen vernünftigen Matronen, über deren Existenz sich jeder Junggeselle freut, wenn er plötzlich mit einem unehelichen Kind konfrontiert wird, das er nicht verleugnen kann. Jetzt verstand ich, warum der schlaue Publius seine Sosia hier abgeladen hatte.

Julia Justa nahm ihre verlorene Nichte ohne großes Theater in Empfang. Fragen würde sie ihr später stellen, wenn sich die Aufregung im Haus gelegt hatte. Eine ehrbare, verdienstvolle Frau, die zu ihrem Unglück mit einem Mann verheiratet war, der sich auf äußerst dilettantische Weise im Währungsschwindel versuchte, einem Trottel, der eigens einen Ermittler anheuerte, um sich von ihm überführen zu lassen.

Ich ging hinüber zur Bibliothek und trat unangemeldet bei Decimus ein.

»Na, so was!« sagte ich. »Ein Senator, der keine verschmuddelten griechischen Antiken sammelt, sondern Barren, die der Staat selbst zierlich graviert hat! Sie haben eine ganze Menge am Hals, Senator, warum haben Sie dann auch noch mich eingestellt?«

Einen Moment lang sah er mich unsicher an, dann faßte er sich anscheinend wieder. Ich nehme an, als Politiker gewöhnt man sich mit der Zeit daran, daß einen die Leute als Lügner ansehen.

»Gefährliches Terrain, Falco. Wenn Sie sich wieder beruhigt haben –«

Ich war die Ruhe selbst. Wütend, aber mit Klarblick.

»Senator, irgend jemand muß das Silberschwein gestohlen haben; aber Sie halte ich nicht für den Dieb. Wenn Sie sich die Mühe gemacht hätten, britannisches Silber zu stehlen, hätten Sie auf Ihre Beute besser achtgegeben. Also, was haben Sie damit zu tun?«

»Ich bin offiziell damit befaßt«, sagte er, zögerte dann aber doch. Ich glaubte ihm sowieso nicht. »Oder sagen wir: halboffiziell.«

Ich glaubte ihm immer noch nicht. Ich unterdrückte ein Lachen. »Und halbkorrupt?«

Er wischte meine Unverfrorenheit beiseite: »Falco, das ist streng vertraulich.« Vertraulichkeiten dieser Art waren das letzte, worauf ich scharf war. »Jemand hat den Barren nach einem Handgemenge auf der Straße gefunden und beim Magistrat abgeliefert. Ich kenne den Prätor dieses Bezirks: Ich lade ihn manchmal zum Essen ein, und sein Neffe hat meinem Sohn die Versetzung besorgt. Natürlich haben wir über den Barren gesprochen.«

»Aha, so unter Freunden!«

Was immer er angestellt haben mochte, ich war ihm gegenüber unerträglich grob. Seine Geduld überraschte mich. Ich sah ihn mir genauer an; er tat das gleiche mit mir. Wäre er ein anderer Typ gewesen, ich hätte geglaubt, er wolle von mir irgendeinen Gefallen.

»Meine Tochter Helena hat einen Brief nach Britannien gebracht – wir haben Verwandte dort. Mein Schwager leitet die britische Finanzverwaltung. Ich habe ihm geschrieben –«

»Beziehungen muß man haben!« spottete ich. Ich hatte vergessen, wie eng diese Leute zusammenhalten: ganze Nester zuverlässiger Freunde in jeder Provinz, von Palästina bis zu den Säulen des Herkules.

»Falco, bitte! Gaius – mein Schwager – hat bei einer Prüfung der Bilanzen entdeckt, daß zumindest seit dem Vier-Kaiser-Jahr bei den Erträgen der britischen Bergwerke ständig ein gewisser Teil abhanden kam. Diebstahl im großen Format, Falco! Als wir das hörten, wollten wir unser Beweisstück sicher unterbringen; mein Freund, der Prätor, bat mich um Hilfe. Sosia Camillinas Schließfach zu benutzen, war, wie ich leider gestehen muß, keine kluge Idee.«

Ich berichtete ihm von unserem neuen Versteck. Er machte ein gequältes Gesicht. Petro hatte das Silberschwein in Lenias Wäscherei gebracht und in ihrem Bottich mit Bleichpipi deponiert.

Der Senator äußerte sich weder über unser eigenmächtiges Vorgehen bei der Unterbringung seines Beweisstücks noch über das übelriechende Versteck selbst. Was er mir jetzt anbot, war viel gefährlicher.
»Haben Sie momentan viel zu tun?«
Ich hatte nie viel zu tun. So gut war ich als Ermittler nicht.
»Hören Sie zu, Falco, haben Sie Interesse, uns zu helfen? Wir können der Verwaltung nicht trauen. Irgend jemand muß schon geplaudert haben.«
»Wie steht es damit hier im Haus?« unterbrach ich ihn.
»Ich habe den Barren hier nie erwähnt. Ich habe Sosia begleitet, um ihn auf dem Forum zu deponieren, aber ohne ihr einen Grund zu nennen, und dann habe ich ihr verboten, darüber zu sprechen.« Er hielt inne. »Sie ist ein gehorsames Mädchen.«
Mit einer gequälten Geste stimmte ich ihm zu.
»Falco, ich gebe zu, wir waren unvorsichtig, bevor wir erkannten, daß viel mehr dahintersteckt, aber wenn die Organisation des Prätors nicht dicht ist, dann dürfen wir keine weiteren Risiken eingehen. Sie haben genau das richtige Gesicht für diesen Auftrag – halboffiziell und halbkorrupt.«
Dieser Satiriker! Mir wurde klar, daß er eine boshafte Ader hatte und verschlagener war, als er zu erkennen geben wollte. Er wußte mit Sicherheit, was mich an der ganzen Sache vor allem interessierte. Er fuhr sich mit einer Hand über den Schopf und sagte dann verlegen:
»Ich hatte heute eine Besprechung im Palast. Mehr kann ich nicht sagen. Aber für den Wiederaufbau des Imperiums nach Nero und nach dem Bürgerkrieg ist der Staatsschatz auf diese Barren dringend angewiesen. In unseren Gesprächen fiel auch Ihr Name. Soviel ich verstanden habe, hatten Sie einen Bruder –« Mein Gesicht erstarrte. »Entschuldigen Sie!« rief er mit der plötzlichen Beflissenheit des Gelegenheitsaristokraten, der ich nie recht traue.

Ich überhörte die Entschuldigung einfach. Mir lag nichts daran, daß sich diese Leute über meinen Bruder verbreiteten.
»Also, machen Sie's? Mein Auftraggeber wird Sie nach Ihren üblichen Sätzen honorieren; für mich haben Sie sie offenbar ein bißchen erhöht! Wenn Sie das fehlende Silber finden, können Sie mit einer anständigen Prämie rechnen.«
»Ich würde gern mal mit Ihrem Auftraggeber sprechen!« fuhr ich ihn an. »Vielleicht stelle ich mir unter anständig etwas anderes vor als er.«
Decimus Camillus schnappte sofort zurück: »Maßgeblich sind die Vorstellungen meines Auftraggebers – eine bessere Prämie werden Sie nicht bekommen!«
Ich wußte, was das bedeutete: Ich würde für ein Sekretariat hochnäsiger Schreiber arbeiten, die mir bei der ersten sich bietenden Gelegenheit die Spesen zusammenstrichen, aber ich nahm an. Ich muß verrückt gewesen sein. Doch schließlich war er Sosias Onkel, außerdem tat mir seine Frau leid.

Irgendwas war merkwürdig an diesem Fall.
»Noch eines, Senator. Haben Sie einen schneidigen Luchs namens Atius Pertinax auf mich angesetzt?«
Er machte ein ärgerliches Gesicht. »Nein!«
»Unterhält er Beziehungen zu Ihrer Familie?«
»Nein«, meinte er ungeduldig und zögerte dann. Einfache, klare Antworten bekam man hier nie. »Eine flüchtige Beziehung«, korrigierte er sich, und der Ärger war aus seiner Miene gewichen. »Geschäftsverbindungen mit meinem Bruder.«
»Haben Sie Ihrem Bruder erzählt, daß Sosia bei mir war?«
»Ich hatte keine Gelegenheit dazu.«
»Irgendwer hat es getan. Er hat Pertinax gebeten, mich zu verhaften.«
Der Senator lächelte. »Ich muß mich bei Ihnen entschuldigen. Mein Bruder hat sich furchtbare Sorgen um seine Tochter gemacht. Er wird sich sehr freuen, daß sie wieder zu Hause ist.«

Sauber geklärt.
Petronius Longus hatte gesagt, meine Personenbeschreibung sei bekannt, also konnte mich ein Ädil ausfindig machen. Pertinax und Publius hatten mich für einen Schurken gehalten. Der große Bruder Decimus hatte vergessen, dem kleinen Bruder Publius zu sagen, daß er mich angeheuert hatte.
Ich kam selbst aus einer großen Familie. Es gab auch alles mögliche, was Festus vergessen hatte, mir zu sagen.

Kapitel 14

Die Sache mit dem versickernden Silber war schlau ausgedacht. Anscheinend waren die britischen Bergwerke, die das Heer zu meiner Zeit sehr genau überwacht hatte, mit der gleichen Raffinesse angezapft worden, mit der sich alle möglichen Privatleute durch illegale Rohrleitungen an das Claudische Aquädukt angeschlossen hatten; wie das kristallklare Wasser der Caerulischen Quelle plätscherten die funkelnden Silberbarren den ganzen Weg von Britannien nach Rom. Wenn Petro und mir das bloß vor zehn Jahren eingefallen wäre!

Ich kam bei der Wache im Bezirk Porta Capena vorbei und trat ein, um nach den beiden Halunken aus dem Lokal zu sehen, die heute morgen verhaftet worden waren, weil sie den Senator ausspionierten. Ich hatte kein Glück. Pertinax hatte sie laufen lassen – es lägen keine stichhaltigen Beweise gegen sie vor, behauptete er.

Ich schaute den diensthabenden Wachbeamten kurz an und ließ ein weltverdrossenes Seufzen von Kumpel zu Kumpel hören.

»Typisch! Hat er sie überhaupt verhört?«

»Paar nette Worte gewechselt.«

»Glänzend! Was ist das eigentlich für einer, dieser Pertinax?«

»Ein Schlaumeier!« beschwerte sich der Mann. Wir kannten beide die Sorte und wechselten einen gequälten Blick.

»Ist er bloß unfähig, oder würdest du sagen, es steckt mehr dahinter?«

»Ich würde sagen, ich kann ihn nicht ausstehen – aber das geht mir bei all denen so.«
Ich grinste. »Danke! Ach, hör mal«, fragte ich mit Schmeichelstimme, »was ist denn dran an dem Gerücht von dem Barren Regierungsblei? Ich frage dich offiziell-inoffiziell, falls du verstehst, was ich meine.« Es sollte ein Scherz sein. Ich verstand selbst nicht, was ich da redete.
Er erklärte, er sei strengstens angewiesen, nichts zu sagen. Ich ließ etwas Kleingeld in seine Richtung klimpern. Das funktioniert immer.
»Ein Rollkutscher hat ihn letzte Woche abgeliefert; tauchte hier auf und spekulierte auf eine Belohnung. Der Prätor selbst kam deshalb vorbei. Der Kutscher wohnt ...« (Noch einmal das magische Klimpern.) »... in einer Bude am Fluß, drüben auf dem Transtiberina Ufer, beim Zeichen des Steinbutt, in der Nähe der Sublizischen Brücke ...«

Ich fand die Bude, aber nicht den Kutscher. Drei Tage nachdem sein Pferd im Dunkeln über das Silberschwein gestolpert war, hatten ihn zwei Männer, die von einem Floß aus angelten, aus dem Tiber gefischt. Sie brachten ihn auf die Tiber-Insel, in die Krankenanstalt beim Äskulap-Tempel. Die meisten Patienten, die dort hinkommen, sterben. Aber dem Rollkutscher konnte das egal sein; er war schon tot.
Bevor ich die Insel wieder verließ, lehnte ich mich gegen die Brüstung der alten Fabrizischen Brücke und dachte scharf nach. Da näherte sich mir jemand auf jene allzu zwanglose Art, die alles andere als ungezwungen ist.
»Bist du Falco?«
»Wer will das wissen, Prinzessin?«
»Ich heiße Astia. Du hast nach dem ertrunkenen Mann gefragt?«
Wahrscheinlich war sie die Freundin des Kutschers, ein dünnes, ausgemergeltes Kind vom Fluß mit einem müden, harten Ge-

sicht. Ich wollte wissen, woran ich war: »Bist du seine Frau?« fragte ich sie.

Astia lachte verbittert. »Jetzt nicht mehr! Gehörst du zu den Prätorianern?«

Ich versuchte meine Verwunderung zu überspielen. »Nein, das Leben ist kurz genug!« Danach wartete ich ab. Mir fiel nichts Besseres ein, denn ich hatte keine Ahnung, worauf ich wartete. Anscheinend überlegte sie, ob sie mir trauen könne, und im nächsten Augenblick brach es aus ihr hervor.

»Nachher sind die hierher gekommen. Er war ihnen egal, die wollten nur Informationen.«

»Hast du ihnen was gesagt?«

»Was denkst du! Er war gut zu mir, wenn er Geld hatte ... Ich bin zum Tempel; ich habe ihn selbst begraben. Falco, die haben ihn vielleicht im Fluß gefunden, aber eins weiß ich – ertrunken ist er nicht. Im Tempel haben sie gesagt, er wäre hineingefallen, als er betrunken war. Aber wenn er betrunken war« – offenbar kein Ausnahmefall, aber ich war so taktvoll, nicht danach zu fragen – »dann hat er sich in seinen Wagen gelegt und sich vom Pferd nach Hause ziehen lassen.«

»Hat man den Wagen gefunden?«

»Auf dem Viehmarkt-Forum, ohne Pferd.«

»Hm. Und was wollten die Leute von der Garde, Prinzessin?«

»Er hatte irgend etwas Wertvolles gefunden. Er wollte mir nicht sagen, was, aber es machte ihm angst. Er lieferte es bei der nächsten Wache ab, statt es selbst zu verkaufen. Die Garde wußte, daß er es gefunden hatte. Sie wußten nicht, was er damit gemacht hatte.« Also stammten die Entführer der jungen Sosia nicht aus der Prätorianergarde. Es war sowieso unwahrscheinlich gewesen; denen wäre sie nämlich nicht entkommen.

»Ich muß mit denen sprechen. Zufällig einen Namen aufgeschnappt?« Astia wußte sehr wenig. Der Hauptmann, so erzählte sie mir, habe Julius Frontinus geheißen. Als Angehöriger eines

Eliteregiments besaß er zweifellos die drei vollständigen Namen des freigeborenen Mannes, aber zwei reichten mir, um ihn ausfindig zu machen. Zum erstenmal in meinem Leben machte ich mich freiwillig auf den Weg zu einer Unterredung mit der kaiserlichen Prätorianergarde.

Kapitel 15

Das Prätorianerlager lag auf der anderen Seite der Stadt. Ich ging langsam. Sobald ich dort war, würde mich wahrscheinlich ein Gardist mit seinem schweren Stiefel wie eine Eierschale zertreten …

Ich erkannte Frontinus sofort. Er trug einen emaillierten Brustpanzer und eine große Silberschnalle am Gürtel. Früher hatte er neben einem lockigen Raufbold namens Didius Festus die Schulbank unter der Markise an der Ecke unserer Straße gedrückt und sein Alphabet gelernt. Für Julius Frontinus war ich also der kleine Bruder eines Nationalhelden, und weil er Festus nicht mehr mit in eine Taverne nehmen und ihm einen ordentlichen Rausch spendieren konnte – denn Festus lag tot in der Wüste von Judäa –, nahm er mit mir vorlieb.

Es war ein diskretes, ordentlich geführtes Weinlokal in der Nordostecke von Rom, nahe der Porta Viminalis, voller Angehöriger der Stadtregimenter und sehr nüchtern. Es gab nichts zu essen. Es gab keine Frauen. Dafür gab es Alkohol jeder Art, warm und kalt, gewürzt und pur, reichlich teuer, aber ich durfte ja nicht zahlen. Allein wäre ich überhaupt nicht hineingekommen. Zusammen mit Frontinus achtete niemand auf mich.

Wir saßen zwischen ein paar großen, gutgekleideten Männern, die unverhohlen lauschten, aber kein Wort sagten. Frontinus kannte sie offenbar; anscheinend war nichts von dem, was er sagte, neu für sie. Aber es dauerte ein Weilchen, bis ich ihn so weit hatte, daß er überhaupt etwas sagte. Wenn man von einem solchen Mann zu einem Becher eingeladen wird, dann kommt vor dem Geschäft natürlich erst einmal das Zeremoniell. Unseres bestand darin, mir zu Ehren und ihm zum Vergnügen so lange über Helden und Heldentum zu sprechen, bis wir beide ziemlich betrunken waren.

Nachdem wir uns über Festus unterhalten hatten, aber bevor ich völlig wegsackte, gelang es mir, ihm einige Fragen zu stellen. Und bevor mich Frontinus auf dem Wagen eines Bauunternehmers mit einer Ladung Firstziegel nach Hause schickte, gelang es ihm, sie zu beantworten.
»Warum hat er das bloß getan?« grübelte Frontinus noch immer. »Als erster die Stadtmauer von Bethel hoch, als erster tot. Und für den Rest der Ewigkeit bleicht sein Grabstein in der Wüstensonne. Wahnsinn!«
»Er wollte seine Einlage bei der Sterbekasse zurückhaben. Konnte den Gedanken nicht ertragen, daß all die Abzüge von seinem Sold umsonst sein sollten. Nun denn, Patriotenbruder, Heil dir und lebe wohl!«
Festus war vor zwei Jahren gefallen, kurz vor dem Ende von Vespasians Galiläa-Feldzug, aber seither war in der Stadt so viel geschehen, daß es mir viel länger vorkam. Trotzdem konnte ich einfach nicht glauben, daß es ihn nicht mehr gab. Irgendwie werde ich es nie begreifen. Ich warte noch heute auf die Nachricht, daß Festus gerade in Ostia gelandet ist und ich doch bitte mit einem Fuhrwerk kommen, ihn abholen und außerdem ein paar Weinschläuche mitbringen soll, ihm sei nämlich das Geld ausgegangen, und auf dem Schiff habe er ein paar Burschen getroffen, und denen wollte er einen ausgeben ... Auf diese Nachricht werde ich wohl mein ganzes Leben warten.
Es tat mir gut, über ihn zu sprechen, aber jetzt war's genug. Genug getrunken hatte ich außerdem. Trotzdem füllte Frontinus unsere Becher noch einmal. Dann beugte er sich zu mir über den Tisch und war offenbar endlich bereit zu reden.

»Falco – Falco, wie heißt du mit Vornamen?«
»Marcus«, gestand ich. Genau wie Festus, was Frontinus bestimmt wußte.
»*Marcus!* Jupiter! Ich nenne dich Falco. Wie bist du in diese Sache hineingeraten, Falco?«
»Für die Silberschweine ist eine Belohnung ausgesetzt.«
»Mein lieber Junge, da ist absolut nichts drin!« Er wurde wunderbar väterlich. »Das ist Politik; überlaß das den Garden! Festus würde dasselbe sagen, aber er ist nicht hier, also laß es dir von mir gesagt sein. Paß auf, ich erkläre es dir. Nach vier neuen Staatsoberhäuptern in weniger als zwölf Monaten brachte Vespasian eine erholsame Wende, aber ein paar krumme Typen sind ihm nicht grün. Du weißt, wie das läuft – machen sich an einen ran, wenn man dienstfrei hat, kleine Männer, die was Großes zu verkaufen haben –«
»Silberschweine!« Jetzt wurde mir manches klar. »*Ex Argentiis Britanniae.* Zur Finanzierung einer politischen Verschwörung! Wer steckt dahinter?«
»Das würden wir auch gerne wissen«, sagte Frontinus grimmig. Ich spürte, wie die Männer um ihn herum in Bewegung gerieten. Vorsichtig und ohne einen von ihnen anzusehen, sagte ich: »Treue dem Kaiser!«
»Schon gut ...« Julius Frontinus lachte.
Auf ihre Treue bilden sie sich viel ein. In ihren besten Zeiten haben die Prätorianer neue Kaiser eigenmächtig auf den Thron gehoben. Claudius haben sie auf diese Weise gekrönt, und im Vier-Kaiser-Jahr konnte sogar ein Trottel wie Otho die Macht an sich reißen, sobald er sich die Unterstützung der Prätorianer gesichert hatte. Wer sie kaufen wollte, brauchte allerdings ein privates Münzamt. Anscheinend hatte jemand das britische Wetter in Kauf genommen, um genau dies zu bewerkstelligen.
»Als sie zu mir kamen«, erzählte Frontinus, »verlangte ich einen Beweis. Um Zeit zu gewinnen. Zwei Tage später tauchten sie mit einem gestempelten Barren wieder auf. Meine Leute blieben

diesen Rüsselkäfern auf den Fersen, aber sie machten sich aus dem Staub und ließen ihr Prachtstück unterwegs fallen.« Ich wußte, warum, ich hatte selbst mal mit angefaßt! »Wir verloren ihre Spur, und als wir zurückkamen, war auch der Barren verschwunden. Kaum hatten wir ein paar Spione in die Spelunken unten am Fluß gesetzt, da hörten wir von einem Rollkutscher, der prahlte, er habe etwas gefunden, womit er sich ein goldenes Dankeschön vom Kaiser persönlich verdienen werde. Offenbar hatte noch jemand zugehört, der weniger freundlich war als die Garde.«

Er warf mir einen ernsten Blick zu. Ein kalter, nasser Fleck hatte sich dort gebildet, wo meine Untertunika die Mulde meines Brustkorbs überspannte. Ein Weinfleck war es nicht.

»Vespasian ist kein Dummkopf, Falco. Er kommt vielleicht aus dem Nichts, aber er hat Urteilskraft und jede Menge Mumm. Wir hatten gedacht, er wüßte Bescheid. Und jetzt tauchst du hier auf! Ermittelst du für den Palast, mein Lieber? Hast du einen Spezialauftrag, Vespasian abzuschirmen, wenn die Garde ihn im Stich läßt?«

»Nicht daß ich wüßte, Julius ...«

Langsam wurde mir klar, wieviel ich nicht wußte.

Kapitel 16

Am nächsten Tag machte ich dem Senator noch einen Besuch. Nach dem Abend mit Frontinus wurde daraus ein Nachmittagsbesuch; den Morgen möchte ich hier nur kurz streifen. Größtenteils verbrachte ich ihn im Bett, obgleich ich zwischendurch auch von einigen Anfällen krampfhafter Aktivität heimgesucht wurde. Als ich das Haus des Senators betrat, plagte ihn nach dem Mittagsmahl eine leichte Magenverstimmung. Mich plagte eine schwere Magenverstimmung, obwohl ich gar nichts herunterbekommen hatte.

Ich stürmte in sein Arbeitszimmer. Langsam lernte er, meine jeweilige Stimmung an der Plötzlichkeit meines Auftauchens zu ermessen. Heute kam ich als Schuft, der ein Publikum für seine Bösartigkeit sucht. Camillus Verus hatte die Güte, seine Schreibereien beiseite zu legen und sich anzuhören, was ich ihm zu sagen hatte.

»Ich habe mir den Zeh gestoßen, aber nicht an Silberbarren, sondern an einem ausgewachsenen Komplott! Sie haben mich angelogen, Senator! Gelogen wie eine kranke Hure im Isis-Tempel, genauso gekonnt, aber zu einem verwerflicheren Zweck!«

»Falco! Darf ich Ihnen erklären?«

Nein, jetzt tobte *ich*, und er sollte zuhören, das war er mir schuldig. Meine Erregung hielt ihn in Bann.

»Verschonen Sie mich, Senator! Ich lasse die Finger von der Politik; das Risiko ist mir zu groß. *Einen* Sohn hat meine Mutter

in Galiläa schon dem Kaiser geschenkt: Ich bin ihr einziger Überlebender, und ich überlebe gern!«
Er machte ein ärgerliches Gesicht. Er fand, ich würde die politischen Aspekte bagatellisieren. Aber eben dies warf ich *ihm* vor. Wir standen wie zwei Damesteine im Part.
»Willst du zusehen, wie Vespasian ermordet wird, Falco? Wie das Land wieder in den Bürgerkrieg stürzt? Wie das Reich in Trümmer fällt? Wieder Kampf, wieder Unsicherheit, wieder römisches Blut auf römischen Straßen?«
»Es gibt Leute, die einen ordentlichen Sold dafür bekommen, daß sie den Kaiser schützen«, krächzte ich. »Ich dagegen werde mit Lügen und Versprechungen abgespeist!« Plötzlich verlor ich die Geduld. Das hier hatte keine Zukunft. Sie hatten mich hereingelegt; sie hatten versucht, mich auszunutzen. Schlauere Leute als der da hatten schon geglaubt, sie könnten mich als Dorftrottel verschleißen; sie hatten ihren Irrtum bald eingesehen. Etwas ruhiger brachte ich diese Farce zu Ende.
»Vespasian mag keine Ermittler. Ich mag keine Kaiser. Ich hatte geglaubt, mit Ihnen, Senator, wäre auszukommen, aber jeder kann sich mal irren. Guten Tag!«
Ich stürmte hinaus. Er ließ mich gehen. Daß Decimus Camillus Verus ein gewiefter Mann war, wußte ich ja schon.

Mit zornigen Schritten durchquerte ich das Vestibül mit dem blubbernden Springbrunnen. Da hörte ich ein leises Zischen.
»Falco!« Es war Sosia. »Komm in den Garten; wir müssen reden!«
Auch wenn ich noch in den Diensten ihres Onkels gestanden hätte, wäre es unstatthaft gewesen, mit der jungen Dame des Hauses zu plaudern. Ich bin stets bemüht, Senatoren nicht dadurch zu verärgern, daß ich mich mit den ihrer Obhut anvertrauten Mündeln in der Vorhalle ihres eigenen Hauses abgebe, wo die Dienstboten alles mitbekommen. Wenn ich mit Sosia sprach – und dies mußte ich, da ihre ehrwürdige Person ja das

Wort an mich gerichtet hatte –, dann mußte es schnell geschehen, und wir blieben besser in der Halle.
»Oh, Didius Falco, bitte!«
Ich folgte ihr aus purem Trotz.
Sie führte mich in einen Innenhof, den ich vorher noch nicht gesehen hatte. Blendend weißes Gemäuer lag im Kampf mit dem kalten Schwarzgrün gestutzter Zypressen. Gurrende Tauben hockten da, und es gab einen größeren Springbrunnen, der sogar wirklich funktionierte. Ein Pfau schrie hinter einer der mit Flechten bedeckten Urnen, aus denen prächtige weiße Lilien sprossen. Es war ein angenehm kühler, ruhiger Ort, aber ich weigerte mich, in den Schatten der Laube zu tauchen und mich beschwichtigen zu lassen. Sosia setzte sich; ich stand vor ihr, die Arme verschränkt. Vielleicht war es ganz gut so. Auf diese Weise bändigte ich den Drang, einen Arm um sie zu legen.
Sie trug ein rotes Kleid, das mit einer pflaumenblauen Borte gesäumt war. Es hob die Blässe ihrer Haut unter der Schminke hervor. Mit spitzem, beunruhigtem Gesicht beugte sie sich zu mir vor und war einen Augenblick lang nur noch ein bleiches, schmales, armseliges Geschöpf. Sie schien sich für ihre Familie entschuldigen zu wollen, aber als sie versuchte, mich herumzubekommen, wurde sie ernster, als ich sie je zuvor erlebt hatte. Irgend jemand mußte ihr mal beigebracht haben, wie man sich durchsetzt.
»Ich habe zufällig alles mitangehört. Falco, du kannst nicht zulassen, daß man Vespasian ermordet; er wird ein guter Kaiser werden!«
»Das bezweifele ich.«
»Er ist nicht grausam; er ist nicht verrückt. Er führt ein einfaches Leben. Er arbeitet hart. Er ist alt, aber er hat einen begabten Sohn –« Sie sagte das mit Sinn und Verstand, und sie glaubte daran, obwohl ich mir nicht vorstellen konnte, daß diese Theorie auf ihrem eigenen Mist gewachsen war. Es überraschte mich,

daß der Kaiser in diesem Haus so viel Unterstützung fand, denn es mangelte ihm an allen herkömmlichen Vorzügen. Keiner seiner Angehörigen hatte je ein hohes Amt bekleidet. Nicht daß ich ihm einen Vorwurf deswegen gemacht hätte – in meiner Familie war es schließlich genau dasselbe.

»Wer hat dir denn diesen Senf eingetrichtert?« fragte ich mürrisch.

»Helena.«

Helena. Die Kusine, die sie erwähnt hatte. Die Tochter des Senators, von der sich irgendein Einfaltspinsel von Ehemann mit Erfolg hatte scheiden lassen.

»Verstehe ... Und was ist das für eine, deine Helena?«

»Sie ist wunderbar!« rief Sosia sofort, aber dann ebenso entschieden: »Dir würde sie nicht gefallen!«

»Wieso?« fragte ich lachend.

Sie zuckte mit den Achseln. Ich hatte ihre Kusine nie kennengelernt, fühlte aber schon eine instinktive Abneigung gegen diese Frau, als sich Sosia anfangs, weil sie mir nicht traute, hinter ihrem Namen versteckte. Der einzige wirkliche Groll, den ich gegen Helena hegte, hing damit zusammen, daß sie offensichtlich großen Einfluß auf Sosia Camillina hatte. Diesen Einfluß hätte ich lieber selbst gehabt. Trotzdem irrte sich Sosia vermutlich. Die meisten Frauen gefielen mir. Aber wenn diese Helena glaubte, ihre jüngere Verwandte beschützen zu müssen, wie es vermutlich der Fall war, dann war es wohl eher umgekehrt, dann würde *ich* wahrscheinlich *ihr* nicht gefallen.

»Ich korrespondiere mit ihr«, erklärte Sosia, die meine Gedanken erraten hatte.

Ich sagte nichts. Ich wollte gehen. Es gab nichts mehr zu sagen. Ich stand da, nahm den Duft der Sommerblumen wahr, fühlte die Wärme, die von den Steinen abstrahlte.

»Ich schreibe Helena alles.«

Ich sah sie freundlicher an. Beklommenheit packte mich.

Da ich keinen Ton sagte, redete Sosia einfach weiter. Das war

ihre einzige unangenehme Angewohnheit; sie konnte einfach nicht still sein.
»Gehst du wirklich schon? Werde ich dich nie wiedersehen? Ich muß dir etwas sagen. Marcus Didius Falco, ich frage mich seit Tagen, wie ich –«
Sie hatte meinen vollen Namen gebraucht. Das tat sonst niemand. Ihr respektvoller Ton war mir unerträglich. Plötzlich war ich wirklich in einer kritischen Lage. Mein Zorn verflog.
»Laß es!« rief ich. »Sosia, glaub mir, wenn man Tage braucht, um seinen Text zusammenzubringen, dann liegt es daran, daß man besser gar nichts sagt!«
Sie zögerte.
»Du ahnst nicht –«
Ich war Freizeitpoet; es gab viele Dinge, von denen ich keine Ahnung hatte, aber bei dieser Sache wußte ich Bescheid. »Doch Sosia – ich weiß!«
Einen phantastischen Moment lang blitzte in mir der Traum von einem Leben mit Sosia Camillina auf. Dann war er zu Ende. Nur ein Dummkopf würde versuchen, die Schranken der Rangordnung auf diese Weise zu überspringen. Ein Mann kann sich mit Geld ins Bürgertum einkaufen, er kann sich für Verdienste um den Kaiser den Goldenen Ring verleihen lassen (vor allem wenn es sich um Verdienste von der fragwürdigen Sorte handelt), aber solange ihr Vater und ihr Onkel wußten, was sie sich schuldig waren – und ihr Onkel mußte es wissen, er war Millionär –, würde Sosia Camillina, trotz fehlender Mutter, so an den Mann gebracht werden, daß es sowohl ihrer eigenen Stellung als auch dem Bankkonto der Familie zum Wohle gereichte. Ihr Leben und mein Leben würden niemals zusammenkommen. Im Grund ihres Herzens wußte sie es, denn trotz ihres tapferen Vorstoßes blickte sie auf ihre Zehen in den goldenen Sandalen, biß sich auf die Lippe und fand sich ab mit dem, was ich sagte.
»Wenn ich dich brauche –«, begann sie mit gedämpfter Stimme.
Ich fiel ihr ins Wort und versuchte selbst wieder festen Boden

unter die Füße zu bekommen: »Das wirst du nicht. In deinem behüteten Leben brauchst du niemanden wie mich. Und ich, Sosia Camillina, brauche dich auch nicht!«
Ich ging rasch hinaus, ohne mich umzusehen.

Ich ging zu Fuß nach Hause. Rom, meine Stadt, deren Tröstungen bei mir noch nie versagt hatten, lag vor mir wie eine Frau – verschwiegen und schön, anspruchsvoll, dankbar und ewig verführerisch. Aber zum erstenmal im Leben ließ ich mich nicht verführen.

Kapitel 17

Ich sah Sosia Camillina wieder. Sie bat mich, sie zu treffen. Selbstverständlich ging ich hin. Ich ging, sobald ich konnte.

Schon wandte sich der Sommer nach dem Herbst. Noch schienen die Tage genauso lang und genauso heiß, aber gegen Abend wurde es rascher kühl. Ich fuhr in die Campagna, um während der Traubenernte ein wenig auszuspannen, aber mit dem Herzen war ich woanders und kehrte bald zurück.
Ich war mit meinen Gedanken von den Silberschweinen noch immer nicht losgekommen. Dieses Rätsel hatte mich gepackt; daran änderte auch nichts der Zorn darüber, wie mich Decimus Camillus zum Narren gehalten hatte. Jedesmal wenn ich Petronius Longus begegnete, fragte er mich, wie ich vorankäme. Er kannte meine Gefühle, aber auch ihn fesselte die ganze Angelegenheit so sehr, daß kein Platz für Takt blieb. Ich fing an, ihm aus dem Weg zu gehen, aber das deprimierte mich nur noch mehr. Hinzu kam, daß alle Welt unseren neuen Kaiser Vespasian beobachtete. Kein Gespräch beim Barbier oder in den Bädern, auf der Rennbahn oder im Theater ohne diese unangenehmen Stiche, weil ich nicht vergessen konnte, was ich wußte.
Sechs Wochen oder noch länger war ich völlig niedergeschlagen. Ich verpatzte ein paar Scheidungsfälle, versäumte es, Vorladungen zuzustellen, vergaß Verhandlungstermine, holte mir im Sportzentrum einen Bänderriß, beschimpfte meine Familie, ging meinem Vermieter aus dem Weg, trank zuviel, aß zuwenig

und gab die Frauen für immer auf. Wenn ich mir im Theater ein Stück ansah, verlor ich den Faden.
Eines Tages stellte mich Lenia.
»Falco, deine Freundin war hier.«
Aus alter Gewohnheit fragte ich: »Welche?« Ich tat immer noch gern so, als würde jeden Nachmittag ein Schwarm halbnackter tripolitanischer Akrobatinnen bei mir einfallen und mich zermürben. Aber Lenia wußte, daß ich mit den Frauen Schluß gemacht hatte; sie vermißte schon das Geklapper der kleinen Sandalen und das Gekicher auf der Treppe, wenn ich sie mit hochnahm. Sie vermißte auch das empörte Gekreisch, wenn meine Mutter sie am nächsten Tag an die frische Luft setzte.
»Fräulein Zierlich mit dem Stammbaum und den Klunkern. Habe sie in den Bleichbottich pinkeln lassen ... ist dann nach oben, um dir eine Nachricht dazulassen ...«
Ich hastete die Treppe hoch. Keuchend und mit hängender Zunge kam ich an. Meine Mutter war dagewesen: ein Stapel geflickter Tuniken, ein Bild von einem Streitwagen, das meine Nichte auf einer Schiefertafel gezeichnet hatte, eine Meeräsche in einer abgedeckten Schüssel. Ich schob alles beiseite und suchte.
Im Schlafzimmer wurde ich schließlich fündig. Ich spürte einen Stich bei der Vorstellung, daß Sosia hier gewesen war. Sie hatte die Nachricht auf den Stapel meiner Dichtungen gelegt, unter das Gagat-Armband, das ich schon kannte. Ich fragte mich, ob sie gemerkt hatte, daß »Aglaia, strahlende Göttin ...« in Wirklichkeit von ihr handelte. In meinen Oden heißen alle Mädchen Aglaia, irgendwie muß sich ein Dichter ja schützen.
Sosia hatte ein Wachstäfelchen dagelassen. Sie hatte es aus einem dieser vierseitigen Notizbücher herausgeschnürt und dann mit einem Stylus beschreiben, in einer runden Handschrift, die Mangel an Übung verriet.
Didius Falco, ich weiß eine Stelle, wo die vielleicht die Silberschweine verstecken. Wenn ich sie dir zeige, kannst du dir deine

Prämie holen. Kannst du in zwei Stunden beim Goldenen Meilenstein sein? Wenn du keine Zeit hast, gehe ich für dich hin und sehe nach ...«
In panischem Schrecken raste ich nach unten.
»Lenia! Lenia, wann war sie hier –«
Sie warteten in aller Ruhe am Fuß der Treppe auf mich.
Smaractus!

Unter mir regten sich Schatten, barfüßig und lautlos auf den Steinstufen: die Gladiatoren meines Vermieters, auf der Suche nach meiner unbezahlten Miete.
Ich habe ein Abkommen mit dem Mantelschneider im zweiten Stock, daß ich im Notfall durch seine Werkstatt darf, um mich vom Balkon auf den Mauervorsprung draußen herunterzulassen und von dort auf die Straße zu springen. Ich war schon an der Tür des Schneiders vorüber. Ich wollte zurück. Da öffnete sich die Tür, und jemand kam heraus. Es war nicht der Schneider.
Sie kamen direkt aus Smaractus' Gladiatorenschule, in voller Montur. Unter mir die Sorte, die man Mirmillonen nennt, ihre Oberkörper über dem Koppel von Öl glänzend, den rechten Arm vom Schlüsselbein bis zur Faust gepanzert, die soliden Helme mit dem hohen Kamm sahen aus wie sich windende, feixende Fische. Über mir, als ich herumwirbelte, zwei schmale Männer, nur in einfachen Tuniken, aber jeder mit einem teuflischen Netz im Arm – die Fischer!
Ich fuhr zurück.
»Didius Falco! Wohin so eilig?«
Ich erkannte den, der sprach. Ich erkannte seine Statur. Er duckte sich leicht und ging in Angriffsstellung, gesichtslos hinter dem Gitter seines Helms.
»Oh nein! Nicht jetzt, o Götter, nicht *jetzt* –«
»Doch, Falco! Jetzt!«
»Ihr dürft nicht, oh, ihr könnt nicht –«

»Doch, wir können! Kommt, wir zeigen es ihm ...« Da warfen mir die beiden Fischer ihre Netze über den Kopf.
Hoffnungslos zappelte ich in den Stricken und wußte, daß es sehr viel schlimmer werden würde, als eine Verhaftung durch die Schlägertruppe des Ädilen je sein konnte. Wenn Smaractus mir nur eine Lektion erteilen wollte, dann würden sie mich weichklopfen wie einen Tintenfisch auf der Küstenklippe. Wenn er einen neuen Mieter für die Wohnung gefunden hatte, war es aus mit mir. Mein einziger Trost bestand darin, daß ich kaum noch etwas spüren würde, sobald es mir gelungen war, mein Bewußtsein loszuwerden, und daß ich danach vielleicht nie mehr aufwachte.
Wahrscheinlich waren sie zu fünft, aber ich hatte das Gefühl, es wären mehr. Die Fischer durften sich mit ihrem spitzen Dreizack nicht auf der Straße sehen lassen, aber die Mirmillonen hatte ihre hölzernen Trainingsschwerter mitgebracht. Während ich in den Netzen wild mit den Armen fuchtelte, droschen sie systematisch auf mich ein, bis ich in einem Dunst aus zusammenhanglosen Lauten unterging.

Ich kam zu mir. Wohnungssuchende waren offenbar dünn gesät. Vielleicht hatte sich auch herumgesprochen, wie es sich in einer Wohnung von Smaractus lebt. Mein Büro hatte ich jedenfalls noch.
Ich wachte auf, aber nicht in meinem Zimmer, sondern irgendwo anders.
Ich war schrecklich müde. Schmerz schwappte um mich wie zähflüssiger Nektar, dann wirbelte ich in einem Strudel aus Qual und grellem Lärm nach oben.
»Er kommt zu sich! Sag was, Falco!« befahl Lenia.
Mein Hirn gab Worte von sich. Aber ich hörte keinen Ton; mein Wattemund rührte sich nicht.
Wenn es diesem Falco so dreckig ging wie mir, tat er mir leid. Ich hatte die Welt verlassen, vielleicht für dreißig Sekunden,

vielleicht für hundert Jahre. Wo immer ich gewesen war – dort war es besser als hier, ich wollte zurück.
»Marcus!« Das war jetzt nicht mehr Lenia. »Sag nichts, Sohn.« Lenia hatte meine Mutter gerufen. Du lieber Himmel!
Langsam nahmen die roten Schlieren hinter meinen Augenlidern feste Formen an. Langsam verschmolzen ich und dieser andere arme Kerl, den sie Falco nannten.
»Also, das –« Wer hatte da gesprochen? Ich oder Falco? Ich glaubte, er.
Die Stimme meiner Mutter, bissig vor Erleichterung, tönte: »Deshalb bezahlen andere Leute ihre Miete pünktlich!«
Über mir hing Lenia mit ihrem hageren Hals, sie sah aus wie eine riesige Eidechse. »Bleib liegen!« sagte sie. Ich setzte mich. Meine Mutter hatte nachgeholfen. Lieber wieder hinlegen, aber ihr Arm hinter meinem Rücken hielt mich aufrecht wie der Stab eines Puppenspielers.
Meine Mutter faßte mich mit dem festen, sachlichen Griff der erfahrenen Amme unter das Kinn und hob meinen Kopf. Immer behandelt sie mich wie einen hoffnungslosen Fall. Sie redet mit mir wie mit einem mißratenen Kind. Der Tod meines hochherzigen Bruders brennt zwischen uns als ein immerwährender Vorwurf. Ich weiß nicht mal, was sie mir eigentlich vorwirft. Wahrscheinlich weiß sie es selbst nicht.
Aber jetzt schien sie mir zu vertrauen. Mit einer Stimme, die mit aller Kraft Sinn und Verstand in den Brei hineinpumpte, der mal mein Gehirn gewesen war, sagte sie: »Marcus! Ich mache mir Sorgen um die Kleine! Wir haben ihre Nachricht gelesen. Ich habe Petronius auf die Suche geschickt, aber du solltest auch –«

Wie ein fetter Eunuch mit mehr Geld als Geschmack erreichte ich das Forum in einer Sänfte. Die Träger drängelten sich durch die Menschenmassen zum Goldenen Meilenstein, von dem aus die Entfernungen aller Straßen des Reiches gemessen werden. Von Sosia keine Spur. Ich hatte mir vorgestellt, wie sie am

Mittelpunkt der Welt auf mich wartete. Aber jetzt war nichts von ihr zu sehen. Einer von Petros Leuten sagte mir, ich solle zu seinem Hauptmann in die Granatgasse kommen. Ich machte mich zu Fuß auf den Weg.

Während ich nach der richtigen Gasse suchte, stieß ich auf ein paar Kanalarbeiter, die sich, wie das so ihre Art ist, an einem Schacht zu schaffen machten. Aber sie arbeiteten mit mehr Energie als üblich. Hektisch schaufelten sie Mörtel nach unten, und nirgendwo war eine Kürbisflasche mit Wein zu sehen.

Ich sprach sie mit jener Förmlichkeit an, die mir bei Fachleuten zuweilen angebracht scheint: »Dürfte ich kurz unterbrechen? Haben Sie hier zufällig Petronius Longus, den Hauptmann der Aventinischen Wache, vorbeikommen sehen?«

Der Vorarbeiter verwehrte mir den Genuß seiner Lebensphilosophie nicht: »Hör mal, Centurio, wenn die große Kloake nach fünfhundert Jahren anfängt, die Via Sacra in die Scheiße runterzuziehen, dann haben die Jungs, die den Kanal hier abdichten, was besseres zu tun, als bei den Passanten eine Volkszählung abzuhalten!«

»Besten Dank für die Auskunft«, antwortete ich höflich. Diesmal brachte es etwas.

»Hinter den Pfefferspeichern«, knurrte er. »Machen einen Mordswirbel, diese Schwachköpfe.« Die halbe Strecke hatte ich schon hinter mir und sagte immer noch Dankeschön.

Es gab keinen Grund zur Eile.

Die Granatgasse lag auf der Südseite des Forums, in der Nähe der Gewürzmärkte. Es war eine dieser typischen steilen, verwinkelten Gassen voller Schmutz und Abfall, die von unseren Hauptstraßen abzweigen, gerade so breit, daß sich ein Gefährt hindurchzwängen konnte. Oben, wo die Speicher über der Straße zusammenwuchsen und den Himmel verdeckten, hingen Fensterläden schief in den Angeln. Modergeruch stand zwischen den Häusern. Eine Katze jaulte mich böse an. Es war eine von jenen Ecken, wo einem mulmig wird, wenn man jemanden kommen sieht, und genauso, wenn man niemanden sieht; jedenfalls ein trostloses Ziel für die prächtigen Karawanen, die die Schätze Arabiens, Indiens und Chinas durch die halbe Welt schaukelten, um sie in Rom zu verkaufen.

Das Lagerhaus, zu dem ich wollte, sah verlassen aus; üppiges Grün überwucherte die Fahrspur in der Einfahrt, und draußen stand ein kaputter Wagen auf einer Achse, nach hinten gekippt. In einem offenen Hof fand ich sie – Petronius Longus und ungefähr ein Dutzend Männer. Noch ehe ich durch das Tor trat, ahnte ich, was mich dahinter erwartete. Ich hatte die gedämpfte Tonlage, in der sich betrübte Routiniers miteinander unterhalten, oft genug gehört.

Petro kam auf mich zu. »Marcus!«

Alle Hoffnung und aller Zweifel schwanden.

Er stand jetzt vor mir, er griff nach meinen Händen. Seine Augen wanderten über meine Wunden und blauen Flecken, aber er war so sehr mit anderen Gedanken beschäftigt, daß er sie gar nicht wahrnahm. Hinter ihm regte sich etwas. Er drehte sich um und legte mir einen Arm um die Schulter. Er brachte es nicht über sich, mir zu sagen, was geschehen war. Es war auch nicht nötig. Man hatte sie im Lagerhaus gefunden. Als ich kam, wurde sie gerade nach draußen getragen. Hier sah ich sie nun zum letzten Mal. Ihr weißes Kleid bauschte sich wie ein Strang Wolle über dem Arm eines grimmig dreinblickenden Wachsoldaten; die Art, wie ihr Kopf nach hinten nickte, verriet unmißverständlich: Sosia Camillina war tot.

Kapitel 18

Dunkelheit, flackernde Fackeln, die Patrouille wartete auf den Prätor. Mit erdrosselten Prostituierten und Fischweibern, die irgendwer mit einer Faßdaube erschlagen hat, kamen sie allein zurecht, aber das hier ging den Senat an – die Aufklärung war vielleicht nicht schwieriger, aber mit mehr Schreiberei verbunden.

Petronius stöhnte. »Stundenlang haben wir gesucht, etliche Spitzeln ausgequetscht, die sie gesehen hatten. Endlich waren wir in der Gasse und mußten noch fünf verschiedene Wächter in die Mangel nehmen, bis wir die richtige Stelle gefunden hatten. Zu spät. Ich konnte nichts machen. Ich konnte einfach nichts machen ... *Diese verdammte Stadt!*«

Er liebte Rom.

Sie legten sie im Hof auf den Boden.

Meistens ist es ziemlich leicht, an diesem Punkt einen gewissen Abstand zu wahren. Meistens kenne ich die Opfer ja nicht, ich lerne sie erst nach dem Verbrechen kennen. Und ich kann diese Reihenfolge nur jedem empfehlen.

Ich vergrub mein Gesicht in den Händen.

Ich bemerkte, daß Petronius Longus seine Leute auf die Seite winkte. Wir waren seit langem Kollegen. Wir standen im Leben auf der gleichen Seite. Jetzt verschaffte er mir soviel Raum, wie er konnte.

Ich stand einen Meter von ihr entfernt. Petronius trat neben mich. Er murmelte etwas und kniete sich hin. Seine große Hand schloß ihr behutsam die Augen. Dann stand er neben mir. Wir sahen beide auf sie herab. Er sah Sosia an, um nicht mich ansehen zu müssen. Ich sah Sosia an, weil es auf dieser Welt nichts anderes gab, was ich je wieder ansehen wollte.

Ihr anmutiges Gesicht leuchtete noch durch die Schminke. Aber darunter schimmerte ihre Haut alabasterweiß. Es war Sosia; aber sie würde es nie wieder sein. Da war kein Strahlen und kein Lachen, nur diese reglose, bleiche Hülle, eine Leiche, aber ich konnte mit ihr nicht umgehen wie mit einer Leiche.

»Sie hat es gar nicht mitbekommen«, murmelte Petro und räusperte sich. »Es muß ganz schnell gegangen sein. Nichts Schlimmes.« Vergewaltigung. Er meinte Vergewaltigung, Folter, Erniedrigung, irgend etwas Widerwärtiges.

Sie war tot, und dieser Schwachkopf wollte mir erzählen, sie hätte nicht leiden müssen! Er wollte mir erzählen, es sei alles sehr schnell gegangen.

Das konnte ich selber sehen! Ein kurzer, kräftiger, gewaltsamer Stoß von unten hatte Sosia Camillina getötet, bevor sie auch nur ahnte, was der Mann im Schilde führte. Es war kaum Blut geflossen; der Schock hatte sie getötet.

»War sie tot, als ihr kamt?« fragte ich. »Hat sie noch etwas gesagt?«

Routinefragen, Marcus. Klammere dich an deine Routine.

Eine unsinnige Frage. Petronius hob hilflos die Schultern und wandte sich ab.

So stand ich da und war fast allein mit Sosia – jedenfalls so allein, wie ich es nie wieder sein würde. Ich hätte sie gern in die Arme genommen, aber es waren zu viele Leute da. Ich ging in die Hocke und kauerte neben ihr, während Petro seine Truppe noch immer fernhielt. Ich konnte nicht zu ihr sprechen, auch nicht in Gedanken. Ich sah sie auch nicht mehr richtig an. Der Anblick

dieser Spur von dickflüssigem Blut auf ihrem Gewand hätte mich vollends umgeworfen.
Ich saß da und versuchte mir vorzustellen, was geschehen war. Nur so konnte ich ihr jetzt noch helfen. Nur so konnte ich sie dafür trösten, daß sie so allein gestorben war.
Dort hatte sie ihren Mörder getroffen, schreibend (das war offenkundig). Aber was hatte er geschrieben? Keine Aufstellung der Silberbarren, denn Sosia hatte sich geirrt, es waren keine Barren dort, wir haben das verlassene Lagerhaus tagelang von oben bis unten durchsucht. Aber er schrieb gerade etwas, denn um die Wunde herum war ihr weißes Kleid voller rußschwarzer Tintenspritzer. Vielleicht hatte sie ihn gekannt. Vielleicht war ihm, als sie so plötzlich vor ihm stand, klargeworden, daß sie zum Schweigen gebracht werden mußte, und er war aufgestanden und hatte sie mit einem raschen, von unten geführten Stoß ins Herz erstochen – *mit seinem Schreibgriffel.*
Petronius hatte recht. Damit konnte Sosia Camillina nicht gerechnet haben.
Ich stand auf, ohne zu stolpern und ohne hinzufallen.
»Ihr Vater…«
»Ich gehe zu ihm«, erklärte Petronius mit düsterer Miene. »Geh du nach Hause! Ich sage es der Familie. Marcus, geh du einfach nach Hause!«
Es war wohl das beste so.
Ich spürte, wie er mir nachsah. Er wollte helfen. Aber er wußte, es war nichts zu machen.

Kapitel 19

Ich ging zum Begräbnis. In meinem Beruf gehört das dazu. Petronius kam mit.
Die Zeremonie fand im Freien statt. Die Prozession kam vom Haus ihres Vaters. Sosia Camillina lag auf einer offenen Bahre, Blumengewinde im Haar. Die Verbrennung sollte draußen vor der Stadt, beim Mausoleum der Familie an der Via Appia stattfinden. Sie verzichteten auf professionelle Klageweiber. Junge Männer, Freunde der Familie, trugen die Bahre.
Es wehte ein stürmischer Wind. Während sie am hellichten Tage unter Flötenmusik und Klageliedern durch Rom zogen, kam das Treiben auf den Straßen für einen Augenblick zum Erliegen. Vor dem Scheiterhaufen, der wie ein Altar aus rohem Holz aufgeschichtet und an den Seiten mit dunklen Blattranken dekoriert war, stolperte einer der jungen Träger. Ohne zu überlegen, trat ich vor und sprang für ihn ein. Die Bahre war so leicht, daß sie uns fast aus den Händen glitt, als wir sie auf den Holzstoß hoben.
Die Ansprache ihres Vaters war kurz, fast ein wenig flüchtig. Aber das paßte zu ihr. So war auch ihr Leben gewesen. Was Publius Camillus an diesem Tage sagte, war einfach und wahr.
»Sosia Camillina war meine einzige Tochter. Sie war schön, ehrerbietig und gehorsam, und sie wurde der Welt entrissen, bevor sie die Liebe eines Gatten oder eines Kindes kennenlernen konnte. Nehmt, o Götter, ihre junge Seele freundlich auf …«

Er ergriff eine der Fackeln und entzündete, der Sitte gemäß, mit abgewandtem Blick den Scheiterhaufen.
»Sosia Camillina, Heil dir und Lebewohl!«
Zwischen Blumen, kleinen Schmucksachen und süß duftenden Ölen verließ sie uns. Die Leute weinten. Ich auch. Wohlriechende Flammen loderten empor. Einmal sah ich sie noch durch den Rauch. Dann war sie nicht mehr.

Petronius und ich hatten dieses Ritual schon Dutzende von Malen durchgestanden. Gefallen hat es uns nie. Wir standen etwas abseits, und ich schimpfte leise vor mich hin. »Es ist widerwärtig. Warum, verdammt, bin ich überhaupt hier?«
Mit leiser Stimme zählte er auf: »Die förmliche Beileidsbekundung. Außerdem die schwache Hoffnung, daß der Verrückte, den wir suchen, hier auftaucht. Daß er, vom eigenen Verbrechen fasziniert, seine Grimasse beim Mausoleum zeigt ...«
Ohne meine Trauermiene zu verziehen, höhnte ich: »... und sich ausgerechnet an dem Ort den neugierigen Blicken aussetzt, wo er sicher sein kann, daß ein paar Vertreter des Gesetzes herumstehen und nur darauf warten, jedem ungeladenen Gast nachzurennen, der irgendwas Schräges im Blick hat.«
Petro legte mir eine Hand auf den Arm. »Und außerdem, weißt du, fällt uns vielleicht eine Stimmung bei den Angehörigen auf, die nicht ins Bild paßt.«
»Die Familie scheidet aus«, erklärte ich.
Petronius runzelte die Stirn. Diese heikle Angelegenheit hatte er dem Prätor überlassen. Sollte sich doch ein Magistrat – vom gleichen Rang wie die Familie – die Hände schmutzig machen! Wahrscheinlich dachte er, ich wäre zu erschüttert, um die Familie in Betracht zu ziehen. Aber das stimmte nicht.
»Frauen sind nicht stark genug, Kinder nicht groß genug. Decimus Verus kann fünfzig Regierungsmitglieder beibringen – auf deren Ehrenwort ich keinen Pfifferling gebe – und noch den alten Sklaven vom Schwarzen Meer, der ihm die Schuhe putzt

– dessen Aussage mir schon genügt –, und allesamt können sie beschwören, daß er im Senat war. Publius Meto wiederum hat in der Zeit mit dem geschiedenen Mann der Tochter seines Bruders über Handelsschiffe geredet, so daß übrigens auch dieser Ex-Mann nicht in Betracht kommt, und dies, bevor wir ihn überhaupt in Betracht gezogen haben.« Ich hatte alles überprüft. Ich kannte inzwischen Verwandte des Senators und seines Bruders, die diese beiden wahrscheinlich längst vergessen hatten.

Nur mit Helenas früherem Mann hatte ich nicht gesprochen, hatte mir nicht mal die Mühe gemacht, nach seinem Namen zu fragen. Aber er kam aus zwei Gründen nicht in Frage. Der nützliche Stiefelknecht vom Schwarzen Meer hatte mir gesagt, wo er sich aufhielt. Und außerdem hatte er sich ja von Helena scheiden lassen. Ich hatte genug mitbekommen von den Ehen anderer Leute und war überzeugt, daß es für die Betroffenen meistens gut war, wenn sie ihrer förmlichen Verbindung ein Ende machten. Wenn Helenas Gatte in diesem Punkt mit mir übereinstimmte, war er offenbar ein vernünftiger Mann.

Sie dürfen nicht glauben, mein treuer Zeltgenosse von ehedem sei müßig geblieben. Petronius hatte sich an die Mannschaft des zuständigen Prätors gehängt. Er hatte sich dem Ädilen, der mit dem Fall befaßt war, unentbehrlich gemacht (zum Glück nicht Pertinax, wir waren im Achten Bezirk, dem Gebiet des Forum Romanum). Petro selbst hatte jedes Lager und jeden Schuppen in der Granatgasse durchsucht. Wie sich herausstellte, gehörte das Speicherhaus, in dem Sosia gefunden worden war, einem uralten Ex-Konsul namens Caprenius Marcellus, der auf einem Landgut fünfzig Meilen südlich von Rom an einer schleichenden Krankheit langsam zugrunde ging. Dem Prätor hätte Im-Sterben-Liegen als Alibi genügt, aber Petronius fuhr trotzdem den ganzen Weg hin und wieder zurück, um sicherzugehen. Capre-

nius konnte es nicht gewesen sein. Vor lauter Schmerzen hatte er Petro überhaupt nicht wahrgenommen.
Das Lagerhaus stand leer, aber wir waren sicher, daß es benutzt worden war. Im Hof fanden wir frische Wagenspuren. Jeder, der wußte, daß der Eigentümer krank war, konnte heimlich eingezogen sein. Aber offenbar war er danach auch wieder ausgezogen.

Während des Begräbnisses kam es nicht zu Zwischenfällen. Wir sichteten keine Finsterlinge. Petronius und ich waren es, die sich fehl am Platze fühlten.
Inzwischen bereiteten sich die nächsten Angehörigen darauf vor, die Asche einzusammeln; für die übrigen Trauergäste war es an der Zeit, aufzubrechen. Bevor wir gingen, gab ich mir einen Ruck und trat zu Sosia Camillinas trauerndem Papa.
»Publius Camillus Meto.«
Seit dem Tag bei Pertinax sah ich ihn zum ersten Mal. Er hatte ein Gesicht zum Vergessen: das glatte ausdruckslose Oval, der unnahbare Blick mit einem Anflug von Geringschätzigkeit. Es war wohl auch das einzige Mal, daß ich ihn mit seinem Bruder zusammen sah. Mit seiner Glatze wirkte Publius wie der Ältere von beiden, aber heute, während er die Feierlichkeiten leitete, war sie bedeckt, und als er sich mir nun zu entziehen versuchte, bemerkte ich eine Entschlossenheit in seinen Zügen, die meinem Auftraggeber Decimus fehlte. Ein Hauch von Myrrhenöl umwehte Publius; er trug einen Ring mit einer Intaglio-Arbeit und einem großen Smaragd, Anzeichen von Junggeselleneitelkeit, die mir vorher entgangen waren. Daß mir solche Nebensächlichkeiten ausgerechnet in diesem Augenblick auffielen, steigerte nur meine Verlegenheit.
»Mein Herr, ich nehme an, es ist das letzte, was Sie von mir hören wollen –«, an seinem Gesichtsausdruck erkannte ich, daß ich mich nicht täuschte, »– aber ich verspreche Ihnen – und ihr –, daß ich herausfinden werde, wer Ihre Tochter getötet

hat. Gleichgültig, was es mich kostet und wie lange es dauert.«
Er starrte mich an, als hätte er das Sprechen verlernt. Julia Justa, die Frau seines Bruders, streifte meinen Arm. Sie warf mir einen verärgerten Blick zu, aber ich ließ nicht locker. Publius war ein Mann, der auch im Kummer freundlich lächeln konnte, aber hinter dieser Freundlichkeit zeigte sich eine Härte, die ich bisher nicht wahrgenommen hatte.
»Sie haben genug für meine Tochter getan!« fuhr er mich an. »Entfernen Sie sich! Lassen Sie uns in Ruhe!« Fast hätte er mich angeschrien.
Seine Stimme bebte. Für uns beide war der Morgenstern verblaßt, und ich stand da und belästigte ihn. Er wußte nicht, wem er die Schuld sonst geben sollte, also gab er sie mir.
Aber das war nicht der Grund. Seine Stimme bebte, weil Publius Camillus Meto offenbar zu jenen Menschen gehörte, die der Schmerz in eine innere Erstarrung treibt; er sah aus, als würde er irgendwann zusammenbrechen, aber nicht in der Öffentlichkeit, nicht heute und nicht hier. Dabei war er früher so selbstsicher gewesen – dieser Verlust hatte ihn schwer getroffen.
Ich trauerte genauso aufrichtig um seine Tochter wie er. Ihretwegen litt ich mit ihm. Ihretwegen sprach ich mit offenem Herzen.
»Mein Herr, wir teilen –«
»Wir teilen gar nichts, Falco!« Er ging davon.
Ich sah, wie ihn die bleiche Frau des Senators, die es auf sich genommen hatte, ihren Schwager durch diesen entsetzlichen Tag zu geleiten, zum Scheiterhaufen führte. Dienerinnen nahmen jetzt die kleineren Kinder auf den Arm. Die Sklaven der Familie standen dicht zusammengedrängt. Wichtige Männer, die im Begriff waren zu gehen, drückten dem Senator die Hand und folgten seinem Bruder mit düsteren Blicken.
Ich wußte, ich würde den Senator ansprechen können. Mit

seinem jüngeren Bruder Publius kam ich nicht klar, aber Decimus und ich konnten jederzeit miteinander reden. Ich wartete ab.

Die beiden Brüder hatten Sosias Leben geteilt; sie teilten sich auch ihr Hinscheiden. Jetzt leitete Decimus die Zeremonie. Publius stand nur da und starrte die Überreste der Knochen auf dem Scheiterhaufen an. Währenddessen traf Sosias Onkel Vorbereitungen, die Glut mit Wein zu löschen. Auf diesen Wink entfernten sich die Trauergäste. Decimus hielt inne und wartete darauf, daß er ungestört sein würde.

Er ging mit der mechanischen Höflichkeit eines Mannes, der bei einem Begräbnis die Beileidsbezeugungen von fremden Leuten über sich ergehen läßt, auf Petronius zu. Drei Schritte vor uns blieb er stehen.

»Hauptmann, danke, daß Sie gekommen sind. Didius Falco, sagen Sie mir, ob Sie bereit sind, den Fall weiterzuverfolgen!«

Kein Theater. Kein Wort davon, daß ich unseren Vertrag gekündigt hatte. Kein Entkommen.

Ich antwortete ihm mit tiefer Erbitterung.

»Ich werde weitermachen! Die Leute vom Magistrat haben sich festgefahren. In den Lagerhäusern war nichts. Niemand hat den Mann gesehen, sein Griffel läßt sich nicht identifizieren. Aber die Silberschweine werden uns am Ende zu ihm führen.«

»Was wollen Sie tun?« fragte mich der Senator mit gerunzelter Stirn.

Ich spürte, wie Petronius sein Gewicht auf den anderen Fuß verlagerte. Wir hatten nicht darüber gesprochen. Bis zu diesem Augenblick hatte ich geschwankt. Jetzt, da sie nicht mehr war, sah ich klarer. Es gab einen Weg, und ich sah ihn deutlich vor mir. In Rom hielt mich nichts mehr. Hier war kein Platz für mich, keine Freude, kein Friede.

»Senator, Rom ist zu groß. Aber der Faden, nach dem wir suchen, geht von einem kleinen Nest in einer Provinz aus, die unter strenger Militäraufsicht steht. Dort muß es viel schwerer

sein, etwas zu verheimlichen, als hier. Wir waren dumm. Ich sollte schon längst unterwegs sein.«
Petro, der die Gegend so abgrundtief gehaßt hatte, konnte nicht mehr an sich halten. »O Marcus! O ihr Götter! –«
»Britannien«, bestätigte ich.
Britannien im Winter. Es war schon Oktober; ich konnte von Glück sagen, wenn ich es noch schaffte, bevor die Schiffahrt eingestellt wurde. Britannien im Winter. Ich war dort gewesen, ich wußte, wie schlimm es ist. Der feine Nebel, der sich einem wie klebriger Fischleim ins Haar setzt; die Kälte, die einem in die Schultern und die Knie fährt; der Dunst über der See und die Schneestürme aus den Bergen; diese furchtbaren Monate der Dunkelheit, in denen das Morgengrauen bruchlos in die Abenddämmerung überzugehen scheint.
Es war unwichtig. Nichts war mir mehr wichtig. Je wüster die Gegend, desto besser. Nichts war mehr wichtig.

Teil II

Britannien

Winter, 70 n. Chr.

Kapitel 20

Falls Sie je mit dem Gedanken spielen, hinzufahren – ich kann Ihnen nur abraten.

Wenn Sie aber aus irgendwelchen Gründen nicht drum herumkommen, dann finden Sie die Provinz Britannien jenseits der Zivilisation, im Reich der Nordwinde. Sollte Ihre Landkarte an den Rändern jedoch ein bißchen ausgefranst sein, dann ist Britannien auch nicht mehr da, und in diesem Falle kann ich nur sagen: um so besser. Auch der alte Boreas will weg von dort, und deshalb bläst er immerzu aus seinen dicken Backen – nach Süden.

Offiziell hatte ich von Camillus Verus den Auftrag, seine Tochter von dem Besuch bei ihrer Tante heimzubegleiten. Dem Senator schien aber vor allem seine jüngste Schwester, die britische Tante, am Herzen zu liegen, denn als wir darüber sprachen, meinte er: »Falco, begleiten Sie meine Tochter, sofern sie damit einverstanden ist. Ich überlasse es Ihnen, die Einzelheiten mit Helena abzusprechen.«

Aus der Art, wie er das sagte, schloß ich, daß die junge Dame etwas eigensinnig war. Es klang so unsicher, daß ich ihn rundheraus fragte: »Wird Sie denn Ihrem Rat nicht folgen? Ist mit Ihrer Tochter schwer auszukommen?«

»Sie hat eine unglückliche Ehe hinter sich!«

»Tut mir leid, das zu hören, Senator.« Die Trauer um Sosia erfüllte mich so sehr, daß ich keine Lust hatte, mich auf die Probleme von anderen Leuten einzulassen. Aber vielleicht hatte mein Schmerz mich auch offener für das Leid anderer gemacht.

»Die Scheidung war das beste für sie«, sagte er kurz und gab zu erkennen, daß er nicht die Absicht hatte, mit Leuten wie mir über das Privatleben seiner Tochter zu debattieren.

In einem Punkt hatte ich mich geirrt: Er mochte Helena sehr gern, und doch schien es, als wäre sie ihm unheimlich. Dabei war mir schon damals, bevor ich es selbst so weit gebracht hatte, bewußt, daß Vater eines Mädchens zu sein, jeden Mann kaputtmachen konnte. Sobald einem die Hebammen mit höhnischem Grinsen das runzlige rote Bündel in den Arm legen und verlangen, man solle ihm einen Namen geben, besteht das Dasein im wesentlichen nur noch aus Panik und Ärger ...

Mit dickköpfigen Frauen hatte ich schon zu tun gehabt. Ein paar deutliche Worte von mir würden diese Helena schon zur Raison bringen.

Ich reiste auf dem Landweg nach Britannien. Die ganze Strekke – zwischen den Säulen des Herkules in den wilden Atlantik hinaus, um Lusitanien und das Tarraconensische Spanien herum – per Schiff zurückzulegen, mochte ich niemandem zumuten. Nicht einmal mir selbst. Obwohl ich mich dafür haßte. Die direkte Überfahrt von Gallien war schon schlimm genug.

Es war alles getan worden, um mir die Reise zu erleichtern: reichlich Bargeld und ein besonderer Paß. Das Geld verschleuderte ich für Mantelspangen und Eierflip mit Muskat. Der Paß trug eine Unterschrift, die der des Kaisers so ähnlich war, daß alle schläfrigen Hunde an den Grenzposten aufwachten und Männchen machten. Die größte Sorge bereitete mir der Gedanke, daß ich meine Wohnung verlieren könnte, aber wie sich herausstellte, konnte ich während dieser hochkarätigen Mission auf die Dienste eines Faktotums zählen. Der griechische Buchhalter des Senators würde mit Smaractus alles Nötige

regeln – gern wäre ich dabeigewesen, wenn die beiden miteinander verhandelten.
Meine Mutter meinte, wenn sie gewußt hätte, daß ich noch einmal nach Britannien gehen würde, hätte sie den Untersetzer aufgehoben, den ich ihr beim ersten Mal als Geschenk mitgebracht hatte. Er war aus dem seifigen Schieferton von der Südküste geschnitten. Offenbar mußte das Zeug regelmäßig geölt werden. Das hatte ich nicht gewußt und ihr folglich auch nicht gesagt, und deshalb war dieser Untersetzer mit der Zeit zerfallen. Ma fand, ich sollte den Hausierer ausfindig machen und mein Geld zurückverlangen.
Petronius lieh mir ein Paar Socken von seiner alten britischen Ausrüstung. Nie wirft er irgend etwas weg. Meine Socken hatte ich schon in Gallien in einen Brunnen geworfen. Hätte ich damals etwas von dieser unseligen Reise geahnt, wäre ich gleich hinterhergesprungen.

Unterwegs war reichlich Zeit zum Nachdenken.
Aber mit Nachdenken kam ich nicht weiter. Viele Leute konnten den Wunsch haben, Vespasian abzusetzen. Das Kaiser-Wechseln war in den letzten beiden Jahren sehr in Mode gekommen. Nachdem Neros schrille Konzerte schließlich auch für die unmusikalischen Banausen auf den guten Plätzen ihren Reiz verloren hatten, erstach er sich, und es folgte ein allgemeines Gerangel. Zuerst Galba, ein wackliger alter Autokrat aus Spanien. Dann Otho, der für Nero den Zuhälter gespielt hatte und sich deshalb für dessen rechtmäßigen Erben hielt. Nach ihm Vitellius, ein tyrannischer Vielfraß, der seinen Posten durch Saufen gewann und durch Saufen verlor und am Ende damit belohnt wurde, daß man einen Erbsenbrei nach ihm benannte. Das alles in zwölf Monaten. Inzwischen konnte man fast glauben, jeder Halbgebildete mit gewinnendem Lächeln könnte das Reich davon überzeugen, daß der Purpur genau seine Farbe sei. Als Rom schließlich verwüstet daniederlag, tauchte Vespasian

auf, dieser gerissene, alte General, der den einen großen Vorteil hatte, daß man nichts über ihn wußte, weder Gutes noch Schlechtes. Außerdem hatte er in seinem Sohn Titus einen unschätzbaren Bundesgenossen. Wie ein Terrier, der eine Ratte schüttelt, ließ dieser Titus die Chance, Ruhm in der Politik zu gewinnen, nicht mehr los.

Decimus Camillus Verus, mein Auftraggeber, vertrat die Ansicht, wer etwas gegen Vespasian unternehmen wolle, müsse warten, bis Titus aus Judäa zurückgekehrt sei. Vespasian selbst war mit der Unterdrückung eines jüdischen Aufstandes beschäftigt gewesen, als ihm plötzlich die Macht zufiel. Er kehrte als Kaiser nach Rom zurück und überließ es Titus, diesen populären Feldzug mit der üblichen Prahlerei abzuschließen. Wer Vespasian jetzt beseitigte, hätte seinem brillanten älteren Sohn nur den Weg geebnet, das Imperium früher als erwartet zu übernehmen. Domitian, sein jüngerer Sohn, war ein politisches Leichtgewicht, aber Vespasian und Titus mußten gemeinsam vom Sockel geholt werden, oder jede Verschwörung gegen sie war von vornherein zum Scheitern verurteilt. Für mich hieß das: Ich hatte für die Lösung des Rätsels soviel Zeit, wie Titus brauchte, um Jerusalem zu erobern – und Festus hatte mir, bevor er in Bethel sein Leben wegwarf, erklärt, Titus würde in Jerusalem einmarschieren, ehe ein Zentaur auch nur zweimal mit dem Schwanz gewedelt hätte. (Titus hatte die Fünfzehnte Legion befehligt, in der mein Bruder damals diente.)

So also stand es. Jeder Mann von Rang und Einfluß, der gern Kaiser werden wollte, konnte sich bemüßigt fühlen, die neue Dynastie von ihrem Olivenbaum herunterzuschütteln. Im Senat saßen sechshundert Männer. Jeder von ihnen konnte es sein.

Camillus Verus zählte ich nicht zu den Verdächtigen. Lag es daran, daß ich ihn kannte? Da der alte Dummkopf mein Klient war, erschien er mir menschlicher als die anderen (obwohl ich mit solchen Mutmaßungen schon oft hereingefallen war). Aber

selbst wenn er eine saubere Toga hatte, blieben noch fünfhundertneunundneunzig andere.
Es mußte jemand sein, der in Britannien Bescheid wußte – oder jemanden kannte, der sich seinerseits dort auskannte. Ein Vierteljahrhundert war vergangen, seit Rom diese Provinz besetzt hatte (Vespasian hatte sich dabei übrigens zum erstenmal einen Namen gemacht). Seither waren zahllose tapfere Seelen nach Norden gezogen, um ihren Dienst zu tun, viele von ihnen Männer von hohem Ansehen, die inzwischen der Ehrgeiz gepackt haben mochte. Titus selbst war ein typisches Beispiel. Ich erinnerte mich noch, wie er als junger Militärtribun die Verstärkungstruppen befehligte, die aus dem Rheinland nach Britannien verlegt wurden, um die Provinz nach der Revolte wieder aufzubauen. Britannien war eine Art Exerzierfeld für gesellschaftliche Tauglichkeit. Niemand konnte die Gegend leiden; aber es gab heutzutage keine vornehme römische Familie, aus der nicht wenigstens ein Sohn oder Neffe fröstelnd in den Sümpfen an diesem letzten Ende der Welt Dienst geschoben hatte. Jeder von ihnen konnte der sein, nach dem ich suchte.
Es konnte jemand sein, der in Nordgallien gedient hatte.
Es konnte jemand aus der britischen Kanalflotte sein.
Es konnte jeder x-beliebige Besitzer eines Schiffes sein. Ein Kaufmann, der britisches Korn zu den Militärstützpunkten am Rhein transportierte. Ein Händler, der Felle oder Jagdhunde nach Italien importierte. Einer, der Töpferwaren und Wein exportierte. Oder – man weiß ja, wie Kaufleute sind – ein ganz mieses Syndikat.
Es konnte der Statthalter der Provinz Britannien sein.
Es konnte eine Frau sein.
Es konnte der Mann sein, zu dem ich unterwegs war, Gaius Flavius Hilaris, der Schwager meines Senators, der inzwischen zum Prokurator der Finanzverwaltung aufgestiegen war und seit zwanzig Jahren freiwillig in Britannien lebte – die Entscheidung für diesen Wohnort war allerdings so exzentrisch, daß irgend

etwas dahinterstecken mußte: Wahrscheinlich lief Hilaris vor irgend etwas weg (oder er hatte den Verstand verloren ...).

Als ich den Britannischen Ozean erreichte, war mir von all den wilden Mutmaßungen ganz schwindlig. Ich stand auf den Klippen am äußersten Ende Galliens, sah, wie die weißen Rosse der schäumenden Fluten dahinjagten, und spürte Übelkeit in mir aufsteigen. Während das Schiff in die Meerenge hinauszusteuern versuchte, schob ich mein Problem beiseite und konzentrierte mich darauf, nicht seekrank zu werden. Ich weiß nicht, warum ich das überhaupt versuchte – seekrank werde ich jedesmal.

Erst beim fünften Anlauf kamen wir aus dem Hafen von Gesoriacum heraus, und als wir dann auf offener See waren, hatte ich nur einen Wunsch: umkehren.

Soldat der Kaiserlichen Flotte

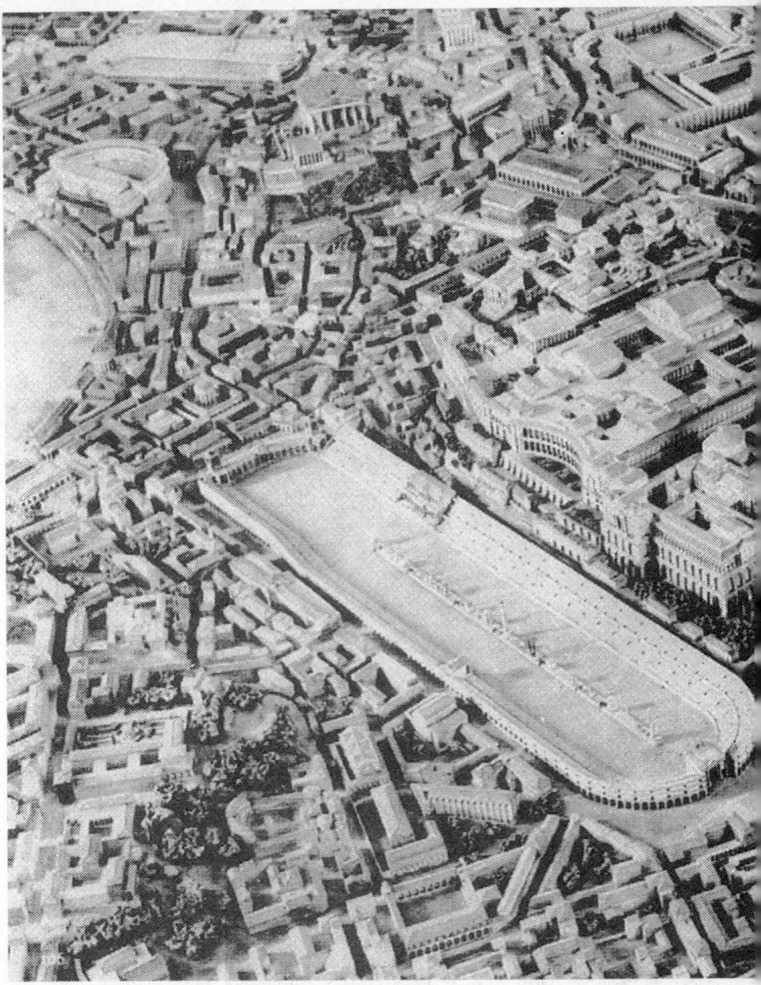

Rom in der späten Kaiserzeit. Oben das Forum, darunter in der Bildmitte der Komplex der Kaiserpaläste auf dem Palatin, angrenzend der Circus Maximus. Das Flavische Amphitheater auf der rechten Seite,

besser bekannt unter dem Namen »Colosseum«, wurde unter Vespasian begonnen und unter Titus im Jahre 80 n. Chr. vollendet. Das Modell der antiken Metropole befindet sich im Museo della Civiltà Romana, Rom.

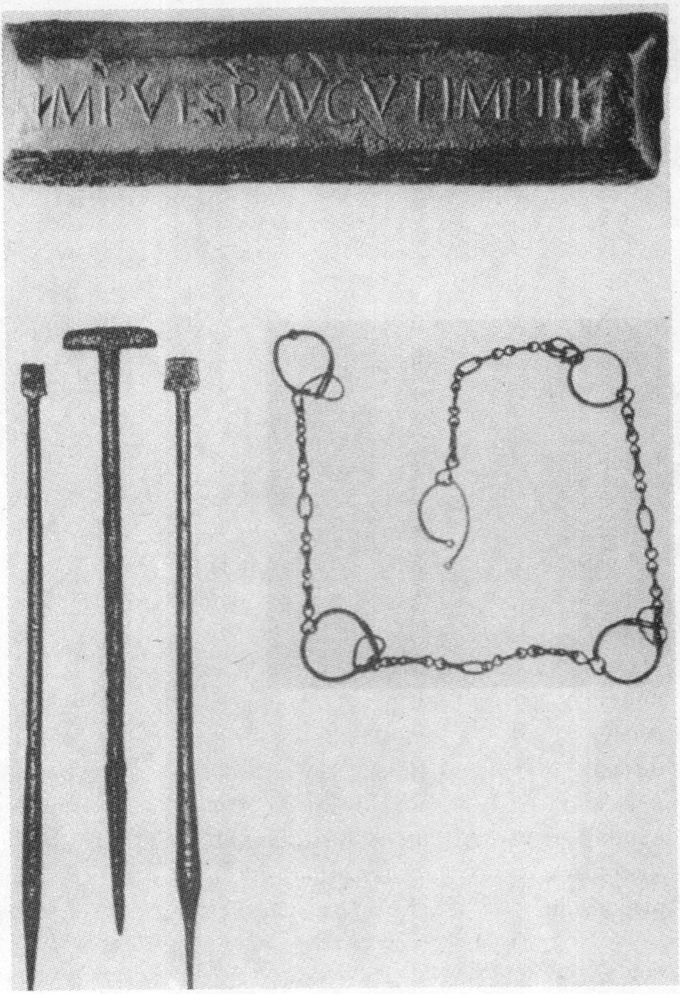

Römischer Bleibarren aus Britannien.

Sklavenketten von der britischen Insel Anglesey (Lat. Mona).

Eiserne Schreibgriffel.

Kapitel 21

Ich hatte vorgehabt, mich in aller Ruhe ein paar Tage in Londinium zu akklimatisieren. Aber der Hafenmeister in Gesoriacum mußte meine Ankunft gleich, nachdem er meiner ansichtig geworden war, dem Depot in Dubris signalisiert haben. Noch bevor ich Gallien verlassen hatte, wußte Londinium, daß ich unterwegs war. Am Kai von Rutupiä spazierte ein Abgesandter in pelzgefütterten Stiefeln auf und ab. Er wartete nur darauf, mir beizustehen, sobald ich den Fuß an Land gesetzt hatte.

Der Abgesandte des Prokurators war ein Dekurio, der seinen Posten, wie all diese Helden, durch Wichtigtuerei ergattert hatte. Er stellte sich vor, aber er war ein speckgesichtiger, unfreundlicher Kerl mit glattem Haar, dessen Namen ich gleich wieder vergaß. Er gehörte zur Zwanzigsten Legion Valeria, diesen eingebildeten Helden, die sich bei der Niederwerfung des Aufstandes der Königin Boudicca mit Ruhm bekleckert hatten. Jetzt lag ihr Hauptquartier gegenüber dem Bergland, bei Virconium, jenseits der Grenze, und die einzige nützliche Information, die ich diesem Knaben abzuluchsen vermochte, besagte, daß die Grenze trotz aller Bemühungen einer ganzen Riege von Statthaltern noch immer dort verlief, wo sie auch früher verlaufen war: entlang der alten Straße von Isca nach Lindum. Der größte Teil der Insel lag noch immer hinter der Grenze, außerhalb des römischen Herrschaftsgebietes. Mir fiel ein, daß auch die Silbergruben auf der falschen Seite der Grenze lagen.

In Britannien war anscheinend alles beim alten geblieben. Die Zivilisation überzog diese Provinz wie eine dünne Schicht Wachs – mit dem bloßen Fingernagel konnte man sie abkratzen. Vespasian schickte ständig Rechtsanwälte und Akademiker, die aus den Stammesfürsten Demokraten machen sollten, die man gefahrlos zum Abendessen einladen konnte. Die Rechtsanwälte und Akademiker mußten gut sein. Rutupiä war ein typischer römischer Seehafen, aber sobald wir den Ort auf der Nachschubstraße südlich des Flusses Tamesis verlassen hatten, stellte sich das alte Bild ein: verrauchte runde Hütten inmitten von winzigen Feldern, verdrießliche Rinder unter einem bedrohlichen Himmel, und das bestimmte Gefühl, daß man tagelang durch Hügel und Wälder reisen mußte, ehe ein Altar für einen Gott in Sicht kam, dessen Namen man schon mal gehört hatte. Als ich Londinium das letzte Mal gesehen hatte, war die Stadt ein verkohltes Trümmerfeld gewesen, über dem ein beißender Geruch hing. Die Schädel niedergemetzelter Siedler türmten sich wie Kieselsteine in einem schmierigen roten Fluß. Jetzt stand an dieser Stelle eine neue Verwaltungshauptstadt. Wir kamen von Süden und fanden eine nagelneue Brücke, sauber angelegte Kais, Lagerhäuser und Werkstätten, Tavernen und Bäder; kein Gebäude war älter als zehn Jahre. Vertraute und exotische Gerüche wehten mich an, und in den ersten zehn Minuten hatte ich schon sechs verschiedene Sprachen gehört. Wir kamen an einem brachliegenden Gelände vorüber, auf dem der künftige Palast des Statthalters abgesteckt war, und an einem anderen großen Grundstück, wo das Forum entstehen sollte. Überall standen Regierungsgebäude, und in einem von ihnen – einem Finanzkomplex, in dem es sehr geschäftig zuging, mit Innenhöfen, die von gedeckten Gängen umgeben waren, und mit sechzig Büros – wohnte der Prokurator mit seiner Familie.

Die Privatgemächer des Prokurators waren deprimierend britisch: überdachte Innenhöfe, enge Zimmer, ein dunkles Vesti-

bül, düstere, stickige Gänge. Leute mit bleichen Gesichtern und bleichen Beinen lebten hier zwischen so viel Geschirr aus Arretium und Glaswaren aus Phönizien, daß das Dasein zumindest erträglich schien. Es gab sogar Wandgemälde – in Ochsenblut und Ocker gemalt, mit Randleisten aus Störchen und Weinlaub verziert und ausgeführt von einem Stukkateur, der offenbar vor zwanzig Jahren zum letzten Mal einen Storch und ein paar Weintrauben zu Gesicht bekommen hatte. Es war erst Mitte Oktober, aber schon schlug mir, sobald ich zur Tür hereinkam, die Wärme der Fußbodenheizung entgegen.
Flavius Hilaris kam mir aus seinem Arbeitszimmer entgegen. »Didius Falco? Willkommen in Britannien! Wie war die Reise? Sie sind schnell vorangekommen! Treten Sie ein und erzählen Sie, ich lasse unterdessen Ihr Gepäck nach oben schaffen.«
Er war ein zuvorkommender, lebhafter Mann, den ich nur bewundern konnte, denn er hielt es nun seit fast dreißig Jahren im öffentlichen Dienst aus. Er hatte braunes Kraushaar, einen wohlgeformten Kopf und schmale, feste Hände mit kurzgeschnittenen Fingernägeln. Er trug einen breiten Goldring, das Abzeichen der Bürgerklasse. Als Republikaner verachtete ich Rangunterschiede, aber der Mann selbst gefiel mir von Anfang an sehr gut. Sein Problem bestand darin, daß er seine Sache gut machte, aber sich seinen Sinn für Humor nicht nehmen ließ. Die Leute mochten ihn, aber konventionelle Beurteiler sahen darin nicht gerade ein Anzeichen »zuverlässiger Gesinnung«.
Sein privates Arbeitszimmer nutzte Hilaris als zusätzliches öffentliches Büro. Außer einer abgewetzten Lesecouch standen darin ein Tisch und Bänke für Besprechungen. In den zahlreichen Kerzenhaltern brannten Lichter, denn es war spät. Seine Sekretäre waren schon nach Hause gegangen.
Er schenkte mir Wein ein. Nette Geste, dachte ich, er will mir die Befangenheit nehmen – oder mich in Sicherheit wiegen! schoß es mir plötzlich durch den Kopf.
Mit ermüdender Gründlichkeit fragte er mich aus. Verglichen

mit diesem Hilaris war mein Klient Camillus Verus eine weiche Pflaume. Ich hatte den Prokurator schon von meiner Verdächtigenliste gestrichen, aber er ließ es sich nicht nehmen, über den Kaiser zu sprechen und deutlich zu machen, wo seine Sympathien lagen.

»Es gibt keinen Besseren für das Reich – und das ist in Rom etwas völlig Neues! Vespasians Vater war noch ein bürgerlicher Finanzbeamter, und Vespasian ist schon Kaiser. *Mein* Vater war ebenfalls Finanzbeamter – und ich bin auch einer!«

Er wurde mir immer sympathischer. »Es ist nicht ganz dasselbe, Prokurator. Sie sind der führende Zivilbeamte in einer angesehenen neuen Provinz, und der Kaiser betrachtet Sie als seinen Freund! Keiner außer dem Statthalter hat in Britannien mehr Gewicht als Sie. Die höchste Stelle, die dagegen Ihr Vater je innehatte, war die eines Steuereintreibers dritter Klasse in einem dalmatinischen Städtchen.« Ich wußte das alles, weil ich mich ein bißchen mit seiner Vergangenheit beschäftigt hatte. Er begriff und lächelte. Ich lächelte auch.

»Und *Ihr* Vater war ein Auktionator«, konterte er. Mein Vater war schon so lange verschwunden, daß sich nur wenige Leute an diese Tatsache erinnerten.

»Vielleicht ist er noch immer einer!« meinte ich verdrießlich.

Er sagte nichts dazu. Ein höflicher Mann, aber einer, der Erkundigungen über mich eingezogen hatte, bevor ich in seine Provinz kam.

»Und was Sie angeht, Falco, zwei Jahre Dienst beim Heer und weitere fünf als Kundschafter, wie es die Legionen nennen – von der Sorte, die die Einheimischen als Spione aufhängen.«

»Wenn sie einen kriegen!«

»Was bei Ihnen nicht der Fall war ... und danach wurden Sie als Invalide entlassen. Allerdings haben Sie sich ziemlich schnell wieder erholt – so schnell, daß man meinen könnte, es sei etwas faul an der Sache – und schließlich haben Sie Ihre jetzige Tätigkeit aufgenommen. Meine Quellen behaupten, Sie gelten

als faul, aber frühere Klienten äußern sich lobend über Sie. Manche Frauen«, fügte er hinzu und blickte zu Boden, »bekommen einen verträumten Blick dabei.«
Ich ging nicht darauf ein.
Dann kam er auf das zu sprechen, was wir seit Beginn unserer Unterredung geflissentlich umgangen hatten: »Sie und ich«, erklärte der Britische Finanzprokurator lächelnd, »haben in derselben Legion gedient, Didius Falco.«
Mir war das klar. Und er mußte wissen, daß es mir klar war.
In derselben Legion und in derselben Provinz, aber im Abstand von zwanzig Jahren. Er hatte gedient, als die glorreiche Zweite Augusta die Elitetruppen der britischen Invasionsstreitmacht war. Vespasian war sein Kommandeur gewesen – so hatten sie sich kennengelernt. Ich dagegen hatte in der Zweiten in Isca zu der Zeit gedient, als der britische Statthalter Paulinus beschloß, Mona, die Druiden-Insel, zu besetzen, um dieses Rattennest voller Unruhestifter ein für allemal auszuheben. Paulinus hatte uns als Deckung in Isca zurückgelassen, unseren Kommandanten aber in seinem Beraterstab mitgenommen. So saßen wir da, mit einem unfähigen Lagerpräfekten namens Poenius Postumus, der den Aufstand der Königin Boudicca als »kleine Meinungsverschiedenheit unter den Einheimischen« abtat. Als schließlich die verzweifelten Befehle des Statthalters kamen, die diesem Schwachkopf klarmachten, daß die Iceni eine blutige Schneise der Verwüstung durch den ganzen Süden geschlagen hatten, da kam Postumus dem bedrängten Heer nicht etwa zu Hilfe, sondern weigerte sich aus Angst oder aufgrund einer weiteren Fehleinschätzung, überhaupt loszumarschieren. *Ich* hatte in unserer Legion gedient, als ihr Ruf zu den Göttern stank.
»Es war nicht deine Schuld!«
Mein neuer Bekannter konnte Gedanken lesen.
Ich sagte nichts.
Als dann die Aufständischen vernichtet waren und die Wahrheit herauskam, fiel unser Lagerpräfekt mit dem Spatzenhirn in sein

Schwert. Dafür sorgten wir. Aber vorher hatte er uns gezwungen, zwanzigtausend Kameraden im Stich zu lassen, die ohne Vorräte und ohne Rückzugsmöglichkeit zweihunderttausend kreischenden Kelten gegenüberstanden. Achtzigtausend Zivilisten waren niedergemetzelt worden, während wir in den Kasernen unsere Schnallen polierten. Alle vier britischen Legionen hätten verlorengehen können. Wir hätten den Statthalter verlieren können. Wir hätten die Provinz verlieren können.

Und wenn ein römische Provinz durch einen Aufstand zu Fall gebracht worden wäre, der von einer Frau angeführt wurde, dann wäre womöglich das ganze Imperium ins Wanken geraten. Es hätte das Ende von Rom bedeuten können. So verhielt sich das mit dieser »kleinen Meinungsverschiedenheit«.

Nachher sahen wir mit eigenen Augen, was die Barbaren angerichtet hatten. Wir sahen Camulodunum, wo die im Claudius-Tempel dicht zusammengedrängt kauernden Einwohner während eines viertägigen Flammeninfernos förmlich miteinander verschmolzen waren. Der schwarze Staub von Verulamium und Londinium verschlug uns den Atem. Wir holten die auf ihren abgelegenen Landvillen hingemordeten Siedler von den Kreuzen herunter; wir bedeckten die verbrannten Skelette ihrer erdrosselten Sklaven mit Erde. Voller Grauen sahen wir verstümmelte Frauen, die in den heiligen Hainen dieser Heiden wie blutrote Fetzen von den Bäumen hingen. Ich war damals zwanzig Jahre alt.

Deshalb hatte ich das Heer verlassen, sobald ich nur konnte. Es dauerte fünf Jahre, bis es soweit war, aber ich habe deswegen nie irgendwelche Skrupel gehabt. Ich arbeite jetzt für mich. Nie wieder werde ich mich den Befehlen eines Mannes von so krimineller Unfähigkeit unterwerfen, und nie wieder werde ich mich einer Organisation anschließen, die solche Trottel auf verantwortliche Posten befördert.

Flavius Hilaris beobachtete mich.
»Keiner von uns wird je ganz darüber hinwegkommen«, sagte er und klang selbst ziemlich heiser. Auch seine Miene hatte sich verdunkelt. Während der Statthalter Paulinus die Bergstämme einzuschüchtern versuchte, hatte Gaius Flavius Hilaris nach Gold und Kupfer gesucht. Jetzt war er für das Finanzwesen zuständig. Nach dem Statthalter bekleidete er den zweithöchsten Verwaltungsposten. Aber vor zehn Jahren, zur Zeit des Aufstandes, hatte er eine niedrigere Position inne; damals war er Prokurator der britischen Bergwerke.
Er könnte es also doch sein! Mein müdes Hirn sagte mir, daß dieser kluge Mann mit dem offenen Lächeln durchaus der Bösewicht sein konnte, nach dem ich suchte. Er verstand etwas von Bergwerken, und er hätte die Dokumente fälschen können. Kein anderer im ganzen Reich war hierfür so gut plaziert wie er.
»Sie müssen müde sein«, sagte er freundlich. Ich fühlte mich vollkommen ausgelaugt. »Das Abendessen haben Sie verpaßt. Aber für Ihr leibliches Wohl wird gesorgt. Ich lasse Ihnen etwas aufs Zimmer schicken. Vielleicht wollen Sie vorher noch unser Badehaus benutzen? Wenn Sie dann gegessen haben, möchte ich Ihnen meine Frau vorstellen ...«
Ich hatte zum erstenmal mit Angehörigen des Bürgertums im öffentlichen Dienst zu tun. Bisher waren sie mir einfach deshalb entgangen, weil sie ein Leben führten, in dem Betrug und Hinterlist so selten vorkamen, daß sie niemandes mißliebige Aufmerksamkeit erregten, und sie selbst bedurften meiner Dienste ebensowenig. Ich hatte erwartet, wie ein Dienstbote behandelt zu werden. Statt dessen wurde ich inkognito in den Privatgemächern des Prokurators untergebracht und wie ein Gast der Familie willkommen geheißen.
Zum Glück hatte ich mir ein paar ordentliche Sachen eingepackt.

Kapitel 22

Meine behagliche Unterkunft überraschte mich. Ein geräumiges Zimmer mit einem Bett, das unter der Last farbenprächtiger Decken ächzte. Öllampen flackerten. Aus den Heizungsschächten in den Wänden sickerte Wärme. Es gab Sessel mit niedrigen Fußschemeln, außerdem Kissen, Teppiche auf dem Fußboden, Schreibutensilien für meinen Gebrauch und ein paar späte Äpfel in einer schimmernden Keramikschale.

Ein flinker Sklave zeigte mir den Weg zum Bad, ein anderer rieb mich ab, und als ich in mein Zimmer zurückkehrte, kämpfte dort ein dicklicher Knabe mit einer silbernen Platte voller kaltem Wild und glasiertem Schinken, die er auf einen Tisch abladen wollte. Ich langte kräftig zu. Der Junge blieb, um mir nachzulegen; er schien beeindruckt. Ich zwinkerte ihm zu – und sah dann weg, damit er nicht auf falsche Gedanken kam.

Meinem Gastgeber zu Ehren kämmte ich mich. Dann kramte ich meine beste Tunika hervor, einen schlaffen Fetzen in gebrochenem Weiß, den nach der Aussage meines Kleiderhändlers vor mir nur ein anderer getragen hatte. (Meine Mutter sagt immer, ich soll mich erkundigen, woran sie gestorben sind, aber solange keine Blutflecken zu sehen sind, erspare ich mir das. Welcher Händler würde es schon zugeben, wenn der Vorbesitzer unter einer schuppenden Hautkrankheit gelitten hat?)

Ich öffnete mein Bündel und fing an, nachdenklich an den Schinkenresten zu saugen, die sich zwischen meinen Zähnen festgesetzt hatten. Es war geschickt gemacht, aber während unserer Unterhaltung im Arbeitszimmer hatte jemand meine Requisiten durchsucht.

Ich fand Hilaris in einem warmen Wohnzimmer, ohne Gürtel, ruhend. Er las jetzt zu seinem Vergnügen, war deshalb aus seinem Arbeitszimmer gekommen und hatte sich zu seiner Frau gesetzt. Sie war schlank, eher unauffällig, trug ein karminrotes Kleid und fühlte sich in ihrer eleganten Aufmachung anscheinend nicht besonders wohl. Auf ihrem Arm schlief ein Baby, und ein anderes Kind, das zwei oder drei Jahre alt sein mochte, krabbelte auf den Knien einer jüngeren Frau in einem sehr viel dunkleren Kleid herum, die mir versehentlich nicht sofort vorgestellt wurde.

Flavius Hilaris sprang auf.

»Didius Falco – Älia Camilla, meine Frau.« Das war die in Karminrot.

Ich machte mir keine großen Hoffnungen. Er war ein erfahrener Diplomat: Er hatte bestimmt eine ehrbare, unkomplizierte Frau geheiratet, die wußte, auf welchem Teller sie dem Statthalter der Provinz Süßigkeiten kredenzte oder wie sie mit einem Stammesfürsten drei Stunden lang höfliche Konversation treiben und nachher die fürstliche Pranke von ihrem Knie schieben konnte, ohne Unwillen zu erregen.

Ich hatte mich nicht getäuscht. Älia Camilla, die Schwester des Senators, war eine ehrbare, unkomplizierte Frau. Sie verstand sich auf alle diese Dinge. Aber sie hatte auch sehr lebendige, beredte Augen. Der König – oder Statthalter –, der sich bei ihr Freiheiten herausnahm, mußte ein beherzter Bursche sein.

Ihr Mann indessen tat genau dies. Nachdem er aufgesprungen war und mich hereingeholt hatte, kehrte er nicht auf seine Couch zurück, sondern ließ sich neben seiner Frau nieder und legte ihr eine Hand auf den Oberschenkel, so als wäre es ganz natürlich, daß ein Mann seine Frau streichelt. Keiner wirkte irgendwie verlegen. In Rom wäre so etwas nicht vorgekommen. Ich war verblüfft.

Decimus Camillus hatte mit großer Zuneigung von seiner Schwester gesprochen. Sie war jünger als er, aber auch schon knapp vierzig, eine zurückhaltende Frau, die ihre Rolle in der Öffentlichkeit anscheinend hervorragend spielte. Sie lächelte mir zu, und zwar so gekonnt, daß es echt wirkte.
»Sie sind also Sosia Camillinas Freund!«
»Kein sehr guter«, gestand ich und versenkte meinen Kummer in ihren mitfühlenden Augen.
Ehrbare, unkomplizierte Frauen haben mich immer kalt gelassen, aber Sosias Tante gefiel mir sofort. Sie war die reizende Dame, von der ein kleiner Junge träumt, wenn er zu der Erkenntnis gekommen ist, daß seine wahre Mutter ihn nach der Geburt verloren hat und er nun von unfreundlichen Fremden in einem fremden Land aufgezogen wird ... Oh, ich phantasierte munter drauf los. Aber ich wirbelte auch durch einen Alptraum und hatte gerade vierzehnhundert Meilen hinter mich gebracht.

Freund Gaius deutete auf eine Couch. Aber man hatte zur Feier des Tages eine zusätzliche Kohlepfanne aufgestellt. Ich hockte mich neben sie auf einen kleinen Schemel und hielt beide Hände über die glühenden Holzkohlen. Unter anderen Umständen hätte ich über die Entdeckung, die ich in meinem Zimmer gemacht hatte, kein Wort verloren, aber im Umgang mit Klienten schätze ich die Offenheit und höre mir dann nachher gern ihr Protestgeschrei an.
»Jemand hat offenbar mein Gepäck inspiziert. Das war bestimmt kein reines Vergnügen – lauter ungewaschene Untertuniken.«
»Es wird nicht wieder vorkommen«, erklärte Hilaris lächelnd. »Nur eine Vorsichtsmaßnahme«, fügte er hinzu. Es sollte keine Entschuldigung sein. Ich hatte mich ja auch nicht aufgeregt. Mit

einem höflichen Nicken verständigten wir uns darüber, daß es sich hier um mein Berufsrisiko handelte.
Eine Stimme fuhr mich so heftig an, daß ich aufsprang.
»Sie haben ein Armband, das meiner Cousine gehört hat!«
Ich drehte mich um: die steife junge Frau mit dem kleinen Mädchen. Augen wie gebrannter Karamel in einem Bittermandelgesicht. Goldene Ohrringe, an jedem eine kleine Karneolperle. Plötzlich begriff ich; sie war die Tochter meines Senators – Helena.
Sie saß in einem Korbsessel, und das Kind turnte fröhlich auf ihrem Schoß herum. (Ich wußte, sie hatte selbst keine Kinder, also mußte das Mädchen in dieses Haus gehören.) Niemand hätte diese junge Frau als unscheinbar bezeichnet, aber was die Ausstrahlung anging, so konnte sie es mit ihrer Tante nicht aufnehmen. Sie hatte die herrischen Augenbrauen ihres Vaters, aber der verächtliche Ausdruck um ihre schmalen Lippen erinnerte mich an seinen Bruder Publius.
»Sie müssen es zurückgeben, Falco!«
Frauen mit lauter Stimme und schlechten Manieren waren noch nie mein Typ.
»Pardon, aber ich behalte es lieber.«
»Ich habe es ihr geschenkt!«
»Und sie hat es mir geschenkt!«
Jetzt verstand ich, warum der Senator seiner Schwester mit den sanften Augen so zugetan war: Er selbst hatte nur diesen Drachen in die Welt gesetzt.
Während die Blitze zwischen uns hin- und herzischten, meinte Älia Camilla mit einem Anflug von Tadel in der Stimme: »Mir scheint, wie wir anderen Menschen die Treue halten, muß jeder selbst bestimmen. Didius Falco, haben Sie meine arme Nichte gemocht?«
Sie war der klassische Typus der römischen Matrone; zornige Auftritte unterband Älia Camilla auf der Stelle. Aber nachdem ich in dieser Beziehung schon dreißig Jahre lang meiner Mutter

ausgewichen bin, gleiten Fragen, die sich auf Frauen beziehen, einfach an mir ab.

»Oh, ich bitte um Vergebung!« sagte Älia Camilla. »Das war unverzeihlich von mir.«

Nur mit Mühe brachte ich eine Erwiderung zustande: »Madame, jeder hätte Ihre Nichte gemocht.«

Sie lächelte traurig. Uns war beiden klar, daß mein schlichtes Kompliment keine Antwort auf ihre Frage war.

Älia Camilla sah zu ihrem Mann hinüber, der wieder die Führung des Gesprächs übernahm.

»Ich bin natürlich offiziell über die Gründe Ihres Besuch in Britannien unterrichtet, aber ich würde auch gern aus Ihrem Mund hören, welches Ihre Motive sind. Halten Sie sich für schuldig an ihrem Tod?«

»Für schuldig halte ich den Mann, der sie getötet hat, Prokurator«. Ich sah, wie sich seine schmalen Augenbrauen hoben. »Aber solange er nicht entlarvt ist, übernehme ich die Verantwortung.«

Die Frau, mit der ich gestritten hatte, hob jetzt das Kind von ihrem Schoß und ging rasch aus dem Zimmer. Sie war groß. Während ich ihr nachsah, dämmerte mir, daß ich große Frauen früher mal gemocht hatte.

Da sich Scheinheiligkeit meistens auszahlt, sagte ich respektvoll: »Hatte ich soeben die Ehre, den Unwillen der Tochter meines Klienten zu erregen?«

Älia Camilla machte ein besorgtes Gesicht wegen der Art, wie das Mädchen nach draußen gestürmt war. Hilaris hielt seinen Finger dem Baby hin, das ihn im Schlaf eine Zeitlang umklammerte. Offenbar betrachtete der Prokurator Wutanfälle mit gelassenem Sarkasmus. Statt breit zu grinsen, konzentrierte er sich darauf, seinem Baby den winzigen Filzschuh wieder anzuziehen, den es eben von sich geschleudert hatte, und sagte dann: »Falco, ich bitte um Vergebung! Das war Helena Justina, die Nichte meiner Frau. Ich hätte sie Ihnen vorstellen müssen – es

gibt da offenbar den Plan, daß Sie Helena nach Rom zurückbegleiten sollen?«
Ich hielt seinem Blick lange genug stand, um den Witz zu verstehen, und erwiderte dann in ungerührtem Ton, ich hätte davon gehört.

Kapitel 23

Der Trübsinn hatte mich fest im Griff, auch ohne die Auseinandersetzung mit dieser Hexe namens Helena. Ihr stand eine lange, gefahrvolle Reise durch barbarisches Gebiet bevor, wenn sie nach Hause wollte, und der Senator war gewiß gut beraten, ihr professionellen Begleitschutz mit auf den Weg zu geben – aber warum er, nachdem meine Bemühungen um Sosia Camillina in einer Katastrophe geendet hatten, ausgerechnet mich für diesen Posten ausersehen hatte, war mir unklar. Ich wollte ihm behilflich sein, aber nachdem ich seine übellaunige Tochter nun zu Gesicht bekommen hatte, begann mich die Aussicht auf den näheren Umgang mit ihr schon jetzt erheblich zu deprimieren. Früher hätte ich es vielleicht als Herausforderung angesehen, sie herumzubekommen. Aber der Schmerz um Sosia erfüllte mich so sehr, daß ich die Kraft dazu nicht aufbrachte.

An dem Abend, an dem wir uns kennenlernten, entgingen mir ihre Vorzüge vollkommen – falls sie so etwas besaß. Aus Gründen, die ich nicht durchschaute, verachtete sie mich. Ich konnte Grobheiten ertragen, aber sie war anscheinend sogar gegen ihren Onkel und ihre Tante aufsässig.

Sie blieb nicht lange weg. Wahrscheinlich wollte sie nichts verpassen, was mich in ihren Augen weiter herabsetzte. Als sie wieder hereinkam, ignorierte ich sie einfach. Bei eigensinnigen Typen ist es das beste.

Trotzdem war ich neugierig. Daß man die Frauen aufgibt, bedeutet ja nicht, daß man nicht mehr hinsieht. Sie war eine

ungehobelte Person, aber sie hatte eine prima Figur, und ich mochte die Art, wie sie ihr Haar hochsteckte. Mir fiel auch auf, daß das kleine Flaviermädchen gleich wieder zu ihr hinüberlief; nicht jeder schafft es, ein Kind so zu bezaubern. Da war sie also wieder: die berühmte Cousine meiner verlorenen Seele.
Ihre beiden Väter waren Brüder, und doch waren sie einander überhaupt nicht ähnlich. Helena Justina war Anfang zwanzig, aber sie wirkte vollkommen selbständig. Sie brannte mit einer kräftigen, ruhigen Flamme, neben der die unfertige Sosia geradezu dumm und albern gewirkt hätte. Sie war alles das, was Sosia zu werden versprach und nun nie mehr werden konnte. Deswegen konnte ich Helena nicht leiden, und sie wußte es. Sie empfand tiefen Abscheu gegen mich.
Wenn ich bei fremden Leuten zu Gast bin, versuche ich mich ihren Gepflogenheiten anzupassen. Obwohl ich an diesem Abend völlig erschöpft war, saß ich da und rührte mich nicht von der Stelle. Nach einiger Zeit entschuldigte sich Älia Camilla und ging hinaus. Das Baby und ihr Töchterchen nahm sie mit. Ich sah, wie mein Gastgeber seiner Frau mit den Augen folgte. Wenig später verschwand auch er. Helena Justina und ich blieben allein zurück.
Wenn ich behaupten würde, unsere Blicke wären einander begegnet, würde man wohl die falschen Schlüsse ziehen. Es war einfach so, daß ich sie ansah. Das ist schließlich das Nächstliegende, wenn ein Mann mit einer Frau in einem stillen Zimmer allein gelassen wird. Übrigens starrte sie mich ebenfalls an. Ich hatte keine Ahnung, warum.
Ich weigerte mich, den Mund aufzumachen; die zänkische Senatorentochter indessen begann zu spotten.
»Didius Falco, kommt Ihnen diese Reise nicht irgendwie sinnlos vor?«
Ich hockte noch immer auf meinem Schemel und wartete darauf, daß sie sich klarer ausdrückte. Sie nahm keine Rücksicht auf meine Wißbegier.

»Vielleicht«, sagte ich schließlich und starrte zu Boden. Unsere Auseinandersetzung schwelte weiter, bis ich hinzufügte: »Hören Sie, Verehrteste, ich werde Sie nicht fragen, was mit Ihnen los ist, weil mich das, offen gestanden, nicht interessiert. Mit unfreundlichen Frauen hat man in meinem Beruf immer wieder zu tun. Ich kann diese Gegend nicht ausstehen, aber ich bin mit einem gefährlichen Auftrag gekommen, weil Ihr Vater und ich nur so weiterkommen können.«

»Eine gute Rede, wenn sie denn von einem aufrichtigen Mann käme!«

»Dann ist es eine gute Rede.«

»Lügen, Falco! Lauter Lügen.«

»Das müssen Sie mir schon genauer erklären. Sie halten mich für überflüssig. Dagegen kann ich nichts machen; ich tue mein Bestes.«

»Ich würde gern erfahren«, höhnte die Senatorentochter, »ob Sie Ihren Auftrag aus reiner Gewinnsucht so überziehen und bis in diese entlegenen Regionen ausdehnen, oder um den Fall in Rom absichtlich zu sabotieren. Sind Sie ein Verräter, Falco, oder verschwenden Sie hier nur Ihre Zeit?«

Entweder war ich begriffsstutzig, oder sie war verrückt.

»Was soll das heißen?«

»Sosia Camillina hat einen der Männer, die sie entführt haben, in ein Haus gehen sehen, das sie kannte. Sie hat es mir geschrieben – allerdings ohne zu sagen, wessen Haus es war. Aber Ihnen, so schrieb sie mir, hat sie es gesagt!«

»Nein!« sagte ich.

»Doch.«

»Nein!« Ich war außer mir. »Vielleicht *wollte* sie es mir sagen –«

»Nein, sie schrieb, sie habe ihnen alles gesagt.«

Wir schwiegen beide.

Irgend etwas mußte schiefgegangen sein. Sosia war sprunghaft und nervös, aber bei aller Unerfahrenheit war sie klug wie skythisches Gold. Etwas so Wichtiges hätte sie nicht übersehen;

dafür war sie viel zu stolz auf ihre Entdeckungen und viel zu begierig, mir zu sagen, was sie herausgefunden hatte. Meine Gedanken rasten. Vielleicht hatte sie mir noch einmal geschrieben, aber wenn ja, wo war dann diese zweite Nachricht? Zwei unbenutzte Täfelchen ihres Notizbuches hatte sie bei sich, als man sie fand, das dritte hatte sie in meinem Zimmer zurückgelassen, und wir hatten keinen Grund, anzunehmen, daß sie das vierte zu etwas Ernsthafterem als einer Einkaufsliste verwendet hatte.

Irgend etwas war schiefgegangen.

»Nein, meine Liebe, Sie müssen mir glauben!«

»Warum sollte ich?«

»Weil ich nur lüge, wenn dabei etwas herausspringt.«

Der Kummer verzerrte ihr Gesicht. »Haben Sie sie angelogen? Oh, meine arme Cousine!« Ich warf ihr einen Blick zu, der sie für einen Moment innehalten ließ, aber es war, als hätte ich einen durchgegangenen Ochsen mit einer Handvoll Heu beruhigen wollen. »Sie war erst sechzehn!« rief die Tochter des Senators, als ob damit alles gesagt wäre.

Mir sagte es zumindest, was ich ihrer Ansicht nach getan hatte und weshalb sie mich so sehr verabscheute.

Wütend sprang Helena Justina auf. Aus Zimmern zu stürmen machte ihr anscheinend Spaß. Mit einem barschen »Gute Nacht« schoß sie an mir vorüber. Ich hatte nicht mal das erwartet.

Ich blieb noch ein Weilchen auf meinem Schemel sitzen und lauschte den Geräuschen dieses fremden Hauses. Von Schwierigkeiten umzingelt, fühlte ich mich furchtbar einsam und weit weg von zu Hause.

Ich hatte recht gehabt: Eigentlich war in Britannien alles beim alten geblieben.

Kapitel 24

Flavius Hilaris erläuterte mir am nächsten Tag seinen Plan.
In dem fremden Haus war ich aufgewacht, sobald sich am Morgen die ersten Dienstboten regten. Ich legte vier Schichten von Tuniken an und tastete mich leise nach unten. Ein Sklave mit röchelndem Husten zeigte mir den Weg zum Eßzimmer, wo das Gemurmel ernster Stimmen bei meinem Erscheinen sofort erstarb. Älia Camilla begrüßte mich mit ihrem überströmenden Lächeln.
»Da ist er ja! Sie sind früh auf den Beinen – dafür, daß Sie so spät gekommen sind!« Eigenhändig stellte sie mir einen Frühstücksteller auf den Tisch und ging dann hinaus, um nach ihrem Haushalt zu sehen. Die Zwanglosigkeit in diesem Beamtenhaus brachte mich immer wieder aus der Fassung.
Hilaris selbst, die Serviette unter dem Kinn, schob mir den Brotkorb hinüber. Helena und ihr mürrischer Blick waren ebenfalls anwesend. Eigentlich hatte ich erwartet, sie würde sich zusammen mit ihrer Tante zurückziehen, aber sie blieb mit finsterer Miene sitzen, die Hände hatte sie um einen Trinkbecher gelegt.
»Da Sie hier früher einmal stationiert waren«, begann ihr Onkel mit der Zielstrebigkeit jener Menschen, die zur Sache kommen, sobald sie Publikum wittern, »sind Sie, was die Ereignisse der jüngsten Zeit angeht, doch gewiß auf dem laufenden.«
Ich setzte die beflissene Miene eines Mannes auf, der sich auf dem laufenden hält.

Zum Glück hatte der Prokurator die Gewohnheit, Besprechungen mit einer Zusammenfassung lokaler Ereignisse der jüngsten Vergangenheit zu eröffnen. Sogar zum Essen wäre er am liebsten mit der aktuellen Preisliste der zur Zeit erhältlichen Gemüsesorten erschienen. Und auch mich brachte er jetzt höchstselbst auf das laufende:

»Edelmetalle waren, wie Sie wissen, der Hauptgrund für unsere Investitionen in Britannien. Unsere Eisenhütten in den Wäldern im Südosten werden von der Marine in der bekannten schlampigen Weise geleitet.« Ich mußte grinsen. Er war durch und durch ein Mann des Heeres. »In den Bergen drüben im Westen gibt es Gold, und im mittleren Bergland etwas Blei, obwohl der Silberanteil gering ist – aber die besten Gruben liegen im Südwesten. Früher wurden sie direkt von der Zweiten Augusta betrieben, aber da wir die Selbstverwaltung der Stämme stärken wollen, haben wir das geändert. Wir unterhalten Militärlager bei allen Gruben, um den Überblick zu behalten. Aber die Leitung der Gruben selbst verpachten wir an Unternehmer aus der Umgebung.« Es war nicht zu übersehen, wieviel Spaß dem Prokurator seine Arbeit machte. Kein Wunder, daß das Establishment ihn nie ernst nahm! »In den Mendips hält zur Zeit ein Mann namens Claudius Triferus die Konzession, er nimmt seinen Anteil und verfrachtet den Rest an das Schatzamt. Er ist gebürtiger Brite. Ich werde ihn verhaften lassen, sobald ich weiß, wie die Barren gestohlen und weggeschafft werden.«

Ich beendete mein Frühstück und setzte mich zur Förderung der Verdauung mit übereinandergeschlagenen Beinen auf meine Liege. Flavius Hilaris tat das gleiche. Er hatte das spitze Gesicht eines Mannes mit Nierensteinen, der aus Angst oder weil es ihm peinlich ist, nie Zeit findet, sich von einem Arzt untersuchen zu lassen.

»Ihre Aufgabe besteht darin, herauszufinden, wie dieser Diebstahl organisiert ist, Falco. ich werde Sie in die Gruben einschmuggeln, unter die Arbeiter.«

»Ich hatte an einen Posten in der Verwaltung gedacht!«
Er lachte. »Alles besetzt mit nicht besonders klugen Senatorenneffen, die zur Wildschweinjagd herkommen – oh, Helena, pardon!«
Als Senatorentochter hätte sie wohl Einspruch erheben können, aber sie rang sich ein schiefes Lächeln ab. Mich plagten inzwischen ganz andere Sorgen.
Mein neuer Beruf erforderte großes Stehvermögen. In den Gruben arbeiteten Verbrecher von der schlimmsten Sorte. Sklaventrupps rackerten sich von Sonnenaufgang bis Sonnenuntergang ab, es war Schwerstarbeit. Die Bleiflöze lagen in den Mendips zwar ziemlich dicht unter der Erdoberfläche, aber was den Gruben an Gefährlichkeit fehlte, das machte die Gegend durch absolute Trostlosigkeit wieder wett.
»Falco?« fragte Flavius. »Denken Sie über Ihr Glück nach?«
»Offen gestanden, ich würde lieber in vollem Ornat und ohne Sonnenschirm in einem glühend heißen Amphitheater sitzen, wo Wein verboten ist und die Musiker streiken, und mir fünf Stunden lang ein griechisches Drama ansehen, von dem ich kein Wort verstehe! Wem habe ich diesen erholsamen Winterurlaub zu verdanken?«
Hilaris faltete seine Serviette zusammen. »Ich glaube, Helena Justina ist auf die Idee gekommen.«
Ich mußte lächeln.
»Mögen die Götter Sie beschützen, Verehrteste! Ich verlasse mich darauf, daß Sie meinem grauhaarigen Mütterlein Bescheid sagen, wenn ich mir dort oben das Rückgrat breche und im Moor begraben werde. Sind Sie eigentlich den Furien Rechenschaft dafür schuldig, daß Sie mit soviel Grausamkeit an mir Rache nehmen?«
Sie starrte in ihren Becher und sagte nichts.
Ihr Onkel machte ein belustigtes Gesicht.
»Helena Justina ist niemandem Rechenschaft schuldig, außer sich selbst«, sagte er.

Genau darin, so schien mir, bestand ihr Problem. Aber mit dieser Feststellung war nichts gewonnen, und ihrem Vater Decimus mochte ich keine Vorwürfe machen. Man kann einen Mann für die Frauen in seinem Haus nicht ohne weiteres verantwortlich machen. Das war mir klar, lange bevor ich selbst welche in meinem hatte.

Kapitel 25

Flavius Hilaris traf die notwendigen Vorkehrungen für meine Reise nach Westen, was ich sehr nett von ihm fand, bis ich begriff, worin diese Vorkehrungen bestanden. Er schickte mich nämlich auf dem Seeweg. Im mittleren Teil der Südküste besaß er ein Stadthaus und weiter westlich außerdem ein Landgut mit einer Sommervilla; für die Reise zu diesen Besitzungen hatte er sich ein klobiges, mit Entenmuscheln übersätes keltisches Segelschiff zugelegt, das er scherzhaft seine »Yacht« nannte. Wahrscheinlich hielt er seine Idee für gut, ich jedoch traf meine Vorkehrungen von nun an selbst.

In Isca wurde ich abgesetzt – achtzig römische Meilen von den Gruben entfernt. Aber das war gut so: Es hätte keinen Zweck gehabt, vor Ort im Schiff des Prokurators aufzukreuzen, sozusagen mit einem Schild um den Hals, auf dem jeder lesen konnte: »Die Spitzel des Prokurators«. In Isca kannte ich mich aus. Und ich bin abergläubisch: Wenn man in den Abgrund springt, dann am besten von einem Felsen aus, auf dem sich die eigenen Füße auskennen.

Seit meiner Zeit vor zehn Jahren hatte es große Truppenverlegungen gegeben. Ursprünglich hatten vier Legionen in Britannien gestanden. Die Vierzehnte Gemina befand sich zur Zeit auf dem europäischen Festland und wartete darauf, wie Vespasian über ihr weiteres Schicksal entscheiden würde: Sie hatte im Bürgerkrieg gekämpft – aber auf der falschen Seite. Die Neunte Hispana wurde gerade nach Eboracum im Norden verlegt, die

Zwanzigste Valeria war auf die Berge im Westen losmarschiert, und meine alte Einheit, die Zweite Augusta, war nach Glevum umgezogen, oberhalb der Sabrinamündung. Sie sollte die schwarzhaarigen Silurer niederwerfen und dann, sobald sie sich sicher genug fühlte, den nächsten Vorstoß nach Westen vorbereiten.

Isca ohne die Zweite kam mir vor wie eine Geisterstadt. Es war merkwürdig, unser Lager nach so langer Zeit wiederzusehen, aber noch merkwürdiger war, daß alle Tore offenstanden und die Kornspeicher ausgeräumt waren, daß sich ein buntes Gewirr von Werkstätten und Schuppen an der Straße breitgemacht hatte und daß im Haus des Oberbefehlshabers jetzt ein einheimischer Bürgermeister residierte. Hinter dem Lager und den an die Wehrmauern angelehnten Hütten und Läden lagen die Felder und Grundstücke der Veteranen, die in den Ruhestand gegangen waren, als die Zweite noch hier lag. Pech, wenn man sich ein Stück Land zuweisen läßt, um weiter in der Nähe der Freunde zu leben, und dann zusehen muß, wie sie abmarschieren und hundert Meilen entfernt ein neues Lager beziehen. Aber viele hatten sich mit einheimischen Frauen zusammengetan, und das mochte manchen von ihnen hier zurückhalten. Daß sie in dieser abscheulichen Provinz blieben, weil ihnen das Klima oder die Landschaft gefiel, schien mir jedenfalls völlig undenkbar.

Auf diese Veteranen war ich angewiesen. Ich zählte darauf, daß sie hier neben dem Lager der Zweiten ausharrten und daß die Zweite nicht mehr da war. Wenn ich etwas zu bieten hatte, das nach Abenteuer schmeckte, würde ich einen Burschen finden, den es in den Füßen juckte.

Rufrius Vitalis, Zenturio außer Dienst, bewohnte ein kleines Haus auf der roten Erde am Rande der düsteren Heide. Die Nachbarn, lauter grauhaarige Kerle, lebten und wirtschafteten hier genau wie er. Er fiel mir in der Stadt auf. Ich lief ihm

absichtlich in den Weg und behauptete, ihn besser zu kennen, als es wirklich der Fall war. Er hatte solche Sehnsucht nach Neuigkeiten aus Rom, daß wir im Nu alte Kumpel waren.
Er war ein stämmiger Kerl mit grauem Stoppelkinn und wachen Augen in seinem Ledergesicht. Er stammte aus einer alten Bauernfamilie in der Campagna. Selbst in Britannien arbeitete er im Freien mit nackten Armen; er hatte so viel Energie, daß er die Kälte einfach ignorieren konnte. Bevor er in den Ruhestand getreten war, hatte er dreißig Jahre gedient – fünf mehr als nötig, aber nach dem Aufstand bot man erfahrenen Männern in Britannien einen besseren Sold für ein paar zusätzliche Dienstjahre. Ich staune immer wieder, was Menschen für doppeltes Geld alles auf sich nehmen.
Wir setzten uns in eine Kneipe und redeten. Danach nahm er mich mit zu sich, und es überraschte mich nicht, daß er mit einer einheimischen Frau zusammenlebte, die erheblich jünger war als er. Die meisten Veteranen machen es so. Sie hieß Truforna, ein unförmiges, farbloses Geschöpf, ein Mehlkloß mit blaßgrauen Augen, aber ich konnte verstehen, wie sich ein Mann in einer Hütte auf der falschen Seite des Ozeans einredet, Truforna habe eine gute Figur und sei auch noch unterhaltsam. Als wir kamen, beachtete er sie nicht; aber sie beobachtete ihn, während sie in dem engen Haus herumhantierte.
Wir setzten unsere Unterhaltung fort – in gedämpftem Ton, um Truforna nicht zu beunruhigen. Er fragte mich, warum ich hier sei. Ich ließ das Wort Diebstahl aufblitzen, deutete an, der Fall habe eine politische Seite, ging aber nicht in die Einzelheiten. Er fragte nicht nach. Jeder einfache Soldat, der es vor seiner Entlassung zum Zenturio bringt, hat so viel erfahren und erlebt, daß ihn die Politik nicht mehr aufregt. Rufrius Vitalis wollte wissen, welche Strategie ich verfolgte.
»Reinkommen, rausfinden, was los ist, rauskommen.« Er sah mich ungläubig an. »Kein Witz!« fügte ich hinzu. »Anders geht es nicht.«

»Kann dich der Prokurator nicht reinbringen?«
»Mein Problem ist, wie ich wieder rauskomme.«
Er sah mich an. Wir hegten beide tiefes Mißtrauen gegen Verwaltungsleute. Er verstand, warum ich meinen eigenen Plan wollte und jemanden brauchte, auf den ich mich verlassen konnte, jemanden, der das Seil wieder hochzog, wenn ich von unten rief.
»Brauchst du einen Partner, Falco?«
»Ja, aber wen könnte ich fragen?«
»Mich vielleicht?«
»Und dein Hof?«
Er antwortete mit einem Achselzucken. Nun gut, das war seine Sache. Dann stellte er die eigentliche Frage: »Wir bringen dich rein, wir holen dich raus. Und danach?«
»Danach geht es auf dem schnellsten Weg nach Rom, mein Lieber!«
Er hatte den Köder geschluckt – samt Haken. Wir hatten von Rom gesprochen, bis er vor lauter Herzklopfen nicht mehr konnte. Jetzt fragte er mich, ob ich vielleicht Verwendung für jemanden hätte, der mitkommen wolle, und ich bot an, ihn als Gepäckmeister für Helena Justina einzustellen. Wir warfen einen verstohlenen Blick auf Truforna.
»Was ist mit ihr?« murmelte ich.
»Sie braucht nichts davon zu wissen«, erklärte Vitalis mit zuviel Zuversicht. Ich dachte: *O Zenturio!* Aber auch das war seine Sache.

Er kannte sich in der Gegend aus. Ich ließ ihn den Plan ausarbeiten.
Eine Woche später erreichten wir die Silbergruben von Vebiodunum, Vitalis auf einem Pony in der Leder- und Pelzkluft eines Kopfgeldjägers, ich zu Fuß in den Lumpen eines Sklaven. Dem Aufseher erklärte er, er suche regelmäßig die Höhlen in den Kalksteinschluchten nach entlaufenen Sklaven ab. Dann entlok-

ke er ihnen die Namen der Besitzer, denen sie weggelaufen waren, und gebe sie gegen eine gehörige Belohnung zurück. Ich jedoch hätte mich bisher standhaft geweigert, zu sagen, wohin ich gehörte, und nachdem er, Vitalis, mich drei Wochen durchgefüttert habe, sei er mit seiner Geduld am Ende. Meinem Gedächtnis würde ein bißchen Schwerarbeit in den Gruben sicher guttun.
Rufrius Vitalis schmückte die Geschichte, auf die wir uns geeinigt hatten, schrecklich aus, nicht zuletzt dadurch, daß er mir – aber erst, als ich in Ketten war – einen solchen Schlag versetzte, daß mir die Backe aufplatzte, und mich dann in den Misthaufen eines zahnlosen Dorftrottels stieß. Bei der Übergabe war mein Zorn genauso echt wie mein Geruch. Dem Sklavenaufseher in Vebiodunum erzählte Vitalis außerdem noch, da ich meinen Namen nicht preisgeben wolle, sei es durchaus möglich, daß ich meinen Herrn ermordet hätte. Dieses zusätzliche Leumundszeugnis war ein Luxus, auf den ich gut hätte verzichten können.
»Ich nenne ihn Witzig«, erklärte Vitalis, »weil er es nie ist. Laß ihn bloß nicht laufen! Ich komme wieder, sobald ich Zeit habe. Vielleicht ist er dann eher aufgelegt zu einem Plauderstündchen.«
Immer nannte mich der Aufseher Witzig. Ich war es nie.

Kapitel 26

Der Eindruck, den das Hochland aus der Ferne macht, täuscht. Der Bergrücken aus Kalkgestein, in dem die Bleigruben liegen, wirkt nicht feindseliger als die Hügellandschaft in Südbritannien. Nur wenn man sich diesen Bergen von Süden oder Westen nähert, steht man plötzlich vor schroff aufragenden Klippen, die sich von dem freundlichen Auf und Ab der Hügel in anderen Landstrichen erheblich unterscheiden. Auf der Südseite liegen die Schluchten – mit uralten Höhlen und unberechenbaren Wasserläufen, die irgendwo unter der Erde verschwinden oder bei plötzlichen Regengüssen als wütendes Hochwasser hervorsprudeln. In die steilen Hänge an der freundlicheren Nordseite ducken sich winzige Dörfer, die durch gefährliche, zwischen den winzigen Weideflächen auf- und abführende Pfade verbunden sind.

Von Osten gesehen, scheint das Gelände kaum anzusteigen. Die Straße zu den Gruben ist nicht beschildert; wer geschäftlich hierherkommt, hat einen Führer dabei, und daß Leute, die zufällig in diese Gegend geraten, nur schwer zu den Gruben finden können, ist kein Zufall.

Wenn man sich von der Grenze her nähert, bleiben Wald und Ackerland nach und nach zurück, und plötzlich hat man die Ebene aus dem Blick verloren. Die Straße überquert ein windiges, kahles Plateau. Sie führt zu den Gruben und sonst nirgendwohin. Grau ist die alles beherrschende Farbe, und auf einer Strecke von zehn Meilen führt die schmale Straße über freiliegenden Kalkstein. Die Leere dieser Landschaft und das Zerren des Windes erfüllen die Seele mit Melancholie. Selbst im Hochsommer stürmen wütende Winde über den langgestreckten Bergrücken, und die Sonne brennt nicht herab, sondern bleibt hinter hochgetürmten, fernen Wolken verborgen, die diese Einöde in ewige Schatten tauchen.

Drei Monate arbeitete ich in den Bleigruben. Von der Revolte abgesehen, war es die schlimmste Zeit meines Lebens.
Es gelang mir, nach und nach sämtliche Abteilungen der Grube kennenzulernen. Von den freiliegenden Flözen und den Stollen, wo das Erz buchstäblich aus dem Boden gekratzt wurde, kam ich nach drinnen, zu den aus Lehm gebauten Öfen, wo es zum erstenmal geschmolzen wurde, dann weiter zu den Treibherden, wo sich die Leute an den Blasebälgen abmühten, um die Gluthitze zu erzeugen, die das Silber von den verfeinerten Bleiklumpen trennt. Zuerst arbeitete ich dort an den Bälgen, danach bei den Auslesern, die am Ende des Tages das Silber im abgekühlten Herd aufsammeln. Für einen Sklaven war das Auslesen die beste Arbeit. Wenn er Glück hatte, konnte er mit seinen verbrannten Fingern ein paar Körnchen auf die Seite schaffen und damit dem Ziel ein bißchen näher kommen: der Flucht.
Wir wurden zwar jeden Tag durchsucht, aber wir fanden Mittel und Wege …
Selbst heute wache ich manchmal noch nachts auf und sitze schweißgebadet im Bett. Meine Frau sagt, ich würde nie einen Laut von mir geben. Als Sklave lernt man, seine Gedanken für sich zu behalten.
Man könnte meinen, Sosias Tod hätte mich dazu gebracht, den einmal eingeschlagenen Weg weiterzugehen. Aber so war es nicht. An sie habe ich nie gedacht. Wer sich in einem mörderischen Loch wie diesem an ein solches Strahlen erinnert, der steigert nur seine Qualen. Was mich bei meiner Suche aufrechterhielt, war die reine Selbstdisziplin.

Außerdem vergißt man vieles.
Im Tageslauf eines Sklaven war keine Zeit für müßige Besinnlichkeit. Uns belebte keine Hoffnung auf die Zukunft und keine Erinnerung an die Vergangenheit. Im Morgengrauen wurden wir geweckt, genauer gesagt: während es noch dunkel war. Mit trüben Blick schlangen wir widerwillig den Haferschleim hinunter, den eine schmutzige Frau, die anscheinend niemals schlief, in unsere Schalen schaufelte. Schweigend marschierten wir durch die ausgestorbene Siedlung, während uns die weißen Fetzen unseres Atems wie Gespenster umwehten. Mit Halsringen ketteten sie uns zusammen. Ein oder zwei Glückspilze hatten Mützen, die sie sich über den schmutzigen Kopf zogen. Ich hatte nie eine Mütze; ich habe ja auch nie Glück. Zu dieser Stunde, wenn das kalte Licht zwischen Verheißung und Unheil zu schwanken scheint, wenn einem der Tau in die Schuhe sickert und jeder Laut in der unbewegten Luft meilenweit zu hören ist, stolperten wir zu unseren Gruben. Dort nahmen sie uns die Ketten ab. Wir arbeiteten den ganzen Tag, mit einer Pause, in der wir mit leerem Blick herumsaßen. Und wenn abends die Dunkelheit hereinbrach, standen wir mit hängenden Köpfen da, wie erschöpfte Tiere, und ließen uns zusammenketten. Wir marschierten zurück. Wir wurden abgefüttert. Wir sackten in den Schlaf, wurden in der Dunkelheit des nächsten Tages wieder geweckt. Und alles ging von neuem los.
Ich sage »wir«. Hier schufteten Verbrecher und Kriegsgefangene (vor allem Britannier und Gallier), außerdem entlaufene Sklaven (ebenfalls vor allem Kelten verschiedener Stämme, aber auch andere – Sardinier, Afrikaner, Spanier, Lykier). Von Anfang an brauchte ich mich nicht zu verstellen. Das Leben, das wir führten, machte mich zu einem von ihnen. Ich fühlte mich wie ein Sklave. Ich holte mir Beulen und verstauchte mir die Glieder, mein Haar verfilzte, meine Finger wurden rissig, bekamen Schnittwunden und Blasen, waren schwarz und rußig von meinem und anderer Leute Dreck. Es juckte mich überall. Es

juckte mich an Stellen, wo man sich nicht ohne weiteres kratzen kann. Ich redete kaum, und wenn ich etwas sagte, dann war es ein Fluch. Mein Kopf, der früher voller Träume gewesen war, glich einer ausgedrückten Eiterbeule. Ein Gedicht hätte mich mit blankem Hohn erfüllt, wie das sinnlose Lallen einer fremden Zunge.
Dafür konnte ich in sieben Sprachen fluchen und war stolz darauf.

Während meiner Zeit als Ausleser stieß ich zum erstenmal auf Anzeichen für organisierten Diebstahl. Sobald ich die Hinweise entschlüsseln konnte, erkannte ich, wie sehr das ganze System von Korruption durchsetzt war. Dabei ließ sich kaum unterscheiden zwischen den kleinen Betrügereien, an denen sich jeder beteiligte, und dem großen Betrug, der nur von der Grubenleitung arrangiert sein konnte. Alle wußten Bescheid. Keiner sagte etwas. Denn auf jeder Stufe zweigte jeder Beteiligte seinen Anteil ab, und wer das einmal getan hatte, der war eines Kapitalverbrechens schuldig. (Darauf standen zwei Strafen: Tod oder Sklaverei in den Gruben. Wer mal in Vebiodunum gewesen ist und gesehen hat, unter welchen Bedingungen wir dort lebten, weiß, daß der Tod das gnädigere Schicksal war.)
Ende Dezember tauchte Rufrius Vitalis auf. Er sah blendend aus mit seiner Lederpeitsche im breiten braunen Gürtel. Zur Feier der Saturnalien wollte er mir etwas Gutes tun und herausfinden, ob ich inzwischen genug wußte und nach oben gezogen werden wollte. Als er meinen stumpfen Blick sah, machte er ein grimmiges Gesicht.
Er holte mich von den Öfen weg und trieb mich unter demonstrativem Peitschenknallen nach draußen. Etwas abseits hockten wir uns zwischen nasses Farnkraut, wo uns niemand belauschen konnte.
»Falco! Ich habe das Gefühl, du mußt unbedingt hier weg!«
»Ich kann nicht. Noch nicht.«

Ich war inzwischen in dumpfe Trägheit verfallen und glaubte nicht mehr an eine Befreiung. Ich hatte das Gefühl, ich würde mein Leben lang im Lendenschurz um den Treibherd kriechen müssen, die Hände rotwund und das geschorene Haar auf dem schmutzigen Kopf angesengt. Mich interessierte nur noch die Frage, wie viele Silberkörner ich einheimsen konnte. Geistig und körperlich war ich so erledigt, daß ich beinahe vergessen hätte, weshalb ich eigentlich hier war. Beinahe, aber nicht ganz.
»Falco, bist du übergeschnappt? Hier weiterzumachen ist Selbstmord –«
»Egal. Wenn ich hier zu früh aufhöre, werde ich meines Lebens nicht mehr froh, Vitalis. Ich muß das hier zu Ende bringen –«
Er wollte etwas einwenden, aber ich ließ ihn nicht zu Wort kommen. »Ich bin froh, daß du da bist. Ich muß ein paar Informationen nach draußen schmuggeln – falls ich selber nicht mehr dazu komme, einen Bericht abzuliefern.«
»Für wen sind sie bestimmt?«
»Für den Finanzprokurator.«
»Flavius Hilaris?«
»Du kennst ihn?«
»Ich habe von ihm gehört. Es heißt, er sei in Ordnung. Hör zu, Junge, wir haben nicht viel Zeit. Ich mache mich verdächtig, wenn ich hier zu lange mit dir herumtrödele. Ich werde ihn schon finden. Sag mir, was ich ihm erzählen soll.«
»Er müßte in seiner Villa in Durnovaria sein.« Gaius hatte versprochen, in Reichweite zu bleiben, falls es mir gelingen würde, Botschaften auf den Weg zu bringen. »Sag ihm, daß in dieser Grube *alle* korrupt sind. Wenn die Rohbarren von der ersten Schmelze zum Treibherd kommen, werden sie von einem Schlaumeier gezählt, der nicht zählen kann. Er macht sich Markierungen auf einem Kerbholz, aber manchmal ›vergißt‹ er eine Kerbe. Bei dem, was der Grubenpächter Triferus gegenüber dem Schatzamt als seinen Gesamtertrag deklariert, ist also von Anfang an Betrug im Spiel.«

»Hah!« rief Vitalis mit der Stimme eines Mannes, der meint, mit allen Wassern gewaschen zu sein, und trotzdem nicht überrascht ist, wenn er von irgendeinem neuen Trick erfährt.

»Weiter. Jeden Tag wandern ein paar Rohbarren am Treibherd vorbei. Sogar überraschend viele, aber ich vermute, ihre Zahl ist im Laufe der Jahre allmählich gestiegen. Das führt dazu, daß der Silbergehalt des einzelnen Barrens geringer zu sein scheint, als er es in Wirklichkeit ist. Soviel ich weiß, wurden zu Neros Zeiten die rückläufigen Erträge mit *geologischen Schwankungen in der Qualität der abgebauten Erze* erklärt. Damals wurden diese Dinge besonders lasch gehandhabt, und wenn heutzutage Vespasian mal die Zahlen prüfen läßt, dann liefern sie einfach ein paar Wochen lang einige Barren zusätzlich ab und behaupten, der Mineraloge hätte ein besseres Flöz entdeckt.«

»Nicht übel!«

»O ja, wir haben es mit Fachleuten zu tun. Kannst du diesen Unsinn behalten?«

»Werd's versuchen, Falco, verlaß dich drauf. Weiter!«

»Jetzt zu den Barren aus reinem Silber, die beim Treibherd produziert werden. Manche gehen verloren. Man nennt so etwas *natürlichen Schwund.*« Rufrius Vitalis zog wieder eine bewundernde Grimasse. »Und wenn die Bleibarren, denen das Silber bereits entzogen ist, zum zweitenmal geschmolzen werden –«

»Wozu denn das?«

»Um andere Verunreinigungen zu beseitigen, bevor sie zum Verkauf gehen – *Mars Ultor,* Vitalis, wir können uns nicht mit Einzelheiten aufhalten, die Sache ist auch so schon kompliziert genug! Hilaris weiß, wie das alles funktioniert –« Er wollte mich beruhigen und legte den Finger auf den Mund. Ich war ins Schwitzen geraten, weil ich auf keinen Fall etwas vergessen wollte. »Also, nach dem zweiten Schmelzen verschwinden wieder Barren – obwohl ihr Wert inzwischen so gering ist, daß man fast sagen könnte, diesem letzten Winkelzug innerhalb des

Systems fehle die Finesse! Aber anscheinend ist es eine Gunst, die man den Aufsehern gewährt, um sie bei Laune zu halten.«
Ich schwieg. Das viele Reden hatte mich völlig erschöpft. Vitalis sah mich prüfend an, machte aber keinen weiteren Versuch, mich vorzeitig der Zivilisation zurückzugeben. Mit ihm hatte ich eine kluge Wahl getroffen; er begriff, was das alles zu bedeuten hatte.
»Wie kommen die damit durch, Falco?«
»Das ist eine geschlossene Gesellschaft; Außenstehende sind nicht zugelassen.«
»Aber die Siedlung, lauter Zivilisten –«
»Jeder Bäcker, jeder Barbier, jeder Schmied braucht hier eine Konzession und beliefert ausschließlich die Gruben! Die sind auch nur Menschen; sobald sie hierherkommen, werden sie bestochen.«
»Und diese Schafsköpfe im Lager, was glauben die, wozu sie da sind?«
Es gab oberhalb der Siedlung ein kleines Standlager, einen Außenposten der Zweiten Augusta, dessen Besatzung die Gruben überwachen sollte. Ich lächelte, weil Vitalis offenbar der Ansicht war, mit dem Beginn seines Ruhestands sei jede militärische Disziplin vor die Hunde gegangen.»Da spricht der Zenturio aus dir! Aber niemand kann ihnen einen Vorwurf machen. Selbstverständlich werden alle Vorgänge kontrolliert –«
»Offiziere und Mannschaften müßten regelmäßig ausgetauscht werden –«
»Das werden sie. Und ich habe selbst Kommandos gesehen, die vom Lager kamen und sich genau umgesehen haben. Das Problem ist, daß die Barren vollkommen gleich aussehen: Woran sollen sie erkennen, ob die Barren, die sie vor sich haben, Silber enthalten oder nicht?«
»Woran kann man es denn dann *überhaupt* erkennen?«
»Tja! Die Barren, die vor dem Treiben abgezweigt werden, bekommen einen besonderen Stempel: T CL TRIF – viermal.«

»Falco, hast du das gesehen?«
»Ich habe hier welche gesehen – und sag dem Prokurator, daß ich auch in Rom einen solchen Barren gesehen habe!«
Er lag noch immer in Lenias Bleichbottich.
Rom! Irgendwann hatte ich mal dort gelebt …
Jemand war im Begriff, unsere heimliche Unterredung zu stören. Ich hatte inzwischen gelernt, Ärger zu wittern wie ein Tier im Wald. Ich gab Vitalis einen Wink.
»He, Vitalis! Hat der Mistkerl endlich gestanden?«
Es war Cornix.
Dieser Cornix war Aufseher, ein widerlicher Schinder, ein Fachmann im Foltern von Sklaven, ein niederträchtiger Sadist mit einer Visage, durchwachsen wie eine Rinderseite. Seit meiner Ankunft hatte er mir gnadenlos zugesetzt, besaß allerdings so viel Umsicht in seinem Spatzenhirn, mich nicht völlig fertigzumachen, für den Fall, daß ich eines Tages in mein früheres Leben zurückkehren und vielleicht reden würde.
Vitalis zuckte mit den Achseln. »Nichts. Er ist zu wie der Schürzenbund einer Jungfrau. Soll ich ihn noch ein bißchen dalassen? Nützt er dir was?«
»Absolut nicht«, log Cornix.
Inzwischen bestand ich bloß noch aus Haut und Knochen, während ich bei meiner Ankunft wohlgenährt und kräftig gewesen war. Ich starrte finster zu Boden, während Vitalis und Cornix miteinander verhandelten.
»Nimm ihn dir noch mal gründlich vor«, bat Rufrius Vitalis den Aufseher. »Noch ein paar Wochen Nebel und Frost hier oben, und er wird darum betteln, daß er wieder nach Hause darf. Aber in dem Zustand, in dem er jetzt ist, bekomme ich kaum etwas für ihn – kannst du den Lümmel nicht ein bißchen aufpäppeln? Ich würde halbe-halbe machen, wenn ich die Belohnung kriege …«
Cornix war sofort einverstanden und erklärte, er wolle mir eine leichtere Arbeit geben. Als Vitalis sich mit kurzem Nicken ver-

abschiedete, war meine Zeit als Ausleser vorbei. Meine Beförderung zum Fahrer stand unmittelbar bevor.
»Dein Glückstag, Witzig!« feixte Cornix. »Los, wir feiern!«
Ich hatte mir schon manches einfallen lassen müssen, um dem Privileg zu entgehen, von Cornix zum Partner für allerlei Handgreiflichkeiten auserkoren zu werden. Diesmal erklärte ich dem Widerling, ich hätte Kopfschmerzen, und bekam dafür einen kräftigen Tritt in den Hintern.

Kapitel 27

Die Fahrerei schien eine unkomplizierte Sache zu sein. Wegen der Berge benutzten wir Maultiere statt Ochsen. Jede Wagenladung bestand aus vier Barren. Das war ein ungeheures Gewicht, und die Transporte kamen verteufelt langsam voran.

Sie steckten mich ganz vorn in die Kolonne, gleich hinter den Anführer. Zur Erklärung hieß es, ein Neuer könnte sich leicht verirren. In Wirklichkeit war es eine Maßnahme gegen etwaige Fluchtversuche, solange ich meine Zuverlässigkeit noch nicht unter Beweis gestellt hatte.

Wer als Sklave in den Gruben arbeitete, galt ohnehin als unzuverlässig. Trotzdem hatte ich inzwischen gelernt, genauso zuverlässig dreinzublicken wie alle anderen auch.

Eine letzte Überprüfung sollte jeden Diebstahl am Eigentum des Reiches unterbinden. Ehe wir die Gruben verließen, fuhren wir beim Lager vor, wo die Soldaten sämtliche Barren zählten und eine Frachtliste anfertigten. Diese Liste begleitete das Silber auf seiner ganzen Fahrt bis nach Rom. Es gab nur eine brauchbare Straße, die aus Vebiodunum hinausführte, die Straße zurück zur Grenze. Jeder Wagen, der Barren geladen hatte, mußte sie nehmen, denn die Nebenwege waren zu eng und zu holprig für derartige Lasten. Das bedeutete, jeder Barren, der die Gruben verließ, war in einem amtlichen Dokument verzeichnet.

Unser Ziel war der Militärhafen Abona. Um die große Bucht der Sabrina zu erreichen, mußten wir ihr zunächst den Rücken zukehren – zehn Meilen nach Osten, bis an die Grenzstraße, dann nach Norden zu den heiligen Quellen von Sul, von dort nach Westen und nun gleichsam an der dritten Seite eines Rechtecks entlang nach Abona – alles in allem rund dreißig römische Meilen. Schwere Lastkähne fuhren die breite Mündung der Sabrina hinauf. Auf ihnen umschifften die Barren dann die beiden Vorgebirge, fuhren unter Bewachung der Britannischen Flotte über den Kanal und durchquerten den Kontinent auf dem Landweg. Der größte Teil des Silbers ging durch Germanien nach Süden. Dank der starken Militärpräsenz war dies die sicherste Strecke.

Abona kannte ich von früher.

Es war alles beim alten geblieben. Hier hatten Petronius Longus und ich zwei vernieselte Jahre in einer Zollbude verbracht. Sie stand noch immer, und noch immer war sie mit jungen Schnöseln in nagelneuen farbenprächtigen Mänteln besetzt, die vornehm herumstolzierten und die Sklaven, die den Reichtum des Imperiums heranschafften, keines Blickes würdigten. Allesamt hatten sie verfrorene Gesichter und laufende Nasen, aber anders als die Schlaumeier in den Gruben, konnten sie zählen. Sie überprüften unsere Liste, zählten die Barren, verstauten sie in ihrem Zollager, und wenn die Lastkähne kamen, zählten sie sie vor der Übergabe noch einmal. Der Himmel mochte dem Grubenpächter Triferus helfen, wenn da mal etwas nicht stimmte.

Aber es stimmte immer. Selbstverständlich stimmte es. Wenn wir Vebiodunum verlassen hatten, machte die Kolonne jedesmal bei einem kleinen Dorf im Hochland kurz vor der Grenze halt, damit sich die Fahrer erleichtern konnten. Wir hielten auch an, wenn keiner mußte.

Während dieses Aufenthalts wurde die Liste verändert.

Jetzt kam das Ende in Sicht.

Nach drei Fahrten gelang es mir, mich so weit hinten in der Kolonne einzureihen, daß ich mitbekam, was geschah, sobald wir die Ansammlung von Hütten hinter uns ließen, wo ein

korrupter Beamter die Unterlagen gefälscht hatte. Während der Hauptteil des Konvois an der Grenze den Weg nach Norden einschlug, drehten die letzten zwei oder drei Wagen unbemerkt nach Süden ab.
Man könnte die Diebe für dumm halten, weil sie die Heerstraße benutzten, die allerdings gut in Schuß war und Zugang zu sämtlichen Häfen an der Südküste bot. Aber die Verlegung der Zweiten Augusta nach Glevum im Norden bedeutete auch, daß dieser Straßenabschnitt nicht mehr systematisch bewacht wurde. Regelmäßige Transporte, die Woche für Woche hier vorüberkamen, wurden von Truppen, denen sie zufällig begegneten, einfach durchgewinkt.
Langsam fand ich meine Form wieder. Ich hatte ein klares Ziel vor Augen: Ich wollte so viel Vertrauen gewinnen, daß sie mich einen der Wagen fahren ließen, die nach Süden abbogen. Ich mußte unbedingt wissen, wohin sie fuhren. Wenn wir den Hafen fanden, in dem die Barren verladen wurden, konnten wir auch das Schiff ausfindig machen, das die gestohlenen Silberschweine nach Rom brachte – das Schiff und seinen Besitzer. Er mußte an der Verschwörung beteiligt sein.
Ich war alt genug, um das Risiko zu erkennen: Mir konnten die Nerven durchgehen. Nach drei Monaten Zwangsarbeit und Schikanen bei dem schlimmsten Fraß, den man im ganzen Reich bekommen konnte, war ich schlechter Verfassung. Aber eine neue Herausforderung wirkt zuweilen Wunder. Ich konnte mich wieder konzentrieren, und meine Nerven behielt ich auch.
Nur das spezielle Verhältnis des Didius Falco zum Glück hatte ich übersehen.

Ende Januar bekam ich meine Chance. Die Hälfte der Sklavenarbeiter war ans Krankenlager gefesselt und simulierte, was das Zeug hielt. Manche machten das so gut, daß sie wirklich starben. Wir übrigen, die wir noch auf den Beinen waren, mußten doppelt ranklotzen, aber es lohnte sich, denn wir bekamen auch doppel-

te Rationen. Der Fraß schmeckte scheußlich, half aber gegen die Kälte.
Etwas Schnee war gefallen, und es war unsicher, ob die wöchentlichen Transporte überhaupt auf den Weg geschickt werden konnten. Aber der Himmel klarte wieder auf, und es schien, als sei der Einbruch des wirklichen Winters noch einmal an uns vorübergegangen. In letzter Minute wurde noch ein Konvoi zusammengestellt und mit einer bunt zusammengewürfelten Mannschaft losgeschickt. Selbst der Troßführer war ein Ersatzmann. Ich bekam schließlich den vorletzten Wagen zugeteilt. Niemand sagte etwas, aber ich verstand trotzdem.
Wir fuhren zum Militärlager. Ein Dekurio mit vom Sumpffieber geschwollenen Augen kam heraus, ließ seinen Blick über den Konvoi gleiten und stempelte unsere Dokumente. Dann brachen wir auf.
Wegen der Kälte hatten sie grobe Filzmäntel mit spitzen Kapuzen ausgegeben; sogar Fausthandschuhe hatten wir bekommen, damit unsere klammen Hände die Zügel halten konnten. Auf der Hochebene überfiel uns der Wind. Aus dem tiefhängenden, regenschweren Himmel schoß er auf uns herunter, zerrte an unseren Mänteln und war so kalt, daß wir die Augen zusammenkniffen und die Zähne bleckten. Die dunkle Reihe der Wagen kroch die einsame Straße entlang, die an einer Stelle in eine Senke abtauchte. Dort kamen die Maultiere auf dem Schneematsch ins Rutschen, so daß wir absteigen, sie führen und die Steigung hinauf im schneidenden Wind sogar mit anschieben mußten. Weiter führte der Weg durch graues Land, in dem hier und da aus dem Dunst niedrige Hügelgräber vergessener Könige auftauchten und wieder verschwanden.
Als wir anhielten, um die Dokumente fälschen zu lassen, waren wir so durchgefroren, daß die gemeinsam ertragenen Qualen den Unterschied zwischen Aufsehern und Sklaven zu verwischen begannen. Der korrupte Schreiber hatte Schwierigkeiten: in seiner Hütte war es zu dunkel, vor der Tür zu windig. Es kam

uns wie eine Ewigkeit vor, während wir im Windschatten der Wagen kauerten und warteten. Bis hierher hatten wir schon doppelt so lange wie sonst gebraucht, und am Himmel zeigte sich jetzt ein bedrohliches Gelbgrau, das Schnee verhieß.
Endlich war es soweit, wir konnten weiterfahren. Noch zwei Meilen bis zur Abzweigung an der Grenze. Der Troßführer zwinkerte mir zu. Der Konvoi setzte sich in Bewegung. Mit einer so schweren Ladung war das Anfahren für die Maultiere immer ein Kampf, und heute, bei diesem miserablen Straßenzustand, waren sie noch störrischer als gewöhnlich. Meine Tiere glitten mit ihren Eisenhufen auf dem Schneematsch aus, der sich vor unseren Augen in Eis verwandelte. Sie warfen sich heftig in die Riemen; eine Wagenachse blockierte – sie war vereist. Die verkeilten Hinterräder rutschten zur Seite, die Achse brach, ein Rad gab nach, plötzlich kippte der Wagen nach hinten weg, die Maultiere schrien und bäumten sich auf, ich fuhr von meiner Bank hoch – und fand mich im nächsten Augenblick auf der Straße wieder; die Ladung schlidderte in einen Graben neben der Straße, der Wagen sackte zur Seite. Eines der Maultiere hatte sich so schwer verletzt, daß wir ihm die Kehle durchschneiden mußten, das andere hatte die Zugriemen zerrissen und war davongaloppiert.
Aus irgendeinem Grund gaben alle mir die Schuld.
Nun entspann sich ein lange Diskussion wegen meiner in Unordnung geratenen Ladung.
Wenn wir die Barren nach Abona schafften, mußten die Papiere noch einmal umgeschrieben werden. Außerdem hätten einige Wagen fünf Barren laden müssen. Im übrigen waren meine Barren etwas Besonderes: gestohlene Schweine, die an Fremde verkauft werden sollten, gestohlene Schweine, die ihr Silber noch enthielten. Sie waren *nicht* für Abona bestimmt! Der zweite Wagen, der nach Süden fahren sollte, konnte unmöglich acht Barren transportieren. Nach endlosen Streitereien, wie sie von Männern ausgefochten werden, die es nicht gewohnt sind, Pro-

bleme zu lösen, und schon gar nicht, wenn sie an einem trüben Tag in schneidender Kälte im Freien herumstehen, wurde beschlossen, meine Ladung hier zurückzulassen und sie auf der Rückfahrt wieder nach Vebiodunum hineinzuschmuggeln.
Ich erklärte mich bereit, sie zu bewachen.

Nachdem sich alle auf den Weg gemacht hatten, wurde es furchtbar still. Die wenigen Hütten wurden im Sommer von einheimischen Hirten benutzt. Jetzt standen sie leer. So hatte ich zumindest einen Unterschlupf, aber als das Wetter immer schlechter wurde, kam mir der Gedanke, daß meine Gefährten, wenn es stark schneien würde, so schnell nicht wiederkommen würden. Vielleicht würde ich hier ohne etwas zu essen lange Zeit festsitzen. Über der Hochebene lag dunstige Nässe, die weder niedersank noch niederfiel, aber in meinem Gesicht haften blieb, sobald ich den Kopf nach draußen streckte. Zum erstenmal seit drei Monaten war ich völlig allein.
»Hallo, Marcus!« sagte ich, so als würde ich einen Freund begrüßen.
Ich stand da und dachte nach. Es wäre ein günstiger Augenblick zur Flucht gewesen, aber sie hatten mich nur deshalb allein zurückgelassen, weil das Hochland im tiefen Winter abgelegen war. Wer in dieser Jahreszeit davonzulaufen versuchte, den fand man im nächsten Frühjahr als Leiche zusammen mit erfrorenen Rindern und ertrunkenen Schafen in irgendeiner Senke wieder. Bis zu den Schluchten konnte ich es schaffen, aber was sollte ich dort?
Außerdem wollte ich immer noch wissen, wie die Barren weiterbefördert wurden.
Der Regen hörte auf. Es wurde kälter. Ich beschloß, etwas zu unternehmen. Ich umschlang die Barren, einen nach dem anderen, mit beiden Armen und schleppte sie tief gebückt durch den Graben so weit wie möglich von der Straße weg. Dann scharrte ich ein Loch in den nassen Boden. Als ich sie hineinwuchtete,

fiel mir auf, daß nur einer der Barren die vier Stempel trug, die anzeigten, daß er noch Silber enthielt. Triferus betrog also auch die Verschwörer: Sie versuchten, die Prätorianer mit Blei zu bestechen, mit einfachem Blei für Wasserrohre! Wenn wir das den Prätorianern sagten, würden die Verschwörer Schwierigkeiten bekommen, und Vespasian war in Sicherheit.

Ich vergrub die vier Barren und kennzeichnete die Stelle mit einem Steinhaufen. Dann machte ich mich zu Fuß auf den Weg zurück zu den Minen.

Acht Meilen. Reichlich Zeit, mich von meiner eigenen Dummheit zu überzeugen. Um in Bewegung zu bleiben, unterhielt ich mich ausgiebig mit meinem Bruder Festus.

Nicht, daß das geholfen hätte. Auch Festus hielt mich für einen Dummkopf.

Daß ich mich mit einem toten Helden unterhielt, klingt vielleicht seltsam. Aber Festus war ein faszinierender Mensch gewesen, und schon zu seinen Lebzeiten hatte ich oft einfach vom Boden abgehoben, wenn ich mich mit ihm unterhielt. Hier draußen unter dem verquollenen Himmel, während ich als eisiger Punkt auf einer tristen Hochebene aus freien Stücken zurück in die Sklaverei zog, wirkte ein Gespräch mit Festus jedenfalls sehr viel wirklichkeitsnäher als die wüste Welt, in der ich unterwegs war.

Einen halben Tag später, auf dem letzten Wegstück, bog ich von der Straße ab und nahm einen Pfad, der eine große Kurve abkürzte. Römische Straßen sind immer gerade, außer wenn ein besonderer Grund dagegenspricht. Auch für diese Kurve gab es einen Grund: Sie umging die Schächte eines aufgelassenen Bergwerks. Während ich durch brusthohes, verdorrtes Farnkraut stolperte, verlor ich plötzlich den Halt. Auf dem mit Rauhreif bedeckten Boden glitt ich aus, rutschte auf dem Rücken den Abhang hinunter und stürzte in einen der Schächte. Während meiner Rutschpartie war ich irgendwo mit der Ferse hängengeblieben. Zuerst tat nichts weh. Aber als ich herausklettern woll-

te, sagte mir der bohrende Schmerz sofort, was los war. Ich hatte mir das Bein gebrochen. Festus meinte, so etwas könnte auch nur mir passieren.
Ich lag auf dem Rücken, starrte in den kalten Himmel und revanchierte mich bei meinem heroischen Bruder mit ein paar Wahrheiten, die *ihm* nicht gefielen.

Es fing an zu schneien. Undurchdringliche Stille breitete sich aus. Wenn ich hier liegenblieb, war es aus mit mir. Ich hatte dann vielleicht gebüßt für das, was Sosia zugestoßen war, aber außer dem herausgeschmuggelten Bericht – falls Rufrius Vitalis den Prokurator überhaupt auftreiben konnte – hatte ich nichts erreicht. Zu sterben, ohne meine Geschichte erzählen zu können, hätte alles, was ich erduldet hatte, sinnlos gemacht.
Der Schnee fiel mit unbarmherziger Sanftheit. Ich hatte mich warm gelaufen, aber während ich auf dem Boden lag, konnte ich spüren, wie die Wärme aus meinem Körper wich. Ich redete; aber jetzt antwortete niemand.
Besser einen Versuch machen, auch wenn er schiefging. Ich schiente mein Bein, so gut es ging. Ich fand einen alten Holzpflock und band ihn mir mit der Schnur aus Ziegenhaar, die ich als Gürtel getragen hatte, an die Wade. Es war nicht perfekt, aber es hielt mich aufrecht.
Ich schleppte mich vorwärts. Zurück nach Vebiodunum. Ich würde dort zu nichts nutze sein, aber ich konnte nirgendwo anders hin.
Jemand – eine Bekannte von mir – hat mich später gefragt, warum ich nicht bei den Soldaten im Lager Zuflucht gesucht hätte. Dafür gab es zwei Gründe – oder vielmehr drei. Erstens: Ich hatte noch immer die Hoffnung, herauszufinden, wohin die gestohlenen Silberschweine geschickt wurden. Zweitens: Ein zum Skelett abgemagerter Sklave, der aus dem Moor auftauchte und den Leuten vorjammerte, er sei als persönlicher Repräsentant des Finanzministers in kaiserlichen Angelegenheiten unter-

wegs, konnte nichts anderes erwarten als eine Tracht Prügel. Drittens: Nicht alle Privatermittler sind perfekt. Ich bin überhaupt nicht auf die Idee gekommen.

Ich war betäubt, erschöpft, zerschlagen, am Ende. Die Enttäuschung und der Schmerz drehten mir einen Knoten ins Gehirn. Ich humpelte geradewegs auf die Gruben los und stolperte dem Aufseher Cornix direkt vor die Füße. Als ich ihm sagte, ich hätte vier gestohlene Barren unbewacht zurückgelassen, stieß er einen Wutschrei aus und griff nach einem der Hölzer, mit denen wir manchmal überhängendes Gestein abstützten. Ich öffnete den Mund und wollte sagen, ich hätte die Schweine sicher vergraben. Aber bevor ich einen Ton herausbringen konnte, sah ich zwischen meinen mit Schnee verklebten Wimpern hindurch, wie Cornix seinen Prügel schwang. Mehrere Rippen krachten. Mein Bein versagte, die Schiene ging zu Bruch, und im Fallen verlor ich die Besinnung.

Als sie mich in eine Zelle warfen, kam ich soweit zu mir, daß ich hörte, wie Cornix rief: »Soll er dort verrotten!«

»Und wenn der Kopfgeldjäger wieder auftaucht?«

»Diese Träne will sowieso keiner zurückhaben.« Cornix lachte krächzend. »Wenn jemand nach ihm fragt, dann sagt ihr, er ist tot – das ist er sowieso bald!«

Da wußte ich, daß ich nie wieder nach Hause kommen würde.

Kapitel 28

Ich hörte alles mit ungewohnter Deutlichkeit. Kein Wunder. Nur diese Geräusche von draußen verhinderten, daß ich den Verstand verlor; nur mein letzter Rest Verstand hielt mich am Leben.

Ich konnte mich nicht bewegen. Niemand kam und sprach mit mir. Ich sah nichts, ausgenommen die verschiedenen Grautöne des Lichtes an den feuchten Zellenwänden, an denen ich den Tag von der Nacht unterscheiden konnte. Fenster gab es nicht. An manchen Tagen öffnete sich knarrend die Tür, und sie schoben mir eine dickrandige Schale mit einem schmierigen Brei herein. Die Tage, an denen sie es vergaßen, waren mir lieber.

Ich wußte nicht, seit wann ich dort lag. Wahrscheinlich kaum eine Woche. Für einen Menschen, den man dem Tod überlassen hat, ist eine Woche ziemlich lang.

Am Schlurfen der Füße, wenn die zusammengeketteten Sklaven nach draußen getrieben wurden, lernte ich erkennen, ob es regnete oder nur der ewige Winternebel in der Luft lag. Die üblichen Verkehrsgeräusche waren das Rumpeln und Poltern der Wagen, aber manchmal vernahm ich auch das muntere Geklapper von Ponyhufen. Dann wußte ich, daß ein Offizier aus dem Lager in seinem scharlachroten Mantel vorübergeritten war. Wenn der Wind richtig stand, konnte ich in der Ferne das Pochen der Äxte hören und das Gepolter, wenn die Tragmulden an den Flözen gefüllt wurden. Der Schmelzofen war ein immer-

währendes Brausen, in das sich das Pfeifen der Blasebälge an den Treibherden mischte.
Aber eines Tages näherte sich, umgeben vom Getrappel zahlreicher Reiter, ein Pony, das einen zierlichen Wagen zog. Es hielt ganz in der Nähe an. Eine militärische Stimme nannte den Namen des Prokurators Flavius. Jemand brummte. Dann eine andere Stimme – scharf wie das Kreischen eines Böttcherbeils auf Holz: »… der, den ihr Witzig nennt.«
Ich war wirklich in übler Verfassung. Das Delirium, wenn nicht der Tod selbst, streckte seine Hand nach mir aus: Das hatte sich eben wie die Tochter des Senators angehört. Ich konnte mich nicht mal auf ihren Namen besinnen. Aber schließlich zerrte ich ihn aus einer anderen Welt hervor: Helena.
»Tja, also, welcher war das doch gleich … Tot, glaube ich –«
»Dann will ich die Leiche sehen! Wenn ihr sie beerdigt habt, grabt sie aus.«
Knarrend öffnete sich die Tür einen Spaltweit, und blendendes Licht fiel herein.
»Oh! Da ist er ja – unser kostbarer Ausreißer!«
Ich war fast zu heiser, um ihr einen Fluch entgegenzuschleudern, aber es gelang mir.

Der Sklavenaufseher Cornix stand direkt hinter ihr. Er konnte einem richtig leid tun – so unterwürfig, wie er jetzt dreinblickte. Nachdem sie sich mit angewiderter Miene in meiner Zelle umgesehen hatte, fragte sie bissig: »Was ist das hier? Bettruhe? Ein Pflegefall?«
Der arme Cornix! Sie benahm sich wirklich unmöglich. Außerdem hatte sie eine Militäreskorte dabei; er war machtlos.
Er zerrte mich von meinem Lager aus stinkendem Farn und stieß mich draußen vor ihr in den Matsch. Ich schloß die Augen gegen die glasige Helligkeit großer, fahler Wolken. Das Bild einer kräftigen Frau blieb mir erhalten, in einem Umhang aus dunkelblauem Stoff, der gekräuselte Wollsaum ihres Kleides

und ein weißes Gesicht mit gerunzelter Stirn unter Flechten von weichem, glattem Haar.
Ich wäre fast in Ohnmacht gefallen.
»Marcus!« fuhr mich Helena Justina in dem herablassenden Ton an, der einem ehrlosen Sklaven gegenüber angebracht war.
Ich lag mit dem Gesicht in einer Pfütze, wenige Zentimeter von ihren Schuhen entfernt.
Schicke Schuhe hatte sie an. Schiefergraues Leder, mit winzigen, spiralförmig angeordneten Löchern. Und sie hatte viel schönere Knöchel, als sie verdiente.
»Das ist ja eine nette Bescherung! Onkel Gaius hatte immer solches Vertrauen zu dir. Und jetzt sieh dich an!« Was erwartete sie eigentlich? Ein Ausreißer packt selten ein paar saubere Tuniken und seinen Toilettenschwamm ein ... »Wirklich, Marcus! Was hast du nun davon? Ein gebrochenes Bein, ein paar gebrochene Rippen, Frostbeulen, Grind, Dreck!« Den Schmutz betrachtete sie mit Unbehagen und sorgte dafür, daß ich das Bad benutzte, das den leitenden Mitarbeitern vorbehalten war, damit ich nicht das hübsche Ponywägelchen ihrer Tante besudelte. Ein Soldat, der offenbar wußte, wer ich in Wirklichkeit war, schiente mir das Bein neu, aber er war so verzagt dabei, daß es nichts wurde.

Als Helena mir endlich gestattete, ihren Wagen zu besteigen, hatte ich mich gründlich gewaschen und meine Lumpen gegen irgend jemandes drittbeste Tunika ausgetauscht, deren Geruch mir zwar nicht behagte, aber immer noch um etliches besser war als der Gestank, den ich vorher verbreitet hatte. Cornix hatte sich davongeschlichen, in den Schuppen, wo er seinen nachmittäglichen Folter- und Vergewaltigungsgelüsten nachging. Ich zitterte am ganzen Leib; mit einem verärgerten Zischen warf mir Helena eine Reisedecke über. Ich war noch feucht vom Bad. Ich hatte mich kräftig abgeschrubbt, aber wenn man unter den Augen dieses Cornix und eines Soldaten baden muß, fehlt

einem die Muße, sich nachher auch noch sorgfältig zwischen den Zehen abzutrocknen.
Von der plötzlichen Sauberkeit juckte mir die Kopfhaut. Neues Leben durchrieselte mich. Jeder Luftzug traf mein Gesicht, als wäre ich überall wund.
Helena Justina holte einen Mantel hervor, an den ich mich dunkel erinnerte. In einem früheren Leben hatte er wohl einmal mir gehört. Gutes dunkelgrünes Tuch mit einer kräftigen Metallschnalle. Offenbar hatte ich damals Geschmack und Stilgefühl besessen. Mühsam kletterte ich in den Ponywagen.
»Schönes Gespann«, sagte ich und versuchte meine gewohnte Stimme wiederzufinden. Da sie eine Frau war, spielte ich den Kavalier und fragte: »Soll ich fahren?«
»Nein«, sagte sie. Andere Leute hätten »Nein, danke« gesagt. Aber ich konnte mich auf der Bank kaum gerade halten.
Sie nahm die Zügel und setzte sich zurecht, bevor sie mich ihres nächsten Wortes würdigte: »Wenn man Ihnen ein Fahrzeug anvertraut hätte, würden Sie dann mich fahren lassen?«
»Nein«, räumte ich ein.
»Sie würden keiner Frau trauen. Und ich traue keinem Mann.«
Sie hatte recht, die meisten Männer sind schlechte Fahrer.
Das Pony zog munter an, und bald hatten wir die Siedlung hinter uns gelassen. Helena Justina setzte sich natürlich an die Spitze, während ihre kleine, aber kräftige Reitereskorte bescheiden hinterherzockelte.
»Sagen Sie Bescheid, wenn ich Ihnen zu schnell fahre und Sie Angst bekommen«, sagte sie herausfordernd.
»Sie fahren zu schnell – aber Sie machen mir keine Angst!« Sie war in einen Nebenweg abgebogen. »Hier sind wir falsch – nehmen Sie die Straße nach Osten über die Hochebene, Verehrteste.«
»Nein. Wir haben Soldaten bei uns; warum sollen wir nahe der Grenze bleiben? Wir müssen nach Norden. Bedanken Sie sich bei Ihrem Freund Vitalis für Ihre Rettung. Als er das letzte Mal

mit Onkel Gaius geredet hat, meinte er, man müsse Sie da rausholen, gleichgültig, ob Sie Ihre Aufgabe erfüllt hätten oder nicht. Ich habe mich dazu bereit erklärt – das ist unauffälliger. Außerdem hatte ich ein schlechtes Gewissen wegen Ihres ergrauten Mütterleins…« Ich konnte mich nicht erinnern, jemals mit ihr über meine Mutter gesprochen zu haben, und ließ sie plappern. »Onkel Gaius hält diesen Triferus in Glevum gefangen –«

Mein Gehirn war aus der Übung und sträubte sich gegen eine solche Häufung von Tatsachen. »Verstehe. Nach Norden, wie?«

Das Sprechen schien mir nutzlos. Sollte sich ein anderer um die Barren kümmern. Dieser Wagen war ein hübsches Spielzeug, aber zu zerbrechlich für ein solches Gewicht. Zur Not hätten wir etwas mit den Ponys der Soldaten arrangieren können – aber ich war zu erschöpft. Trotzdem rückte ich offenbar unruhig hin und her. Sie fuhr langsamer.

»Weshalb waren Sie eigentlich draußen auf der Hochebene, Falco? Sagen Sie mir die Wahrheit.«

»Ich habe vier gestohlene Barren unter einem Steinhaufen versteckt.«

»Beweise?« fragte sie.

»Wenn Sie so wollen.«

Offenbar zog sie ihre eigenen Schlüsse daraus, denn jetzt drosch sie auf das arme Pony ein, bis es wieder wie rasend dahinflog. Ihre Augen funkelten böse.

»Sie meinen wohl, eine hübsche kleine Rente für Sie!«

Wir ließen sie zurück. Soviel ich weiß, liegen meine vier Barren noch immer dort.

Helena Justina hetzte weiter. Wahrscheinlich hatte ihr Mann sich scheiden lassen, weil er seine Haut retten wollte. Aber Angst hatte ich eigentlich die ganze Fahrt über nicht. Sie lenkte gut. Sie besaß die richtige Mischung aus Geduld und Beherzt-

heit. Das Pferd vertraute ihr vollkommen, nach ein paar Meilen tat ich es auch ... und bis Glevum waren es fünfzig Meilen.
Einige Male machten wir zwischendurch halt. Sie ließ mich aussteigen. Beim erstenmal war mir schlecht, aber das hatte nichts mit ihrem Fahrstil zu tun. Sie ließ mich ausruhen und unterhielt sich währenddessen leise mit einem der Soldaten, und bevor wir weiterfuhren, gab sie mir aus einer kleinen Flasche etwas gesüßten Wein. Dabei legte sie mir stützend den Arm um die Schultern. Unter der ungewohnten Berührung einer Frau fing ich an zu schwitzen.
»Wir können später noch einmal bei einem *mansio* anhalten, wenn Sie wollen.« Sie sagte das ganz sachlich, sah mir dabei aber aufmerksam ins Gesicht.
Ich schüttelte wortlos den Kopf. Ich wollte weiter. Ich wollte lieber in einem Militärlager sterben, wo man mich mit einem anständigen Grabstein über der Urne beerdigen würde, und nicht in einem Gasthof, wo ich zusammen mit einer Tonne Scherben und der überfahrenen Tigerkatze in einen Graben gekippt würde. Plötzlich kam mir der Gedanke, daß Helena Justina dieses Wahnsinnstempo vielleicht vorlegte, weil sie nicht mit meiner Leiche am Hals in der Wildnis sitzen wollte. Ich dankte Jupiter für ihre rücksichtslose Klugheit. Auch als Leiche wollte ich keinesfalls *sie* am Hals haben.
Sie las in meinen Gedanken oder vielmehr in meinem verquälten Gesicht.
»Machen Sie sich keine Sorgen, Falco, ich begrabe Sie ordentlich!«

Kapitel 29

Mir war, als wäre ich in die Bleiminen zurückgekehrt.
Nein. Eine andere Welt. Ich war den Gruben entkommen, auch wenn ich nie mehr ganz von ihnen loskommen werde.
Ich lag auf einem hohen, harten Bett, in einem kleinen Zimmer in einem Legionshospital. Manchmal hörte ich draußen gemächliche Schritte vorübergehen. Ich erkannte den unangenehmen Geruch von antiseptischem Terpentin. Ich spürte den ermutigenden Druck eines sauberen, festen Verbandes. Ich lag warm. Ich fühlte mich sauber. Ich ruhte an einem ruhigen, fürsorglichen Ort.
Trotzdem hatte ich Angst.

Eine Trompete auf dem Festungswall hatte mich geweckt, das Signal für die Nachtwache. Ein Lager – mit Lagern kannte ich mich aus. Ich hörte das gehässige Kreischen von Seemöwen. Es mußte Glevum sein. Glevum lag an der Mündung der Sabrina. Sie hatte es also geschafft. Stundenlang hatte ich in dem neuen großen Hauptquartier der Zweiten Augusta geschlafen. Die Zweite. Ich gehörte zu ihnen; ich war zu Hause.
Am liebsten hätte ich geweint.
»Glaubt, er sei wieder beim Heer«, sagte die belustigte Stimme des Prokurators Flavius.
Ich konnte ihn nirgendwo entdecken, kam mir vor wie ein morscher Ast, der durch warme Gerstensuppe treibt; sie hatten mich mit Mohnsaft vollgepumpt, um den Schmerz abzutöten.

»Marcus, nur ruhig, ich habe Ihren Bericht von Vitalis bekommen; und ich habe schon etwas unternommen. Gut gemacht!«
Gaius, mein Freund; *mein Freund, der mich dorthin geschickt hat …*
Plötzlich mußte ich kämpfen; eine andere Hand ergriff meinen Arm. »Pst! Es ist vorbei; Sie sind in Sicherheit.«
Helena, seine Nichte, meine Feindin. *Meine Feindin, die kam und mich von dort zurückholte …*
»Still jetzt, Falco; stellen Sie sich nicht so an …«
Auf die Gehässigkeit in Helenas Stimme war Verlaß. Aber für einen befreiten Sklaven kann es sogar tröstlich sein, wenn er von einer Frau angeherrscht wird.

Kapitel 30

Wieder wach.

Das Opium war verflogen. Sobald ich mich bewegte, schoß mir der Schmerz in die Glieder. Eine rote Tunika, an der Schulter von der Äskulapnatter mit dem Stab zusammengehalten, beugte sich über mich – und verschwand wieder, sobald ich *ihm* in die Augen sah. Diesem Mann fehlte im Umgang mit Kranken jedes Gespür; er mußte der Obersanitäter sein. Hinter ihm reckten Schüler die Hälse wie verängstigte Entenküken, die ihrer Mutter nachdrängeln.

»Sag mir die Wahrheit, Hippokrates!« witzelte ich. Nie sagen sie einem die Wahrheit.

Er fingerte an meinen Rippen herum wie ein Geldwechsler an seinem Rechengestell. Ich schrie auf, aber nicht, weil er kalte Hände hatte.

»Die Beschwerden ... werden noch einige Monate anhalten. Er muß sich auf allerlei Schmerzen gefaßt machen. Keine wirklichen Probleme, falls er um eine Lungenentzündung herumkommt ...« Er klang fast enttäuscht. »Der Patient ist sehr geschwächt; es besteht die Gefahr von Wundbrand im Bein.« Mir sank das Herz. »Am besten amputieren wir, solange er noch einigermaßen bei Kräften ist.« Ich starrte ihn mit einem gequälten Blick an, der ihn erst richtig munter machte. Wußten Sie, daß die Chirurgenausbildung zum großen Teil darin besteht, zu lernen, wie man die Schreie überhört?

»Warum nicht abwarten, wie es sich entwickelt!« krächzte ich.

»Das hat Ihre junge Frau auch gemeint –« Plötzlich klang er ziemlich respektvoll; wahrscheinlich hatte ihn die Begegnung mit jemandem, der noch schlechtere Manieren als er besaß, beeindruckt.
»Sie ist nicht meine Frau! Wollen Sie mich beleidigen?« protestierte ich und versuchte nicht an das zu denken, was er davor gesagt hatte. Aber ich kam nicht darum herum. »Also, wenn es sein muß – *nehmen Sie sich das Bein!«*
Ich schlief ein.

Wieder weckte er mich.
»Flavius Hilaris will Ihnen ein paar dringende Fragen stellen. Geht das?«
»Sie sind der Arzt!«
»Was soll ich denn machen?«
»Mich in Ruhe lassen.«
Ich schlief wieder ein.

Nie lassen sie einen in Ruhe.
»Marcus –« Das war Flavius Hilaris. Er wollte von mir selbst noch einmal alles hören, was ich ihm durch Rufrius Vitalis längst mitgeteilt hatte. Höflicherweise erwähnte er nicht, daß er ein förmliches Protokoll brauchte, falls ich bei der Operation starb – ich verstand es auch so.
Ich sagte ihm alles, was ich wußte. Schon, damit er mich in Ruhe ließ.
Was die Verschwörung anging, so erzählte mir Gaius, Triferus verweigere die Aussage. Es war jetzt mitten im Winter, die Berge tief verschneit und keine Möglichkeit, die Wagen, die nach Süden abgebogen waren, zu verfolgen – jeglicher Verkehr war zum Erliegen gekommen, wahrscheinlich für viele Wochen.
Gaius hatte Triferus in eine Zelle sperren lassen und wollte später zusammen mit mir einen neuen Versuch machen. Ich

sollte zur Genesung nach Aquae Sulis gebracht werden – falls ich am Leben blieb.
Er saß lange an meinem Bett und hielt meine Hand; er schien beunruhigt. Er habe nach Rom geschrieben, erzählte er, und empfohlen, man möge mein Honorar verdoppeln. Ich lächelte. Nach dreißig Jahren im Staatsdienst hätte er wissen können, daß es zwecklos war. Vor langer Zeit hatte ich einmal gedacht: *Er könnte es sein!* Ich lächelte wieder.
Und schlief wieder ein.

Der Chirurg hieß Simplex. Wenn sie sich mit ihrem Namen vorstellen, weiß man, daß die Behandlung, die sie vorhaben, bestenfalls ein riskantes Spiel und schlimmstenfalls tödlich ist.
Simplex war seit vierzehn Jahren beim Heer. Er konnte einen sechzehnjährigen Soldaten, dem ein Pfeil im Kopf steckte, beruhigen. Er konnte Blasen auf der Haut verschließen, die Ruhr kurieren, Augen spülen und sogar Entbindungen vornehmen, nämlich bei den Frauen, die die Legionäre eigentlich nicht haben sollten. Aber das alles langweilte ihn. Jetzt war *ich* sein Lieblingspatient. Zu seiner Sammlung von Spateln, Skalpellen, Sonden, Scheren und Pinzetten gehörte auch ein glänzender Hammer, groß genug, um damit einen Zaunpfahl in den Boden zu rammen. In der Chirurgie wurde er dazu benutzt, bei Amputationen den Meißel in Soldatengelenke zu treiben. Der Meißel selbst war ebenfalls da – und die Säge: ein kompletter Werkzeugkasten, und alles lag auf einem Tisch neben meinem Bett.
Sie betäubten mich, aber es reichte nicht aus. Flavius Hilaris wünschte mir Glück und verschwand aus dem Zimmer. Ich werfe es ihm nicht vor. Ich wäre selbst mitgegangen, wenn man mich nicht festgeschnallt hätte und wenn mich nicht vier baumlange Kavalleristen mit starren Mienen an Schultern und Füßen festgehalten hätten.

Durch den Drogennebel sah ich Simplex auf mich zukommen. Ich hatte es mir inzwischen anders überlegt. Mir war klargeworden, daß er nichts weiter als ein fanatischer Knochenklempner war. Ich wollte etwas sagen; aber ich bekam keinen Ton heraus. Ich versuchte zu schreien.
Jemand anderes schrie: eine Frauenstimme.
»Hören Sie sofort damit auf!« Helena Justina. Ich hatte nicht bemerkt, daß sie hereingekommen war. »Das ist doch gar kein Wundbrand!« schimpfte die Tochter des Senators. Offenbar geriet sie immerzu und überall in Wut. »Man sollte meinen, ein Heeresarzt weiß das – Wundbrand hat einen ganz bestimmten Geruch. Die Füße von Didius Falco riechen vielleicht ein bißchen käsig, aber doch nicht *so* schlimm!« Eine wunderbare Frau; ein Privatermittler in der Klemme konnte sich auf sie verlassen. »Er hat Frostbeulen. In Britannien ist das nichts Besonderes – heißer Rübenbrei ist alles, was er braucht! Zieht ihm das Bein so straff, wie ihr könnt, und dann laßt ihn in Ruhe; *der arme Kerl hat genug gelitten!«*
Erleichtert fiel ich in Ohnmacht.

Zweimal versuchten sie, mir das Bein geradezuziehen. Beim ersten Mal zermalmte ich den Stoffwulst zwischen meinen Zähnen und brachte vor Entsetzen keinen Ton heraus, während mir die Tränen an beiden Seiten des Halses herunterliefen. Beim zweiten Mal wußte ich, was kam; beim zweiten Mal schrie ich.
Jemand schluchzte.
Ich röchelte, aber bevor ich erstickte, nahm mir eine Hand – wahrscheinlich gehörte sie einem der schweren Jungs, die mich festgehalten hatten – den Wulst aus dem Mund. Ich war in Schweiß gebadet. Jemand machte sich die Mühe, mir das Gesicht abzutupfen.
Gleichzeitig wehte mir ein würziger, belebender Duft entgegen, herrlich wie jenes Balsam, das für die Könige der Parther aus

den Essenzen von fünfundzwanzig verschiedenen Ölen gebraut wird. (Im Land der Parther bin ich nie gewesen, aber jeder Freizeitdichter weiß alles über ihre Herrscher; mit ihnen lassen sich fußlahme Oden leicht wieder in Schwung bringen.)
Es war kein Königsbalsam, und dennoch ein wunderbarer Duft. Ich weiß noch, wie mir damals der Gedanke durch den Kopf ging: einige dieser Zwei-Zentner-Kavalleristen sind doch anders, als man denkt ...

Kapitel 31

In Aquae Sulis verbrachte ich fünf Wochen. Der Leibarzt des Prokurators kümmerte sich persönlich um mich. Die heißen Quellen, die aus dem Felsen sprudelten, befanden sich in einem Heiligtum, in dem einige verwirrte Kelten immer noch ihrem Gott Sul das Kleingeld opferten und dabei mit toleranter Miene die nagelneue Steintafel anschauten, auf der zu lesen stand, daß die römische Minerva neuerdings die Leitung in diesem Lokal übernommen habe. Auch hier regierte jene verstohlene, als Religion verkappte Geschäftemacherei, der man bei allen Heiligtümern begegnet. Rom hatte die frühere Grundausstattung teilweise erneuert und ein sauberes, mit Blei ausgekleidetes Becken installiert; trotzdem konnte ich mir nicht vorstellen, daß aus diesem Ort jemals etwas werden würde. Oh, Pläne hierfür gab es, aber Pläne gibt es immer. Man saß in einem Becken voller Sand, den die Quelle mit hereinspülte, trank schales, lauwarmes Wasser voller ekelhaft schmeckender Mineralien und beobachtete die Landvermesser, die mit roten Nasen zwischen den Felsklippen herumstiefelten und sich gegenseitig davon zu überzeugen versuchten, daß diese Stelle für einen pulsierenden Kurort goldrichtig sei.
Wir spielten viel Dame. Ich mag dieses Spiel nicht besonders, und ich *hasse* es, wenn ich gegen einen ägyptischen Arzt spielen soll, der immer gewinnt. Aber Ende März in Britannien, in einem Kurort, der nur auf dem Reißbrett existierte, gab es nicht viel Abwechslung. Ich hätte den Frauen nachstellen können, aber

die Frauen hatte ich aufgegeben. Und selbst wenn ich eine erwischt hätte, wäre es mir in meinem damaligen Zustand schwergefallen, etwas mit ihr anzustellen, das ihr gefallen hätte. Die heißen Quellen halfen, aber während ich in ihnen badete, starrte ich mit finsterer Miene Löcher in die Luft. Die Knochen mochten heilen, doch meine Sklavenseele niemals. Der Arzt des Prokurators erzählte, er habe von dem Wasser Hämorrhoiden bekommen. Das täte mir leid, entgegnete ich, aber er hat wohl bemerkt, daß meine Stimme nicht ganz aufrichtig klang.
Manchmal grübelte ich über Sosia; das machte nichts besser.

Dann kehrte ich nach Glevum zurück. Hilaris und ich nahmen uns Triferus jetzt gemeinsam vor. Die Beschäftigung tat mir gut, und wir waren ein starkes Team. Gaius saß auf seinem offiziellen Amtssessel, einem Klappstuhl mit Elfenbeinfüßen, der ihm, wie er erzählte, den Rücken kaputt machte. Ich ging unterdessen drohend auf und ab.
Triferus war ein britisches Großmaul, über und über mit Halsketten aus Elektron behängt. Seine Füße steckten in engen, spitzen Schuhen. Er trug die Toga, zu der man römische Bürger seines Schlages ermuntert hatte, aber auf einen Wink von uns rissen die Soldaten, die ihn hereinschleppten, sie ihm vom Leib. Wir packten ihn auf einen Schemel, zwischen die muskulösen Oberschenkel zweier Angehörigen der Hilfstruppen in Kettenpanzern – zwei mürrischen spanischen Kavalleristen, die seine Witzeleien nicht verstanden. (Nur ihre Offiziere sprachen Latein; deshalb hatten wir die beiden als Bewacher für ihn ausgesucht.)
Von den Halsringen unter seinem gedunsenen britischen Gesicht abgesehen, hätte er ein Karrenschieber in jeder x-beliebigen Stadt der Welt sein können. Er nannte sich mit Vornamen Tiberius Claudius – vielleicht ein Freigelassener, der nach dem alten Kaiser benannt war, aber eher wohl ein Würdenträger irgendeines Stammes, den man irgendwann mal zum Bundes-

genossen ernannt hatte. Ich bezweifelte, daß er eine Urkunde vorlegen konnte, die sein Bürgerrecht bewies.
»Wir wissen, wie ihr vorgegangen seid; also spuck die Namen aus!« schnauzte ich ihn an.
»Moment mal, Falco«, murmelte Gaius in der Rolle des Älteren, der sich von Rom hoffnungslos überfahren fühlt. »Wir sind hier in Britannien, hier machen wir das anders. Triferus, ob ich dir helfen kann, hängt allein von dir ab. Dieser Mann ist ein Beauftragter des Kaisers –«
Triferus versuchte zu bluffen. »Maße und Gewichte? Sicherheitsvorschriften? Wo drückt der Schuh, Meister?«
Ich prüfte mit dem Daumen die Spitze eines Dolches. Ich sah zu Gaius hinüber; er nickte.
»Über die Bleigruben brauchst du uns nichts erzählen, Triferus«, begann ich. »Ich bin selbst dort gewesen und habe mir den Laden genau angesehen.«
Sein Gesicht glänzte schweißnaß; ich hatte ihn überrumpelt. »Dein System stinkt – von den Schächten bis zu den Öfen. Sogar die Bäcker im Dorf benutzen Silberkörner als Kleingeld –«
»Hat es etwa Ärger wegen der Transportunterlagen gegeben?« winselte er mit unschuldigem Zwinkern. »Verstöße gegen die Vorschriften des Schatzamtes? Irgendwelche Beanstandungen?«
Ich warf meinen Silbernugget auf einen dreibeinigen Tisch, wo er ein paarmal vor der Nase von Triferus kreiselte. Selbst Gaius machte ein erstauntes Gesicht.
»Drei Wochen an den Blasebälgen der Treibherde – und das war meine Ausbeute! Gibt einen hübschen Ring für ein nettes Mädchen in Rom.«
Plötzlich wurde Triferus frech: »Steck ihn dir in den Arsch!«
Ich strahlte ihn freundlich an: *»Oh, da war er schon!«*
Gaius fuhr zusammen.

Ich ging auf Triferus zu, packte einen seiner dünnen Halsringe und preßte ihn so gegen seine Kehle, daß er sich verbog. »Ein geschickter Sklave kann sich die Überfahrt nach Gallien kaufen, falls er deinen mörderischen Aufseher Cornix überlebt. Auch Cornix schafft seinen Teil steuerfrei auf die Seite; die Sklaventrupps bekommen ihren traurigen Anteil; und *du* organisierst den ganzen Schwindel von oben. Wie sind die Verschwörer in Rom ausgerechnet auf dich gekommen – haben sie gedroht, dich auffliegen zu lassen, wenn du sie nicht beteiligst?«
»Ihr Büromenschen habt keine Ahnung, wie so was läuft!« Verzweifelt bot Triferus jetzt seine letzten Verstellungskünste auf. »Der Bergbau ist ein besonderes Geschäft. Das ist nicht, wie wenn man Bier und Austern an die Truppe verschachert –«
»Verschwenden Sie nicht Ihre Zeit mit ihm, Prokurator! Ich nehme ihn mit nach Rom. Wir haben dort die richtige Ausstattung; er wird singen. Und danach: Vatikanischer Circus – Löwenfutter!« Ich ließ den Halsring los, so als wäre ich seines Besitzers überdrüssig, und rief Gaius ärgerlich zu: »Fragen Sie ihn mal nach den Stempeln! Die Barren, die er stiehlt, sind viermal gestempelt, wenn sie noch Silber enthalten – aber das ist nur einer von vieren. Den anderen ist es entzogen, aber dieser gewitzte Dreckskerl verkauft sie wie vollwertige. Wie lange wird es dauern, bis unsere politischen Enthusiasten in Rom sein Doppelspiel durchschauen? Ich möchte nicht in der Haut eines Mannes stecken, der die Prätorianer mit reinem Blei besticht!«
»Triferus, verstehst du denn nicht – sie wissen Bescheid!« Zum erstenmal sprach der Finanzprokurator ohne jede Verstellung. »Herrenlose britische Barren sind in Rom gefunden worden. Wenn wir die Verschwörer nicht verhaften, bevor sie dich in die Finger bekommen, ist es nicht nur um dein Angebot für die Schürfrechte in den Malvern-Bergen geschehen. Egal, was sie dir gesagt haben – Vespasian wird sich halten. Rette dich, Mann, sag uns, was du weißt – sonst bist du verloren!«
Triferus' Gesicht nahm die Farbe von unbemaltem Stuck an.

Er bat darum, mit Gaius allein zu sprechen. Er nannte ihm zwei Namen.

Gaius schrieb einen Brief an den Kaiser, den ich mitnehmen sollte, weigerte sich aber, mir die beiden Namen zu nennen. Ich dachte, er würde unnötigerweise noch einmal den Bürokraten hervorkehren, aber später verstand ich, warum er es getan hatte.

Gaius und ich fuhren an die Küste nach Durnovaria, zu seiner Lieblingsvilla, wo ich seine ehrwürdige Nichte Helena fragen sollte, ob sie bereit sei, die Heimreise anzutreten, und wenn ja, ob sie von mir durch Europa begleitet werden wolle. Gaius fuhr unseren Wagen. Wir zuckelten die hundert Meilen so gemächlich dahin, daß ich ihm die Zügel am liebsten aus der Hand gerissen hätte.
Ich muß gestehen, Helenas spritzigere Fahrweise wäre mir lieber gewesen.

Kapitel 32

Gaius begleitete mich auch deshalb zu seiner Villa, weil er seine Rebstöcke beschneiden wollte. Es waren jämmerliche Exemplare, aber er lebte schon so lange in Britannien, daß er vergessen hatte, wie Reben wirklich aussehen.

Die Villa des Prokurators war ein prächtiges Anwesen in einem kleinen Flußtal mit Blick auf ein paar grüne Bergkuppen. Das milde Klima schien für einen Mann mit schmerzenden Rippen genau das Richtige zu sein. Das Haus war vollgestopft mit Büchern und Spielsachen. Nach den Saturnalien waren seine Frau und die Kinder nach Londinium zurückgekehrt, aber ich konnte mir vorstellen, wie es im Sommer zuging, wenn sie da waren. Ich hätte es lange hier ausgehalten, so ein Haus hätte ich selbst gern irgendwann gehabt.

Gaius machte sich einen Spaß daraus, hin und wieder in Durnovaria aufzutauchen und seines Richteramtes zu walten. Seine unnahbare Nichte war in der Villa, zeigte sich aber kaum. Hätte mir Helena gefallen, hätte ich gesagt: Sie ist scheu; aber sie gefiel mir nicht, und deshalb fand ich sie abweisend. Da sie nicht mit Älia Camilla in die Bequemlichkeit von Londinium zurückgekehrt war, wollte sie offenbar nach Rom zurück, aber zum Glück hatten ihre Reisepläne noch keine feste Gestalt angenommen.

Ich fühlte mich in diesem gastfreundlichen Haus wohl. Tagsüber las ich, schrieb Briefe oder humpelte auf dem Gut herum. Das Personal war freundlich, und ich ließ mich gern verwöhnen.

Abends unterhielt ich mich auf das angenehmste mit meinem Gastgeber. Ein ideales Leben für einen Römer – selbst in Britannien. Ich wollte die Kraft zur Abreise gar nicht finden.
Eines Tages, als es so heftig regnete, daß Gaius nicht losgezogen war, um Geldstrafen über keltische Viehdiebe zu verhängen, kam er zu mir und sagte: »Rufrius Vitalis hat mich gebeten, mit Ihnen zu reden. Wie ich höre, hatten Sie versprochen, ihn als Helenas Gepäckmeister nach Rom mitzunehmen.«
»Lassen Sie mich raten – er hat es sich anders überlegt?«
»Na ja, ich bin mit daran schuld«, grinste Gaius. »Er hat mir imponiert. Ich habe ihm einen Vertrag für die Bleigrube angeboten, als mein offizieller Revisor soll er dort die Mißstände beseitigen.«
»Eine ausgezeichnete Wahl. Er wird seine Sache gut machen. Außerdem«, kicherte ich, »kann er sich vermutlich nicht von einem gewissen Mehlkloß namens Truforna trennen!«
Der Prokurator lächelte spröde, er mischte sich in das Privatleben anderer Leute nicht ein. Doch dann meinte er, wenn Vitalis nicht in Frage komme, müsse wohl ein anderer Helena begleiten...
»Hat sie mit Ihnen gesprochen, Falco?«
»Wir sprechen nicht miteinander. Sie hält mich für eine Ratte.«
Er machte ein gequältes Gesicht. »Oh, da irren Sie sich! Helena Justina weiß zu würdigen, was Sie getan haben. Der Zustand, in dem Sie waren, als Helena sie aus der Grube holte, hat sie sehr schockiert –«
»Oh, ich kann damit leben!« Ich lag auf einer Couch, ließ mir die Winterbirnen schmecken, die der Verwalter sorgfältig für mich ausgewählt hatte, und nutzte die Gelegenheit, um ein bißchen zu sondieren. »Ihre Nichte scheint mir, um es höflich auszudrükken, ein wenig überreizt.« Flavius Hilaris bedachte mich mit einem strengen Blick. Vorsichtig fügte ich hinzu: »Klatsch interessiert mich nicht. Aber wenn ich sie begleiten soll, könnte es hilfreich sein, zu wissen, wo das Problem liegt.«

»Das stimmt.« Mein neuer Freund Gaius war ein vernünftiger Mann. »Nun ja«, begann er, »als sie nach ihrer Scheidung zu uns kam, wirkte sie bedrückt und verwirrt. Ich glaube, sie ist es noch immer – sie versteckt es nur besser.«
»Können Sie mir erklären, was da schiefgegangen ist?«
»Nur vom Hörensagen. Soviel ich weiß, hat sich das Paar nie gut verstanden. Ihr Onkel, mein Schwager Publius, kannte den jungen Mann; Publius hat ihrem Vater die Verbindung vorgeschlagen. Damals beschrieb Helena in einem Brief an meine Frau ihren künftigen Gatten als *angesehenen Senator ohne ungehörige Angewohnheiten.«*
»Klingt kühl!«
»Allerdings. Älia Camilla billigte ihre Haltung nicht.«
»Trotzdem – immer noch besser als pure Blauäugigkeit.«
»Vielleicht. Jedenfalls hat Helena eine leidenschaftliche Verbindung zweier verwandter Seelen wohl nie erwartet, aber zuletzt fand sie, daß Ansehen und gute Manieren doch nicht genug waren. Sie hat es mir vor kurzem anvertraut. Ihr wäre lieber gewesen, er hätte in der Nase gebohrt und den Küchenmädchen nachgestellt als auch nur mit ihr zu reden!«
Wir lachten beide, aber verständnisvoll.
»Habe ich das denn falsch verstanden, Gaius, hat *er* sich von *ihr* scheiden lassen?«
»Nein. Als Helena Justina erkannte, daß sie nicht zueinander paßten, hat sie selbst die Scheidung eingereicht.«
»Aha! Sie glaubt nicht an Verstellung!«
»Nein. Sie ist empfindlich – und Sie haben gesehen, wohin das führt!«
Dem Prokurator kamen jetzt offenbar Bedenken, weil er so freimütig gesprochen hatte. Deshalb ließ ich das Thema fallen. Als Gaius das nächste Mal in die Stadt fuhr, kam ich mit und nutzte die Gelegenheit, um ein Sortiment von zwanzig verschiedenen Zinnbechern zu kaufen, die für diese Gegend typisch waren.

»Souvenirs für meine Neffen und Nichten! Und außerdem ein paar silberne Breilöffel für die neuen Familienmitglieder, die mir meine stolzen Schwestern unweigerlich präsentieren werden, wenn ich wieder zu Hause bin.«
»Die Gallier hören Sie schon kommen!« meinte Gaius. (Die zwanzig Zinnbecher schepperten hinter uns im Wagen.)
Es fiel mir immer noch schwer, ernsthaft an Heimkehr zu denken.

Während wir uns in Durnovaria aufhielten, hatte Helena Justina lange mit einer schweren Erkältung zu kämpfen. Schließlich waren wir in Britannien. Solange sie auf ihrem Zimmer blieb und ihren Kopf in eine Kanne mit dampfendem Kiefernnadelöl steckte, konnte man leicht vergessen, daß sie überhaupt da war. Aber als sie eines Tages auftauchte und kurz mit ihrem Ponywägelchen irgendwohin verschwand, wurde ich neugierig. Sie blieb den ganzen Tag fort, und wohl kaum, um Einkäufe zu machen. Von meinen eigenen Anstrengungen in dieser Richtung wußte ich, daß es nicht viel zu kaufen gab, und als mein Freund, der Verwalter, mir etwas Lauch in Weinsauce brachte, um meinen Appetit zu kitzeln (der sich inzwischen übrigens sehr verbessert hatte), fragte ich ihn, wohin die junge Herrin gefahren sei. Er wußte es nicht und zog mich auf wegen meiner bekannten Abneigung gegen eine Reise mit ihr.
»So schlimm kann sie doch gar nicht sein.«
»Verglichen mit der höchst ehrenwerten Helena Justina«, erklärte ich, während ich als echter Enkel eines Gemüsegärtners den Lauch mit Genuß vertilgte, »sind die Schlangen auf dem Haupt der Medusa so harmlos wie ein Topf Angelwürmer!«
In diesem Augenblick kam Helena Justina zur Tür herein.
Sie beachtete mich nicht. Das war normal. Sie wirkte sehr durcheinander. Das war nicht normal. Sie mußte meine letzten Worte gehört haben.
Der Verwalter zog sich rasch zurück. Ich hatte nichts anderes

erwartet. Ich sank in die quastenverzierten Kissen meiner Invalidencouch zurück und machte mich auf eine Sturzflut von Beschimpfungen gefaßt.
Helena hatte in einem Sessel Platz genommen, die Füße auf einen Schemel und die Hände in den Schoß gelegt. Sie trug ein einfaches graues Kleid und eine ebenso teure wie geschmackvolle Halskette aus röhrenförmigen Achatperlen in Rot und Braun. Mir fiel etwas auf: Wenn diese Senatorentochter einmal nicht über mich herzog, konnte sie eine ganz andere Miene aufsetzen. Jeder hätte sie für eine ruhige, selbstsichere junge Frau von vornehmer Abkunft halten können, die in der Unterhaltung mit Männern errötete und im übrigen äußerst umgänglich war.
Sie tauchte aus ihren Gedanken auf.
»Geht es besser, Falco?« fragte sie spöttisch. Ich lag auf meiner Couch und sah bleich aus. »Was schreiben Sie denn da?« Sie hatte mich überrumpelt.
»Nichts.«
»Seien Sie nicht kindisch; ich weiß, daß Sie Gedichte schreiben!«
Mit einer übertriebenen Geste hielt ich mein Wachstäfelchen hoch. Sie sprang auf und kam zu mir herüber, um einen Blick darauf zu werfen. Es war leer. Ich schrieb keine Gedichte mehr. Ich fühlte mich nicht verpflichtet, ihr zu erklären, warum.
Ich hatte keine Lust, länger um die Sache herumzureden: »Ihr Onkel sagt mir, daß Sie Britannien bald verlassen wollen?«
»Was soll ich machen?« versetzte sie. »Onkel Gaius besteht darauf, daß ich die Kaiserliche Post nehme, zusammen mit Ihnen.«
»Die Post sollten Sie auf alle Fälle nehmen.«
»Heißt das, Sie wollen mich nicht begleiten?«
Ich lächelte. »Sie haben mich nicht darum gebeten, meine Liebe.«
Helena biß sich auf die Lippe. »Ist es wegen der Gruben?«

»Nein, Helena Justina, für Angebote bin ich jederzeit offen – aber glauben Sie nicht, Sie könnten mir vorschreiben, welche ich annehme.«
»Didius Falco, das glaube ich schon lange nicht mehr!« Wir stritten, aber anders als sonst war kein Genuß dabei; irgend etwas lenkte sie ab. »Wenn Sie den Auftrag jederzeit zurückgeben könnten – und ein annehmbares Honorar bekämen – wären Sie dann bereit, mich zu begleiten?«
Ich hatte ablehnen wollen. Helena Justina sah mich fest an und erkannte es. Sie besaß klare, vernünftige, überzeugende Augen in einem faszinierenden Braun ... Ich hörte mich sagen: »Unter diesen Bedingungen, selbstverständlich.«
»Oh, Falco! Wie hoch ist Ihr Honorar?«
»Ihr Vater bezahlt mich.«
»Soll er. Ich bezahle Sie trotzdem selbst – dann kann ich unseren Kontrakt beenden, wann es mir paßt.«
Jeder Vertrag sollte eine Rücktrittsklausel enthalten. Ich nannte ihr mein Honorar.

Offensichtlich war sie immer noch wütend.
»Ist irgendwas, Verehrteste?«
»Ich war unten am Meer«, erzählte sie mit gerunzelter Stirn. »Habe versucht, unsere Überfahrt nach Gallien zu arrangieren.«
»Aber das hätte ich doch erledigen können!«
»Jetzt ist es erledigt.« Ich sah, wie sie zögerte. Sie wollte irgend etwas loswerden. Ich war der einzige Zuhörer weit und breit. »Erledigt, aber es gab Ärger. Ich habe ein Schiff für uns gefunden. Es lag noch ein anderes Schiff da, auf das ich eigentlich gehofft hatte – aber der Kapitän hat sich geweigert. Dieses Schiff gehört meinem früheren Mann«, stieß sie hervor. Ich sagte nichts. Sie grübelte vor sich hin. »Wie kleinlich!« meinte sie schließlich. »Kleinlich, sinnlos, ungehörig und boshaft!«
Die hysterische Schärfe in ihrer Stimme beunruhigte mich. Aber einer meiner Grundsätze lautet: Mische dich nie in die

Angelegenheiten von Ehepaaren – auch wenn sie nicht mehr verheiratet sind.

Wir fuhren zur Küste hinunter, und Flavius Hilaris umarmte mich am Kai wie einen Freund.
Von allen Leuten, die ich während der Arbeit an diesem Fall kennengelernt hatte, war er mir der sympathischste. Ich habe es ihm nie gesagt. (Ich weiß, er spürte es.) Aber ich sagte ihm, niemand außer mir hätte an einen Fall geraten können, in dem ausgerechnet die Staatsbeamten die einzigen ehrlichen Leute sind. Wir lachten beide und nahmen unter allerlei bedauernden Grimassen Abschied.
»Geben Sie acht auf unsere junge Dame«, sagte Gaius, als er Helena zum Abschied umarmte. Und zu ihr gewandt: »Und du, gib acht auf ihn!«
Er meinte wohl: falls ich seekrank würde. Natürlich wurde ich seekrank. Und selbstverständlich gab dabei außer mir niemand auf mich acht.

Kapitel 33

Die Überfahrt wurde lang. Unser Schiff ächzte heftig unter seiner Ladung von blaugrauem britannischen Marmor, bis es schließlich im gallischen Gesoriacum einlief. Von dort reisten wir auf dem Landweg nach Durocortorum, dann durch Belgien nach Germanien und den Militärkorridor entlang rheinaufwärts. Das Privileg, die Kaiserliche Post zu benutzen, ist eine zweischneidige Sache. Die berittenen Spezialkuriere schaffen fünfzig Meilen am Tag. Wir stuften uns als weniger eilige Fracht ein und nahmen den offiziellen Reisewagen: vier Räder an klobigen Achsen, hohe Sitze, Maultierwechsel alle zwölf Meilen und nach der doppelten Distanz Verköstigung und Unterkunft – alles auf Kosten der Einheimischen, dank unseres Passes. Unterwegs froren wir erbärmlich.

Wir schlossen ein Stillhalteabkommen; es ging nicht anders. Der Weg war zu weit für unablässiges Gezänk. Daß ich etwas von meinem Beruf verstand, sah sie; und ich sah, daß sie sich benehmen konnte, wenn sie nur wollte. Wenn wir unterwegs anhielten, blieb sie in Sichtweite, und auch wenn sie mit mir kaum ein Wort wechselte, gab es ihretwegen doch keinen Ärger mit Dieben, Wüstlingen oder lästigen Gastwirten. Die Dorftrottel und Bettler an den Brücken warfen einen Blick nach ihrer Kinnlade – und trollten sich.

Alle Kuriere und Fahrer meinten, ich würde mit ihr schlafen. Aber damit hatte ich gerechnet, und an der Art, wie sie sich versteifte, wenn sie mit ihnen sprach, erkannte ich, daß auch sie

wußte, was die Leute dachten. Wir vermieden das Thema. Daß es Leute gab, die mich für Helena Justinas Liebhaber hielten, fand ich überhaupt nicht komisch.
In der großen Garnisonsstadt Argentoratum am Rhein besuchten wir Helenas jüngeren Bruder, der dort stationiert war. Ich verstand mich gut mit ihm: die Brüder grimmiger Schwestern finden meist leicht zueinander. Das Essen, das der junge Camillus für uns veranstaltete, war der einzige Lichtblick auf der ganzen grauenhaften Reise. Nachher nahm er mich beiseite und erkundigte sich besorgt, ob denn überhaupt jemand daran gedacht habe, mich für meine Dienste als Helenas Begleiter zu bezahlen. Ich gestand, daß ich in diesem Fall sogar Doppelverdiener sei. Als sein Lachen verebbt war, zogen wir los, das Nachtleben der Stadt erkunden. Im Laufe des Abends vertraute er mir an, seine Schwester habe ein tragisches Leben gehabt. Ich lachte nicht; er war jung, ein lieber Kerl, und außerdem sturzbetrunken.
Sie schien ihren Bruder gernzuhaben. Das war in Ordnung. Was mich jedoch amüsierte, war seine Zuneigung zu ihr.
Als wir in Lugdunum das Schiff bestiegen, das uns den Rhodanus hinunterbringen sollte, wäre ich fast ins Wasser gefallen. Wir hatten das Schiff schon so gut wie verpaßt: Das Fallreep war eingezogen, und das Boot hatte abgelegt, aber die Mannschaft hielt es für uns mit Enterhaken am Ufer, so daß wir noch aufspringen konnten, wenn wir wollten. Ich schleuderte unser Gepäck in hohem Bogen über die Reling. Da keiner der am Kai herumstehenden Flußmenschen Anstalten machte, uns zu helfen, ging ich in die Grätsche und stand nun mit einem Fuß auf dem Deck, mit dem anderen an Land – als menschliches Geländer, an dem sich die mir anbefohlene Dame hinüberhangeln konnte.
Helena war keine Frau, die lange zögerte. Ich streckte ihr beide Arme entgegen. Sie packte tapfer zu, und ich hievte sie an Bord. Sofort hoben die Bootsleute ihre Enterhaken, der Spalt zwi-

schen Ufer und Bordwand verbreiterte sich, ich hing dazwischen und machte mich schon auf die eiskalten Fluten des Rhodanus gefaßt, als Helena sich umdrehte, erkannte, was los war, und meinen Arm ergriff. Einen Moment lang hing ich noch im Spagat, dann packte sie fester zu. Ich stieß mich vom Ufer ab und polterte auf das Deck.

Mir war die Sache äußerst peinlich. Die meisten Leute hätten sich wahrscheinlich angegrinst. Aber sie wandte sich wortlos ab.

Vierzehnhundert Meilen: endlose, qualvolle Tage, und dann die Nächte in immergleichen, immer fremden Gasthöfen voller grauenhafter Männer. Aber sie beklagte sich nie. Schlechtes Wetter, Frühjahrshochwasser, die Kuriere ein hochnäsiges Pack, und obendrein auch noch *ich*: aber von ihr kein Seufzer. Als wir Massilia erreicht hatten, war ich ziemlich beeindruckt.

Außerdem machte ich mir Sorgen. Sie wirkte erschöpft; ihre Stimme klang flach und tonlos. Der Gasthof war total überfüllt, und ich wußte inzwischen, wie sehr sie dieses Getümmel haßte. Ich ging zu ihrem Zimmer und wollte sie zum Abendessen abholen. Sie war unwillig, zauderte und behauptete, sie habe keinen Hunger, aber schließlich schaffte ich es mit meinem fröhlichen Gesicht doch, sie vor die Tür zu locken.

»Geht es Ihnen gut?«

»Ja, ja, regen Sie sich ab, Falco!«

»Sie sehen ein bißchen mitgenommen aus.«

»Es geht mir gut.«

Ich legte ihr ein Wolltuch um die Schultern; für doppeltes Honorar hätte ich sogar ein Stachelschwein gestreichelt.

»Danke.«

»Alles im Preis inbegriffen«, sagte ich und führte sie in den Schankraum.

Ich war froh, daß sie mitkam. Ich hatte keine Lust, allein zu essen. Es war mein Geburtstag. Keiner wußte es. Ich war jetzt dreißig.

In Massilia logierten wir in einem Gasthof am Hafen. Er war nicht besser und nicht schlechter als das übrige Massilia, nämlich schrecklich. Zu viele Fremde sind nicht gut für eine Stadt. Ich war ganz steif von der langen Reise, und der Schmerz in den Rippen quälte mich. Außerdem spürte ich ständig ein merkwürdiges Prickeln, so, als würden wir beobachtet. Das Essen schmeckte scheußlich.

Die Akustik im Speisesaal war grauenhaft. Ein ohrenbetäubender Lärm. Zwischendurch ließ mich der Kapitän unseres Schiffes nach draußen rufen. Die Vereinbarungen über unsere Reise waren knapp: Zahlung im voraus, kein besonderer Komfort, Abfahrt im Morgengrauen, um Ihr Gepäck müssen Sie sich selbst kümmern, und sehen Sie zu, wie Sie zum Hafen finden, sonst verpassen Sie das Schiff. *Vielen Dank. Was für eine herrliche Stadt!*

Als ich zu Helena zurückkehrte, versuchte sie gerade, den Hund des Wirts zu vertreiben, der seine Schnauze in meine Suppenschale getaucht hatte. Wir waren in Südgallien, wo man sich darauf versteht, Fremde zu quälen, also gab es Fischeintopf – eine körnige, rötliche Pampe voller Muschelsplitter. Ich stellte meine Schale auf den Boden – für den Hund. Es gibt nicht viele Strafen, die härter sind als ein Geburtstag in Massilia, den man mit hungerndem Magen und einem Mädchen verbringt, das ein Gesicht macht, als würde man schlecht riechen.

Ich überredete Helena, sich in den Garten zu setzten, was zur Folge hatte, daß auch ich hinausging – und nur deshalb hatte ich sie überredet: Ich brauchte frische Luft. Die Dämmerung brach herein. Die Geräusche des Hafens klangen zu uns herüber, irgendwo plätscherte Wasser, irgendwo platschten Frösche in einem Fischteich. Wir waren allein. Es war kühl. Wir setzten uns trotzdem auf eine Steinbank. Wir waren beide müde,

und beide waren wir ein bißchen gelöster als sonst, jetzt, da Rom nur noch eine Schiffsreise entfernt war.
»Hier ist es ruhiger! Fühlen Sie sich jetzt besser?«
»Machen Sie mich nicht verrückt!« fuhr sie mich an, worauf ich konterte, heute sei mein Geburtstag.
»So ein Pech!« meinte sie nur.
»Tja, Marcus«, murmelte ich vor mich hin. »Da feierst du fünfhundert Meilen von zu Hause, und was gibt es? Sandige Fischsuppe, schlechten gallischen Wein, Rippenschmerzen, eine hartherzige Klientin...« Während ich so redete, lächelte mich Helena Justina schließlich doch noch an.
»Beklagen Sie sich nicht. Sie sind selbst schuld. Wenn ich gewußt hätte, daß heute Ihr Geburtstag ist, hätte ich Ihnen einen Kuchen geschenkt. Wie alt werden Sie?«
»Dreißig. Von nun an geht es abwärts, dem schwarzen Boot über den Styx entgegen. Wahrscheinlich hänge ich auch in Charons Fähre über der Bordwand... Und wie alt sind Sie?« Es war eine dreiste Frage, aber ihre Stimme hatte so geklungen, als täte es ihr wirklich leid, daß sie keinen Kuchen für mich hatte.
»Oh... Dreiundzwanzig.«
Ich lachte. »Zeit genug, einen neuen Mann an Land zu ziehen ...« Und ganz beiläufig fügte ich hinzu: »Die Damen, mit denen ich zu tun habe, erzählen mir meistens gern von ihren Scheidungen.«
»Heute ist doch Ihr Festtag«, schnaubte Helena.
»Dann tun Sie mir den Gefallen und erzählen Sie ... Wo ging es schief?«
»Unzucht in der Kavalleriekaserne!«
»Lügnerin!« Ich mochte sie nicht, aber das konnte nicht stimmen. Dafür war sie viel zu streng. Und das war ja wohl der Grund, weshalb sie mir nicht gefiel. »Also hatte er schuld? Was war denn mit ihm? Zu geizig bei den Opalohrringen oder zu großzügig mit den syrischen Flötenspielerinnen?«
Sie sagte bloß: »Nein.«

»Hat er Sie geschlagen?«
Inzwischen hatte mich eine unersättliche Neugier gepackt.
»Nein. Wenn Sie es wirklich wissen wollen«, sagte sie und gab sich einen Ruck, »er hat sich kaum für mich interessiert, ich war ihm gleichgültig. Wir waren vier Jahre verheiratet. Wir hatten keine Kinder. Keiner von uns war untreu –« Sie hielt inne. Wahrscheinlich war ihr klar, daß man in diesem Punkt nie sicher sein konnte. »Es gefiel mir, einen eigenen Haushalt zu führen, aber wozu? Also habe ich mich von ihm getrennt.«
Sie war eine verschwiegene Person. Ich bereute schon, daß ich sie gefragt hatte. Meistens brechen die Frauen an diesem Punkt in Tränen aus; sie nicht.
»Wollen Sie darüber reden? Gab es Streit?«
»Einmal.«
»Worüber?«
»Ach … Politik.«
Es war das letzte, was ich erwartet hatte, und trotzdem vollkommen typisch. Ich lachte laut. »Tut mir leid – aber jetzt können Sie nicht mehr aufhören, jetzt *müssen* Sie erzählen!«
Ich ahnte langsam, was mit ihr los war. Helena Justina war nicht nur selbst schuld an ihrer Nervosität – sie war auch klug genug, zu erkennen, wie schlecht ihre Verdrossenheit für sie war.

Sie beschloß zu reden. Ich machte mich auf eine Überraschung gefaßt, denn wenn sie den Mund aufmachte, kam nie das, was man erwartete. Leise begann sie zu erzählen. Aufmerksam hörte ich zu, als Helena schilderte, wie es zu ihrer Scheidung gekommen war.
Und während sie erzählte, stellte ich verblüfft fest, wie meine Gedanken zu den Silberschweinen zurückkehrten.

Kapitel 34

»Im Vier-Kaiser-Jahr« , so begann Helena, »hat meine Familie – Vater, Onkel Gaius und *ich* – Vespasian unterstützt. Onkel Gaius kannte ihn seit Jahren. Wir bewunderten ihn. Mein Mann interessierte sich nicht besonders für die Politik. Er war Kaufmann – arabische Gewürze, Elfenbein, indischer Porphyr, Perlen. Eines Tages unterhielten sich einige Leute in unserem Haus über Vespasians zweiten Sohn, Domitian. Damals versuchte Domitian gerade, sich in die germanischen Unruhen einzuschalten und Ruhm zu ernten, kurz bevor Vespasian zurückkam. Sie kamen zu der Überzeugung, dieser grüne Junge würde einen idealen Kaiser abgeben – attraktiv genug, um beim Volk Anklang zu finden, und trotzdem leicht zu lenken. Ich war wütend! Als sie gegangen waren, stellte ich meinen Mann zur Rede –«
Sie zögerte. Ich blinzelte zu ihr hinüber, aber es war besser, nicht zu unterbrechen. Im Zwielicht hier draußen hatten ihre Augen die Farbe von altem Honig angenommen – von diesem letzten Rest am Grund des Topfes, den man mit dem Finger nicht mehr erreicht, der einen aber daran hindert, den Topf einfach wegzuwerfen.
»Ach, Didius Falco, wie soll ich es sagen? Dieser Streit war nicht das Ende unserer Ehe, aber er zeigte mir, wie groß die Kluft zwischen uns war. Mein Mann zog mich nicht ins Vertrauen; ich *konnte* ihm gar nicht zur Seite stehen, wie ich sollte. Und das schlimmste: von meinen Ansichten wollte er überhaupt nichts wissen!«

»Der Gewürz- und Porphyrhandel muß ein gutes Geschäft gewesen sein«, warf ich ein. »Sie hätten ein ruhiges Leben führen können, ungestört –«

»Allerdings!« meinte sie zornig. Manche Frauen wären froh darüber gewesen, hätten sich einen Liebhaber genommen (oder mehrere) und sich auch noch bei ihren Müttern über den Mann beklagt, während sie sein Geld mit vollen Händen ausgaben. Ich bewunderte, wenn auch widerstrebend, ihre Redlichkeit.

»Warum hat er Sie denn geheiratet?«

»Das öffentliche Leben – eine Ehefrau war obligatorisch. Und daß er mich nahm, festigte die Verbindung mit Onkel Publius.«

»War Ihr Vater mit ihm einverstanden?«

»Sie wissen doch, wie Familien sind. Verhältnisse, die sich über Jahre entwickeln, entfalten ihren eigenen Druck. Mein Vater hat sich angewöhnt, das zu tun, was sein Bruder von ihm will. Aber mein Mann wirkte ohnehin wie ein ganz normales Exemplar seines Geschlechts: überentwickelter Eigennutz, unterentwikkelter Sinn für Humor –«

Dagegen konnte ich nichts sagen. Um sie zu beruhigen, stellte ich eine praktische Frage: »Ich hatte geglaubt, Senatoren dürften sich nicht im Handel betätigen?«

»Deshalb hat er sich ja mit Onkel Publius zusammengetan. Er stellte das Kapital, aber alle Geschäftsunterlagen waren auf den Namen meines Onkels ausgestellt.«

»War Ihr Mann denn reich?«

»Sein Vater war es. Obwohl sie im Vier-Kaiser-Jahr Verluste hatten –«

»Und dann?«

»Ist das ein Verhör, Falco?« Ganz plötzlich lachte sie. Zum ersten Mal wurde ich Zeuge eines Heiterkeitsausbruchs bei ihr, und er war so unerwartet reizvoll, daß ich unwillkürlich mitkicherte. »Na schön! Als Vespasian Anspruch auf den Thron erhob und in Alexandria die Kornlieferung blockierte, um den Senat zu seinen Gunsten unter Druck zu setzen, wurde der Handel mit dem Orient immer schwieriger. Mein Mann und mein Onkel versuchten neue Märkte in Europa ausfindig zu machen – Onkel Publius war sogar in Britannien, um zu erkunden, was man von den Kelten importieren könnte! Onkel Gaius war nicht sehr erbaut darüber«, fügte Helena hinzu.

»Warum nicht?«

»Die beiden mögen sich nicht besonders.«

»Warum nicht?«

»Unterschiedliche Charaktere.«

»Und was meinte Älia Camilla dazu? Hat sie für ihren Mann oder ihren Bruder Publius Partei ergriffen?«

»Sie hat eine große Schwäche für Onkel Publius – aus denselben Gründen, die Onkel Gaius immer so gegen ihn aufbringen.« Sie klang noch immer belustigt. Sie hatte ein Lachen, das ich wiederhören wollte. Ich versuchte es hervorzukitzeln: »Was ist denn so lustig daran? Aus was für Gründen?«

»Das sage ich nicht ... Oder, nun ja ... aber Sie dürfen nicht lachen! Vor vielen Jahren, als meine Tante noch ein Kind war und die Familie in Bithynien lebte, hat Onkel Publius ihr beigebracht, wie man einen Rennwagen lenkt!« Das konnte ich mir nicht vorstellen. Älia Camilla war mir so überaus würdig erschienen. »Sie kennen ja Onkel Gaius – ein ungemein netter Mann und oft ziemlich abenteuerlustig, aber zuweilen kann er auch sehr schwerfällig sein.«

Ich hatte es erraten: »Onkel Gaius beklagt sich darüber, daß Tante Älia zu schnell fährt!«

»Und ich fürchte, sie hat es mir beigebracht«, gestand Helena.

Ich lehnte den Kopf zurück und blickte mißbilligend in den Himmel: »Mein Freund, Ihr Onkel, hat durchaus recht!«

»Didius Falco, seien Sie nicht undankbar. Es ging Ihnen so furchtbar schlecht, daß ich mich beeilen *mußte* – es konnte gar nichts passieren!«

Plötzlich tat sie etwas Unerwartetes – sie hob den Arm, als wollte sie mir zum Scherz ein paar Ohrfeigen geben. Ich wehrte ihre spielerische Bewegung ab, indem ich ihr Handgelenk ergriff. Dann hielt ich inne.

Ich drehte Helena Justinas Handfläche nach oben, kräuselte die Nase und schnupperte nach dem Parfüm, das mir aufgefallen war. Sie hatte ein kräftiges Handgelenk, und an diesem Abend hing kein Schmuck daran. Ihre Hände waren so kalt wie meine, aber der Duft – wie Zimt, nur tiefer und voller. Partherkönige kamen mir in den Sinn.

»Was für ein apartes Elixir!«

»Malabathron«, sagte sie und wand sich unter meinem Griff, aber nicht sehr. »Aus Indien. Ein kostspieliges Überbleibsel meines Mannes –«

»Sehr großzügig!«

»Geldverschwendung. Dieser Dummkopf hat den Duft nie bemerkt.«

»Vielleicht hatte er Schnupfen.«

»Vier Jahre lang?«

Wir lachten beide. Jetzt würde ich sie bald loslassen müssen. Mir blieb nichts anderes übrig. Ich beugte mich vor und schnupperte noch einmal.

»Malabathron! Herrlich! Mein Lieblingsparfüm! Kommt es von den Göttern?«

»Nein, von einem Baum.« Ich spürte, wie sie langsam unruhig wurde, aber sie war zu stolz, mir zu sagen, ich möge ihre Hand loslassen.

»Vier Jahre, da waren Sie also Braut mit – neunzehn?«

»Mit achtzehn. Schon ziemlich alt. Aber man wurde mich schwer los – es war wie mit dem Schnupfen meines Mannes.«

»Oh, das bezweifle ich!« sagte ich galant.

Wenn mir Frauen ihre Geschichten erzählen, revanchiere ich mich mit Ratschlägen: »Sie sollten mehr über ihn lachen.«

»Vielleicht sollte ich über mich lachen.«

Nur ein Verrückter hätte versucht, ihre Hand zu küssen. Ich legte sie behutsam zurück in Helena Justinas Schoß.
»Danke«, sagte ich leise, mit veränderter Stimme.
»Wofür?«
»Für etwas, das Sie früher mal getan haben.«

Wir saßen ruhig da. Ich lehnte mich zurück, streckte die Beine von mir und legte eine Hand auf meine schmerzenden Rippen. Ich fragte mich, wie sie gewesen war, ehe dieser reiche Dummkopf sie zu einem Geschöpf gemacht hatte, das so giftig gegen andere und so hart gegen sich selbst war.
Während ich grübelte, kam zwischen hohen Wolkenfetzen der Abendstern zum Vorschein. Die Geräusche, die vom Gasthaus herüberdrangen, waren jetzt gedämpfter, da sich die Gäste in der Zeit zwischen schlichter Gefräßigkeit und hemmungsloser Sauferei in zwölf Sprachen schmutzige Geschichten erzählten. Die Karpfen im Teich drängten jetzt immer heftiger an die Wasseroberfläche. Ein guter Augenblick zum Nachdenken – hier, am Ende einer langen Reise, während wir nichts weiter zu tun brauchten, als auf unser Schiff zu warten. Hier, in diesem Garten. Hier, im Gespräch mit einer vernünftigen Frau, mit der ein Mann, wenn er sich nur ein bißchen Mühe gab, so leicht Gedanken austauschen konnte.
»*Mars Ultor*, ich war so nahe dran ... wenn es mir bloß gelungen wäre, herauszufinden, wie diese Barren aus Britannien herausgebracht werden!«
Ich ärgerte mich, aber ich erwartete keine Antwort.
»Falco«, begann Helena vorsichtig. »Sie wissen doch, ich bin unten an der Küste gewesen. An dem Tag, als ich so wütend war –«
Ich lachte vor mich hin. »Es war nicht der einzige!«
»Hören Sie zu! Da war etwas, das ich Ihnen nie erzählt habe. Sie waren dabei, Schieferwaren zu verladen. Klobige Gerätschaften – Becher, Schalen, Kerzenhalter, Tischbeine in Gestalt grinsen-

der Seelöwen. Scheußliches Zeug. Weiß der Himmel, wer so was kauft. Man muß es ölen, sonst zerbröckelt es mit der Zeit...«
Bei dem Gedanken an den Untersetzer, den ich meiner Mutter mitgebracht hatte, überkam mich das schlechte Gewissen. »Tja, Verehrteste, so etwas könnte denen als Tarnung dienen. Haben Sie mal gefragt –«
»Natürlich. Falco, der Mann, der diesen Kitsch aus Britannien exportiert, ist – Atius Pertinax.«
Pertinax! Mit dem Namen hatte ich hier am allerwenigsten gerechnet. Pertinax trieb Handel mit minderwertigen Haushaltswaren! Atius Pertinax: der Ädil mit der spitzen Nase, der mich verhaftet hatte, als er nach Sosia suchte, der Kerl, der mich hatte durchprügeln und meine Wohnung zu Kleinholz machen lassen! Ich stieß ein Wort hervor, das die Sklaven in den Gruben benutzten, das Helena aber hoffentlich nicht verstand.
»Kein Grund, ausfällig zu werden«, erwiderte sie gelassen.
»Doch, Verehrteste, mehr als genug! Kennen Sie diese Zecke?«
Helena Justina, die Tochter des Senators, die mich immer wieder so sehr in Erstaunen setzte, erklärte mit einer Stimme, die, wie es sonst gar nicht ihre Art war, immer leiser wurde: »Didius Falco, besonders helle sind Sie nicht. Ja, ich kenne ihn. Natürlich kenne ich ihn; ich war mit ihm verheiratet.«
Das viele Reisen bekam mir ganz und gar nicht. Ich fühlte mich zerschlagen. Mir war übel.

Kapitel 35

»Jetzt glauben Sie, ich sei es gewesen.«

»Was?«

Da schlägt man sich monatelang mit einem Problem herum und kommt einfach nicht weiter. Und plötzlich begreift man in einer halben Sekunde mehr, als das Hirn überhaupt fassen kann.

Deshalb hatte Decimus meine Frage nach Pertinax so widerwillig beantwortet: Dieser Pertinax war sein mißratener Schwiegersohn. *Atius Pertinax!* Jetzt wußte ich Bescheid. Jetzt wußte ich, wie die Silberschweine nach Italien geschafft wurden, von wem und mit welcher Tarnung: versteckt unter einer Ladung, die so unansehnlich war, daß die Leute vom Zoll in Ostia, die für die Luxussteuer zuständig sind und in künstlerischen Dingen einen ausgezeichneten Geschmack besitzen, nur einen Blick auf das scheußliche Schieferzeug im Laderaum warfen und einmal tief seufzten, aber nie und nimmer auf den Gedanken gekommen wären, das Schiff zu durchsuchen. Die gute Helena hatte versucht, für unsere Überfahrt Plätze auf einem Schiff zu besorgen, dessen Ballast aus Silberschweinen bestand!

Mehr noch: Zuvor hatte dieser Atius Pertinax, der Ädil im Bezirk Porta Capena, wahrscheinlich schon beim Prätor herumgeschnüffelt und erfahren, daß der Freund seines Prätors, also Decimus, den verlorenen Barren auf dem Forum versteckt hielt. Wahrscheinlich hatte er auch die Entführung von Sosia Camillina arrangiert. Als ich seine Pläne vereitelt hatte, war er dahintergekommen, wo Sosia steckte, hatte es ihrem Vater gesagt

und dann Publius als Vorwand benutzt, mich zu verhaften. Das alles war in blinder Hast geschehen, denn der verlorene Barren konnte ihn verraten.
Helena war seine Frau. Das war mein erster Gedanke.
»Sie denken bestimmt«, beharrte sie, »ich sei in die Sache verwickelt.«
Aber jetzt war sie nicht mehr seine Frau. Das war mein zweiter Gedanke.
»Sie sind zu anständig«, sagte ich.
Der zweite Gedanke ist immer der bessere.

Sie ließ nicht locker.
»Bekommt Ihr müdes Hirn das noch zusammen?« fragte sie. »Die beiden Männer, die Triferus meinem Onkel Gaius genannt hat, sind Pertinax und Domitian, der Sohn von Vespasian.«
»Ja«, sagte ich und kam mir genauso nutzlos vor, wie sie immer behauptet hatte. So mußte es sein: Weil sie mit Pertinax verheiratet gewesen war, hatte sich Gaius geweigert, uns die Namen zu nennen.
Es entstand eine lange Pause. Dann fragte ich: »Sagen Sie, Verehrteste, wann haben Sie das eigentlich alles herausgefunden?«
Sie schwieg einen Moment. »Als sich der Kapitän auf dem Schiff meines Mannes weigerte, uns mitzunehmen. Gnäus und ich sind friedlich auseinandergegangen. Uns nicht mitzunehmen war so kleinlich und gehässig.«
Sie nannte ihn also immer noch Gnäus!
»Der Kapitän muß ziemlich entsetzt gewesen sein, als Sie ihn fragten! Wie nah«, mir kam jetzt ein anderer Aspekt in den Sinn, »wie nah steht Ihr früherer Mann eigentlich Ihrem Onkel Publius?«
»Onkel Publius kann von all dem nichts wissen.«
»Bestimmt?«
»Unmöglich!«

»Und was denkt er über Vespasian?«
»Onkel Publius unterstützt ihn natürlich. Er ist Geschäftsmann; er will stabile Verhältnisse. Vespasian steht für ein geordnetes Staatswesen: hohe Steuern – aber auch hohe Profite im Handel.«
»Ihr Onkel liefert diesem Pertinax in mehr als einer Hinsicht eine wunderbare Tarnung.«
»O Juno, mein guter Onkel!«
»Ist er das wirklich? Wie hat sich denn Publius in der Debatte über Domitian Cäsar geäußert, die zu Ihrem Streit mit Pertinax führte?«
»Gar nicht. Er war überhaupt nicht dabei. Er kam nur zu familiären Anlässen in unser Haus. Und jetzt hören Sie auf, meinen Onkel schlechtzumachen!«
»Ich muß.«
»Falco! Was soll das? Er ist Sosias Vater!«
»Eben deshalb! Da könnte ich ihn besonders leicht übersehen –«.
»Didius Falco, eines steht fest: Niemand aus dem Kreis ihrer Verwandten – und am allerwenigsten ihr Vater – kann in eine Sache verwickelt sein, in der dieses Kind zu Schaden kam.«
»Was ist mit Ihrem eigenen Vater?«
»Wirklich, Falco!«
»Pertinax war sein Schwiegersohn; eine enge Verbindung.«
»Nach unserer Scheidung war mein Vater sehr schlecht auf ihn zu sprechen.« Das stimmte mit dem überein, was ich erlebt hatte. Decimus war sichtlich verdrossen gewesen, als ich das Gespräch auf Pertinax gebracht hatte.
Ich fragte sie, wer alles an der Unterhaltung über Domitian teilgenommen hatte. Sie nannte einige Namen, die mir nichts sagten.
»Haben Sie schon mal von einer Granatgasse gehört?«
Die Frage traf sie überraschend. Sie sah mich mit großen Augen an, während ich hinzufügte: »Sosia ist dort in einem Lagerhaus gestorben. Es gehört einem alten Patrizier, der außerhalb der

Stadt auf seinem Landgut langsam verdämmert – er heißt Caprenius Marcellus –«

»Ich kenne ihn flüchtig. Ich bin auch mal in seinem Lagerhaus gewesen, und Sosia war dabei. Ein alter, verwitterter Knochen ohne Nachkommen. Deshalb hat er einen Erben adoptiert. Das ist ja nichts Ungewöhnliches. Einen ansehnlichen jungen Mann ohne große Aussichten, der froh war, daß ihn Marcellus in seinem ehrwürdigen Haus willkommen hieß, der bereit war, seine Vorfahren zu ehren, der versprach, ihn mit frommer Ehrerbietung zu begraben – und der dafür die Aufsicht über die Besitztümer des Marcellus bekam. Beim Zensor hätte man Ihnen das alles sagen können, wenn Sie gefragt hätten. Der vollständige Name meines Mannes – meines früheren Mannes – ist Gnäus Atius Pertinax Caprenius Marcellus.«

»Glauben Sie mir«, sagte ich düster, »auf Ihren früheren Mann passen noch ein paar andere schmutzige Namen!«

Es war angenehm, eine Zeitlang nichts zu sagen.

»Falco, ich nehme an, Sie haben das Lagerhaus durchsucht?«

»Allerdings.«

»Leer?«

»Als wir es durchsuchten, ja.«

»Ich glaube nicht«, sagte die Tochter des Senators und klang dabei wie ihre britannische Tante, »daß ein Lümmel im Stab eines Prätors und ein Schnösel im Palast imstande sind, Geschichte zu machen.«

»Gewiß nicht. Irgend jemand dirigiert diese Affenbande!«

»Ich glaube auch nicht«, und jetzt klang sie sehr viel weniger bestimmt, »daß Atius Pertinax einen Mord begehen könnte.«

»Wenn Sie es sagen!«

»Ja, das sage ich! Sie mit Ihrem Zynismus! Vielleicht werden wir nie herausfinden, was in einem anderen Menschen vor sich geht. Aber wir müssen es versuchen. Bei Ihrer Arbeit müssen Sie sich doch auch auf Ihr Urteil verlassen –«

»Ich verlasse mich auf Ihres«, erklärte ich, und es war mir sogar ernst mit diesem Kompliment.
»Aber Sie vertrauen mir nicht!«
Die Rippen machten mir schwer zu schaffen, und mein Bein tat weh.
»Ich brauche Ihre Meinung«, sagte ich. »Sie ist mir sehr wichtig. Um Sosias willen können wir uns in diesem Fall keine schönen Gefühle leisten, keine Treue und kein Vertrauen – dann machen wir, wenn wir Glück haben, auch keine Fehler.«
Mühsam stand ich auf. Ich wollte wieder Distanz gewinnen, nachdem ich diesen Namen ausgesprochen hatte. Es war lange her, seit ich an Sosia gedacht hatte; die Erinnerung war noch immer unerträglich. Wenn ich an Sosia Camillina dachte, wollte ich allein sein.
Ich raffte meinen Mantel um mich und humpelte zu dem Fischteich hinüber. Helena blieb auf der Bank sitzen und unterhielt sich von nun an mit einer zwielichtigen Gestalt in einem Mantel, der im Abendwind gelegentlich hin- und herflatterte.
»Es wäre hilfreich, zu wissen, wie meine Cousine gestorben ist, ehe ich meine Angehörigen wiedersehe.«
Gaius, der ihr die Nachricht überbracht haben mußte, hatte ihr die Einzelheiten offenbar ersparen wollen. Da ich Helena respektierte, antwortete ich.
»Und wo waren *Sie*?« fragte Helena leise.
»Ich lag bewußtlos in einer Wäscherei.«
»Besteht da ein Zusammenhang?«
»Nein.«
»Waren Sie ihr Liebhaber?« stieß sie hervor. Ich schwieg. »Antworten Sie mir! *Schließlich bezahle ich Sie, Falco!*«
Nur weil ich ihre Hartnäckigkeit kannte, antwortete ich schließlich. »Nein.«
»Wollten Sie es sein?«
Ich schwieg so lange, bis eine Antwort daraus geworden war.
»Sie hatten die Gelegenheit! Ich weiß es ... Warum also nicht?«

»Rangunterschied«, erklärte ich, »Alter, Erfahrung« – und einen Augenblick später fügte ich noch hinzu: »Dummheit!«
Jetzt wollte sie etwas über meine Einstellung zur Moral wissen. Dabei fand ich, daß meine Moral offenkundig war. Es ging sie nichts an, aber schließlich erklärte ich ihr, daß ein Mann nicht den Eifer eines jungen Mädchens ausnutzen darf, das begriffen hat, was es will, und das auch Energie genug besitzt, seinen Willen durchzusetzen, aber nicht die Kraft hat, mit dem unvermeidlichen Kummer nachher fertig zu werden.
»Wäre sie am Leben geblieben, hätte ein anderer Sosia die Illusionen geraubt. *Ich* wollte es nicht sein.«
Der Wind frischte auf und zerrte jetzt an meinem Mantel. Mir war ganz grau ums Herz. Ich mußte dieses Gespräch beenden. »Ich gehe nach drinnen.« Ich hatte nicht vor, meine Klientin allein in der Dunkelheit zurückzulassen, und sie mußte das wissen. Heiseres Stimmengewirr drang aus dem *mansio* nach draußen. Sie fühlte sich nicht wohl an öffentlichen Orten, und Massilia war, wenn die Stunde der Saufgelage angebrochen war, kein Platz für eine Dame. Auch ich fühlte mich hier nicht mehr wohl.
Ich wartete, nicht ungeduldig.
»Ich bringe Sie besser nach oben.«
Ich begleitete sie bis zu ihrer Zimmertür, wie ich es immer tat. Wahrscheinlich wußte sie gar nicht, wie viele aggressive Kerle ich ihr auf unserer Reise vom Leib gehalten hatte. In einem Gasthof, wo das Türschloß noch erfunden werden mußte und die Gäste besonders widerwärtig waren, hatte ich einmal die ganze Nacht, mit meinem Messer bewaffnet, auf ihrer Schwelle zugebracht. Da ich es ihr nie erzählt hatte, konnte sie auch nicht dankbar sein. Es war mir lieber so. Das gehörte zu meiner Aufgabe. Auch wenn sie es nicht ausdrücklich im Vertrag vermerkt hatte, weil ihr das peinlich gewesen wäre, bezahlte mich die kostbare kleine Dame gerade hierfür.
Sosias Tod bereitete ihr mehr Kummer, als ich geahnt hatte. Als

ich mich in dem halbdunklen Korridor umdrehte, um ihr Gute Nacht zu sagen, und sie nach langer Zeit wieder anblickte, konnte ich sehen, daß sie geweint hatte.
Während ich ratlos dastand, sagt sie wie immer: »Danke, Falco.«
Auch ich machte ein Gesicht wie immer, vielleicht ein bißchen zu demütig. Helena Justina achtete nicht darauf, wie immer. Aber bevor sie sich abwandte, murmelte sie: »Herzlichen Glückwunsch zum Geburtstag!«
Und dann, weil ich Geburtstag hatte, küßte sie mich auf die Wange.

Kapitel 36

Sie mußte gespürt haben, wie ich zusammenzuckte.
»Es tut mir leid«, sagte sie. Sie hätte lieber abrauschen sollen. Wir hätten es dabei lassen können. Es hätte mir nichts ausgemacht; ihre Geste war höflich genug gewesen.
Aber diese vertrackte Frau wußte plötzlich nicht, was sie tun sollte.
»Es tut mir leid –«
»Sie brauchen sich nicht zu entschuldigen!« hörte ich mich krächzen. Seit Sosia tot war, hatte ich mich in mich selbst verkrochen. Ich kam mit Frauen nicht mehr zurecht. »Die alte Geschichte, meine Liebe! Ein saftiges Stück Fleisch, das sich nach cremiger Soße sehnt – wenn ich darauf scharf wäre, hätten Sie das längst mitbekommen!«
Sie hätte auf der Stelle in ihr Zimmer gehen sollen. Aber sie stand nur unschlüssig da.
»Um Himmels willen!« rief ich wütend. »Hören Sie auf, mich so anzusehen!« Ihre großen, müden Augen waren Seen des Jammers.
Seit zwei Stunden überlegte ich mir, wie es wäre, sie zu küssen. Jetzt tat ich es. Ich trat auf sie zu und nahm ihr bleiches Gesicht in beide Hände. Es war rasch vorüber, und es war kein Vergnügen dabei, die sinnloseste Geste meines Lebens.
Sie riß sich los. Sie zitterte vor Kälte. In ihren Wimpern hingen noch die Tränen. Ich hatte sie geküßt, aber ich wußte noch immer nicht, wie es war.

Ich kenne Männer, die Ihnen erklären, Frauen wollten hart angefaßt werden. Es sind Dummköpfe. Sie war verwirrt. Und um ganz ehrlich zu sein: ich war auch verwirrt.
Helena hätte die Situation vielleicht gerettet, aber ich ließ ihr keine Zeit. Ich war es, der schließlich abrauschte.

Natürlich kam ich zurück. Wofür halten Sie mich?
Leise, wie ein Diener, der vergessen hat, eine Botschaft auszurichten, schlich ich durch den Gang zurück. Ich klopfte an ihre Tür – mein besonderes Klopfzeichen: dreimal kurz hintereinander mit dem Fingerknöchel. Wir hatten es nie verabredet, aber es hatte sich eingespielt. Normalerweise kam sie sofort und ließ mich ein.
Ich klopfte noch einmal. Ich versuchte die Klinke, aber ich wußte, daß sie nicht nachgeben würde. (Ich selbst hatte ihr gezeigt, wie man eine Klinke verkeilt, wenn man in einem Gasthof übernachtet.) Ich lehnte die Stirn an die Tür und flüsterte ihren ganzen Namen. Sie antwortete nicht.
Jetzt begriff ich: Sie hatte gemeint, wie seien nun endlich zu einer Art von Verständigung gelangt. Sie hatte mir einen Waffenstillstand angeboten, den ich in meiner Dummheit nicht als solchen erkannt, geschweige denn angenommen hatte. Sie war so großzügig gewesen wie ich dreist.
Gern hätte ich ihr gesagt, daß es mir leid tat.
Sie wollte oder konnte mir keine Gelegenheit dazu geben.
Es kam die Zeit, da ich nicht länger vor ihrer Tür herumstehen konnte, ohne sie womöglich in Verruf zu bringen. Sie hatte mich angestellt, weil ich sie gerade hiervor schützen sollte. Ich konnte nur eines für sie tun: weggehen.

Kapitel 37

Am nächsten Morgen zog ich mich an, packte meine Sachen und klopfte im Vorübergehen an ihre Tür. Sie tauchte erst auf, als ich vor dem *mansio* saß und meine Schuhe mit Gänseschmalz polierte. Sie blieb hinter mir stehen. Ich schnürte mir die Schuhe besonders sorgfältig. Noch nie war ich so verlegen gewesen.

Helena sagte einfach: »Wir werden beide glücklicher sein, wenn wir jetzt unseren Vertrag auflösen.«

»Was ich angefangen habe, führe ich auch zu Ende, Verehrteste.«

»Aber ich werde Sie nicht bezahlen«, sagte sie.

»Dann betrachten Sie ihn als aufgelöst!« sagte ich.

Aber ich hätte es nicht fertiggebracht, sie allein zu lassen. Ich nahm ihr Gepäck, ob ihr das nun paßte oder nicht, und ging los. Ein Matrose hob sie sehr gesittet auf das Schiff; um mich kümmerte sich niemand. Sie stapfte davon und stand lange allein im Bug. Ich rekelte mich an Deck, die Füße auf ihrem Gepäck. Sie wurde seekrank. Ich nicht. Ich ging zu ihr.

»Kann ich helfen?«

»Gehen Sie.«

Ich ging. Das schien zu helfen.

Von Gallien bis Italien waren das die einzigen Worte, die wir wechselten. Als wir in Ostia inmitten des morgendlichen Ge-

dränges darauf warteten, an Land gehen zu können, stand sie neben mir. Keiner von uns sagte etwas. Ich ließ es ein paarmal geschehen, daß andere Passagiere sie anrempelten, dann schob ich sie vor mich und übernahm das Rempeln selbst. Sie sah geradeaus. Genau wie ich.
Ich schwankte als erster das Fallreep hinunter und winkte eine Sänfte herbei; sie huschte an mir vorbei und kletterte hinein, ohne sich helfen zu lassen. Ich schwang mein Gepäck auf den Sitz ihr gegenüber und machte mich dann in einer zweiten Sänfte auf den Weg.
Am späten Nachmittag erreichten wir Rom. Es war Frühling, und der Verkehr auf den Straßen wurde dichter. Wegen einer Stockung hatten wir an der Porta Ostiensis einen Aufenthalt. Ich gab einem Jungen ein bißchen Geld und schickte ihn zu ihren Angehörigen mit der Nachricht, sie werde bald kommen. Ich ging weiter nach vorn und versuchte zu erkennen, weshalb das Tor blockiert war. Auch Helena Justina steckte gerade den Kopf aus dem Fenster ihrer Sänfte, als ich vorüberkam. Ich blieb stehen.
Ich sah die Straße hinunter. Im nächsten Moment fragte sie: »Können Sie sehen, was da los ist?«
Ich legte meinen Ellbogen lässig in das Fenster ihrer Sänfte. »Lieferwagen«, erwiderte ich und blickte immer noch nach vorn, »die erst am Abend eingelassen werden. Sieht aus, als hätte ein Wagen mit Weinfässern seine klebrige Ladung vergossen.« Ich wandte den Kopf und sah sie an. »Außerdem irgendein offizieller Trubel mit Soldaten und Bannern: anscheinend eine bedeutende Persönlichkeit samt der entsprechenden Eskorte, die mit großem Trara in die Stadt einzieht …«
Sie hielt meinem Blick stand. Im Beilegen von Streit war ich noch nie gut; ich spürte, wie sich die Sehnen um meinen Hals spannten.
»Didius Falco, wissen Sie, daß mein Vater und Onkel Gaius gewettet haben?« sagte Helena mit einem schwachen Lächeln.

»Onkel Gaius meint, *ich* würde Sie im Streit entlassen; Vater dagegen meint, *Sie*, Falco, würden mich verlassen.«
»Diese Kerle!« sagte ich vorsichtig.
»Wir könnten sie beide widerlegen, Falco.«
»Und wer gewinnt dann?«
Sie glaubte, ich hätte es ernst gemeint, und wandte sich mit einem Ruck ab.
Das Stechen in der Magengrube diagnostizierte ich sofort als Schuldgefühl. Ich berührte ihre Wange mit einem Finger, als wäre sie Marcia, meine kleine Nichte. Sie schloß die Augen, wahrscheinlich vor Widerwillen. Der Verkehr kam wieder in Gang. Da flüsterte Helena mit bekümmerter Miene: »Ich will nicht nach Hause!«
Mein Herz fühlte mit ihr.
Ich begriff plötzlich, was sie empfand. Sie war als Braut von zu Hause fortgegangen und zur Frau herangewachsen, hatte ihren eigenen Hausstand geführt – und wahrscheinlich gut. Jetzt aber wußte sie nicht, wohin. Noch einmal heiraten wollte sie nicht; das hatte mir ihr Bruder in Germanien erzählt. Und nun mußte sie zu ihrem Vater zurück. Ein anderes Leben war in Rom für eine Frau in ihrer Situation nicht denkbar. Sie würde das nutzlose Dasein eines jungen Mädchens führen, ein Leben, dem sie längst entwachsen war. Mit ihrem Besuch in Britannien war sie diesen Aussichten für kurze Zeit entflohen. Jetzt hatte die Zukunft sie eingeholt.
Ich spürte ihre Panik. Sonst hätte sie dieses Geständnis auch nicht gemacht – jedenfalls nicht mir gegenüber.
Ich fühlte mich verantwortlich und sagte: »Sie sehen immer noch seekrank aus. Mir anvertraute Güter liefere ich gern in gesundem Zustand ab. Sie müssen ein bißchen Farbe bekommen. Ich nehme Sie mit auf die Wallanlagen und zeige Ihnen Rom!«

Wie ich auf solche verrückten Einfälle komme? Im Osten der Stadt, meilenweit von dem Haus ihres Vaters entfernt, kann man auf die hohen Wälle der alten Stadtmauer klettern. Sobald man das Gekreisch der Puppenspielerbuden, die Schausteller mit den dressierten Krallenaffen und die selbständigen Weber, die hier ihre Dienste anbieten, hinter sich gelassen hat, kommt man zu der windigen Promenade auf den uralten Servischen Befestigungen. Aber dazu mußten wir erst quer durch die Stadt, über das Forum und dann hinüber zum Esquilin. Die meisten Leute machen ihren Spaziergang von dort nach Norden, in Richtung der Porta Collina; ich dagegen war wenigstens so vernünftig, sie in die andere Richtung zu führen, so daß wir am Ende an der Via Sacra herauskamen, nicht allzu weit von ihrem Haus entfernt.
Weiß der Himmel, was die Träger dachten! Aber wenn man weiß, was diese Träger von morgens bis abends erleben, kann man es sich leicht vorstellen.
Wir stiegen die Anhöhe hinauf und schlenderten nebeneinander her. Anfang April, kurz vor der Zeit des Abendessens, waren wir hier so gut wie allein. Es war noch alles da. Diese Stadt hat auf der ganzen Welt nicht ihresgleichen. Sechsstöckige Wohnblocks schraubten sich in die Höhe aus engen Straßen, wo sie in brüderlicher Mißachtung sozialer Anstandsregeln direkt neben Palästen und vornehmen Privathäusern standen. Gelbliches Licht lag über den Dächern der Tempel und schimmerte in den Fontänen der Springbrunnen. Nach der nassen Kälte Britanniens wirkte die Luft hier schon im April warm. Während wir friedlich nebeneinander hergingen, zählten wir die Sieben Hügel, und als wir auf dem Kamm des Esquilin nach Westen abbogen, wehte uns der Abendwind ins Gesicht. Er trug uns verlockende Düfte von reichhaltigen Fleischklößen zu, die auf den Herden zweifelhafter Garküchen in dunklen Soßen schmurgelten, von Austern mit Koriander in Weißweinsoße, von Schweinefleisch, das in der geschäftigen Küche eines Privathauses gleich unter uns mit Fenchel und Pfeffer schmorte. Hier

oben klang der Tumult der Stadt nur noch wie fernes Rumoren: der Lärm der Ausrufer und Redner, das Knarren der Wagenladungen, die Schreie der Maultiere, die Türglocken, das Knirschen von Kies unter den Schritten eines Wachkommandos – es war das Gemurmel der Menschheit, die in dieser Stadt dichter gedrängt lebte als irgendwo sonst im Reich und im ganzen bekannten Erdkreis.

Ich blieb stehen. Ich sah lächelnd zum Kapitol hinüber, und Helena stand so dicht neben mir, daß ihr langer Umhang mich streifte. Mir war, als würden wir uns dem Höhepunkt nähern. Irgendwo in dieser Stadt drückten sich die Männer herum, die ich suchte. Es ging jetzt nur noch darum, Beweise zu finden, die den Kaiser überzeugten, und herauszubekommen, wo die gestohlenen Silberschweine waren. Die halbe Antwort hatte ich schon, das Ende lag hier – und auch meine Zuversicht hatte ich wiedergefunden. Im Anblick meiner Heimatstadt, während ich mir klarmachte, daß ich zumindest in Britannien alles Menschenmögliche getan hatte, löste sich die Trostlosigkeit, die mich seit Sosias Tod nicht mehr verlassen hatte.

Ich drehte mich zu Helena Justina um und bemerkte, daß sie mich ansah. Auch sie hatte sich wieder gefangen. Eigentlich war sie ganz in Ordnung: ein Mädchen, das sich eine Zeitlang selbst unglücklich gemacht hatte. Viele Leute machen es genauso, manche ihr Leben lang, und manche genießen das Unglücklichsein sogar. Aber sie war zu offen und zu ehrlich gegen sich selbst. Ich wußte, daß sie die Geduld mit sich wiederfinden würde. Die mit mir vielleicht nicht, aber wenn sie mich nicht mochte, konnte ich ihr deswegen keinen Vorwurf machen, denn als ich ihr zuerst begegnet war, hatte ich sie auch nicht gemocht.

»Ich werde Sie vermissen«, sagte sie scherzhaft.

»Wie man eine Blase vermißt, wenn der Schmerz aufhört!«

»Ganz recht.«

Wir lachten.

»Manche meiner Auftraggeberinnen wollen mich wiedersehen«, erklärte ich ihr mit vielsagendem Blick.
»Warum?« Ihre Augen funkelten. »Mogeln Sie bei den Rechnungen, die Sie ihnen ins Haus schicken, so offensichtlich?«
Sie hatte in letzter Zeit ein paar Pfund abgenommen, aber sie besaß noch immer eine kräftige Figur, und noch immer gefiel mir, wie sie ihr Haar hochsteckte. Ich grinste: »Nur wenn ich sie wiedersehen will!«
»Ich werde meinen Buchhalter anweisen, nicht die geringste Ungenauigkeit durchgehen zu lassen!«
Ihr Vater und ihr Onkel hatten die Wette verloren. Es würde nicht halten, aber in diesem Augenblick waren wir Freunde.
Sie sah hübsch aus, so zerzaust, mit gerötetem Gesicht; so konnte ich sie ihren Angehörigen zurückgeben. Sie würden das Schlimmste von mir denken, aber das war immer noch besser als die Wahrheit.

Es gibt zwei Gründe dafür, mit einem Mädchen auf die Wallanlagen zu steigen. Der eine ist: frische Luft schnappen. Das hatten wir getan. Ich dachte auch an den anderen Grund, aber ich besann mich eines besseren.
Unsere lange Reise war zu Ende. Ich brachte sie nach Hause.

Teil III

Rom

Frühjahr, 71 n. Chr.

Kapitel 38

Ein Empfangskomitee erwartete uns vor dem Haus ihres Vaters. Ohne Zwischenfall hatten wir den Bezirk Porta Capena erreicht, holperten ein paar Nebenstraßen hinunter und schlingerten dann auf das Haus des Senators zu. Unsere Sänften hielten an. Wir stiegen aus. Helena holte tief Luft. Ich sah mich um: Vier oder fünf Halunken, die auf dem Sklavenmarkt keiner genommen hätte, stürmten auf uns los. Die spitzen Mützen hatten sie sich noch tiefer ins Gesicht gezogen, als ihre Pockennarben es erforderlich machten, und in der Hand, die jeder von ihnen unter seinem Mantel versteckt hielt, trugen sie jedenfalls keinen Beutel mit Brötchen und Schmierkäse.

»Bei Herkules! Los, läuten Sie, so fest Sie können!«

Helena schoß hinüber zur Haustür, während ich in Windeseile einen der Tragholme der Sänfte ausklinkte.

Ich sah mich um. Die Passanten verzogen sich bereits in die Läden der Goldschmiede und Blumenverkäufer, deren Türen unter glimmernden Laternen zum abendlichen Verkauf geöffnet waren. Die Gegend war zu vornehm, als daß wir auf tatkräftige Unterstützung hätten hoffen können.

Die Halunken waren schnell, aber nicht so schnell wie ich. Unter ihren Mänteln trugen sie Dornenkeulen, aber nach drei Monaten in den Bleigruben hatte sich bei mir mehr Wut gestaut, als sie erwarten konnten. Mit einem Rundholz von zwei Meter fünfzig Länge um mich schlagend, konnte ich einen ziemlichen Schaden anrichten.

Auf Helenas heftiges Läuten tauchte schließlich Camillus mit seinen Sklaven auf. Die Halunken zerstreuten sich blitzartig. Zurück ließen sie eine Blutspur und einen Toten. Er hatte sich auf Helena stürzen wollen. Ich hatte sie zur Seite gezerrt, das Messer gezogen, das ich in meinem Stiefel versteckt halte, hatte ihm dann einen kräftigen Tritt vor das Schienbein gegeben und nach oben gestochen, als er mir entgegenfiel. Einen Mann mit Militärausbildung hätte ich so nicht aufhalten können; aber eine solche Ausbildung besaß er offensichtlich nicht; ich hatte ihn getötet.
Es ist in Rom verboten, Waffen mitzuführen. Aber ich hatte schließlich die Tochter eines Senators verteidigt; kein öffentlicher Ankläger würde mir daraus einen Strick drehen. Außerdem hatte ich sie nicht vierzehnhundert Meilen weit ertragen, um sie mir auf der Schwelle ihres Hauses wegschnappen zu lassen und mein doppeltes Honorar in den Kamin zu schreiben.

Camillus Verus, das Schwert in der Hand, atmete heftig und versuchte sich einen Überblick über das lebhafte Treiben zu verschaffen. Uns umbrandete das Chaos. In der hereinbrechenden Dämmerung wirkte alles noch gespenstischer.
»Sie sind weg, aber einen habe ich gestreift –«
»Nicht übel, Senator. Sie sollten mal in meine Fechtschule mitkommen!«
»Falco, ist Ihnen schlecht?«
»Der warmherzige Empfang hat mich überwältigt.«
Menschen töten bekommt mir nicht.
Der Senator und seine Frau, die jetzt inmitten einer Schar verstört dreinblickender Hausmädchen angeflattert kam, standen da und wollten ihr Kind zur Begrüßung umarmen. Aber nachdem ich sie einmal gepackt hatte, hatte ich vergessen, sie wieder loszulassen. (Im Umgang mit Frauen eine gute Regel, in dichtem Gedränge allerdings schwer zu befolgen.) Wahrscheinlich sahen ihre ehrwürdigen Eltern Helena Justina zum ersten-

mal im Leben leichenblaß und schweigsam an die Brust eines schlecht rasierten Schurken gepreßt, der wilde Blicke um sich warf und dabei mit einem blutigen Messer fuchtelte. Mit einer hastigen Geste entließ ich sie in die Arme ihres Papas.
Die Bestürzung darüber, daß er sie beinahe verloren hätte, hatte ihm für einen Moment die Sprache geraubt.

Ich saß zitternd auf dem Rand eines großen Blumenkübels, während sie über Helena Justina herfielen. Da mir für den Schrecken, den sie ausgestanden hatten, niemand Vorwürfe machen wollte, bekam sie alles ab. Helena schien so betäubt, daß sie gar nichts erwidern konnte. Ich sah einfach zu, war aber an meine Beschützerrolle inzwischen anscheinend so gewöhnt, daß es mir peinlich war, untätig herumzusitzen.
»Gut gemacht, Falco!« Ihr Vater kam zu mir herüber. Ich stand auf. Im Tonfall eines Mannes, für den meine Antwort bares Geld bedeutete, fragte er: »Alles gutgegangen auf eurer Reise?«
»Oh, die Geruhsamkeit der Reise entsprach dem mäßigen Honorar!«
Helena warf mir einen verschlagenen Blick zu. Ich sah zum Abendhimmel auf wie jemand, der einfach müde ist.

Wegen des Mannes, den ich getötet hatte, ließ Decimus den Prätor benachrichtigen, und in kürzester Zeit wurde die Leiche vor seinem Haus auf Staatskosten entfernt. Ich hörte nichts mehr von diesem Zwischenfall.
Was die Schurken gewollt hatten, darüber bestand kein Zweifel: Als sie plötzlich alle rannten, hatten sie unser Gepäck dabei.
Ich stellte einen Suchtrupp zusammen, und nach kurzer Zeit waren die Sklaven von Camillus mit unseren Sachen wieder zurück. Nur zwei Straßen weiter hatten die Räuber sie fallen lassen. Ich stellte einen Kerzenleuchter auf den kühlen Kachelboden in der Vorhalle, kniete mich hin und begann jedes Gepäckstück systematisch zu untersuchen; Helena hockte sich zu

mir und half. Während wir die Sachen durchsahen, sprachen wir miteinander in dem gedämpften Ton von Leuten, die wochenlang zusammen gereist sind. Ihre Mutter warf uns einen nervösen Blick zu, aber wir waren zu beschäftigt, um uns darum zu kümmern. Jeder, dem wir unterwegs begegnet waren, hatte sich die eigene Langeweile damit vertrieben, daß er sich einen Skandal ausmalte; wir hatten uns angewöhnt, nicht darauf zu achten. Trotzdem spürte ich, daß Julia Justa etwas gegen mich einzuwenden hatte, und mußte lächeln: Die elegante Mutter meiner stolzen jungen Dame war genauso hinter ihr her wie meine Mutter hinter mir.

»Es ist kaum etwas durcheinandergeraten; und nur sehr wenig fehlt«, sagte ich zu Helena und in einem Ton, als wären wir Partner und würden diesen Fall gemeinsam lösen.

»Die Briefe meines Onkels –«

»Keine Katastrophe. Eigentlich gleichgültig – er kann noch einmal schreiben.«

Aber noch etwas fehlte. Etwas, das mir gehört hatte.

In dem Augenblick, als ich es bemerkte, muß Helena zu mir herübergesehen haben. An ihrem Blick erkannte ich, daß ich bleich geworden war.

»Oh, Falco –«

Ich griff nach ihrem Handgelenk. »Ach, wissen Sie, es ist doch egal!«

»Das ist es nicht!«

Ich schüttelte bloß den Kopf.

Sie hatten das Armband aus Gagat mitgenommen, das Helena Sosia geschenkt hatte und Sosia mir.

Kapitel 39

Der Senator beschloß, am Abend in den Palast zu gehen. Er wollte berichten, was wir in Erfahrung gebracht hatten, nicht zuletzt auch, daß wir Domitian verdächtigten, an der Sache beteiligt zu sein. Für mich gab es nichts zu tun, bis weitere Anweisungen kamen; aber dagegen hatte ich nichts.

Sie boten mir ein Abendessen und eine Nacht in einem Federbett an, aber ich ging lieber nach Hause. Aus mehreren Gründen wollte ich allein sein.

Die Wäscherei war geschlossen, also verschob ich die Begrüßung Lenias auf den nächsten Tag. Sechs Treppen sind ein unerfreuliches Hindernis für jemanden, der von einer langen Reise erschöpft nach Hause kommt. Während ich mich nach oben schleppte, beschloß ich umzuziehen. Als ich meine Wohnung erreicht hatte, packte mich der Eigensinn, und ich beschloß zu bleiben.

Nichts hatte sich verändert. Das auf den Balkon hinausgehende Zimmer war so groß, daß sich ein Hund noch gerade darin umdrehen konnte, wenn er ein kleiner Hund war und den Schwanz einzog. Ein wackliger Tisch, eine schiefe Bank, ein Wandbrett mit Töpfen, die Feuerstelle aus Ziegelsteinen, der Bratrost, die Weinkrüge (schmutzig), der Müllkorb (überquellend)...

Aber mein Tisch stand an der falschen Stelle. Die Ziegel der Kochstelle waren rußgeschwärzt. Irgendein herzloser Mistkerl ließ in einem Käfig einen Spatzen verhungern: Jemand hatte sich in meiner Wohnung einquartiert.

Zuerst roch ich ihn. In der Luft waberte der saure Geruch von getragenen und seit einem Monat nicht gewaschenen Wolltuniken. Drüben lag ein schmuddeliges scharlachrotes Gewand, das ich nicht wiedererkannte, und die Pantoffeln begrüßten mich mit ihrer Duftwolke schon, als ich noch auf der anderen Seite des Zimmers stand. Obwohl Decimus ihm alles bezahlte, hatte der geschäftstüchtige Smaractus während meiner Abwesenheit einen Glühweinkellner, dem die verschiedensten Körpergerüche anhafteten, als Untermieter in mein Büro einziehen lassen. Er war nicht da. Das freute mich für ihn.
Ich schaffte seinen Krempel auf den Balkon, beförderte die Pantoffel mit einem Fußtritt auf den Treppenabsatz vor der Wohnungstür, fütterte den Spatzen und rückte meinen Kram wieder so zurecht, wie es mir paßte. Ich aß die Anchovis-Eier, die er in meiner Lieblingsschüssel zurückgelassen hatte; sie schmeckten, als wären sie drei Tage alt. Als er dann aufkreuzte, stellte sich heraus, daß er fettiges Haar, schlechte Zähne und die Angewohnheit hatte, jedesmal einen fahren zu lassen, wenn er sich erschreckte, das heißt, jedesmal, wenn ich ihm einen Blick zuwarf, also ziemlich oft. Er gehörte nämlich zu jener Sorte, die man besser nicht aus den Augen läßt.
Ich erklärte diesem anrüchigen Burschen, alles, was er Smaractus zahle, habe er in Zukunft bei mir abzuliefern, dann könnte er draußen unter den Sternen schlafen, bis er ein anderes Zimmer gefunden hatte – anderenfalls würde ich ihn sofort hinauswerfen. Er entschied sich für den Balkon.
»Sie haben meine Eier gegessen!«
»So ein Pech!« sagte ich mit finsterer Miene. Er brauchte nicht zu wissen, daß ich nur deshalb so finster dreinblickte, weil mich dieser Ausdruck an jemand anderen erinnerte.
Ich will nicht sagen, daß sie mir fehlte. Schlecht gelaunte Frauen, die ihr Leben für eine Tragödie halten, bekommt man dort, wo ich wohne, im Dutzend billiger. Was mir fehlte, war das solide Gefühl, Geld zu verdienen, indem ich ihr einfach Gesell-

schaft leistete. Mir fehlte die Verantwortung für einen anderen Menschen. Mir fehlte sogar die Aufregung, die mich jedesmal packte, wenn ich mir überlegte, womit mich dieses aufsässige Mädchen als nächstes ärgern würde.

Neuigkeiten sprachen sich auf dem Aventin noch immer schnell herum. Petronius Longus polterte schon eine gute Stunde früher als erwartet herein; seine massive Erscheinung und sein verhaltenes Grinsen waren mir angenehm vertraut. Aber er hatte sich einen Bart stehenlassen, und das sah scheußlich aus. Ich sagte es ihm; er sagte nichts. Aber ich wußte, wenn ich ihn das nächste Mal sah, würde er rasiert sein.
Der Glühweinkellner hatte meinen Weinkeller entdeckt und leergetrunken (obwohl er das selbstverständlich abstritt, Lügen ist nämlich das, was Glühweinkellner am allerbesten können). Zum Glück hatte Petro eine Amphore Albaner, den er besonders schätzte, heraufgeschleppt. Er hockte sich auf eine Bank, lehnte sich an die Wand, streckte die Beine aus, hob die gestiefelten Füße auf die Tischkante und balancierte seinen Weinbecher fortan auf dem Bauch. Es war lange her, seit ich zum letzten Mal gesehen hatte, wie Petronius es sich gemütlich macht. Er warf nur einen kurzen Blick auf meine ausgemergelte Erscheinung und fragte dann: »Schlimm?«
Ich rieb mir die Rippen und lieferte ihm eine zusammenfassende Darstellung der letzten vier Monate: »Schlimm.«
Er wäre durchaus bereit gewesen, die ganze Geschichte über sich ergehen zu lassen, aber er wußte, daß ich in diesem Augenblick vor allem eines brauchte, einen kräftigen Schluck neben einem geruhsamen Freund. Seine braunen Augen funkelten: »Und wie lief es mit der Klientin?«
Es hatte Petronius schon immer fasziniert, wie mich ganze Scharen von feurigen Frauen umlagerten. Meistens tue ich ihm den Gefallen und liefere die wollüstigen Einzelheiten, selbst wenn ich sie mir ausdenken muß. Wie erschöpft ich in diesem

Augenblick sein mußte, erkannte er daran, daß ich nur herausbrachte: »Da gibt es nichts zu erzählen. Bloß ein ganz normales Mädchen.«
»Hat sie dir Schwierigkeiten gemacht?« erkundigte er sich begierig.
Ich rang mir ein trauriges Lächeln ab. »Ich habe ihr schon gezeigt, wo es langgeht.«
Er glaubte es nicht; ich auch nicht.
Wir tranken seinen roten Albaner ganz aus, ohne Wasser. Danach bin ich wohl eingeschlafen.

Kapitel 40

Am nächsten Tag besuchte mich Helena Justina in meinem Büro. Es war mir höchst peinlich, denn auf meinem Schoß rekelte sich in einer kurzen roten Tunika gerade ein junge Dame, die ihre Beine abwechselnd spreizte und in die Luft streckte; wir frühstückten zusammen, und die junge Dame stellte sich dabei ziemlich albern an. Sie war hübsch, die Szene intim und Helena die letzte, die ich erwartet hätte.

Gepflegt und gelassen, in wehendem Weiß, stand Helena da, und mir war es äußerst unangenehm, daß sich dieses vornehme Geschöpf bis zu meiner finsteren Bude sechs Treppen hochbemüht hatte, während ich noch nicht mal rasiert war.

»Ich hätte nach unten kommen können –«

»Warum denn? Ich wollte einmal sehen, wie Sie hier oben residieren!« Sie sah mich prüfend an und schnupperte die stikkige Luft. »Es sieht jedenfalls sauber hier aus. Kümmert sich jemand um Sie? Ich hatte Spinnweben erwartet und Hinweise auf Ratten.«

Jemand – meine Mutter – hatte sich schon früh am Morgen hier zu schaffen gemacht. Deshalb waren die Spinnen vorübergehend zu den Tauben unters Dach gezogen. An die Ratten wollte ich lieber nicht denken.

Ich schob das Gekicher in meinen Armen auf die Bank neben mir.

»Geh auf den Balkon und warte dort.«

»Aber da ist dieser Mann! Er *stinkt*!«

Der Kellner; er mußte endlich weg. Ich seufzte. Helena lächelte mich an – zum Verrücktwerden.
»M. Didius Falco: noch im Halbschlaf, aber schon hält er sich an einem Becher Wein fest. Ein bißchen früh, Falco, sogar für Sie, finden Sie nicht?«
»Heiße Milch«, krächzte ich.
Es klang wie eine Lüge; Helena beugte sich über den Tisch und sah nach: Es war heiße Milch.

Im unfreundlichen Glanz ihrer parfümierten Herablassung setzte sich die Tochter des Senators auf den Stuhl, den ich für meine Klienten bereithalte, und starrte auf meine sich windende Gespielin. Schließlich gab ich nach.
»Das ist Marcia, meine beste Freundin.« Marcia, drei Jahre alt, schmiegte sich an mich, als wollte sie mich nie mehr loslassen, und sah Helena mit finsterer Miene an. Ich faßte sie am Halsausschnitt ihrer Tunika und versuchte, sie so zu bändigen.
Da streckte die Tochter des Senators zu meinem Entsetzen Marcia die Arme entgegen und hob sie mit der Zuversicht eines Menschen, der mit Kindern stets gut ausgekommen ist, über den Tisch. Mir fiel das adrette, artige Mädchen ein, das ich in Londinium auf ihrem Schoß gesehen hatte. Wie ein Sack purzelte ihr nun auch Marcia in die Arme, sah nachdenklich zu ihr hoch, sabberte absichtlich ein bißchen und machte dann Blasen mit ihrer Spucke.
»Benimm dich«, mahnte ich schwach. »Wisch dir den Mund ab.«
Marcia wischte sich den Mund mit dem nächstbesten Stück Stoff ab, nämlich mit dem bestickten Ende von Helenas langem weißem Umschlagtuch.
»Ist das Ihre?« fragte Helena vorsichtig.
Wenn ich mich als Kinderverwahranstalt ausnutzen ließ, war das meine Sache, deshalb sagte ich nur: »Nein.«
Es klang grob, selbst für meine Verhältnisse, also ließ ich mich

zu einer Erläuterung herab: »Meine Nichte.« Marcia war das Kind, von dem mein Bruder Festus nie erfahren hatte.
»Sie ist so schwierig, weil Sie sie verwöhnen«, meinte Helena. Ich erwiderte, irgend jemand müsse es schließlich tun; damit war sie anscheinend einverstanden.
Marcia begann, Helenas Ohrringe zu untersuchen, die aus blauen Glasperlen an goldenen Kettengliedern bestanden. Wenn sie die Perlen abriß, würde sie sie verspeist haben, bevor ich über den Tisch langen und sie ihr abnehmen konnte. Aber zum Glück waren die Ohrringe anscheinend gut verlötet und an Helenas zierlichen Ohren befestigt. Ich hätte mich selbst gern diesen Ohren gewidmet, die offensichtlich vor allem eines wollten: angeknabbert werden. Helena sah mich an, als hätte sie meinen Gedanken erraten. »Was kann ich für sie tun?« fragte ich steif.
»Falco, meine Eltern speisen heute abend im Palast; auch Sie werden dort erwartet.«
»An einem Tisch mit Vespasian?« Ich war entrüstet. »Auf keinen Fall! Ich bin Republikaner!«
»Ach, Didius Falco, stellen Sie sich doch nicht so an!«
Marcia hörte auf, Spuckeblasen zu fabrizieren.
»Sitz still!« befahl ich, als sie ausgelassen herumzuzappeln begann; dieses Kind war so schwer und plump wie ein Kalb. »Hören Sie, geben Sie sie mir bitte zurück; ich kann nicht mit Ihnen reden, wenn ich die ganze Zeit befürchten muß –«
Helena nahm sie, setzte sie aufrecht hin, wischte ihr noch einmal den Mund ab (wobei sie wortlos das richtige Tuch benutzte, das ich für diesen Zweck bereithielt), brachte ihre Ohrringe in Ordnung und beschäftigte sich weiter mit mir. »Marcia stört mich nicht. Außerdem gibt es nichts zu reden; Sie reden viel zuviel, Falco.«
»Mein Vater ist Auktionator.«
»Das glaube ich! Hören Sie doch einfach auf, sich Sorgen zu machen.« Ich schloß meine Lippen zu einem erbitterten Strich. Einen Moment lang schien es, als hätte sie tatsächlich alles

gesagt. Doch dann gestand sie: »Falco, ich habe versucht, Pertinax zu treffen.« Ich sagte nichts, denn wenn ich etwas gesagt hätte, wäre es für ihre ehrbaren, muschelgleichen Ohren nicht geeignet gewesen. Mich quälte das Schreckbild eines anderen Mädchens in Weiß, das regungslos vor mir auf der Erde lag.

»Ich bin zu ihm gegangen. Ich wollte ihn zur Rede stellen. Er war nicht zu Hause –«

»Helena –« protestierte ich.

»Ich weiß; ich hätte es nicht tun sollen«, murmelte sie.

»Verehrteste, gehen Sie *niemals* allein zu einem Mann, um ihm mitzuteilen, er sei ein Verbrecher! *Er* weiß, daß er einer ist. Und Ihnen beweist er es vielleicht, indem er mit der erstbesten Waffe auf sie losgeht. Haben Sie jemandem gesagt, wohin Sie gehen wollten?«

»Er war doch mein Mann; ich hatte keine Angst –«

»Die hätten Sie aber haben sollen!«

Plötzlich verlor Helenas Stimme ihre Härte: »Und jetzt haben Sie Angst um mich! Wirklich, es tut mir leid.« Ein Schauer durchfuhr mich. »Eigentlich wollte ich Sie mitnehmen –«, setzte sie hinzu.

»Ich wäre gekommen.«

»Aber ich hätte erst fragen müssen, wie?« stichelte sie.

»Wenn ich Sie in dieser Art von Ärger sehe, brauchen Sie nicht erst zu fragen.«

Sie machte große Augen und sah mich bestürzt an.

Ich trank meine Milch.

Langsam beruhigte ich mich wieder. Marcia schmiegte ihren Wuschelkopf an Helenas hübschen Busen und beobachtete uns. Ich beobachtete das Kind – oder tat jedenfalls so –, während Helena mit schmeichelnder Stimme fragte: »Kommen Sie heute abend? Ein kostenloses Abendessen, Falco! Einer Ihrer Auftraggeber ist aus dem Ausland angereist, um Sie kennenzulernen.

Sie sind doch viel zu neugierig, diese Gelegenheit verstreichen zu lassen.«

»Wieso der Plural bei Auftraggeber?«

Sie sagte, es seien zwei – möglicherweise auch drei, aber das sei unwahrscheinlich. Ich wollte andeuten, daß zwei Auftraggeber ja auch doppeltes Honorar bedeuten könnten, aber sie entgegnete: »Ihr Honorar haben Sie mit meinem Vater vereinbart! Ziehen Sie eine Toga an, und bringen Sie Ihre Serviette mit. Vielleicht überlegen Sie auch mal, ob Sie sich vorher noch eine Rasur leisten. Und bitte, Falco, versuchen Sie nicht, mich in Verlegenheit zu bringen ...«

»Nicht nötig, Verehrteste – dafür sorgen Sie schon selbst. Und jetzt geben Sie mir meine Nichte zurück!« zischte ich und bekam sie endlich.

Als sie gegangen war, traten Marcia und ich Hand in Hand auf den Balkon. Wir machten einen großen Schritt über den Glühweinkellner, der in einem Lendenschurz auf einer Strohmatte schnarchte, und warteten in seinem Mief, bis Helena Justina unten auf der Straße erschien. Wir schauten zu, wie sie in ihre Sänfte stieg. Sie sah nicht hinauf. Das fand ich schade.

»So eine liebe Dame!« erklärte Marcia, die sonst eher eine Vorliebe für Männer hatte. (Ich bestärkte sie darin, denn wenn sie mit drei Jahren Männer mochte, würde sie mit dreizehn wahrscheinlich darüber hinweg sein, und ich brauchte mir dann weniger Sorgen zu machen.)

»Zu mir war diese Dame noch nie lieb!« brummte ich.

Marcia sah mich von der Seite an und wirkte merkwürdig erwachsen, als sie sagte: *»Ach, Didius Falco, stell dich doch nicht so an!«*

Anschließend machte auch ich Pertinax einen Besuch. Alles, was ich Helena gesagt hatte, stimmte; es war dumm, hinzugehen. Zum Glück war dieser Flegel noch immer nicht zu Hause.

Kapitel 41

Wie es der Zufall wollte, traf ich gegen Abend Petro. Er stieß einen Pfiff aus und musterte mich freundlich.

»He! Wohin des Wegs, Blender?«

Anläßlich des Essens mit dem Beherrscher der zivilisierten Welt hatte ich meine beste Tunika angezogen, die die Wäscherin so kräftig durchgewalkt hatte, daß die alten Weinflecken fast verschwunden waren. Ich trug Sandalen (gewichst), einen neuen Gürtel (übelriechend) und den Siegelring aus Obsidian meines Großonkels Scaro. Den Nachmittag hatte ich im Bad und beim Barbier verbracht, und zwar nicht nur, um Neuigkeiten auszutauschen (wenngleich ich auch das getan hatte, und zwar so lange, bis mir der Schädel brummte). Ich hatte mir das Haar schneiden lassen und fühlte mich nun unbeschwert wie ein Lamm. Petronius sog die ungewohnten Gerüche von Badeöl, Rasierwasser, Hautcreme und Haarpomade ein, von denen umgeben ich meine duftende Bahn zog, schob dann mit spitzen Fingern zwei Falten der Toga an meiner linken Schulter einen halben Zentimeter weiter hinauf, als wollte er die modische Wirkung verbessern. Diese Toga hatte früher einmal meinem Bruder gehört, der sich als guter Soldat immer nur das Beste gönnte, gleichgültig, ob er es brauchen konnte oder nicht. Ich schwitzte unter des Last der Wolle und meiner Verlegenheit.

Damit mein skeptischer Kumpel nur ja keine falschen Schlüsse zog, sagte ich: »Ich verfrachte nachher eine runzlige alte Essiggurke zu einer Party in den Palast.«

Er machte ein bestürztes Gesicht. »Nachtarbeit? Paß bloß auf, mein Lieber! Ein gutaussehender Junge wie du kann da leicht in Schwierigkeiten kommen!«
Ich hatte keine Zeit für Debatten. Ich hatte mich lange beim Barbier aufgehalten, ich war schon zu spät.

Der Türsteher im Haus von Camillus weigerte sich, mich zu erkennen; ich mußte fast handgreiflich werden und dabei meine gute Laune ebenso aufs Spiel setzen wie meinen schicken Anzug. Der Senator und Julia Justa waren schon vorausgegangen. Aber Helena hatte zum Glück im Vestibül auf mich gewartet und kam nun, als sie den Lärm an der Tür hörte, nach draußen. Sie saß bereits in ihrer Sänfte, sah aus dem Fenster und musterte mich von oben bis unten. Ich hingegen hatte erst als wir den Palatin erreichten, wirklich Gelegenheit, sie in Augenschein zu nehmen – und war einigermaßen schockiert.
Irgendwie kommt Geld immer zum Vorschein. Sobald ich ihr – in ihrem damenhaften Überwurf, den züchtigen Schleier von Ohr zu Ohr gespannt – aus der Sänfte geholfen hatte, stieg in mir jenes unbehagliche Gefühl hoch, das einen befällt, wenn sich jemand, den man gut kennt, so schick angezogen hat, daß er wie ein Fremder wirkt. Als sie dann ihre Umhüllung abgelegt hatte, stellte ich fest, daß die schändlichen Dienstmädchen ihrer Mutter mit der Tochter des Hauses so ungefähr alles angestellt hatten, was Dienstmädchen anstellen können. Zuerst waren sie ihr mit Schabern und Augenbrauenpinzetten, Brennschere und Ohrenstäbchen zu Leibe gerückt, anschließend hatten sie sie den ganzen Nachmittag unter einer mehligen Gesichtsmaske gären lassen, aber erst nachdem sie ihr mit fein auf die Wangenknochen getupftem rotem Ocker und einem glimmernden Anflug von Antimon über den Augen den Rest gegeben hatten, war Helena Justina ihrer Meinung nach einigermaßen vorzeigbar.
Ich teilte diese Meinung. Sie wirkte sogar glanzvoll – von dem golden schimmernden Filigrandiadem auf dem aufwendig fri-

sierten Haar bis hinab zu den mit Glasperlen besetzten Schuhen, die durch die Volants am Saum ihres Gewandes glitzerten. Dieses Kleid war aus grüner Seide und ließ ihre Arme frei. Sie wirkte wie eine kühle, hochgewachsene, überlegene Najade.
Ich sah weg. Ich sah wieder hin. Ich räusperte mich.
Mit heiserer Stimme gestand ich ihr, ich sei noch nie mit einer Najade ausgegangen. »Am Strand von Bajä bestände die Gefahr, daß irgendein salziger Meeresgott Sie aufs Kreuz legt und auf einer Matratze aus Blasentang seine Lust an Ihnen kühlt!«
Dann würde sie ihm mit seinem Dreizack in die Flosse stechen, meinte sie, worauf ich entgegnete, es wäre trotzdem einen Versuch wert.
Wir schlossen uns der Menschenschlange an, die sich langsam auf den Speisesaal zubewegte. Der Weg führte durch Neros grotesken Korridore, wo die Pilaster, die Rundbögen und Dekken mit solchen Mengen von Gold verziert waren, daß alles zu einem schimmernden Farbenrausch zusammenfloß. Die Dekkengemälde – Faune und Putten, die sich in rosenumrankten Lauben tummelten – waren so sorgfältig und bis in die letzten Feinheiten ausgeführt, daß, sobald die Gerüste des Malers abgeräumt waren, niemand sie mehr wirklich zu würdigen vermochte – ausgenommen die Fliegen und Nachtfalter, die auf ihnen herumkrabbelten. Vor lauter Luxus konnte ich nicht mehr klar sehen, ich war geblendet, als hätte ich in die Sonne gestarrt.
»Sie haben sich ja das Haar schneiden lassen!« murmelte Helena, während wir langsam nebeneinander hergingen.
»Gefällt es Ihnen?«
»Nein«, erwiderte sie. »Mit Locken haben Sie mir besser gefallen.«
Jupiter sei Dank, sie war noch bei sich. Ich starrte nun meinerseits mißmutig auf ihren modisch ausgefransten Haarknoten.
»Nun, meine Liebe, da wir gerade von Locken reden: Sie gefallen mir besser *ohne*!«

Vespasians Bankette waren äußerst altmodisch; die Serviererinnen behielten die Kleider an, und nie vergiftete er die Speisen. Vespasian war kein sehr eifriger Gastgeber. Zwar veranstaltete er regelmäßig Bankette, aber er tat das, um seine Gäste bei Laune zu halten und das Dienstleistungsgewerbe zu unterstützen. Als Republikaner war ich jedoch nicht bereit, mir imponieren zu lassen. Im Gegenteil, die Teilnahme an einem der reibungslos ablaufenden Dinners des Kaisers machte mich verdrießlich. Ich bestreite auch jede Erinnerung an die Speisenfolge; ich rechnete die ganze Zeit über mit, was das alles gekostet haben mußte. Zum Glück saß Vespasian so weit von mir entfernt, daß ich ihm meine Meinung zu diesem Punkt nicht sagen konnte. Er wirkte ziemlich still. Nach allem, was ich über ihn wußte, rechnete er ebenfalls mit, welcher Schaden seiner Privatschatulle entstand.
Während ich mich beharrlich weigerte, das, was ich aß, auch zu genießen, tippte mir ein Zeremonienmeister auf die Schulter. So geschickt und so plötzlich holte man Helena Justina und mich von der Tafel weg, daß ich noch eine Hummerschere in der Hand hielt, während sie auf einem Stück Tintenfisch herumkaute. Ein Garderobensklave half mir in die Toga und brachte innerhalb von fünf Sekunden jenen würdevollen Faltenwurf zustande, für den ich zu Hause eine Stunde gebraucht hatte; ein Schuhjunge sorgte für die würdige Bekleidung unserer Füße; ein anderer Mann führte uns in einen verschwenderisch ausgeschmückten Vorraum, zwei Speerträger traten zur Seite und machten den Weg zu einer Bronzetür frei, ein Türsteher öffnete sie, unser Führer nannte einem Kammerherrn unsere Namen, der Kammerherr teilte sie seinem Pagen mit, und dieser verkündete sie laut und deutlich, bloß, daß er beide nicht richtig verstanden hatte und hierdurch die im übrigen höchst eindrucksvolle Wirkung zunichte machte. Wir traten ein. Ein Sklave, der bisher untätig geblieben war, fand sich bereit, die Reste meiner Hummerschere zu übernehmen.

Ein Vorhang fiel und dämpfte die Geräusche von draußen. Ein junger Mann – ein Mann in meinem Alter, nicht sonderlich groß, mit einem vorspringenden Kinn, das bereits überall in Rom Anlaß zu Marmorkopien gab – schnellte aus einem mit Purpur bezogenen Sessel hoch. Sein Körper wirkte hart wie Stahl; seine Energie entlockte mir ein Ächzen. Mit einer knappen Handbewegung entließ er die Diener, die uns begleitet hatten, und näherte sich uns mit raschen Schritten.

»Bitte treten Sie ein! Didius Falco? Ich wollte Sie wegen Ihrer Bemühungen im Norden beglückwünschen.«

Helena hätte mir keinen Knuff zu geben brauchen. Ich wußte sofort, wer er war, und jetzt begriff ich auch, wer meine beiden Auftraggeber waren. Ich arbeitete nicht, wie ich bisher angenommen hatte, für ein hochnäsiges Sekretariat orientalischer Freigelassener auf den unteren Rängen der Palasthierarchie. Vor mir stand Titus Cäsar höchstpersönlich.

Kapitel 42

Er hatte gerade fünf Jahre in der Wüste hinter sich, aber, bei Jupiter, er war in Form. Er platzte fast vor Tüchtigkeit. Man konnte sich ohne weiteres vorstellen, wie er mit seinen sechsundzwanzig Jahren eine ganze Legion befehligte – und dann das halbe Reich mobilisierte, um seines Vaters Thron zu gewinnen. *Titus Flavius Vespasianus.* Meine Kehle war schon rauh von einer kräftig gepfefferten Soße, jetzt brannte sie. Zwei Auftraggeber: Titus und Vespasian. Oder zwei prominente Opfer – wenn wir etwas falsch machten.

Die Welt vermutete, der junge General habe bei der Belagerung von Jerusalem noch alle Hände voll zu tun; aber mit Jerusalem war er offenbar fertig, und ich war mir ziemlich sicher, daß unter seinen Eroberungen auch die legendäre Königin der Juden war. Wer konnte ihm daraus einen Vorwurf machen? Gleichgültig, wie man über ihre Vergangenheit und Moral dachte (sie hatte früher einmal ihren Onkel geheiratet und schlief angeblich mit ihrem Bruder, dem König) – Königin Berenike war jedenfalls die schönste Frau der Welt.

»Helena Justina!«

Zwischen meinen Zähnen knirschte ein Stück Hummerschale. Nun hatte er schon eine Königin in der Tasche, es gab keinen Grund, sich mit solchem Eifer auch noch an meine Najade heranzumachen. Daß er ihr imponierte, erkannte ich an der ruhigen Art, mit der sie fragte: »Sie wollen mit Falco sprechen, Cäsar; soll ich mich zurückziehen?«

Panik ergriff mich bei dem Gedanken, daß sie ihren Vorschlag wahr machen könnte, aber er winkte uns beide in den Saal. »Nein, bitte, das betrifft auch Sie.«

Wir standen in einem sechs Meter hohen Gemach, dessen Decken mit mythologischen Figuren bemalt waren, die leichtfüßig zwischen Bäumen mit verschlungenen Blüten umhersprangen. Die Wände waren mit Blattgold überzogen. Ich blinzelte.

»Entschuldigen Sie diese Protzerei«, lächelte Titus. »Aber Nero hielt das für guten Geschmack. Und mein armer Vater steht jetzt vor dem Problem, ob er sich damit abfinden oder noch einmal Geld ausgeben und hier auf dem Gelände einen weiteren Palast bauen soll.«

Solche Probleme hätte ich auch gern gehabt!

Titus fuhr mit ernster Miene fort: »Einige Räume sind so abscheulich, daß wir sie verschließen mußten. Da haben wir nun eine Palastanlage, die sich schon über drei der Sieben Hügel erstreckt, und trotzdem finden wir keine passende Unterkunft für unsere Familie, von zweckmäßigen Staatsgemächern ganz zu schweigen. Aber es gibt dringlichere Projekte –« Ich war nicht hier, um über Geschmacksfragen zu plaudern, aber auch Titus kam jetzt zur Sache.

»Mein Vater hat gebeten, ich möge mich inoffiziell mit Ihnen treffen, weil eine öffentliche Audienz gefährlich sein könnte. Ihre Mitteilung, daß den gestohlenen Barren das Silber entzogen ist, haben wir an die Prätorianer weitergeben lassen. Sie haben dies, wie es scheint, mit Interesse vernommen – kaisertreu, wie sie sind!« Es klang ironisch, aber nicht zynisch.

»Damit haben wir aber noch nicht die Verschwörer –«, erwiderte ich.

»Ich will Ihnen sagen, wie die Dinge stehen. Heute morgen haben wir Atius Pertinax Marcellus verhaftet. Die Beweise ge-

gen ihn waren spärlich, aber wir mußten herausbekommen, wer noch beteiligt ist. Deshalb …« Er zögerte.
»Im Mamertinischen Gefängnis?« fragte ich. »In den Zellen für die politischen Gefangenen?«
Die Zellen waren berüchtigt. Helena Justina holte tief Luft. Ohne sich groß zu entschuldigen, teilte ihr Titus mit: »Es hat nicht lange gedauert. Er bekam – entgegen allen Vorschriften – Besuch, wir wissen noch nicht, von wem. Eine halbe Stunde später fanden ihn die Wärter erdrosselt.«
»Oh – nein!«
Helena Justina war erschüttert. Ich auch. Ich hatte mir das Vergnügen, mit Pertinax abzurechnen, nicht nehmen lassen wollen. Aber es war typisch, daß er sich mit Leuten zusammentat, die mir so eine Chance vermasselten.
»Helena Justina, standen Sie und Pertinax nach der Scheidung weiterhin auf gutem Fuße?«
»Wir standen auf gar keinem Fuße«, antwortete sie mit fester Stimme.
Er sah sie nachdenklich an: »Werden Sie in seinem Testament erwähnt?«
»Nein. Bei der Teilung des Besitzes war er großzügig, aber danach hat er ein neues Testament gemacht.«
»Haben Sie mit ihm darüber gesprochen?«
»Nein. Aber mein Onkel war einer der Zeugen.«
»Haben Sie seit ihrer Rückkehr aus dem Ausland mit Atius Pertinax gesprochen?«
»Nein.«
»Können Sie mir dann sagen, warum Sie gestern sein Haus aufgesucht haben?«
Der Sohn des Kaisers hielt Überraschungen von der gleichen Art bereit, wie auch ich sie gern benutzte. Urplötzlich war aus dem Austausch von Höflichkeiten ein Verhör geworden. Helena antwortete ihm gelassen, obwohl diese Wendung der Ereignisse sie sicherlich unvorbereitet getroffen hatte.

»Ich kenne ihn ja gut und wollte ihn mit unseren Vermutungen konfrontieren. Aber seine Leute sagten mir, er sei nicht zu Hause.«

»Nein.« Er war zu der Zeit schon im Mamertinischen Gefängnis, tot. Jetzt sah Titus zu mir herüber. »Und warum sind Sie zu ihm gegangen, Falco?«

»Ich wollte zur Stelle sein, falls der Mann grob werden würde.«

Er lächelte und wandte sich wieder an Helena; sie hatte sich so schnell zu mir umgedreht, daß die getriebenen Goldplättchen ihrer Ohrringe in klangvollem Rieseln erzitterten. Ich übersah ihren vorwurfsvollen Blick und war bereit einzuschreiten, falls Titus zu weit gehen würde.

»Das Testament von Pertinax hat einen Nachtrag«, verkündete er jetzt. »Dieser Vorschlag wurde erst gestern geschrieben, vor neuen Zeugen. Das verlangt nach einer Erklärung.«

»Ich weiß davon nichts«, sagte Helena.

»Ist das nötig, Cäsar?« unterbrach ich vorsichtig. Sein Kinn schob sich noch weiter nach vorn, aber ich ließ nicht locker. »Ich bitte um Verzeihung, aber eine Frau vor Gericht darf erwarten, daß ein Freund für sie spricht.«

»Ich denke, Helena Justina kann für sich selbst sprechen!«

»Allerdings, das kann sie!« entgegnete ich mit leichtem Grinsen. »Vielleicht sollten Sie gerade deshalb lieber mit mir verhandeln!«

Sie saß schweigend da, wie es einer Frau geziemt, wenn Männer über sie sprechen. Ihre Augen ruhten auf mir, und mir gefiel das. Der jugendliche Cäsar schien weniger entzückt.

»Ihre Dame steht nicht vor Gericht«, meinte Titus ruhig, aber ich sah, daß ich ihn gebremst hatte. »Falco, ich dachte, Sie würden für uns arbeiten! Bezahlen wir etwa nicht genug?« Einem Mann, dessen Herz für die schönste Frau der Welt entbrannt ist, muß man gelegentlich romantische Anwandlungen wohl nachsehen.

»Offen gesagt, Ihre Honorare sind eher bescheiden«, antwortete ich, ohne mit der Wimper zu zucken.
Er lächelte. Jeder wußte, daß Vespasian knausrig war.
»Leider ist der neue Kaiser bekannt dafür! Er braucht vierhundert Millionen Sesterzen, um das Reich zu neuem Wohlstand zu führen, und auf seiner Prioritätenliste stehen Sie irgendwo zwischen dem Wiederaufbau des Jupitertempels und der Trockenlegung des großen Teiches in Neros Goldenem Haus. Er wird erleichtert sein, wenn er hört, daß Helena Justina Sie vor dem Hungertod bewahrt! Nun denn, Didius Falco, so will ich Ihnen als ihrem Freund vor Gericht mitteilen, daß Helena von ihrem früheren Mann ein recht ungewöhnliches Erbe hinterlassen worden ist.«
»Nach meinen Erfahrungen ist alles, was diese Eiterbeule irgendwo hinterläßt, ungewöhnlich. Worum handelt es sich denn?«
Titus nagte an seinem Daumen.
»Um den Inhalt eines Gewürzlagers in der Granatgasse.«

Kapitel 43

Ich ließ mir meine Erregung nicht anmerken und überlegte rasch.

»Was mag er sich dabei gedacht haben, Cäsar?«

»Ich habe Männer losgeschickt, die das herausfinden sollten.«

»Und was haben Sie gefunden?«

»Nichts, was uns interessiert, aber die Dame wird dort eine Vorratskammer voller Gewürze und so viel Parfüm finden, daß sie an jedem Tag ihres Lebens wie Kleopatra darin baden kann.« Er wandte sich ihr zu und fragte in verändertem Ton: »Helena Justina, überrascht Sie dieses Vermächtnis? Pertinax hatte keine Angehörigen, außer seinem Adoptivvater; vielleicht hat er Ihnen aus der Zeit Ihrer Ehe doch seine Zuneigung bewahrt.«

Es überraschte sie tatsächlich. Ich verhielt mich still; zur Lösung der Frage, ob Pertinax noch etwas für sie empfunden hatte – oder ob sie sich das wünschte –, konnte ich nichts beitragen. Aber Titus ließ nicht locker.

»Der Besitz eines Verräters fällt für gewöhnlich an den Staat – aber in Anerkennung Ihres Beistandes wünscht mein Vater, daß Sie dieses Erbe antreten. Zu gegebener Zeit werden Sie Zugang erhalten –«

Sie runzelte die Stirn. Ich hätte gerne erlebt, wie Helena zur Abwechslung mal einen Cäsar abkanzelte – statt immer nur mich. Aber ich gab ihr einen vernünftigen Rat: »Helena Justina, Sie sollten Titus Cäsar jetzt von den Leuten berichten, die in das

Haus Ihres Mannes kamen und über die wir in Massilia gesprochen haben.« Bei dem Namen Massilia verkrampfe sich in mir etwas, und ich versuchte, nicht an den Fehler zu denken, den ich im Gasthof dort gemacht hatte. Helena nahm meinen Vorschlag so gleichgültig auf wie immer.
In ihrer direkten Art wiederholte sie die Geschichte für Titus. Er verlangte Namen; sie zählte sie auf. Diesmal behielt ich einige im Gedächtnis, obwohl sie mir immer noch nichts sagten: Aufidius Crispus, Curtius Gordianus, Gordianus' Bruder Longinus, Faustus Ferentinus, Cornelius Gracilis ...
Titus griff hastig nach einem Notizbuch und machte sich in Kurzschrift ein paar Notizen – es war ihm offenbar zu umständlich oder zu gefährlich, einen Sekretär herbeizurufen. Außerdem war er bekannt dafür, daß er schnell stenographieren konnte.
Während er die Namen noch einmal überflog, fragte ich: »Ist es indiskret zu fragen, ob Ihr Bruder vernommen worden ist?«
Er antwortete mir kühl: »Es gibt keine triftigen Beweise für einen Verdacht gegen Domitian.« Er war Anwalt gewesen, und dies hier war die Antwort eines Anwalts. Aber plötzlich wurde er unruhig. »Wissen Sie, warum ich so rasch nach Rom gekommen bin? Gerüchte!« brach es aus ihm hervor. »Ich hatte an der Weihefeier für den Apis-Stier in Memphis teilgenommen. Dabei wurde ich – wie es zum Ritual gehört – mit einem Diadem gekrönt. Aber Rom glaubt, ich hätte mich zum Kaiser im Osten aufgeworfen!«
»Nach dem, was ich heute nachmittag bei meinem Barbier gehört habe, hatte sogar Ihr Vater seine Zweifel.«
»Da hätte Ihr Barbier sehen sollen, wie ich gestern in den Palast gestürmt kam und rief: *Vater, da bin ich!* Und was meinen Bruder angeht: Im Bürgerkrieg wäre er auf dem Kapitol beinahe ums Leben gekommen, als der Jupitertempel über ihm in Flammen stand. Mein Onkel, der ihn in politischen Dingen beraten sollte, war gerade von den Anhängern des Vitellius ermordet worden.

Mit achtzehn Jahren, ohne jede politische Erfahrung, stellte Domitian plötzlich fest, daß er in Rom den Kaiser vertreten sollte. Das kam für ihn völlig unerwartet. Er traf Entscheidungen, die dumm waren, und heute weiß er das selbst. Niemand kann von mir verlangen, daß ich meinen Bruder verurteile, bloß weil er noch so jung ist!«
Ich fand Helenas Blick; wir schwiegen beide.

Titus massierte sich die Stirn.
»Was hört man bei Ihrem Barbier denn über diese Verwicklungen, Falco?«
»Daß Ihr Vater Untreue nicht ausstehen kann, daß er aber immer auf Sie hört. Daß Vespasian in Alexandria völlig außer sich geriet, als er von der Absicht Ihres Bruders erfuhr, sich an der Revolte gegen Vespasian in Germanien zu beteiligen, daß Sie ihn jedoch dazu bewogen, Nachsicht gegen Domitian zu üben.« Da er dies nicht bestritt, fügte ich noch hinzu: »Sie werden bemerken, daß ich mir meinen Barbier nach der Zuverlässigkeit der dort erhältlichen Informationen aussuche!« Helena Justina machte ein betrübtes Gesicht – wegen meiner verschwundenen Locken, so glaubte ich. Ich bemühte mich, sie nicht anzusehen. »Und was jetzt, Cäsar?«
Titus seufzte. »Mein Vater hat den Senat gebeten, ihm einen feierlichen Triumph zu gewähren. Wir werden die Eroberung Jerusalems mit dem großartigsten Umzug feiern, den Rom je erlebt hat. Wenn Sie Kinder haben, nehmen Sie sie mit; so etwas werden sie ihr Lebtag nicht wieder zu sehen bekommen. Das wird unser Geschenk an die Stadt – und ich möchte behaupten, von da an wird die Zukunft des flavischen Herrscherhauses gesichert sein.«
Es war Helena, die die Situation richtig einschätzte. »Seine beiden erwachsenen Söhne sind etwas, das Ihrem Vater als Kaiser besondere Anziehungskraft verleiht. Die Flavier verheißen Rom auf lange Sicht Stabilität, und deshalb müssen Sie

beide, Sie selbst und Domitian, in der Parade mitreiten. Alles muß harmonisch wirken –«
Titus ging nicht darauf ein. »Ende dieser Woche wird die Stellung meines Vaters gefestigt sein. Falco, bei *meinem* Barbier hört man nämlich, daß sich von nun an weder die Prätorianer noch mein Bruder weiter am Widerstand gegen meinen Vater beteiligen werden. Diese Leute wollen nur noch die Drahtzieher aufstöbern und im übrigen nicht mehr an das Vergangene rühren. Und jetzt, da ich diese Leute in Händen halte, neige ich dazu, sie untereinander abrechnen zu lassen –«
Ich sah ihn lange an und sagte dann in spöttischem Ton: »*Sie* gehen also zum Barbier, um sich das Haar schneiden zu lassen!«
Das dichte Lockenhaar von Titus Cäsar war so weit gestutzt, daß er unter seinem goldenen Lorbeerkranz intelligent aussah, aber immer noch so lang, daß die Pracht seiner Locken zur Geltung kam. Ich hasse gutaussehende Männer, vor allem dann, wenn sie sich ständig nach der Frau umsehen, mit der ich gekommen bin.
»Was soll das heißen, Falco?« fragte Titus und klang nicht belustigt.
»Nach seinen Informationen zu urteilen, ist Ihr Barbier ein Spitzbube!«
»*Falco!*«
Das war Helena, die versuchte, mich vor einem erneuten Fauxpas zu retten, aber ich ließ nicht locker.
»Aus zwei Gründen hat er unrecht, und der Umstand, daß gewisse Leute es für nötig hielten, Pertinax zum Schweigen zu bringen, sollte Sie von der Richtigkeit dieser These überzeugen.«
Mit einer sanften Geste ermunterte mich Titus, fortzufahren.
»Cäsar, wir können es uns nicht leisten, diese Verräter laufen zu lassen. Auch wenn Triferus sie betrügt, haben sie große Mengen von kaiserlichem Silber beiseite geschafft, das Ihr Vater dringend braucht. Der andere Grund ist, mit Verlaub, eine kluge,

blonde, dem Kaiser treu ergebene Sechzehnjährige mit Namen Sosia Camillina.«
Helena Justina sah mich so beharrlich an, daß mir ganz merkwürdig zumute wurde. Aber ich ließ mich von beiden nicht beirren.
Titus Cäsar fuhr sich mit beiden Händen durch das gepflegte Haar.
»Sie haben vollkommen recht. Mein Barbier ist ein Spitzbube«, sagte er.

Er sah mich einen Moment lang an.
»Man unterschätzt Sie, Falco.«
»Man hat auch Vespasian sechzig Jahre lang unterschätzt!«
»Einige Dummköpfe tun das noch immer. Ich will Ihnen jetzt seine Anweisungen weitergeben.«
Sie hatten versucht, mich einzuwickeln. Titus wollte mich beiseite schieben und hätte am liebsten die Untersuchungen gegen Domitian einschlafen lassen, aber ich sah, daß er eine Rede vorbereitet hatte für den Fall, daß dieser Versuch scheiterte. Mit ernster Miene beugte er sich vor.
»Lassen Sie bei Ihren Untersuchungen den Namen meines Bruders aus dem Spiel. Finden Sie das Silber – und den Mörder dieses unschuldigen Mädchens. Und vor allem: Finden Sie den Mann, der das alles geplant hat.«
Ich erkundigte mich nach der Möglichkeit einer Honorarerhöhung; er erklärte, für dieselbe Untersuchung würde auch dasselbe Honorar gezahlt. Als Verfechter logischen Denkens, der ich seit jeher war, stimmte ich zu.
»Aber Domitian kann ich nicht auslassen –«
»Sie müssen«, erwiderte Titus barsch.
Plötzlich raschelte der Vorhang hinter uns. Ich wollte mich gerade umdrehen und sehen, wer da hereingekommen war, als der unangemeldete Besucher eine Melodie zu pfeifen begann, die ich sofort erkannte.

Es war ein Liedchen über Vespasian, über Titus, über Berenike. Die Soldaten sangen es leise und lüstern gegen Ende der Nacht. Sie sangen es in Kneipen und Bordellen, mit Neid und mit Zustimmung, aber mir war noch nie ein Soldat begegnet, der gewagt hätte, es hier im Palast zu wiederholen. Der Text lautete so:

Ja, der Alte – lächelte!
Und der Junge – lächelte!
Doch die Judenkönigin
Hatte nur die eine Qual
Nämlich die der Wahl
Als der Alte
Und der Junge – lächelten!

Nur einer konnte es wagen, in Gegenwart eines Cäsars in dieser unverschämten Weise zu pfeifen: ein anderer Cäsar. Vespasian führte den Vorsitz bei seinem Bankett. Also wußte ich, wer der unangemeldete Besucher sein mußte.
Domitian, der jüngere Bruder von Titus Cäsar: der kaiserliche Playboy, der in unsere Verschwörung verwickelt war.

Kapitel 44

»Muß ein interessanter Wettstreit gewesen sein, Bruder!«
»Das Leben besteht nicht nur aus Wettstreit«, meinte Titus gelassen.

Auf Domitian schien der Ehrentitel Cäsar nicht recht zu passen. Er besaß die Locken der Familie, das kantige Flavier-Kinn, den Stiernacken, die breiten Schultern, den stämmigen Körper. Trotzdem wirkte er nicht überzeugend. Er war zehn Jahre jünger als Titus, was sowohl seinen Unmut gegen den älteren als auch dessen Nachsicht gegen den jüngeren Bruder erklärte. Mit seinen zwanzig Jahren hatte er noch sanfte, engelhafte Gesichtszüge.
»Entschuldigung!« rief er. Mein erster Eindruck war, daß auch er über die entwaffnende Direktheit seines Bruders verfügte. Doch dann schien mir, daß er ein guter Schauspieler sei. »Worum geht es – Staatsaffären?« Ich mußte daran denken, wie schnell der kaiserliche Papa der politischen Rolle, die Domitian gespielt hatte, ein Ende gemacht hatte.
»Dies ist Didius Falco«, erklärte ihm Titus im Ton des Generals. »Verwandt mit einem Dekurio aus meiner Legion in Judäa.«
Erst in diesem Augenblick wurde mir klar, daß ich diesen Auftrag meinem großen Bruder zu verdanken hatte. Vespasian und Titus kannten Festus, und deshalb hatten sie Vertrauen zu mir. Nicht zum erstenmal in meinem Leben betrachtete ich meinen Bruder mit gemischten Gefühlen. Nicht zum erstenmal

in meinem Leben hatte ich das scheußliche Gefühl, schwer von Begriff zu sein.
So, als wäre alles vorher arrangiert worden, überreichte mir jetzt ein Diener einen Beutel voller Münzen, den ich kaum heben konnte. »Das ist mein persönliches Geschenk als Befehlshaber der Fünfzehnten Legion Apollinaris für Ihre Mutter«, erklärte Titus. »Eine kleine Entschädigung für die Unterstützung, die sie verloren hat. Uns beiden war Didius Festus unersetzlich.«
»Kannten Sie ihn?« fragte ich – nicht weil ich es unbedingt hören wollte, aber wenn ich meiner Mutter diesen ganzen Quark mit Goldrand erzählte, würde sie mich danach fragen.
»Er war einer meiner Soldaten; und ich war immer bestrebt, jeden von ihnen zu kennen.«
Domitian brach in ein Lachen aus, das echt klang: »Wir beide haben wirklich Glück, Didius Falco, daß unsere Brüder so hohes und verdientes Ansehen genießen!«
In diesem Augenblick bewies er alle Vorzüge des flavischen Hauses: Anmut, Intelligenz, Witz. Er hätte ebensogut Staatsmann sein können wie sein Vater oder sein Bruder – und manchmal gelang es ihm auch, diese Rolle zu spielen. Vespasian hatte seine Talente gleichmäßig verteilt; aber nur einer seiner Söhne handhabte sie mit wirklich sicherem Griff.
Titus beendete unsere Unterredung. »Sagen Sie Ihrer Mutter, sie kann stolz sein, Falco.«
Es gelang mir, die Ruhe zu bewahren.
Als ich mich zum Gehen wandte, trat Domitian zu mir. »Wer ist die Dame?« fragte er, als sich Helena unter Goldfunkeln und Seidenrascheln erhob. Wie schamlose Hände wanderten seine Blicke über ihre Gestalt.
Ich spürte ihr Unbehagen und wurde so wütend, daß ich nur zurückgab: *»Die frühere Frau eines toten Ädilen namens Atius Pertinax.«*
Ich sah das ängstliche Flackern in seinen Augen, als dieser Name fiel.

Titus war zu uns getreten und stellte seinen Bruder nun ebenfalls auf die Probe: »Der Ädil hat seiner Frau ein merkwürdiges Erbe hinterlassen. Und nun ist dieser Glücksritter hier ständig hinter ihr her und kümmert sich um ihre Interessen ...«
Domitian zeigte keine weiteren Anzeichen von Nervosität. Mit den halb geschlossenen Augen eines sehr jungen Mannes, der sich im Bett für unwiderstehlich hält, küßte er Helenas Hand. Sie sah ihm mit versteinerter Miene zu. Titus trat dazwischen und küßte mit beneidenswerter Gewandtheit ihre Wange, als wäre sie eine Verwandte. Ich ließ ihn gewähren. Wenn sie wollte, konnte sie ihm selbst Einhalt gebieten.
Ich hoffte bloß, daß ihr klar war, wie altmodisch und sabinisch die Verhältnisse waren, aus denen die beiden kamen. Ohne ihren Purpur waren sie zwei ganz gewöhnliche Provinzler: knauserige, arbeitsbesessene Leute, willfährige Befehlsempfänger ihrer Frauen. Außerdem hatten beide schon einen Bauch, und keiner von ihnen war so groß wie ich.

Ich ließ Helena allein, um jemanden ausfindig zu machen, der ihre Sänfte herbeischaffen konnte. Das leere Atrium kam mir so riesig vor, daß ich mich ein paarmal um die eigene Achse drehte, um mir einen Überblick zu verschaffen. Aber als ich zurückkehrte, entdeckte ich sie sofort – ein meergrünes Flimmern am Rande eines Springbrunnens. Im Schatten der dreißig Meter hohen Statue, die Nero als Sonnengott darstellte, wirkte sie ängstlich und verschüchtert.
Ein Mann mit den breiten Purpurstreifen der Senatoren redete auf sie ein; einer von der Sorte, denen, auch wenn sie sich zurücklehnen, der Bauch noch über den Gürtel schwabbelt. Dankbar sah sie mir entgegen.
»Wo soll man nach einer Najade suchen, wenn nicht an einem Brunnen? Es dauert einen Augenblick, bis man unsere Sänfte gefunden hat, aber sie kommt –«
Ich pflanzte mich neben ihr auf. Der Herr mit den Streifen blickte

verärgert drein, ich desto munterer. Sie machte uns nicht miteinander bekannt. Ich merkte, wie sie aufatmete, nachdem er gegangen war.
»Ein Freund von Ihnen?«
»Nein. Ich bin mit seiner Frau befreundet!«
»Sie brauchen nur zu nicken, wenn ich verschwinden soll.«
»Vielen Dank!« murmelte sie düster.
Ich setzte mich zu ihr auf den Rand des Brunnenbeckens und brummelte vor mich hin: »Komisch, nach einer Scheidung ist es, als würde die Frau mit einem Schild um den Hals herumlaufen, auf dem nur ein Wort steht: ›Verfügbar‹.«
Es war einer jener seltenen Augenblicke, in denen sie mich etwas von ihrer inneren Anspannung ahnen ließ.
»Ist denn das üblich? Ich komme mir langsam schon fast verschroben vor!« Ich sah ihre Sänfte kommen, deshalb lächelte ich nur. »Didius Falco, würden Sie mich bitte nach Hause begleiten?«
»Aber gern! Rom bei Nacht! Ist denn in Ihrer Sänfte überhaupt noch Platz für mich und meinen Goldsack?«
Das Abendessen bei den Cäsaren hatte mich übermütig gemacht. Aber sie nickte einfach und sagte den Trägern, daß ich mitkommen würde.
Wir zwängten uns hinein und setzten uns schräg, so daß unsere Knie nicht aneinanderstießen. Die Träger zogen los, an der Nordseite des Palatin hinab. Sie gingen langsam, wegen des zusätzlichen Gewichts. Es war noch nicht ganz dunkel.
Helena Justina machte ein so unglückliches Gesicht, daß ich mir die Bemerkung nicht verkneifen konnte: »Denken Sie nicht an das, was Pertinax geschehen ist!«
»Nein.«
»Und reden Sie sich nicht ein, er habe es bedauert, als Sie sich von ihm scheiden ließen –«
»Nein … Schluß damit, Falco!« Ich lehnte mich zurück in meine Ecke und biß mir auf die Lippe. Sie entschuldigte sich: »Sie sind

so leidenschaftlich, wenn Sie Ratschläge geben! Hatte Ihr Heldenbruder eigentlich eine Frau?«

»Ja, eine Freundin – und ein Kind, von dem er nie erfahren hat.«

»Marcia!« rief sie und fuhr mit veränderter Stimme fort: »Ich hatte gedacht, sie wäre Ihr Kind.«

»Ich habe Ihnen doch gesagt, daß sie es nicht ist!«

»Ja, schon.«

»Ich belüge Sie nicht!«

»Nein. Ich bitte um Verzeihung ... Wer kümmert sich denn jetzt um die beiden?«

»Ich.«

Ich war kurz angebunden und rückte unruhig hin und her, aber das hatte nichts mit unserem Gespräch zu tun. Wir waren schon bis zum Forum gekommen, ehe ich mir ganz sicher war: Verstohlene Schritte folgten uns, in immergleichem, viel zu geringem Abstand.

»Was ist denn, Falco?«

»Wir werden verfolgt. Die ganze Strecke, vom Palast herunter –«

Ich klopfte gegen das Dach und sprang nach draußen, sobald die Sänfte anhielt. Helena Justina war hinter mir, noch bevor ich ihr die Hand reichte. Ich griff nach dem Goldsack meiner Mutter und bugsierte Helena von der Straße herunter in den Eingang der nächstbesten Spelunke, als wäre sie irgendeine gelangweilte Dame der Gesellschaft, die sich von mir gegen Bezahlung die Niederungen des römischen Nachtlebens vorführen ließ.

Im schummrigen Licht des winzigen Vorraums wirkte sie dann so aufgekratzt, daß ich mich fragte, ob sie nicht genau das wollte.

Römischer Schreiber
mit einem Buch aus Wachstäfelchen.

Römische Marktszene:
Der Wildbret-Händler preist einem Kunden seine Waren an.

Eine Händlerin verkauft einem Sklaven Früchte oder Brote.

Bergleute auf dem Weg zur Arbeit. Hinter ihnen, größer, der Arbeitsleiter. Relief aus Andalusien.

Kapitel 45

Über dem Eingang ragte neben einem Begrüßungsspruch der Kopf einer stupsnasigen Venus mit aufgeblasenen Bakken aus der Wand, und darunter kassierte ein riesiger Kerl ein riesiges Eintrittsgeld. Es war ein Bordell. Ich konnte nichts dafür. Jedenfalls waren wir von der Straße herunter; warm und dunkel war es hier drinnen, und Helena fühlte sich in ihrer abgrundtief schlechten Meinung von mir zweifellos bestätigt.

Das Eintrittsgeld mußte ich aus eigener Tasche zahlen. Auch wenn sie meine Klientin war – dafür, daß ich sein zartes Töchterlein an einen derart verruchten Ort brachte, konnte ich den Senator nicht gut zur Kasse bitten.

Die Inhaber dieses Etablissements verdienten einen schmalen Lebensunterhalt mit der Unzucht und ein kleines Vermögen mit Taschendiebstahl und dem Verkauf gestohlener Kleider. Es gab einen einzigen höhlenartigen Raum. An den Seiten war er durch zwischen Holzstangen aufgespannte Felle in kleine Kabinen aufgeteilt, in denen das Rauben, Morden und Betrügen ungestört vor sich gehen konnte. Für die übrigen Spielarten des zwischenmenschlichen Verkehrs stand auch jedes andere dunkle Plätzchen zur Verfügung, soweit es nicht schon besetzt war.

Im Schein der Fackeln, begleitet von Kastagnettengeklapper, lief gerade eine Varietévorstellung. Drei junge Mädchen mit dünnen Armen und unglaublichen Busen tollten auf einer Matte herum und zeigten dabei ein Lächeln, das noch straffer saß als die Lederriemchen, mit denen sie bekleidet waren. Daneben wartete ein Affe – wozu und worauf, darüber will ich hier nicht spekulieren. An den Tischen saßen dunkle Gestalten, die überteuerten Alkohol tranken, mit glasigen Augen der Vorstellung folgten und hin und wieder zusammenhanglose Schreie ausstießen.

Eine kleine, untersetzte Animierdame kam auf uns zu, in einem schulterfreien lila Gazekleid, das von der Hüfte abwärts geschlitzt war und einen guten Meter Krampfadern sehen ließ. So wie sie in ihrem durchsichtigen Fetzen dastand, wollte ich von ihr nicht mehr, sondern weniger sehen, während sie mit einem letzten Rest von lahmer Lockung in der Stimme fragte: »Willst du mein Tamburin schlagen, Zenturio?«

Ehe ich sie daran hindern konnte, fauchte die Tochter des Senators sie an: »Komm mir bloß nicht in die Quere; Durchlaucht ist mit *mir* hier!«

Jetzt wurde die Frau munterer. (Ich ebenfalls.)

»Oh! Zwei Goldstücke sind das übliche, aber wer sein eigenes Mädchen mitbringt, zahlt vier!« Der Kerl an der Tür hatte mir noch mehr abgenommen, aber er und der Affe wollten vermutlich auch einen Anteil.

»Verdammte Abkoche!« rief Helena. Ich war schockiert.

»Benehmen Sie sich wie eine Dame! Beim Hades, wir wurden verfolgt. Da haben Sie mich ja in einen netten Laden gelockt –«

Eine Phalanx untersetzter Gestalten mit finsteren Absichten schob sich durch den Eingang. Das Protestgeschrei des Türstehers ließ darauf schließen, daß sie keinen Eintritt bezahlt hatten; aber sie wollten auch nicht lange bleiben. Sobald sie uns hatten, würden sie wieder gehen.

Meine Begleiterin fragte ihre neue Freundin: »Der Witzbold muß mal klein – gibt's hier ein …«

»Da drüben hinaus, Schwester –«

»Los Falco, ich zeig's dir!«

Sie zerrte mich quer über die Bühne. Es fiel kaum jemandem auf, und wer es bemerkte, der dachte, wir würden dazugehören – einen lächerlichen Moment lang gehörten wir tatsächlich dazu. Eine sich windende junge Amazone, die gerade die Orientierung verloren hatte, fiel nach hinten, Helena in die Arme; die schob mir das Mädchen zu wie ein unwillkommenes Brötchen. Ich gab ihr einen schmatzenden Kuß, bereute es aber sofort (sie schmeckte nach Schweiß und Knoblauch – was nur erträglich ist, wenn man selbst genauso schmeckt) und packte sie dann fein säuberlich auf den nächstbesten Tisch, wo sie sofort im lüsternen Gedränge einer Gruppe munterer Korsen unterging, die ihr Glück gar nicht fassen konnten. Andere Gäste heulten eifersüchtig auf. Der Tisch fiel um und riß einen Vorhang mit, hinter dem der weiße Hintern eines Bürgers zum Vorschein kam, der wie das volle Antlitz der Mondgöttin in der Luft hing und gerade einem Mädchen des Hauses eifrig eine Schuldigkeit erwies; der arme Kerl erstarrte mitten in der Bewegung, dann verfinsterte sich der Mond. Großes Hallo im Saal. Helena kicherte: »Heil dir und Lebewohl!«

Empörte Matrosen und Schauermänner rappelten sich jetzt hoch, bereit, mit jedem Streit anzufangen, egal warum. Der Affe hatte, während er auf seinen Einsatz wartete, an einem Apfel genagt. Ich schnippte mit den Fingern über seinem Kopf, nahm ihm, als er hochsah, den Apfel weg, holte aus wie ein Speerwerfer und schleuderte die Frucht auf die Bande, die uns bis hierher verfolgt hatte. Mit gefletschten Zähnen sprang der Affe in ihre Mitte und biß jeden, den er erwischen konnte.

Helena Justina hatte eine niedrige Tür gefunden; und bevor ich noch einmal Atem holen konnte, waren wir schon auf der Gasse hinter dem Etablissement. Wir hatten nicht mal etwas getrunken.

Aber man geht ja auch nicht ins Bordell, um zu trinken.

Die Gasse war höchstens einen halben Meter breit. Dunkle

Balkone hingen über unseren Köpfen und verdeckten den Himmel. Es stank wie Löwenpisse, und ich stieß mir das Knie an einer Gemüsekiste. Ich spürte, wie der Matsch unter meinen Sandalen nachgab und mir nach ein paar Schritten kalt zwischen den nackten Zehen hochquoll.

Tapfer humpelte ich weiter, und die Tochter des Senators half mir, indem sie mit ihrer zarten Hand meinen Arm ergriff und mich vor sich herschob.

»Didius Falco, ich wußte ja gar nicht, daß Sie schüchtern sind.«

Ich sah über die Schulter zurück und stieß mühsam hervor: »Und ich wußte nicht, daß Sie es nicht sind!« Bald knirschte unter unseren Schuhen wieder der Basalt einer ordentlich gepflasterten Straße. »Darf ich jetzt, da wir zusammen in einem Bordell waren, Du zu Ihnen sagen?«

»Nein. Aber die Varieté-Vorstellung war phantastisch; schade, daß wir gehen mußten!«

»Ich fand, es war höchste Zeit; dieser ekelhafte Affe warf Ihnen schon sehr merkwürdige Blicke zu.«

»Es war ein Schimpanse«, meinte sie pedantisch. »Und mir kam es so vor, als hätten vor allem Sie es ihm angetan!«

Etwas langsamer stolperten wir weiter, bis wir zu einer größeren Straße kamen. Seit wir den Palast verlassen hatten, war die tagsüber geltende Sperre für den Schwerverkehr aufgehoben, und durch alle Tore von Rom rumpelten und rasselten nun die Lastwagen in die Stadt und auf uns zu; vor dem Quietschen der Achsen und den Flüchen der Fahrer hielten wir uns die Ohren zu. Es war inzwischen stockfinster, außer dort, wo ihre Laternen baumelten. Plötzlich ertönte von irgendwoher Geschrei: Man hatte uns entdeckt. Stämmige Schatten folgten uns. Irgend etwas an der Art, wie sie sich bewegten, überzeugte mich davon, daß es Soldaten waren. Ohne Hast hefteten sie sich uns an die Fersen, waren über die ganze Breite der Straße ausgeschwärmt und zwängten sich zwischen den zahllosen Wagen hindurch wie schwimmende Korken, die sich im ruhigen Auf und Ab der Wellen dem Strand nähern.

»Noch mehr Schläger! Wir fahren besser ein Stück –«

»O Juno!« jammerte Helena. »Falco, bitte kein Wagenrennen über die Sieben Hügel!«

Die Nacht wurde jetzt sehr lebhaft. Die Straßen waren verstopft; überall Staus, Lärm, Stürze. Ich setzte einen Fuß auf die Ladefläche eines langsamen Gefährtes, hangelte mich hoch und zog dann auch Helena herauf. Einen halben Block lang schmiegten wir uns an einen marmornen Grabstein, wechselten dann in einen Wagen mit Viehmist, erkannten, wo wir gelandet waren, gingen hastig wieder von Bord und duckten uns statt dessen wenig später zwischen ein paar Netzen mit Kohlköpfen.

Ich wollte nach Süden kommen, wo ich mich auskannte. Aber jetzt hielt der Kohl-Kutscher an, um Beschimpfungen mit einem Konkurrenten auszutauschen, der seinen Wagen gestreift hatte. Also kletterten wir wieder herunter.

»Vorsicht, Ihre Füße!«

Nur knapp entging ich einem vorüberrollenden Rad. »Danke. Hier geht's lang –« Wir schwangen uns auf einen Rollwagen ohne Seitenwände. »Machen Sie ein Gesicht wie eine Amphore –«

Ich bekam fast einen Lachkrampf, als meine nüchterne Begleiterin gehorsam einen Weinkrug nachahmte und die Hände wie Henkel in die Hüften stemmte, das bleiche Gesicht war der aufgesprungene Gipsverschluß der Amphore.

Sechs Ochsenkarren hinter uns kamen die Schatten immer näher. Zu Fuß würden wir schneller sein. Wieder ließen wir uns auf die Straße gleiten; mit meinen schicken Sandalen landete ich in etwas Weichem, das ein Maultier hinter sich gelassen hatte. Noch immer schleppte ich Mutters Sack mit der Beute von Titus herum und fürchtete schon, ich könnte mich seinetwegen nicht mehr genügend um den Schutz von Helena kümmern. Aber um sie brauchte ich mir keine Sorgen zu machen! Schon hatte ich geglaubt, ich hätte sie verloren, aber während ich noch lauthals schrie, packte sie meine freie Hand und wollte losrennen. Im Lichtschein einer Taverne blitzten ihre Augen. Ich war bis dahin immer der irrigen Meinung gewesen, Helena sei eine ruhige, gesetzte Person. Aber das war Unsinn. Sie wollte sich um keinen Preis unterkriegen lassen und kicherte vor Vergnügen, als sie meinen verblüfften Blick sah. Das brachte mich auch in Schwung.

Die Wagen hatten uns vom Forum über die Via Aurelia hinweg nach Süden gebracht. Jetzt hasteten wir am Circus Maximus entlang nach Osten, bis wir auf gleicher Höhe mit dem Obelisken in der Mitte waren. Als wir uns dem Zwölften Bezirk näherten, hielt ich an. Nach Atem ringend, schoben wir uns in eine schmale Gasse, wo uns niemand sehen konnte. Helena lehnte mit dem Rücken an einer fensterlosen Wand, ich stand vor ihr, einen Arm auf die Wand gestützt, sah mich um und horchte. Nach einiger Zeit ließ ich den Arm sinken und setzte meinen Goldsack vorsichtig auf den Boden. Man hörte nur das dumpfe Stampfen des Straßenlärms jenseits der umliegenden Gebäude, und plötzlich kam es mir hier geradezu friedlich vor. Wir standen in einem Tümpel von Stille: ich, die Tochter des Senators, die Silhouette einer Eule auf einem Dachfirst und der Geruch von alten Bohnenschalen, der aus einem Misthaufen herüberdrang. Für jemanden, der dicke Bohnen mag, wäre es ziemlich romantisch gewesen.

»Die sind wir los!« flüsterte ich. »Macht Ihnen der Ausflug Spaß?«

Sie lachte fast lautlos. »Hundertmal besser als am Brunnen zu sitzen und den Sklavenmädchen beim Häkeln zuzusehen!«

Ich wollte gerade etwas tun – oder jedenfalls sagen –, als sich in der Stille, die ich für meine Worte vorgesehen hatte, ein anderer Halunke zu Wort meldete.

»Herrlich, diese etruskische Kette, meine Liebe! Mit so was auf der Straße herumzulaufen ist gefährlich. Geben Sie den Flitter lieber mir!«

Kapitel 46

Helena Justina trug selten viel Schmuck, aber an diesem Abend hatte sie ihre besten Stücke angelegt. Auch im Dunkeln spürte ich ihre Angst.

»Was soll ich tun?« fragte sie mich leise.

»Tun Sie, was er sagt. Groß ist er nicht, aber bewaffnet.«

Ich hatte in der Schwärze der Nacht einen noch schwärzeren Schatten entdeckt, rechts von mir, zwei Meter entfernt. Die gezückte Klinge ahnte ich nur. Ich schob das Mädchen nach links. Die Stimme lachte verächtlich: »Macht sich den Schwertarm frei – wenn er jetzt bloß ein Schwert hätte! Los, Gnädigste, her mit dem Zeug!«

Hastig löste Helena ihre glitzernden Ohrringe, streifte von jedem Arm einen mit Pantherköpfen verzierten Reif und nahm ihr Diadem aus dem Haar. Sie hatte jetzt die Hände voller Schmuck und bekam deshalb den Verschluß ihrer Halskette nicht auf.

»Lassen Sie mich mal!« sagte ich.

»Viel Übung, wie?« lachte der Dieb.

Er hatte recht; ich hatte schon die eine oder andere Halskette geöffnet. Ich kam damit zurecht. Die Haut an ihrem Hals war geschmeidig und von der Lauferei erhitzt.

Woher ich das weiß? Nur ein Dummkopf nimmt einer Dame die Kette ab, ohne ihren Hals zu streicheln.

»Die dreizehnte Arbeit des Herkules!« antwortete ich höflich und ließ das luftige Goldgeklingel in ihre Hand fallen.

Eine knochige Pfote nahm es ihr ab. Dann knurrte er mich an: »Deinen Ring auch!«
Ich seufzte. Außer diesem Ring hatte ich nie im Leben etwas geerbt, nur Schulden. Ich warf ihm den Siegelring meines Großonkels zu.
»Dankeschön, Falco!«
»Der kennt Sie ja!« Helena klang verärgert.
Wahrscheinlich irgendein Mistkäfer vom Aventin. Aber ich kannte ihn nicht.
»Es gibt viele Leute, die mich kennen, aber nicht viele, die den Siegelring meines Onkels Scaro klauen würden!« Helenas Körper straffte sich, als erwartete sie, daß ich im nächsten Augenblick eine versteckte Waffe ziehen und auf den Schurken losgehen würde. Vespasian ließ zwar, um zu demonstrieren, daß ruhigere Zeiten angebrochen waren, nicht mehr jeden Gast von den Prätorianern durchsuchen, aber so verrückt war ich nicht, mit einem Dolch im Gewande in den Palast zu gehen. Es gab nichts, womit ich auf den Kerl hätte losgehen können.
Aber plötzlich verlor unser Dieb jegliches Interesse an uns. Auch ich horchte in die Runde und wußte sofort, warum. Den Pfiff erkannte ich; der Mistkäfer verschwand und mit ihm seine Beute.
Ein Mann mit einer lodernden Fackel bog um die Ecke.
»Wer da?«
»Ich – Falco!« Ein zweiter war dicht hinter ihm. »Petro, bist du's?«
»Falco? Wir sind hinter Melitus her, diesem Wicht – hat er dir irgendwas abgenommen?«
»Schmuck. Gut, daß ihr gekommen seid; ich hatte nämlich auch noch einen Sack Gold dabei!«
»Die Sache wird weiterverfolgt – *was* hattest du dabei?«
»Einen Sack Gold.«
Während wir sprachen, war Petronius Longus langsam näher gekommen.

Im Schein der Fackel, die sein Begleiter hielt, erblickte er zuletzt auch meine Najade.
»Falco! Das ist ja *Irreführung der Behörden*!« explodierte er. Er packte den Fackelträger am Arm und hielt die Fackel höher, um besser sehen zu können. Von nun an hatte er keine Augen mehr für mich. Helena Justina glitzerte im Licht, schillerte wie ein Opal, die schönen Augen vor Aufregung geweitet – und dann diese herausfordernde Miene und die herrlichsten Schultern im ganzen Bezirk.
Sie war genauso groß wie ich, mein langsamer Freund überragte uns also um zehn Zentimeter. Er war ganz in Braun gekleidet, der hölzerne Amtsstab steckte in seinem Gürtel. Er trug Lederbänder um die Handgelenke, Beinschienen und ein Stirnband um den fast kahlgeschorenen Schädel. Ich wußte, daß er zu Hause mit den Kätzchen der Kinder spielte, aber hier sah er gefährlich aus. Helena trat dicht neben mich; ich nutzte die Gelegenheit und legte ihr einen Arm um die Taille.
Er schüttelte den Kopf, sprachlos vor Staunen. Und dann fragte dieser Blödmann mit Engelsmiene: »Willst du mir weismachen, daß das hier deine runzlige alte Essiggurke ist?«
So ein nachtragender Mistkerl!
Bevor ich mir irgendwelche Ausflüchte einfallen lassen konnte, machte sich Helena von mir los und fauchte: »Aha, damit bin wohl ich gemeint! Sonst behauptet er immer, im Vergleich mit mir sähen die Schlangen auf dem Haupt der Medusa wie ein Topf Angelwürmer aus.«
»Petronius Longus«, schimpfte ich, »für einen ruhigen Mann machst du viel unnötigen Lärm!«

Ich wußte nicht, was ich ihr sagen sollte, also maulte ich ihn an.
»Sie ist eine Senatorentochter –«
»Wie kommst *du* denn an so eine?«
»Habe sie beim Würfeln gewonnen.«

»Beim Donner des Jupiter! Wo ist das Spiel?« fragte er und griff bewundernd ihre Hand.
»Laß sie los! Titus und Domitian Cäsar haben heute abend schon ihre giftigen Spuren auf dem armen Kind hinterlassen –« Voller Freude darüber, einen Freund in der Klemme zu sehen, setzte Petro ein besonders herausforderndes Lächeln auf und küßte meiner Senatorentochter mit jenem übertriebenen Respekt die Hand, mit dem er sonst nur die Vestalinnen über die Via Ostiensis geleitet. Ich wollte dem unbedingt ein Ende machen: »Mars Ultor, Petro! Das ist die Tochter von Camillus –«
»Ich weiß! Wenn sie eine von deinen libyschen Tänzerinnen wäre, hättest du sie längst in irgendein Boudoir gezerrt und flachgelegt!« Er glaubte, ich hätte ihn absichtlich belogen; er war wütend.
»Das mit dem Boudoir gebe ich zu«, zischte ich. »Aber flach nicht unbedingt!«
Petronius wurde nervös. Ich hatte es geahnt; lose Reden sind für ihn eine Sache zwischen Männern. Mit einer schroffen Bewegung ließ er Helena los. Sie war bleich wie Leinen. Mir sank das Herz.
»Herr Hauptmann, bitte geben Sie mir einen Rat. Ich möchte zum Haus meines Vaters. Können Sie mir helfen?«
»Darum kümmere ich mich«, fuhr ich dazwischen.
Helena fuhr herum: »Nein, danke! Was Sie von mir halten, habe ich gehört. Und jetzt will ich Ihnen einmal sagen, was ich von Ihnen halte!« Sie hatte die Stimme gesenkt, doch Petro und ich zuckten trotzdem zusammen. »Sie sind nach Britannien, in den Hades, gegangen und wieder zurückgekehrt; Sie haben mir das Leben gerettet; Sie sind der einzige Mensch in ganz Rom, der zuweilen noch an meine Cousine denkt. Und trotzdem sind Sie ein unflätig daherredender Lümmel voller Vorurteile – von guten Manieren keine Spur, und von gutem Willen erst recht nicht. Für die meisten Dinge, die Sie mir vorwerfen, kann ich gar nichts –«

»Ich werfe Ihnen gar nichts vor –«
»*Alles* werfen Sie mir vor!« Sie war wunderbar. Ich konnte gar nicht begreifen, daß ich jemals anders darüber gedacht hatte. (Aber jeder kann sich mal irren.) »Und eines, Didius Falco, werde ich bis ans Ende meiner Tage bedauern: daß ich Sie nicht in den Rhodanus habe fallen lassen, als die Gelegenheit da war!«
Sie war so wütend, daß ich einfach nicht mehr an mich halten konnte. Ich lehnte mich gegen die Mauer und lachte, bis ich nicht mehr konnte.
Petronius Longus starrte mit verlegener Miene auf die Mauer über unseren Köpfen und meinte trocken: »Und wenn Sie außerdem bedenken, daß Falco selbst beim Militär nie schwimmen gelernt hat, Verehrteste!«
Sie wurde noch bleicher.

Wir hörten Geschrei, Schritte. Der Posten, der am Eingang der Gasse Wache gehalten hatte, rief etwas. Petronius wurde unruhig.
»Petro, kannst du uns aus dieser Sackgasse heraushelfen?«
»Warum nicht?« Er zuckte mit den Achseln. »Los, wir wechseln die Stellung –« Er blieb stehen. »Meine Dame, wenn Sie mir bitte folgen wollen –«
»Finger weg, Petro«, fuhr ich ihn an. »Die Prinzessin ist mit mir hier.«
»Sie können ihm ruhig vertrauen«, bemerkte er gnädig und lächelte Helena an. »In Krisenzeiten ist er wunderbar!«
»Oh, er ist in allem wunderbar«, meinte Helena resignierend. »Das behauptet er zumindest!«
Dies aus dem Munde einer Senatorentochter zu hören, verblüffte ihn genauso wie mich.

Wir traten aus der Sackgasse auf die laute Hauptstraße hinaus. Sein Posten murmelte etwas. Wir duckten uns und schoben uns wieder zurück. Petronius flüsterte: »Sie sind ausgeschwärmt wie die Honigbienen von Hybla. Mit einem Ablenkungsmanöver könnten wir –«

»– sie vom Fluß weglocken«, stimmte ich zu.

»Aber wenn die Dame dich in den Tiber stößt, mußt du laut schreien; wir wollen alle zusehen können, wie du untergehst! Ach bitte, leihen Sie mir doch mal das da –« Grinsend wickelte Petronius Helena Justina aus dem weißen Umhang, den sie im Freien trug. Dann umhüllte er damit den Kleinsten aus seiner Truppe, der wenig später unter dem Beifall der anderen in den Verkehr hinaustänzelte.

An der Kreuzung der Via Ostiensis stellte Petro mehrere Männer auf, die den Verkehr regeln sollten. Ich wußte, was kommen würde; innerhalb von Sekunden standen alle Räder still. Ich sah einen erhobenen Arm, während Helenas weißer Umhang noch einmal zwischen den Fahrern aufblitzte, die von ihren Sitzen aufgesprungen waren und lauthals fluchten.

In diesem Chaos verdrückten wir uns. Den Goldsack überließ ich Petronius mit der Bitte, ihn meiner Mutter zu bringen. Ich schärfte ihm ein, der ganze Inhalt gehöre ihr, er solle sich also lieber nicht daran vergreifen. Dann trabten wir los, die Straße hinunter, auf der wir gekommen waren. Wir gerieten viel zu weit nach Westen, aber hier an der Flußseite des Aventin, in der Nähe der Probus-Brücke, waren die Straßen ruhiger. An einem Brunnen nahm ich einen hastigen Schluck, wischte meine schmutzigen Schuhe ab und wusch mir die Beine. Zögernd tat Helena das gleiche. Ich half und wusch ihr die Füße wie ein flinker Sklave.

»Danke«, murmelte sie, während ich versuchte, ihre perlenbesetzten Schuhe zu säubern. »Sind wir jetzt in Sicherheit?«

»Nein, wir sind in Rom. Und es ist dunkel. Wenn uns jemand überfällt, erdolcht er uns schon aus Enttäuschung darüber, daß es bei uns nichts mehr zu stehlen gibt.«

»Oh, bitte keine wüsten Szenen!« flehte sie.

Ich sagte nichts.
Ich überlegte, was zu tun war. Wahrscheinlich wurde ihr Haus ebenso überwacht wie meine Wohnung. Hier in der Nähe hatte Helena Justina keine Freunde; alle ihre Bekannten wohnten weiter nördlich. Ich beschloß, sie zu meiner Mutter zu bringen.
»Ist Ihnen eigentlich klar, was hier gespielt wird, Verehrteste?«
Sie las meine Gedanken: »Die Silberschweine sind in der Granatgasse!« Es war die einzige Erklärung für das Vermächtnis, das Pertinax ihr in letzter Minute gemacht hatte. »Sein Name stand in dem Brief, den man uns gestohlen hat; er wußte, daß er in höchster Gefahr schwebte, und er machte den Zusatz zu seinem Testament, um sich an den übrigen Verschwörern zu rächen, falls sie ihn betrogen: um ihnen die Mittel zu entziehen – aber was glaubte er, würde ich mit den Barren tun, wenn ich sie gefunden hätte?«
»Sie dem Kaiser zurückgeben. Sie sind doch eine ehrliche Frau, oder nicht?« fragte ich trocken.
Ich schob ihre Füße in die Schuhe zurück. Wir gingen weiter.
»Falco, warum werden wir verfolgt?«
»Vielleicht eine Überreaktion von Domitian? Titus hat ja angedeutet, daß uns Ihre Erbschaft verdächtig macht. Und vielleicht hat Domitian an der Tür gelauscht, bevor er pfeifend hereinkam. *Was ist denn das?«*
Ich hörte ein Geräusch. Aus dem Nichts tauchte plötzlich eine ganze Horde von Reitern auf. Ein Wagen – mit hohen Seitenwänden für Gartenabfälle – zuckelte an uns vorbei. Zum Glück war er leer. Ich zerrte Helena hinauf und klappte die Rückwand hoch. Wie versteinert lagen wir nebeneinander, während die Reiter vorübersprengten.
Vielleicht war es nur ein Zufall, vielleicht auch nicht.
Seit wir den Palast verlassen hatten, waren zwei Stunden vergangen; die Anspannung machte sich jetzt bemerkbar. Ich spähte hinaus, sah einen Mann auf einem Pferd und stieß, als ich mich duckte, so heftig mit dem Kopf gegen eine Holzkante, daß ich

fast das Bewußtsein verlor, ehe mir klar wurde, daß ich nur die Statue irgendeines uralten Generals gesehen hatte, die um den Lorbeerkranz herum schon grün wurde. Dann ein metallisches Knirschen.
»Dieser Wagen scheint zu wissen, wohin er will«, flüsterte ich.
»Bleiben Sie unten!«
Es war ein arthritischer Wagen, gezogen von einem asthmatischen Pferd und gelenkt vom ältesten Gärtner der Welt; ich vermutete, daß sie nicht sehr weit fahren würden.
Wir hielten uns versteckt, bis wir einen Stall erreichten. Der alte Mann spannte das Pferd aus und stapfte nach Hause. Trotz der Brandgefahr ließ er eine tropfende Kerze zurück. Entweder er war völlig betrunken, oder das Pferd bekam im Dunkeln Angst.
Wir waren allein. Wir waren in Sicherheit. Es gab nur ein Problem: Als wir nach draußen sahen, stellte sich heraus, daß wir uns in einem öffentlichen Park befanden. Der Gitterzaun war zweieinhalb Meter hoch – und beim Weggehen hatte der Mann das Tor abgeschlossen.

»Ich fürchte mich ohne meine Mutter«, flüsterte ich Helena zu.
»Sie müssen über den Zaun klettern und Hilfe holen!«
»Wenn wir nicht hinauskönnen, kann auch niemand herein …«
»Ich gehe doch nicht mit einem Pferd zu Bett!«
»Oh, Falco, ich dachte, Sie hätten Sinn für Abenteuer.«
»Und ich dachte, Sie hätten Sinn und Verstand.«
Wir gingen mit dem Pferd zu Bett.

Kapitel 47

Im Stall neben dem Pferd lag ein Haufen Stroh, von dessen Sauberkeit sich vor uns bereits diverse Zecken und Flöhe überzeugt hatten. Ich breitete meine Toga über alledem aus und entschuldigte mich im Geiste bei Festus. Aber dieser lustige Bruder hätte das Ganze bestimmt als großartigen Witz angesehen. Wäre ich in weniger respektabler Begleitung gewesen, hätte ich vielleicht selbst gekichert.

Ich schnallte mir den Gürtel ab, schleuderte meine Sandalen beiseite, warf mich auf das Stroh und sah zu, wie Helena meine Schuhe sehr ordentlich neben ihre stellte. Sie trat ein paar Schritte zurück und zog sich, während sie mir den Rücken zuwandte, die elfenbeinernen Nadeln aus dem Haar, bückte sich und legte sie in einen ihrer Schuhe. Dabei löste sich das Haar und fiel locker nach hinten. Ich beschloß, die Hand nicht auszustrecken und nicht freundschaftlich daran zu ziehen. Man sollte eine Frau sehr gut kennen, bevor man sie an den Haaren zieht. Sie setzte sich und umschlang ihre Knie. Ohne ihren Umhang war ihr offenbar kalt.

»Kommen sie – aus unserer seltsamen Nationaltracht läßt sich eine hübsche Bettdecke machen. Kommen Sie her und wärmen Sie sich. Pst! Es erfährt doch niemand!« Ich zog sie neben mich und wickelte rasch die langen Enden meiner Toga um uns beide. »Ich war schon immer der Meinung, daß unsere Gründerväter, als sie das hier erfanden, vor allem ein Problem vor Augen hatten: Wie wickelt man Frauen ein …«

Die Tochter des Senators war in meinem zeremoniösen Kokon so gelandet, daß ihr Kopf gleich unter meinem Kinn lag. Sie fror so sehr, daß sie keinen Widerstand leistete. Ein Beben lief durch ihren Körper, dann lag sie steif wie ein Zaunpfahl. Sowie ihr klar geworden war, daß sie ohne größere Anstrengungen nicht mehr entkommen konnte, schlief sie diplomatischerweise auch schon ein. Sie haßt unnötige Aufregung.
Ich lag wach; wahrscheinlich konnte sie hören, wie mein Hirn knirschte, während ich mir noch einmal die Ereignisse dieses Abends durch den Kopf gehen ließ. Ich nahm meine bevorzugte Denkerhaltung ein; ich hatte sie soeben entdeckt: die Wange an den Kopf einer friedlichen Frau geschmiegt; libysche Tänzerinnen zappeln zuviel.
Nachdem Helena eingeschlafen war, entspannte ich mich langsam.
Ich fühlte mich nicht beengt, und trotzdem konnte ich nicht vergessen, daß sie da war. Sie paßte so wunderbar in meine Armbeuge, und wenn ich den Kopf drehte, war da der Duft ihres Haars. Feines, glänzendes Haar, das sich der Brennschere widersetzte und schon bald wieder in sanftere Windungen fiel, als den Zofen vornehmer Damen lieb war. Sie war wieder in Malabathron gehüllt. Ihr Mann, diese Ratte, mußte ihr einen gewaltigen Topf von dem Zeug geschenkt haben – es sei denn, dieses Mädchen, das für jede Überraschung gut war, hob es für mich auf ... (Jeder hat seine Träume.)
Ich war so erschöpft, daß ich mit dem Nachdenken nicht weiterkam, obwohl ich mich so wohl fühlte. Ich schmiegte mich an Helenas duftendes Haar und war nun auch bereit, einzuschlafen. Vielleicht seufzte ich noch einmal langsam und melancholisch, wie ein Mann, der sein Problem trotz angestrengten Nachdenkens nicht gelöst hat. Inzwischen schien es mir völlig natürlich, daß ich hier in einem Strohhaufen lag und Helena Justina im Arm hielt. Und da ich inzwischen nah genug herangerückt war und sie schlief, schien es mir ebenso natürlich, ihr einen behut-

samen Kuß auf die Stirn zu drücken, bevor ich selbst in den Schlaf sank.
Sie regte sich.
Sie war die ganze Zeit wach gewesen.

»Tut mir leid!« M. Didius Falco war etwas verlegen. »Ich dachte, Sie schlafen.«
Ich flüsterte, obwohl es nicht nötig gewesen wäre, denn es war unüberhörbar, daß auch das verdammte Pferd noch hellwach war. In das unablässige Scharren seiner Hufe mischte sich jetzt Helenas skeptisches Gemurmel: »Gehört der Gutenachtkuß auf die Stirn zu den Dienstleistungen, die Ihre Auftraggeberinnen später auf der Rechnung wiederfinden?«
»Mehr konnte ich nicht erreichen«, gab ich zur Antwort. »Aber wenn ich mit einer Dame in einer Gartenhütte lande, ist der Kuß selbstverständlich gratis.«
Die Tochter des Senators stützte sich auf einen Ellbogen und sah mich an. Ich hielt sie noch immer umfaßt und wollte doch nicht wahrhaben, wie sehr die Nähe ihres Körpers in mir brannte.
Mit offenem Haar sah sie anders aus als sonst, und vielleicht war sie es auch. Ich wußte nicht, ob ich es mit einem neuen Menschen zu tun hatte oder mit der Frau, die Helena Justina immer gewesen war. Aber ich wußte, daß mir die Frau von heute abend sehr gefiel.
»Und wie oft kommt so etwas vor, Falco?«
»Nicht oft genug!«
Ich blickte auf und erwartete harte Worte. Aber ihre Miene war überraschend mild. Ich lächelte reumütig. Und als mein Lächeln langsam verblaßte, da beugte sich Helena Justina nach vorn und küßte mich.
Ich schob ihr meine freie Hand ins Haar, um sie nötigenfalls daran zu hindern, wieder wegzurücken, aber sie versuchte es gar nicht. Nach einem Erdzeitalter wonnevoller Ungläubig-

keit fiel mir ein, daß ich irgendwann mal wieder Luft holen mußte.
»Tut mir leid!« sagte sie. Aber es tat ihr genausowenig leid wie mir. Ich wollte sie wieder an mich ziehen, aber sie war schon da.
Bisher waren meine Begegnungen mit Frauen stets durch den strategischen Einsatz von diversen Weinkrügen und allerlei plumpen Scherzen vorbereitet worden, um dann in einem von mir choreographierten Ballett zu kulminieren, in dessen Verlauf ich meine Partnerin in irgendein bereitstehendes Bett pirouettierte. Die Erfahrungen von Didius Falco auf diesem Gebiet waren allerdings weniger reichhaltig und sehr viel weniger interessant, als man aufgrund ständiger Anspielungen vermuten könnte, doch zu meiner Ehre sei gesagt, daß es mir in aller Regel gelang, ein Bett bereitzuhalten.
Jetzt küßte ich, ohne es eigentlich gewollt zu haben, Helena so, wie ich sie schon seit langem – seit wann eigentlich? – hatte küssen wollen. Ihr sanfter Blick ruhte auf mir. Also küßte ich weiter – so, wie ich sie schon in Massilia und in jeder Nacht unserer tausend Meilen hätte küssen sollen –, und sie erwiderte meinen Kuß, bis ich wußte, daß es diesmal keiner von uns für einen Fehler hielt. Ich hielt inne.
»Wir stören das Pferd ...« Eine der ersten Lebensregeln, die der Mann lernt, besagt, daß man einer Frau nie die Wahrheit sagen soll. Aber ihr sagte ich immer die Wahrheit; ich hatte es immer getan und würde es immer tun. »Helena Justina, ich habe es aufgegeben, Frauen zu verführen.« Ich hielt ihr Gesicht zwischen beiden Händen, so daß ihr Haar nicht nach vorn fallen konnte.
Sie sah mich ernst an. »Haben Sie das den Göttern versprochen?«
»Nein – mir selbst.« Für den Fall, daß sie es als Beleidigung auffaßte, küßte ich sie noch einmal.
»Warum erzählen Sie mir das?« Sie fragte nicht, warum ich mir

dieses Versprechen gegeben hatte, und das war gut so, denn ich wußte es selbst nicht.
»Ich möchte, daß Sie mir glauben.«
Helena gab mir einen behutsamen Kuß. Meine Hand suchte ihre Hand; ihre kühlen Finger verwoben sich mit meinen. Einer ihrer nackten Füße freundete sich mit meinem an, und dabei fragte sie: »Wollen Sie dieses Versprechen halten?«
Ohne etwas zu sagen (sie küßte mich gerade schon wieder), schüttelte ich den Kopf, und verschiedene Begleitumstände nötigten mich wenig später, einzugestehen: »Ich glaube, ich kann es gar nicht halten.« Es war lange her, daß ich eine Frau derart heftig begehrt hatte, und fast hatte ich vergessen, wie schmerzhaft körperliches Verlangen sein kann. »Und heute nacht will ich auch nicht ...!«
»Marcus Didius Falco, du verführst mich doch gar nicht«, lächelte Helena Justina und löste mein moralisches Dilemma mit jener Freundlichkeit, die ich an ihr so lange Zeit gar nicht wahrgenommen hatte. »Ich tue, was ich kann, um dich zu verführen!« Daß sie ein freimütiges Mädchen war, hatte ich immer gewußt.
Ich habe nicht die Absicht, zu schildern, was dann geschah. Das ist eine Sache zwischen mir und ihr – und dem Pferd des Gärtners.

Kapitel 48

Es war zwei Stunden vor Sonnenaufgang, und die meisten Menschen in Rom schliefen. Sämtliche Fuhrwerke und Karren hatten sich auf ihre Abstellplätze zurückgezogen. Die Nachtschwärmer waren durch die hinterhältige Finsternis tapfer nach Hause getrottet; Huren und Strichjungen legten neben ihren schnarchenden Freiern ein kurzes Nickerchen ein; in den Palästen und Mietshäusern war kaum noch Licht. Es war so kalt, daß feine Nebelschleier durch die Senken zwischen den Sieben Hügeln zogen, aber als ich aufwachte, war mir warm. Ich spürte, wie mich die kräftige Zuversicht eines Mannes durchrieselte, der zu der Überzeugung gelangt ist, daß das Mädchen in seinen Armen die Frau seines Lebens ist.

Ich blieb ruhig liegen und dachte zurück. Ich betrachtete ihr schlafendes Gesicht, das mir plötzlich so vertraut erschien und im tiefen Schlummer doch seltsam fremd. Ich wußte, ich würde sie nicht halten können und würde sie nie wieder schlafend sehen. Aber der Gedanke, sie gehen zu lassen, war unerträglich.

Sie erwachte und senkte sofort den Blick. Sie war verzagt – nicht wegen dem, was wir getan hatten, sondern weil sie befürchtete, in mir habe sich etwas verändert. Ihre Hand streifte mich an einer etwas privaten Stelle; ich sah, wie sich ihre Augen überrascht weiteten, und wie sie sich wieder beruhigte. Ich lächelte sie an.

»Helena …« Ich studierte ihr verschlossenes Gesicht. Ein Bildhauer hätte vielleicht daran herumgekrittelt, aber in meinen Augen war sie schön. Und wenn Bildhauer ein bißchen Verstand hätten, würden sie sich sowieso einen Beruf suchen, bei dem mehr herausspringt. »Du sagst ja gar nichts?«

Nach einer Weile antwortete sie in ihrer aufrichtigen Art: »So wie letzte Nacht soll es wohl sein, oder?«

Damit hatte sie mir jedenfalls etwas über Pertinax gesagt. Ich antwortete ihr ebenso zurückhaltend.

»Das glaube ich auch.« Und damit hatte ich ihr etwas über mich gesagt, falls sie sich für mein Vorleben interessierte.

Ich begann zu lachen – mit ihr über mich, über das Leben.

»O Helena, Helena! ... Ich habe letzte Nacht ein paar herrliche Dinge über die Frauen erfahren!«

»Und ich über mich!« antwortete sie und legte sich mein Handgelenk vor die Augen. Sie wollte mich nicht sehen lassen, was sie fühlte.

Trotz ihrer Zurückhaltung oder gerade deswegen wollte ich, daß sie mich verstand. »Es ist, wie wenn man eine fremde Sprache erlernt: Man schnappt ein paar Vokabeln auf, eignet sich ein bißchen Grammatik an und einen scheußlichen Akzent, mit dem man sich noch gerade eben verständlich machen kann; jahrelang müht man sich damit ab, und plötzlich, ohne Vorwarnung, gerät alles in Fluß und man begreift, wie es funktioniert –«

»Hör auf, Falco –!« Sie brach ab; sie war mir entglitten.

»Sag doch: Marcus!« bat ich, aber sie schien es kaum zu hören. Sie schwieg. Dann raffte sie sich wieder auf: »Wir brauchen uns doch nichts vorzumachen! Wir haben eine angenehme Art von Zeitvertreib gefunden –« O Jupiter, sie verstummte schon wieder! Doch dann wurde ihre Stimme fester: »Es war wunderbar, letzte Nacht. Du mußt es bemerkt haben. Aber ich sehe doch, was los ist: jeder Fall ein Mädchen, jeder neue Fall ein neues Mädchen –«

Mit bleierner Stimme antwortete ich: »Du bist nicht irgendein Mädchen in irgendeinem Fall!«
»Was bin ich dann?«
»Du bist du!« Ich konnte es ihr nicht sagen.
Ich konnte nicht glauben, daß sie es nicht wußte.

»Wir sollten jetzt gehen.«
Ich haßte die Unnahbarkeit in ihrer Stimme. Und ich wußte, warum – bei allen Göttern, ich wußte es! Anderen gegenüber hatte ich es genauso gemacht. Diese Härte – so unfreundlich, und doch so vernünftig! Ein rascher Abschied, vor lauter Angst, eine Stunde der Leidenschaft könnte zum Vorwand für eine lebenslange qualvolle Gebundenheit werden, die man nie gewollt hatte …
Aber darin bestand ja die Paradoxie. Zum erstenmal in meinem Leben fühlte ich alles, was dazugehörte, alles, was eine Frau sich wünschen mochte. Aber ausgerechnet bei diesem einen entscheidenden Mal konnte Helena es entweder nicht glauben – oder sie wollte sich mir um jeden Preis entziehen. Ich nahm sie fester in die Arme.
»Helena Justina«, begann ich langsam, »was soll ich denn tun? Wenn ich sagen würde, daß ich dich liebe, wäre das für uns beide eine Tragödie. Ich bin unter deiner Würde, und du bist für mich unerreichbar –«
»Ich bin eine Senatorentochter, und du stehst zwei Stufen unter mir. Es ist nicht verboten; aber man wird es auch nicht gestatten –« Sie wollte sich von mir befreien, aber ich ließ sie nicht los.
»Für uns gibt es keine –«
»Mag sein! Du denkst doch genauso über die Welt wie ich. Wir werden tun, was wir tun müssen, aber du darfst nicht an mir zweifeln. Ich habe dich gewollt und sehnsüchtig begehrt; ich habe dich seit langem gewollt – so, wie du mich gewollt hast!«
Ich sah, wie ihr Blick unruhig wurde. Plötzlich hoffte ich und bildete mir ein, sie hätte nicht erst seit der letzten Nacht, son-

dern vielleicht schon seit langem eine bessere Meinung von mir, als ich immer geglaubt hatte. Ich klammerte mich an diese Hoffnung und wußte doch – aber es war mir gleichgültig –, daß ich ein Dummkopf war. »Und jetzt …«

»Jetzt?« wiederholte sie. Ein winziges Lächeln zuckte um ihre Mundwinkel. Mir wurde klar, daß sie auf ein Lächeln von mir antwortete; sie war also doch noch bei mir. Ich kämpfte um ihre Freundschaft und sah, wie sie in die Nähe zurückglitt, die wir in der vergangenen Nacht so unerwartet entdeckt hatten. Ich liebkoste die Stelle an ihrem Nacken, wo ich viele Stunden zuvor den Verschluß ihrer Halskette geöffnet hatte. Diesmal spürte ich, wie ihre Haut unter meiner Berührung bebte. Diesmal wußte ich, daß sie spürte, wie mein Körper sie mit jeder Nervenfaser wahrnahm.

Zum zweiten Mal sagte ich ihr eine Wahrheit, von der sie schon wissen mußte.

»Und jetzt will ich dich noch einmal.«

Kapitel 49

Nachher spürte ich voller Bestürzung, wie sich ihre Spannung, die ich in den Umarmungen der letzten Nacht gar nicht recht wahrgenommen hatte, in einem halben Dutzend Schluchzer löste. *»Marcus!«*

Ich sank in Schlaf, ließ alle meine Sinne fahren, nachdem sie meinen Namen endlich ausgesprochen hatte.

Ich hatte sie Liebste genannt. Jeder Ermittler, der etwas auf sich hält, weiß, daß man so etwas nie tun soll. Aber wir waren in dem Augenblick, als es mir herausrutschte, beide ziemlich beschäftigt gewesen, und ich sagte mir, daß sie es wahrscheinlich gar nicht mitbekommen hatte. Im tiefsten Inneren hoffte ich aber das Gegenteil.

Als das Tor schließlich geöffnet wurde, schlenderten wir an einer Gruppe von Gärtnern vorbei, die uns unter den Schlapphüten auf ihren Holzköpfen verwundert nachstarrten. Dabei war es bestimmt nicht das erste Mal, daß sich ungeladene Gäste in ihrem Reich eingenistet hatten. Bevor ich Helena nach Hause brachte, spendierte ich ihr ein Frühstück, etwas Warmes an einer Bude, einer Würstchenbude. Das Schicksal vergebe mir, aber Sie haben es mit einem Mann zu tun, der einmal in seinem Leben einer Senatorentochter eine Kalbfleischboulette in einem Lorbeerblatt spendiert hat. Das Schicksal vergebe auch der Senatorentochter, denn sie aß die Boulette – *mitten auf der Straße*!

Auch ich aß meine Boulette, aber verschämt, denn meine Mutter hat mir beigebracht, wie man mit Anstand ißt – nämlich drinnen.

Über den Tiber spannte sich der Morgenhimmel, schon stand im Osten eine bleiche Sonne. In unserer ruinierten Abendgarderobe setzten wir uns auf eine Kaimauer und sahen den Bootsleuten auf dem silbrigen Wasser zu. Wir unterhielten uns lang und freundschaftlich über die Frage, ob es ein weiteres Beispiel für meine Vorurteile gegenüber anderen Menschen war, daß ich alle Gärtner für Holzköpfe hielt ... Wunderbare Düfte von getrocknetem Fisch und frischgebackenem Brot umschwebten uns. Ein schöner Tag brach an, obwohl die Luft zwischen den Hütten noch kühl war. Mir war, als würde hier mehr als nur ein schöner Tag anbrechen.

Wir sahen aus wie zwei schauerliche Desperados; so wollte ich sie nicht zu Hause abliefern. Ich fand ein kleines Badehaus, das schon geöffnet hatte. Wir gingen zusammen hinein; außer uns war niemand da. Zu einem horrenden Preis kaufte ich ein Fläschchen Öl, und da nirgendwo eine Badesklavin zu sehen war, rieb ich Helena selbst damit ein. Ihr schien es zu gefallen; daß es mir gefiel, wußte ich. Dann rieb sie mich mit einem Strigil ab, den wir geliehen hatten. Das machte noch mehr Spaß. Später, als wir nebeneinander im Dampfbad saßen, wandte sie sich plötzlich, ohne ein Wort zu sagen, zu mir um. Sie umarmte mich und vergrub ihr Gesicht an meiner Schulter. Keiner sprach. Keiner wollte sprechen. Keiner konnte.

Alles war still, als ich sie nach Hause brachte. Das Schlimmste war, den Portier ihres Vaters, diese taube Nuß, zu wecken, damit er die Dame einließ. Es war der Sklave, der sich am Abend vorher geweigert hatte, mich wiederzuerkennen. Diesmal würde er mich nicht vergessen: Bevor sie ins Haus ging, drehte sich die Tochter des Senators noch einmal rasch um und gab mir einen Kuß auf die Wange.

Von der Porta Capena wanderte ich zum Aventin zurück.

Ich ging, ohne auf meine Schritte zu achten. Erschöpfung und Hochgefühl füllten mich ganz aus. Es kam mir vor, als sei ich in einer Nacht um Jahrzehnte älter geworden. Ich ging wie auf Wolken und sah die Welt mit Wohlgefallen. Trotz aller Müdigkeit spannte sich mein Lächeln von einem Ohr zum anderen.

Petronius trieb sich draußen vor Lenias Wäscherei herum. Er hatte das rote Gesicht eines Menschen, der zu lange in den Dampfschwaden einer Wäscherei herumgestanden hatte. Als ich ihn sah, ergriff mich eine tiefe Zuneigung für ihn, die er nicht verdiente und auch nicht verstanden hätte. Er knuffte mich in den Magen und sah mich scharf an. Aus meinen Beinen war alle Kraft geschwunden, und ich nahm den Stoß mit einem matten Blinzeln hin.

»Marcus?« fragte er unsicher.

»Petro. Danke für deine Hilfe.«

»Gern geschehen. Deine Mutter will mit dir über diesen Goldsack sprechen. Und das hier ist doch deiner, oder?« Er gab mir den Siegelring meines Onkels Scaro.

»Habt ihr diesen Melitus geschnappt?«

»Kein Problem. Wir kennen seine Verstecke. Ich habe auch einiges gefunden, was deiner Klientin gehört – ihren Schmuck. Heute morgen habe ich ihn zu ihrem Haus gebracht; die Leute dort sagten, sie sei nicht da ...« Er geriet ins Stocken.

»Nein. Aber jetzt ist sie da. Ich habe ihr gesagt, wenn du den Schmuck wieder auftreiben kannst, wäre eigentlich eine kleine Belohnung angebracht. Vielleicht etwas Schönes für deine Frau!«

Er starrte mich an. Ich warf ihm einen zärtlichen Blick zu. Was für ein wunderbarer Freund.

»Hör zu, Falco, wegen letzter Nacht –«

»Na ja, Schicksal.«

»*Schicksal!*« brach es aus ihm hervor. »Was für ein Quatsch!« Ein einfacher Mensch, mit einer gesunden Einstellung zum Leben! Es tat ihm in der Seele weh, mich in solchen Schwierig-

keiten zu sehen. (Daß ich in Schwierigkeiten war, erkannte er an meinem lächerlich sanftmütigen Lächeln.) »O Falco, du armer Teufel, was hast du bloß gemacht?«
Lenia kam heraus. Das dumpfe Stampfen aus den Waschbottichen dröhnte hinter ihr her, bis sie die Tür mit dem Hintern zugestoßen hatte. Ihr Leben lang war sie mit riesigen Bündeln schmutziger Wäsche in den Armen herumgelaufen und vollführte diese Bewegung genauso automatisch, wie sie die Tür mit dem Fuß aufstieß. Jetzt hatte sie die Arme frei, aber ihre gefurchte Stirn ließ auf Kopfschmerzen schließen; vermutlich hatte sie gestern mit Smaractus zuviel getrunken. Der Kittel, ewig feucht vom Dampf, klebte ihr an der Haut. Aus irgendeinem Grund gab sie sich in letzter Zeit einen modischen Anstrich und schlang sich dünne Tücher um die Schultern. Sie registrierte meinen Zustand genauso sachlich wie einen Fleck auf einem Bettlaken und meinte dann spöttisch: »Weich wie ein Sahneröllchen; der Dummkopf hat sich mal wieder verliebt.«
»Ist das alles?« fragte Petro. Wie immer, wenn es um eine von meinen Eskapaden ging, schien er nicht recht überzeugt. »Aber das passiert Falco doch jede Woche dreimal.«
Er irrte sich. Jetzt wußte ich es: Bis zu diesem Morgen hatte ich mich noch nie verliebt.
»Oh Petronius, diesmal ist es anders.«
»Witzbold, das sagst du jedesmal!« Petro schüttelte traurig den Kopf.
Ich sah von einem zum anderen, brachte vor Müdigkeit und Erschütterung kein Wort mehr hervor und machte mich auf den Weg nach oben.

Die Liebe! Völlig überraschend hatte sie mich gepackt.
Dabei war ich so gut vorbereitet gewesen. Ich wußte sogar ziemlich genau, was ich zu erwarten hatte. Irgendeine herzlose Göre, hübsch wie Glas und genauso hart. Eine, die mich gar nicht wollte (ich hatte vor zu leiden, schließlich war ich Freizeit-

dichter). Doch das würde mir nichts ausmachen (Verse konnte ich in beliebiger Menge fabrizieren). Irgendein hübsch angemaltes Mädchen oder eine ganze Mädchenriege, bis ich endlich eine fand, deren hartnäckigen Vater ich zu einer Heirat überreden konnte, um anschließend wie jeder treue Staatsbürger in Bequemlichkeit und Langeweile zu versinken ...

Mit Helena würde es nie bequem sein. *Sie* hätte ich ein halbes Leben lang studieren können, ohne mich je zu langweilen. Wäre meine gesellschaftliche Stellung eine andere gewesen, dann hätte ich vielleicht bedauert, daß ich kein halbes Leben mehr übrig hatte.

Ich konnte es mir nicht leisten. Nicht einmal die herzlose Göre. Ein Mann, auf dessen Schultern die Last meines negativen Bankguthabens lag, mußte sich darauf verlegen, reichen Witwen von der älteren, dankbaren Sorte nachzustellen ...

Von alledem war ich, während ich die Treppen hochstieg, fest überzeugt. Erst im vierten Stock änderte ich meine Meinung. Die Liebe war endgültig. Absolut. Eine schreckliche Erleichterung. Ich kehrte um und ging wieder hinunter. Ich betrat einen Parfümladen.

»Was kostet Malabathron?«

Der Parfümier war mit seinem beleidigenden Lächeln wahrscheinlich von Geburt an geschlagen. Er nannte den Preis. Ich hätte es mir gerade eben leisten können, sie an dem Stopfen des Krugs riechen zu lassen. Mit kecker Miene erklärte ich ihm, ich würde es mir noch einmal überlegen, und ging wieder nach Hause.

Lenia sah mich zurückkommen. Ich lächelte versonnen und gab ihr auf diese Weise zu verstehen, daß ich keine Fragen beantworten würde.

Nachdem ich meine Wohnung betreten hatte, stand ich einfach da, bis mir der Einfall kam. Ich ging hinüber ins Schlafzimmer und kramte in meinem Reisegepäck nach dem kleinen Silbernugget aus der Grube von Vebiodunum. Als ich es gefunden hatte, marschierte ich alle sechs Treppen wieder hinunter auf die Straße. Diesmal besuchte ich einen Silberschmied. Der Stolz seiner Kollektion war ein Armband in Filigranarbeit, das rundum mit winzigen Eicheln behängt war. Es entsprach vollkommen dem zurückhaltenden Stil des Schmucks, den ich an ihr gesehen hatte. Ich bewunderte es ausgiebig, hörte den Preis und tat so, als würde ich nun doch lieber Ohrringe nehmen. Nach und nach sah ich mir alles an, bis ich endlich meinen Schatz hervorholte und dem Silberschmied erklärte, was er daraus machen sollte.

»Ich nehme an«, meinte er, »es würde Sie in Verlegenheit bringen, wenn ich Sie fragen würde, woher Sie das haben?«

»Durchaus nicht«, erwiderte ich munter. »Es stammt aus meiner Zeit als Sklave in einer britischen Silbermine.«

»Sehr komisch!« meinte der Schmied.

Ich ging nach Hause.

Wieder begegnete ich Lenia. Sie versuchte gar nicht erst, mir irgendwelche Fragen zu stellen, und ich versuchte nicht zu lächeln.

Aber noch waren nicht alle Probleme gelöst. Den Glühweinkellner hatte ich vor die Tür gesetzt, und meine Mutter kam, um meinen Balkon zu schrubben. Unfreundlich ging sie mit ihrem Mop auf mich los.

Ich lächelte sie an, ein schwerer Fehler.

»Du warst wieder bei einer von deinen Seiltänzerinnen!«

»War ich nicht.« Ich packte den Mop. »Setz dich und trink einen Becher Wein mit mir, dann erzähle ich dir, wie der berühmte Titus Cäsar über deinen glorreichen Sohn spricht.«

Sie setzte sich wirklich, aber von dem Wein wollte sie nichts. Ich berichtete ihr von den lobenden Worten, die Titus für Festus gefunden hatte und trug dabei ziemlich dick auf. Sie hörte zu, ohne daß ich eine Veränderung hätte erkennen können, dann

bat sie doch um einen Schluck Wein. Wir stießen auf Festus an. Sie nippte bloß, wie gewöhnlich, und saß sehr gerade, als würde sie nur trinken, um mir Gesellschaft zu leisten.
Das Gesicht meiner Mutter würde nie altern. Ihre Haut war in den letzten Jahren zwar ein bißchen müde geworden, und als ich aus Britannien zurückkam, schien sie mir kleiner zu sein als vorher. Aber ihre schwarzen Augen würden klar und durchdringend schauen bis an ihr Lebensende. Einmal würde auch dieser Tag kommen, und obwohl ich jetzt soviel Energie darauf verwandte, ihren Zudringlichkeiten zu entgehen, würde mich ihr Tod mit Trostlosigkeit und Verzweiflung erfüllen.
Ich saß da und ließ ihr Zeit, das, was ich gesagt hatte, zu verdauen.
Niemand, nicht einmal seine Freundin, hatte je ein kritisches Wort über Festus fallen lassen. Meine Mutter hatte die Nachricht von seinem Tod empfangen, sie hatte gehört, wie man seine Aufopferung pries, und sich darum gekümmert, daß für Marina und das Kind gesorgt würde (von mir). Die Leute sprachen über ihn; sie sagte kein Wort. Wir alle begriffen, daß sie mit diesem wunderbaren, großartigen Menschen die Stütze ihres Lebens verloren hatte.
Jetzt, da sie mit mir allein war, sprach sie plötzlich aus, was sie dachte. Als ich den Fehler machte, ihn als Helden zu bezeichnen, verhärtete sich ihre Miene. Sie leerte ihren Becher und stellte ihn wütend auf den Tisch zurück.
»Nein, Marcus«, sagte sie, »dein Bruder war ein Idiot!«
Und endlich konnte sie weinen, in meinen Armen, und sie wußte, daß ich das stets auch gedacht hatte.
Von diesem Tag an wurde ich, da mein Vater vermutlich auf Dauer verschwunden bleiben würde, von allen als Familienoberhaupt akzeptiert. Da traf es sich gut, daß ich gerade ein paar Jahrzehnte älter geworden war.

Kapitel 50

Am frühen Nachmittag ging ich noch einmal in die Granatgasse. Nichts hatte sich verändert: Der Schmutz in der Gasse, die Verwahrlosung, selbst die Kanalarbeiter, die verbissen Tröge voller Mörtel in dasselbe Loch wie damals kippten. Um das Lagerhaus war überall Militär postiert. Der Hauptmann verwehrte mir den Zutritt, aber in höflichem Ton, was darauf schließen ließ, daß ihm jemand, dessen Rang er ernst nahm, angekündigt hatte, ich würde vielleicht vorbeikommen.

Ich konnte nun zweierlei tun: Ich konnte mich lächerlich machen und mit einem Strauß roter Nelken die Tür einer bestimmten Frau belagern oder meinen Körper in der Sporthalle stählen. Statt sie zu behelligen, entschied ich mich für den Sport.

Das Trainingszentrum, das ich hin und wieder besuchte, wurde von einem intelligenten Kilikier namens Glaucus geleitet. Es lag zwei Straßen vom Tempel des Castor entfernt, war mit einer privaten Badeanstalt verbunden und zeichnete sich von den meisten anderen Etablissements dadurch aus, daß es dort ehrbar zuging. Glaucus ließ professionelle Gladiatoren ebensowenig herein wie hohlwangige Aristokratenjünglinge, die mit trockener Kehle nach kleinen Jungen schmachteten. Bei ihm konnten liebenswürdige Bürger in angenehmer Atmosphäre dafür sorgen, daß neben dem Geist der Körper nicht zu kurz kam, und sich nachher bei angenehmen Gesprächen in seinem Bad entspannen. Die Handtücher waren sauber, im Säulengang gab es eine kleine Bibliothek, und an einem Stand neben den

Stufen des Portikus bot ein Bäcker ausgezeichnete Kuchen und Torten feil.

Als ich in den Hof für die Ballspiele schlenderte, war Decimus Camillus Verus, Helenas ehrwürdiger Papa, der erste, den ich sah. Er hatte meinen scherzhaft gemeinten Vorschlag mit bemerkenswertem Eifer aufgegriffen und kam jetzt regelmäßig hierher. Die meisten von Glaucus' Besuchern waren jüngere Männer, die noch keinen Bauch angesetzt und auch noch nicht vergessen hatten, wie lange sie auf einen Sandsack eindreschen konnten, ohne ihren Körper zu überfordern. Glaucus war nämlich der Ansicht, daß fünfzigjährige Herrschaften mit rotem Kopf, die auf seinen Stufen ihren letzten Atemzug taten, die übrige Kundschaft entmutigten. Aber ich hatte ihm erklärt, daß der ehrenwerte Decimus gut zahlen würde und daß deshalb die eine oder andere Trainingsstunde im Kurzschwertfechten für einen zahmen Senator vielleicht nicht besonders sinnvoll, aber auf jeden Fall lukrativ sei.

Und hier traf ich ihn nun, meinen Senator. Zuerst kämpften wir eine Runde mit Übungsschwertern, und man konnte schon erkennen, daß er besser wurde. Aber ein gutes Auge würde er wohl nie entwickeln. Immerhin, er zahlte – zwar nicht prompt, doch wer tut das schon? Dafür verschaffte ihm Glaucus ein bißchen Bewegung und sorgte außerdem dafür, daß keine Klinge je versehentlich seine edle Haut ritzte.

Statt zuzugeben, daß wir viel zu erschöpft waren, spielten wir noch ein bißchen Handball und entspannten uns erst danach im Bad. Hier konnten wir uns ohne weiteres treffen. Das Sportzentrum war ein Ort, wo wir trotz des Rangunterschiedes Freunde sein und bleiben konnten, gleichgültig, was aus dem Fall wurde, der uns jetzt beschäftigte. Seine Familie konnte so tun, als wüßte sie nichts davon, und meine glaubte ohnehin schon, ich hätte von gesellschaftlichem Anstand keine Ahnung.

Aber jetzt tauschten wir Neuigkeiten aus. Nachdem wir im Dampfbad unseren Schmutz ausgeschwitzt und ein kurzes Bad im Warmwasserbecken genommen hatten, ruhten wir jetzt auf Liegen, ließen uns die Aufmerksamkeiten der Maniküremädchen gefallen und warteten darauf, daß uns der riesige Masseur drannahm, den Glaucus bei der städtischen Badeanstalt von Tarsus abgeworben hatte. Dieser Masseur war ein guter Mann, mit anderen Worten: Er war schrecklich. Nachher fühlte man sich jedesmal wie ein Knabe nach dem ersten Bordellbesuch, der steif und fest behauptete, er fühle sich ganz wunderbar, und sich doch keineswegs sicher ist.

»Gehen Sie nur zuerst, Senator«, grinste ich. »Ihre Zeit ist wertvoller.«

Aber dann ließ auch er einem anderen den Vortritt.

Der Senator sah erschöpft aus, und als ich ihn fragte, antwortete er zu meiner Überraschung ohne Zögern: »Ich hatte heute morgen eine schreckliche Unterredung mit Sosia Camillinas Mutter – sie ist gerade aus dem Ausland zurückgekehrt und hat die traurige Nachricht erst jetzt erfahren. Falco, wie kommen Sie mit Ihren Ermittlungen voran? Werde ich ihr bald sagen können, daß wir zumindest herausgefunden haben, wer die Tat begangen hat? Wird der Mann, der Sosia getötet hat, je zur Rechenschaft gezogen werden? Die Frau war sehr aufgeregt; sie wollte sogar selbst jemanden einstellen, um den Fall zu lösen.«

»Was mich angeht, so wird sie keinen finden, der es billiger macht.«

»Und was mich und meine Familie angeht«, antwortete der Senator heftig, »so sind wir zwar nicht reich, aber wir tun, was möglich ist!«

»Ich dachte, Sosia hätte ihre Mutter nicht gekannt?« fragte ich ihn.

»Das hat sie auch nicht.« Er schwieg einen Augenblick und fuhr dann fort: »Es war alles sehr unglücklich, und das Verhalten meines Bruders ist nicht zu entschuldigen. Sosias Mutter war eine Frau von Rang, verheiratet, wie Sie sich denken können, und anscheinend hatte sie auch nie den Wunsch, hieran etwas zu ändern. Ihr Mann ist ein ehemaliger Konsul, mit allem, was das bedeutet; schon damals war er prominent. Diese Frau und mein Bruder freundeten sich an, als ihr Mann in diplomatischen Angelegenheiten drei Jahre lang unterwegs war; wegen seiner langen Abwesenheit konnte sie, als sie schwanger wurde, nicht behaupten, das Kind sei von ihm.«

»Und sie hat es trotzdem behalten?«

»Eine Abtreibung lehnte sie ab. Sie stellte sich auf den Standpunkt der Moral.«

»Etwas spät!« sagte ich spöttisch. Der Senator machte ein verlegenes Gesicht. »Und dann haben *Sie* an ihrer Stelle das Kind aufgezogen, in Ihrer Familie?«

»Ja. Mein Bruder war bereit, sie zu adoptieren –« Ich fragte mich, wieviel Druck nötig gewesen war, um Publius diesen Entschluß abzuringen. »Von Zeit zu Zeit berichtete ich der Frau, wie es Sosia ging, und sie ließ sich nicht davon abbringen, mir Geld zu geben, von dem ich ihrer Tochter Geschenke kaufen sollte, aber es schien für beide das beste zu sein, wenn sie einander nicht begegneten. Das macht die Sache jetzt keineswegs einfacher!«

»Was geschah denn heute?«

»Ach … die Arme sagte vieles, woraus ich ihr keinen Vorwurf machen kann. Das Schlimmste war: Sie beschuldigte meine Frau und mich der Nachlässigkeit.«

»Aber das ist doch ungerecht, oder?«

»Das will ich hoffen«, murmelte er und war sich dessen offensichtlich gar nicht sicher. »Julia Justa und ich haben unser Bestes für Sosia getan. Alle meine Angehörigen haben sie innig geliebt. Nach dem Entführungsversuch untersagte meine Frau Sosia, das Haus zu verlassen; wir glaubten, das wäre genug. Was hätten wir denn noch tun sollen? Haben wir etwas falsch gemacht? Aber Sosias Mutter wirft mir vor, wir hätten zugelassen, daß sie in den Straßen herumläuft wie eine Zündholzverkäuferin im transtiberinischen Bezirk …«

Er war niedergeschlagen. Auch mich bedrückte dieses Gespräch sehr, deshalb versuchte ich ihn zu beruhigen und wechselte das Thema, sobald ich konnte.
Ich fragte ihn, ob er aus dem Palast etwas über die Verhaftung der Verschwörer gehört habe. Er sah sich um, ob Lauscher in der Nähe seien (der sicherste Weg, sie herbeizulocken), und senkte die Stimme.
»Titus Cäsar flüsterte, gewisse Herren hätten sich in alle Winde zerstreut!«
Die Heimlichtuerei machte ihm anscheinend Spaß, aber mir half sie nicht weiter.
»Senator, ich muß wissen, wer und wohin.«
Er biß sich auf die Lippe, aber er sagte es mir. Faustus Ferentinus war mit dem Schiff nach Lykien abgereist; er hatte die Stadt ohne Erlaubnis verlassen – Senatoren sind nämlich verpflichtet, in der Stadt zu residieren. Cornelius Gracilis hatte den Kaiser um eine Unterredung gebeten, aber bevor er seinen Termin wahrnehmen konnte, fanden ihn seine Diener tot mit einem Schwert in der Rechten; Selbstmord – so hieß es (er war Linkshänder). Curtius Gordianus und sein Bruder Longinus hatten ganz plötzlich Priesterämter bei einem kleineren Tempel am Ionischen Meer geerbt, und dies war vermutlich eine schwerere Strafe als Verbannung, die unser freundlicher alter Tyrann Vespasian ihnen auferlegt hätte. Aufidius Crispus war unter den Badegästen in Oplontis gesehen worden. Ich konnte mir nicht vorstellen, daß jemand, der über eine private Münzanstalt verfügte, den Hochsommer freiwillig im Gedrängel der Schickeria in den vornehmen Villen am Golf von Neapel über sich ergehen lassen würde.
»Was denken Sie?« fragte Decimus.
»Titus sollte Aufidius beobachten lassen. Oplontis ist nur wenige Tagesreisen von Rom entfernt. Wenn sonst nichts geschieht, fahre ich vielleicht selbst mal hin, aber ich möchte die Stadt nicht verlassen, solange eine Chance besteht, daß wir die Silber-

schweine noch ausfindig machen. Hat Titus in der Granatgasse etwas gefunden?«
Er schüttelte den Kopf. »Meine Tochter wird sehr bald Zugang erhalten.«
Vom Schwimmbecken links neben uns drang ein krachender Platscher herüber, als sich ein Schwimmer mit Übergewicht, aber ohne Eleganz vom Beckenrand in die Fluten stürzte.
»Ich nehme doch an, daß Sie Helena nicht dorthin gehen lassen«, warnte ich ihn. Ich hätte ihren vollständigen Namen verwenden müssen; aber es war zu spät.
»Nein, natürlich nicht. Mein Bruder kann das Lager besichtigen; er wird sie beim Verkauf der Gewürze beraten.«
»Das Gebäude gehört immer noch Marcellus?«
»Hm. Ihm zuliebe wollen wir es rasch ausräumen, obwohl Helena und der alte Marcellus sich gut verstehen. Er betrachtet sie immer noch als seine Schwiegertochter. Und sie ist sehr charmant mit älteren Herren.«
Ich lag auf dem Rücken und versuchte mir den Anschein eines Mannes zu geben, dem Helenas Charme entgangen war.
Ihr Vater sah ebenfalls nachdenklich zur Decke.
»Ich mache mir Sorgen um meine Tochter«, sagte er. Es durchzuckte mich: *Das Pferd hat geplaudert!* »Die Verbindung mit Pertinax war *mein* Fehler; ich nehme an, Sie wissen das. Sie hat mir nie einen Vorwurf daraus gemacht, aber ich werde es mir mein Leben lang vorwerfen.«
»Sie hat sehr hohe Maßstäbe«, sagte ich und schloß die Augen, als sei ich nach dem Bad ein wenig schläfrig. Ich hörte, wie Decimus sich aufstützte, und blickte zu ihm hinüber.
Nachdem ich Helena aus der Nähe studiert hatte, entdeckte ich nun im Gesicht ihres Vaters Ähnlichkeiten, die einem anderen wohl entgangen wären. Das widerspenstig hochgesträubte Haar besaß nur er, aber der Gesichtsausdruck, die Rundung der Backenknochen, das ironische Fältchen im Mundwinkel kannte ich von ihr; und manchmal klang auch ihre Stimme ähnlich wie

seine. Er beobachtete mich mit jenem scharfsinnigen, belustigten Glitzern in den Augen, das mir schon immer an ihm gefallen hatte. Ich war froh, daß ich den Vater mochte, und dankbar, als mir einfiel, daß ich ihn von Anfang an gemocht hatte.

»Hohe Maßstäbe«, wiederholte Decimus Camillus Verus und sah mich prüfend an.

Er seufzte fast unhörbar. »Jedenfalls weiß Helena anscheinend immer, was sie will!«

Er machte sich Sorgen um seine Tochter; ich vermute, er machte sich Sorgen wegen mir.

Es gibt Dinge, die können einfache Bürger gegenüber den Eltern einer hochgeborenen, ehrbaren Dame nicht zur Sprache bringen. Wenn ich einem Senator erklärt hätte, daß jeder Fleck, auf dem seine Tochter gestanden hat, für mich ein geweihter Ort war, hätte ihn das nicht beruhigt.

Zum Glück näherte sich jetzt der Mann aus Tarsus mit einem Handtuch über dem Arm.

Ich ließ Decimus den Vortritt und hoffte, das große Trinkgeld des Senators werde den Riesen mir gegenüber milder stimmen. Vergebens. Es feuerte ihn nur an.

Kapitel 51

An diesem Nachmittag tauchte meine Mutter noch einmal bei mir auf und teilte mir mit, ich müsse den Vorsitz führen, wenn die ganze Familie am nächsten Tag bei Vespasians Triumphzug mit Kind Kegel eine komplette Tribüne mit Beschlag belegte. Ich wußte, was das bedeutete: Sonnenstiche noch und noch, Schwestern, die einander angifteten, müde Knirpse, die in sinnloser Wut herumblökten – so verbringe ich meine Tage am liebsten. Mama selbst wollte sich abseilen und war mit drei alten Freundinnen auf einem ruhigen Balkon verabredet. Zum Trost hatte sie mir eine große Goldbrasse mitgebracht.

»Du hast ja aufgeräumt!« brummelte sie. »Wirst endlich erwachsen, wie?«

»Vielleicht kommt Besuch, bei dem ich Eindruck schinden möchte.«

Der Besuch, den ich mir wünschte, kam aber nicht.

Als meine Mutter hinter mir vorbeiging, wuschelte sie mir durchs Haar und strich es dann wieder glatt. Wenn sie an mir verzweifelte, konnte ich nichts dagegen machen; ich war selbst tief verzweifelt.

Ich setzte mich auf den Balkon und tat so, als würde ich philosophieren. Da hörte ich an der Wohnungstür leichte Schritte. Jemand klopfte und trat ein, ohne abzuwarten. Erwartungsvoll war ich aufgesprungen und sah nun durch die Balkontür zu, wie meine wunderbare Mutter in meinem Zimmer eine junge Frau musterte.

Für meine Mutter war es keine Begegnung von der gewöhnlichen Art. Sie erwartete Fußkettchen aus falschen Korallen und kichernde Konfusion, aber nicht sanften Faltenwurf in gedeckten Farben und diese ernsthaften Augen.
»Guten Tag. Mein Name ist Helena Justina«, erklärte Helena. Sie wußte ihre Gelassenheit zu bewahren, auch meiner Mutter gegenüber, die gerade mit einer Schale Mandelfüllung und einem fünfundzwanzig Zentimeter langen Ausbeinmesser hantiert. »Mein Vater ist Senator Camillus Verus. Mein Dienstmädchen wartet draußen. Ich hatte gehofft, ich könnte etwas mit Didius Falco besprechen; ich bin eine Klientin.«
»Ich bin seine Mutter!« erklärte meine Mutter wie Venus, die mit Schaum an den Füßen ihrem Äneas zu Hilfe kommt. (Allerdings glaube ich nicht, daß der fromme Äneas, dieser unerträgliche Langweiler, jemals in den Genuß von Fischen gekommen ist, die seine liebliche Göttermutter eigenhändig entgrätet und gefüllt hat.)
»Das dachte ich mir«, erwiderte Helena ruhig und freundlich und beäugte das unfertige Abendessen auf dem Tisch, als würde sie gern dazu eingeladen werden. »Sie haben sich einmal meiner Cousine Sosia angenommen; ich freue mich, daß ich Ihnen bei dieser Gelegenheit dafür danken kann.« Dann zog sie ihren Schleier zurecht und verfiel in das demütige Schweigen, das die jüngere Frau, sofern sie Anstand besitzt, gegenüber einer älteren Dame bewahrt.
»Marcus!« kreischte meine Mutter, von so viel Höflichkeit völlig aus der Fassung gebracht. »Kundschaft!«
Lässig schlenderte ich herein.
Meine Mutter ließ den Fischteller verschwinden und verzog sich mit ihrem ausgeprägten Sinn für Diskretion auf den Balkon. Aber ein Opfer war das eigentlich nicht; auch von dort konnte sie lauschen. Ich bot Helena den Klientensessel an, setzte mich an die andere Seite des Tisches und gebärdete mich geschäftsmäßig.

Unsere Blicke begegneten einander. Und schon war es vorbei mit meiner Schauspielerei. Sie versuchte herauszufinden, ob ich froh war, sie zu sehen; ich beäugte sie ebenso vorsichtig. Im nächsten Moment und genau gleichzeitig leuchteten unsere Augen auf: Wir lachten über uns – und saßen dann da, in jenem Schweigen, das alles sagt, und lächelten uns glücklich an.

»Didius Falco, ich möchte mit Ihnen über Ihre Rechnung sprechen.«

Ein Auge auf die Balkontür geheftet, ließ ich meine Hand über den Tisch gleiten und berührte ihre Fingerspitzen. Ein elektrisierender Schauer überlief mich und hinterließ eine Gänsehaut auf meinem Arm.

»Stimmt irgendwas nicht?«

Sie zog ihre Hand zurück und fragte mit echter Empörung: »Was in aller Welt sind *Strittige Posten*? Fünfhundert Sesterzen für etwas, das Sie mit keinem Wort erläutern!«

»Diese Rubrik verwenden manche Buchhalter. Ich gebe Ihnen den Rat: nach Leibeskräften streiten, aber nicht zahlen!« Ich grinste; sie verstand, daß es ein Vorwand war, sie hierherzulocken.

»Hm! Ich werde es mir überlegen! Ob ich vielleicht mal mit Ihrem Buchhalter sprechen sollte?«

»Ich habe keinen Buchhalter. Die Hälfte von diesen Leuten beherrscht die Prozentrechnung nur, soweit es um ihren eigenen Anteil geht, und außerdem löffeln schon genug Leute aus meinem Suppentopf, da braucht es keinen glatzköpfigen phönizischen Rechenkünstler samt skrofulösem Schreiber. Wenn Sie soweit sind, sollten sie lieber direkt mit mir sprechen.«

Ich sah Helena tief in die Augen. Dieser Blick sollte sie an einen Abend erinnern, den sie besser vergaß. Doch bald brach ich ab, denn mein Herz fing jetzt an zu rasen. Ich fühlte mich so schwach, als hätte ich drei Liter Blut verloren.

Die Hände hinter dem Kopf verschränkt, lehnte ich mich zurück und lächelte, weil ich mich darüber freute, sie zu sehen. Darüber freute sie sich und lächelte. Und über dieses Lächeln freute ich mich noch mehr…

Ich mußte dem ein Ende machen. Das Ganze war ein schrecklicher Fehler. Was ich im Leben brauchte, war ein zugängliches Fräulein mit einer Blume hinter dem Ohr, das anfing zu kichern, wenn ich ihr meine Gedichte vorlas. Helena hätte ich niemals aus meinen Dichtungen vorgelesen. Sie hätte sie selbst gelesen und dabei angestrichen, wo die Rechtschreibung nicht stimmte und der Rhythmus: Ich hätte kräftig darüber gemault und es anschließend genauso verändert, wie sie gesagt hätte …

»Da ist noch etwas«, begann sie. Über mein Gesicht breitete sich ein glückliches, wortloses Froschgrinsen. »Der Zoll wird das Lagerhaus in der Granatgasse bald freigeben. Mein Vater will nicht, daß ich hingehe.«

»Die Granatgasse war der Schauplatz eines Mordes, Ihr Vater hat vollkommen recht.«

»Aber ich möchte mich dort unbedingt umsehen –«

»Dann nehmen Sie jemanden mit.«

»Würden Sie mitkommen?«

»Gern. Wann paßt es Ihnen?« Ich sah sie aus großen, verworfenen Augen an, in denen zu lesen stand, daß wir in einem Pfefferlager alle möglichen Dinge tun konnten, die ihre eigene Würze hatten. Helena machte ein strenges Gesicht, und ich räusperte mich. Sie stand auf und wollte gehen.

»Morgen ist der Triumphzug: Gehen Sie hin?«

»Wenn es nach mir ginge, nicht – aber die Familie ruft. Kümmern wir uns danach um Ihr Lagerhaus?«

Ich kletterte hinter meinem Tisch hervor und begleitete sie zum Ausgang. Aus Gründen der Tarnung zog ich die Tür bis auf einen Spalt hinter uns zu. Neue Verwirrung: Draußen auf dem Treppenabsatz wartete ihr Dienstmädchen.

Manche Mädchen verstehen sich darauf, diskret zu verschwinden, wenn ein Mann die schöne Dame, der sie dienen, küssen

will. Aber in gewisser Weise freute mich, daß Helenas Mädchen offenbar nicht damit rechnete, daß ihre Herrin den Wunsch haben könnte, geküßt zu werden. Gleichzeitig fuhr mir der Schreck in die Glieder: Was, wenn die Dame den Wunsch gar nicht mehr hatte?
»Naïssa, geh schon hinunter! Ich komme gleich nach«, befahl ihr Helena mit ruhiger Stimme.

Wir lauschten Naïssas Schritten, bis sie die nächste Treppe erreicht hatten. Keiner von uns sagte ein Wort.
Helena hatte sich mir mit betrübtem Gesicht zugewandt. Ich nahm ihre Hand und küßte sie, trat einen halben Schritt näher und küßte ihre andere Hand. Dann zog ich sie an mich und küßte sie auf beide Wangen. Mit einem Seufzer sank sie in meine Arme, und einen langen Augenblick standen wir reglos da, während die Kümmernisse von uns abfielen, so wie die Blütenblätter einer verblühten Rose auf einen Schlag abfallen. Ich hielt und küßte sie noch immer, während ich sie über den Treppenabsatz bis an die Kante der Stufen führte. Dort ließ ich sie los.
Sie ging nach unten. Ich sah ihr nach, bis sie auf die Straße trat. Fünf Minuten später stand ich immer noch da.
Sie hatte meinen Tag verwandelt.

Ich setzte mich wieder an den Tisch und tat, als wäre nichts. In meinem Gesicht brannte die Stelle, wo mich Helena berührt hatte, bevor sie gegangen war.
Meine Mutter wartete schon. Sie hatte oft genug miterlebt, wie ich wieder hereingeschlendert kam, nachdem ich eine Frau unter allerlei langwierigen Gefühlspantomimen an die Tür gebracht hatte. Sie kamen und gingen und waren keine Gefahr für irgend jemandes Seelenfrieden.
Meine Mutter stapfte zu der Bank gegenüber.
»Das ist sie also!«

Meine Herz machte einen Satz. Ich lachte verlegen. »Woher weißt du das? Kennst du sie?«
»Ich kenne dich!«

Ich reckte das Kinn und sah zur Decke; mit halbem Auge entdeckte ich einen neuen Fleck, wo der Regen hereintropfte. Ich stellte mir vor, wie Helena Justina meiner Mutter erschienen war: die feine Haut, der dezente Schmuck, die guten Manieren, die schon fast an das scheinbar schüchterne Auftreten ihres Vaters erinnerten, während gleichzeitig immer auch jene seltsame Mischung aus Entschlossenheit und boshaftem Humor durchschien. Helena Justina, die Senatorentochter, die mit mir ganz sachlich über Honorare und Lagerhäuser sprach, während ihre Augen von dem Glück sangen, das wir geteilt hatten ... Jeder wußte, daß ich auf der Suche nach einer Frau wie Marina war: einer unkomplizierten Seele mit einem bißchen Verstand und einem hübschen Gesicht, die etwas vom Haushalt verstand und so viele Freundinnen hatte, daß sie mir nicht ständig im Weg war; sogar ich wußte es.
Ich starrte auf den Tisch und spielte mit einem liegengebliebenen Estragonzweig herum.
»Also gut!« meinte meine Mutter herausfordernd. »Soll ich nun Safrankuchen backen oder einen schwarzen Schleier überlegen und im Tempel der Juno jammern? Was wird denn jetzt?«
»Nichts wird«, sagte ich und schlurfte mißmutig auf dem Boden der Tatsachen herum. »Sie hat dir ja gesagt, wer ihr Vater ist. Da ist nichts zu machen.«
Meine Mutter verzog ärgerlich den Mund.
»Mein lieber Marcus! Nachdem ich sie gesehen habe, glaube ich nicht, daß *du* das entscheidest!«
Ich starrte meine Mutter erstaunt an, und sie starrte ziemlich eigenartig zurück.

Kapitel 52

Ich hatte an diesem Abend nichts Besonderes vor und ging zu dem Barbier am Ende unserer Straße. Ich saß auf dem Bürgersteig, während er mir das Kinn schabte. Es gelang mir, dem Liktor eines kleineren Beamten ein Bein zu stellen und dann so zu tun, als wäre es ein Unfall gewesen. Der Liktor hätte sich mit seinem Amtsbeil beinahe kastriert. Ich war stolz auf mich.

Ich würde sie wiedersehen. Wen? Niemanden. Bloß ein Mädchen. Bloß eine Klientin. Vergiß es.

Der Gehilfe des Barbiers tauchte auf und kaute an dem Ende eines lukanischen Würstchens herum. Er war dreizehn und nicht vollends schwachsinnig, aber so, wie er die Wurst aß, schien das für sein Gehirn eine nicht unbeträchtliche Herausforderung zu sein. Die Kinder meiner Schwester Maia nannten ihn Platon.

»Falco! Vor deinem Haus steht eine Dame und sucht nach dir.«

Selten ist ein Mann mit einem spanischen Rasiermesser an der Gurgel so rasch aufgesprungen.

Ich sprang über ein Faß Herzmuscheln, schoß um einen Berg leerer Amphoren herum, stieß mir den Kopf an einem Blumenkorb, der über dem Eingang eines Begräbnisinstituts hing. Drinnen probten gerade die professionellen Klageweiber – aber nicht für eine Totenwache, sondern für den Triumphzug am nächsten Tag, der zum Feiertag erklärt worden war. Jeder Musiker in Rom würde unterwegs sein und die Menschenmas-

sen ablenken, damit die Taschendiebe in Ruhe arbeiten konnten.
Ich sah keine Dame. Wo denn auch? Platon, dieser Schwachkopf, hatte sich geirrt: Es war *Lenia*, die mich sprechen wollte. Lenia, die vor ihrer Wäscherei unruhig auf und ab ging – und ein betretenes Gesicht machte.
Zwanzig Jahre Erfahrung im Ausdenken von Entschuldigungen für abhanden gekommene Untertuniken machen eine niedergeschlagen dreinblickende Wäschereibesitzerin zu einem derart ungewöhnlichen Anblick, daß der Grund für ihren Kummer wahrhaft tragisch sein mußte. Er war es. Zur Feier des kaiserlichen Triumphs plante Lenia eine Tat, deren Verwegenheit an Wahnsinn grenzte: Unsere kräftige Königin der Waschbottiche wollte sich in den Ehestand stürzen.
Wenn mir gegenüber jemand Heiratsabsichten bekundet, verkneife ich mir gewöhnlich den Hinweis darauf, daß er oder sie einen schweren Fehler begeht. Meistens stimmt das zwar, aber wenn alle unpassenden Paarungen in Rom durch den guten Rat fürsorglicher Freunde im Keim erstickt würden, würde es bald keine neue Generation von zivilisierten Menschen geben, die die Barbaren dieser Welt in Schach halten.
»Wer ist der glückliche Bräutigam?«
»Smaractus.«
Ich überlegte kurz und gab Lenia dann den kräftigsten Rat, den ich auf Lager hatte.

Ich halte mich mit meinen Ratschlägen im allgemeinen auch deshalb zurück, weil sie sowieso nicht gehört werden.
»Halt den Mund, Falco«, entgegnete jetzt auch Lenia. »Der Mann hat eine halbe Million Sesterzen!«
Aus mehreren Gründen umflorte bei diesen Worten ein roter Nebel meinen Blick.
»Wenn Smaractus dir das gesagt hat, Mädchen, dann lügt er, garantiert!«

»Sei nicht albern; so etwas hätte ich ihn doch nie gefragt!«
»Na schön, dann kommt es darauf an, wer dich bezirzt hat. Wenn es sein Buchhalter war – der Kerl ist ein Angeber, da mußt du halbieren. Wenn es sein Bankier war – der ist vorsichtig, da mußt du verdoppeln.«
»Keiner von beiden. Du kannst mir glauben, daß ich kein Risiko eingehe; ich habe sein Testament gelesen.«
»Lenia«, seufzte ich. »Eine Frau, die einen Plan hat, schreckt vor nichts zurück!«

Eine strategische Allianz mit meinem bösartigen Vermieter konnte nur Teil eines spekulativen Kalküls von Lenia sein. Er hatte ein Auge auf ihre Wäscherei geworfen, diese kleine, aber zuverlässige Goldgrube. Ihre Aufmerksamkeit galt jedoch seinem stattlichen Immobilienbesitz. Ihr gemeinsames Leben würde durch das scharfe Band der Habgier zusammengehalten, und beide würden Tag für Tag zu den Hausgöttern flehen, der andere möge zuerst sterben.
Auf dieser gesunden Basis halten viele Ehen jahrzehntelang, deshalb wünschte ich ihr alles Gute.
»Er wird hier einziehen, Falco –«
»Ich dachte, er wäre längst eingezogen!«
»Ich will dich nur warnen.«
»Mir egal, auf welchem Baum dieser miese Vogel sein Guano hinterläßt!«
»Ich kann ihn aus der Wäscherei nicht heraushalten. Du solltest lieber dein Paket aus dem Bottich holen, bevor wir heiraten –«
Das erste Silberschwein! Das man auf der Straße gefunden hatte und das Petronius und ich später aus Sosia Camillinas Schließfach gerettet hatten. Ich hatte es ganz vergessen; und alle anderen ebenso ...

Nachdem die starke Lenia es herausgeholt hatte, trocknete mein Schwein bald unter dem Stapel schmutziger Wäsche, den

irgendein heruntergekommener Tempel Woche für Woche hier ablieferte. Während ich den Barren mit dem Umhang eines Priesters abrieb, aus dem der Weihrauch von letzten Donnerstag aufstieg, fragte Lenia: »Hast du gesehen, daß jemand eine Wäscheliste daran gehängt hat?«
Petronius und ich hatten das Seil, das um den Barren geschlungen war, nicht abgenommen; jetzt hing daran ein einzelnes Wachstäfelchen ...
»Oh ihr Götter!«
Noch bevor ich es aus Lenias geschwollener Hand entgegennahm, wußte ich, was es war und von wem. Ich hörte Lenias Stimme, wie sie mir vor sechs Monaten sagte: *»Habe sie in den Bleichbottich pinkeln lassen ... ist dann nach oben, um dir eine Nachricht dazulassen ...* Und Helenas Worte fielen mir ein, als sie an meinem ersten Abend in Britannien so wütend war: *Aber Ihnen, so schrieb sie mir, hat sie es gesagt ...*
Das hatte sie tatsächlich. Sosia Camillina hatte in aller Form eine Namensliste für mich hinterlegt.

Sosia Camillina, Tochter des P. Camillus Meto,
an M. Didius Falco, Privatermittler.
In den Iden des Oktober im zweiten Konsulat des Vespasian
Augustus, seinem ersten als Kaiser
T. Flavius Domitianus
L. Aufidius Crispus
Cn. Atius Pertinax Caprenius Marcellus
Ti. Faustus Plautus Ferentinus
A. Curtius Gordanus
A. Curtius Longinus
Q. Cornelius Gracilis

Ich nenne diese Männer aus Ehrerbietung gegen den
Kaiser und Frömmigkeit gegen die Götter.

Alle standen sie da. Alle? Alle außer einem, so schien es. Über ihrem letzten Satz klaffte eine Lücke. Es sah aus, als hätte Sosia noch einen Namen dort notiert, dann aber mit dem flachen Ende ihres Griffels ausgelöscht, was sie mit dem spitzen soeben geschrieben hatte.

In diesem Fall, so hatte ich Helena einmal gesagt, konnte es keine Treue geben und kein Vertrauen. Sosia Camillina hatte beides besessen. Für ein sechzehnjähriges Mädchen mußte das eine schwere Bürde gewesen sein.

Das Täfelchen bewies allerdings nichts. Sieben Männer, die miteinander bekannt waren; es las sich wie die Gästeliste für eine Abendgesellschaft. Vielleicht hatte Sosia eine solche Liste in einem Haus gefunden, das sie besuchte, vielleicht war diese Liste für einen Hausverwalter bestimmt gewesen. Sosia hatte die Namen sorgfältig abgeschrieben …

Sieben Männer, die vor Gericht erklären konnten, sie hätten nur friedlich miteinander gespeist. Obwohl der eigentliche Zweck ihres Treffens deshalb um keinen Deut weniger finster zu sein brauchte.

Und wer war der Gastgeber bei dieser häßlichen Abendgesellschaft gewesen?

Ich starrte auf die leichte Vertiefung, wo Sosias Griffel anscheinend den letzten Namen gelöscht hatte. Die arme Sosia war durch Verpflichtungen gebunden, die für mich nicht galten. Hätte sie jetzt hier vor mir gestanden, hätte sie mich mit ihren großen, leuchtenden Augen, an die ich mich so lebhaft erinnerte, angesehen, dann hätte ich mit ihr das Schweigen bis ans Ende wahren müssen. Aber sie stand nicht hier, sie war seit langem tot. Und ich war noch immer fest entschlossen, ihren Tod zu rächen.

Eine weitere Person war in diesen Fall verwickelt: jemand, der sich so geschickt unsichtbar zu machen verstand, daß ich die offenkundige Verbindung beinah vorsätzlich übersehen hätte.

Ich dankte Lenia, packte den Barren und schleppte ihn die Treppe hinauf in mein Zimmer. Schon bald kam ich in meiner besten Toga, der von Festus, wieder herunter und machte mich auf den Weg zum Palatin, um dort zu tun, was getan werden mußte.

Kapitel 53

Als ich den Weg zum Palast hinaufstieg, war ich so nervös, daß ich schon glaubte, die Prätorianer würden mich auf der Stelle verhaften. Aber zu meiner Beruhigung konnte ich feststellen, daß die Palastwache zwischen einem echten Mörder und einem aufgeregten, aber ehrlichen Mann offenbar zu unterscheiden wußte. Ich bat um eine Unterredung mit Titus, wurde auch tatsächlich eingelassen und über mehrere Stationen immer weiter nach oben gereicht, bis ich schließlich vor einem hochgewachsenen Sekretär stand, der so aussah, als würde er mit keiner seiner schönen, langen Wimpern zucken, wenn ihn seine Schwiegermutter dabei ertappte, wie er es hinter ihrem Haus mit dem Metzger trieb. Er hörte mich an und pflanzte mich auf einen Schemel, so daß ich meine Toga ordentlich um meinen Schoß raffen konnte, während er in ein inneres Kabinett entschwand.

Titus kam heraus.

Eine großartige Erscheinung. Er hatte seine Uniform als Oberbefehlshaber des Heeres in Judäa angelegt, und dazu eine entsprechend selbstbewußte Miene. Er trug einen verzierten Brustpanzer von heldischen Proportionen, einen wehenden Mantel in sattem Purpur und eine Tunika, die an allen Säumen mit regelmäßig gemusterter Palmblattborte besetzt war. Was ihm an Körpergröße fehlte, machte er durch seine muskulöse Statur wett. Er war bereit, in den Isis-Tempel hinüberzugehen, wo er zusammen mit seinem Vater und seinem Bruder die Nacht

betend verbringen würde, bevor sie morgen als siegreiche römische Generäle zusammen mit ihren Gefangenen und Beutestücken in die Stadt einzogen.
Jetzt kamen mir Zweifel. Mein Klient sah aus, als wolle er für eine der Statuen Modell sitzen, die seinen Ruhm für Tausende von Jahren vergolden würden. Ich glaubte nicht an die Macht des Zeremoniells, aber ich wußte, daß ich den falschen Tag erwischt hatte.
Ich erhob mich. Ich überreichte Titus Sosias Schreibtäfelchen und spürte seinen festen Griff, als er es nahm. Wortlos starrte er auf den Namen Domitian und ließ dann seinen Blick über die anderen gleiten.
»Danke, Falco. Das ist nützlich, aber nichts Neues ...«
Sein Blick schweifte ab, mit seinen Gedanken war er schon bei den Ehrungen von morgen. Dennoch spürte er schließlich meine nervöse Erregung. »Was ist das – Ihrer Meinung nach?«
Ich zeigte auf die ausgelöschte, leere Zeile.
»Die Tochter von Camillus Meto war keine gewandte Schreiberin, Cäsar. Sie schrieb wie ein Schulmädchen und drückte den Griffel zu fest in das Wachs. Ich mußte Ihnen die Liste zeigen, aber wenn Sie einverstanden sind, daß sie dabei zerstört wird« – ich schluckte, denn nur schwer ertrug ich den Verlust von etwas, das mir Sosia Camillina gegeben hatte. »Wenn wir das Wachs vollständig aus dem Rahmen herausschmelzen, könnte sich herausstellen, daß sie auch die Holzunterlage angekratzt hat.«
Unsere Blicke trafen sich.
»Sie meinen, der fehlende Name könnte noch lesbar sein?« Titus fällte Entscheidungen mit der Entschlossenheit eines Generals, der er ja auch war. »Wir haben wenig zu verlieren!«
Er rief den hageren Sekretär wieder herein. Mit hohlem Kreuz und affektierten Gesten hielt dieses Gespenst das Täfelchen schon bald schräg über eine Flamme und ließ das geschmolzene

Wachs in eine Silberschale tröpfeln. Schließlich gab er es Titus mit einer schwungvollen Geste zurück.
Dieser betrachtete die zerkratzte Fläche und gab seinem Sekretär einen Wink, er möge sich entfernen. Einen quälenden Augenblick lang sahen wir einander an, dann sagte Titus ganz ruhig: »Nun, Didius Falco, wie gut sind Sie eigentlich als Ermittler? Wollen Sie mir, bevor ich Ihnen dies hier zeige, sagen, welches Ihrer Meinung nach der fehlende Name ist?«

Ein Militärtribun mit den schmalen Purpurstreifen des zweiten Ranges tänzelte herein, offenbar, um irgend etwas im Zusammenhang mit dem Triumphzug zu klären: leuchtende Augen, erstklassige Stiefel, ein Panzer mit Einlegearbeit, auf Hochglanz poliert, der ganze Junge gebürstet und geschniegelt von den Zehennägeln bis zu den roten Ohrläppchen. Titus würdigte ihn keines Blickes.
»Hinaus!« sagte er gebieterisch und beinah höflich, aber der Tribun nahm Reißaus, ohne sich noch einmal umzusehen.

Wieder war es still im Raum. Titus und ich ... Titus mit dem Täfelchen in der Hand, das ich noch immer nicht gesehen hatte. Mein Mund war trocken. Als Ermittler war ich mittelmäßig (einerseits zu träumerisch, andererseits zu vorsichtig bei dubiosen Aufträgen – die bekanntlich das wirkliche Geld bringen); dennoch war ich nicht schlecht. Ich hatte mir geschworen, mich nie wieder mit der etablierten Macht zu verbünden; und doch diente ich der Stadt und dem Reich auf meine Art. An die Göttlichkeit des Kaisers glaubte ich nicht und würde es niemals tun; ich glaubte an meine Selbstachtung und an mein Honorar. Also sagte ich Titus, welches meiner Meinung nach der fehlende Name war.
»Es muß einer der Brüder Camillus sein, Cäsar. Aber ich bin mir nicht sicher, welcher.«

Kapitel 54

Wir hörten, wie sich draußen eine Eskorte versammelte. Titus ging zur Tür hinüber und sagte etwas. Die Unruhe hörte auf; vor der Tür wurde eine Wache postiert.
Ich hatte ein flaues Gefühl in der Magengrube.

Titus kam zurück, bat mich, Platz zu nehmen, setzte sich neben mich auf die Couch und legte das Täfelchen zwischen uns, die Vorderseite nach unten.
»Dieses arme Mädchen! Ach, Falco – diese bedauernswerte Familie! Aber es muß sein. Bitte sagen Sie mir, wie Sie zu Ihren Schlüssen gekommen sind.«
»Wenn man darüber nachdenkt, scheint es auf grausame Weise offenkundig. Ich komme noch einmal darauf zurück, wie alles begann. Was Sosia Camillina widerfuhr, als das erste Silberschwein in Rom auftauchte, war äußerst bedeutsam; ich habe das immer vermutet. Vielleicht war Atius Pertinax in seiner Position als Ädil des Prätors in der Lage, den Verschwörern zu sagen, wo der Barren versteckt war. Aber inzwischen glaube ich, daß diese das schon wußten – und gewiß war es jemand aus Sosias nächster Umgebung, der wußte, daß sie die Nummer des Schließfaches kannte. Am schnellsten kam man an dieses Schließfach heran, indem man Sosia dorthin bringen ließ – von ein paar finsteren Halunken, um Verwirrung zu stiften und zu verhindern, daß sie irgend jemanden erkannte.«
Titus nickte. »Noch etwas?«

»Ja. Kurz vor ihrem Tod schrieb Sosia ihrer Cousine, sie habe das Haus eines Mannes ausfindig gemacht, der in Verbindung mit ihren Entführern stehe. Ich vermute, in diesem Haus hat sie auch die Liste gefunden. Nun durfte sie zu dieser Zeit, nach dem Entführungsversuch, um ihrer eigenen Sicherheit willen ihr Haus – also das Haus des Senators – nicht verlassen. Ich zweifle allerdings nicht daran, daß sie jederzeit in das Haus ihres Vaters nebenan gehen konnte.« Titus nickte widerstrebend. »Cäsar, seit dem Augenblick, da ich diesen Fall für Sie übernahm, hat jemand alle meine Schritte aus nächster Nähe beobachtet und meine Anstrengungen immer wieder hintertrieben. Als Helena Justina und ich nach monatelanger Abwesenheit aus Britannien zurückkehrten, wußte dieser Jemand so gut Bescheid, daß er uns noch am selben Tag auflauern ließ. Ich hatte tatsächlich von der Porta Ostiensis aus eine Botschaft vorausgeschickt – an ihre Familie.«
»Auf diese Weise ist Ihnen der Brief von Freund Hilaris abhanden gekommen?« Titus lächelte freundlich; das löste der gute Gaius mit seiner pedantischen Arbeitswut aus. Ich lächelte ebenfalls, aber einfach deshalb, weil ich diesen Mann gern hatte.
»Ganz recht. Ich hatte immer angenommen, die beiden Namen, die Flavius Hilaris in seinem Schreiben an Vespasian übermitteln wollte, seien die von Domitian und Pertinax. Er hat es mir jedoch nicht gesagt, ich habe mich geirrt; es ist höchst unwahrscheinlich, daß der Grubenpächter Triferus eine Ahnung hatte von der Beteiligung Ihres Bruders … Pertinax, der Besitzer des Schiffes, muß der eine Name sein, aber Pertinax war früher mit Gaius' Nichte verheiratet. Und mal angenommen, der andere Name war der eines noch engeren Verwandten seiner Frau! Es muß sehr schmerzlich gewesen sein; kein Wunder, daß Flavius Hilaris lieber zur Seite trat und Vespasian entscheiden lassen wollte, was zu tun sei.«
Ohne hierauf einzugehen, fragte Titus mit bedächtiger Stimme:

»Haben Sie je in Erwägung gezogen, daß Hilaris in die Angelegenheit verwickelt sein könnte?«
»Nicht, seit ich ihn kennengelernt habe!« Ich erzählte ihm, wie ich im Scherz zu Hilaris gesagt hatte, in diesem Fall seien ausgerechnet die Staatsbeamten die einzigen ehrlichen Leute. Titus lachte.
»Ehre den Rittern!« rief er und zollte damit der Mittelklasse sein Lob. Dann fügte er, soweit ich das erkennen konnte, vollkommen ernst hinzu: »Sie sollten sich überlegen, ob Sie nicht selbst einen höheren Rang anstreben wollen. Mein Vater ist stets auf der Suche nach guten Leuten.«
Voraussetzung für die Zugehörigkeit zum zweiten Rang ist Grundbesitz im Wert von vierhunderttausend Sesterzen; Titus Cäsar ahnte offenbar nicht, wie lächerlich seine Bemerkung war. In manchen Jahren war das Falco-Einkommen so gering, daß ich Anspruch auf Unterstützung aus der Getreidespende hatte.
Statt auf seinen Scherz einzugehen, wies ich darauf hin, daß Flavius Hilaris seit zwanzig Jahren mit Vespasian befreundet war.
»Falco, leider ist es so, daß sich ein Mann, wenn er Kaiser wird, seine Freunde zweimal ansehen muß.«
»Wenn ein Mann Kaiser wird, sehen ihn sich auch seine Freunde zweimal an!«
Er lachte wieder.

Draußen vor der Tür verstummte das drängende Gemurmel jetzt nicht mehr. Titus starrte vor sich hin.
»Ist Flavius Hilaris gebeten worden, noch einmal zu schreiben?« fragte ich.
»Wir haben ihm mit Signalfeuer eine dringende Botschaft geschickt, aber wegen des Triumphzugs verzögert sich im Augenblick alles. Übermorgen könnten wir eine Antwort haben.«
»Brauchen Sie sie noch?«

Da erst gab er mir Sosias Täfelchen zurück, so daß ich lesen konnte, was darauf stand.
»Leider ja«, sagte Titus.
Auf dem hellen Holz waren zahlreiche Kratzspuren zu sehen; ich hatte richtig vermutet: Sosia war eine ungeübte Schreiberin. Ich konnte deutlich Spuren, Striche, sogar einzelne Buchstaben, über die ganze Seite verteilt, erkennen.
Aber den fehlenden Namen zu entziffern, war unmöglich.

Kapitel 55

Titus Cäsar verschränkte die Arme.

»Im Grunde ändert es nichts. Wir müssen die Antwort eben selbst herausfinden. Haben Sie eine Vermutung, welcher Bruder es sein könnte?«

»Nein, Cäsar. Es könnte der Senator sein, der so erpicht darauf zu sein scheint, Ihrem Vater zu helfen, aber vielleicht nur, weil er so unsere Bemühungen sabotieren kann. Genausogut könnte es sein Bruder sein, der ein enger Vertrauter von Atius Pertinax war. Vielleicht sind sogar beide beteiligt.«

»Falco, seit wann hegen Sie eigentlich all diese Vermutungen?« fragte Titus.

»Cäsar, wenn Ihnen an Spekulationen liegt, hätte ich Ihnen schon vor sechs Monaten eine Liste mit tausend Namen geben können –«

Noch immer hielt er die Arme vor der Brust verschränkt und reckte jetzt das berühmte Flavierkinn nach vorn. »Warum haben Sie die Verwicklung der Familie für sich behalten? Offenbar fühlen Sie sich eng mit ihr verbunden?«

»Nein, Cäsar«, beteuerte ich.

Wir waren nahe an einem hitzigen Wortgefecht. Mich überraschte das nicht; irgendwann hatte ich bisher mit jedem gestritten, der an diesem Fall beteiligt war. Aber Titus mit seiner ausgeprägten sentimentalen Ader brach plötzlich ab. Er warf den Kopf noch weiter zurück und rief mit trauriger Stimme: »Oh, Falco, mir ist das alles so zuwider!«

»Trotzdem«, sagte ich forsch, »werden Sie sich damit befassen müssen.«

Draußen entstand stärkere Bewegung. Ein Tribun, etwas älter als der erste und mit den breiten Purpurstreifen des Senatorenstandes versehen, trat ein. Als er sah, daß Titus und ich die Köpfe zusammengesteckt hatten, blieb er stehen; anscheinend genoß er großes Vertrauen und erwartete keine Zurückweisung. Und offenbar war er der Ansicht, der besondere Tag morgen habe Vorrang vor meinem kleinen Ränkespiel. Seine Beharrlichkeit erinnerte Titus an die eigentliche Tagesordnung.
»Gibt es irgendwelche Probleme, Cäsar? Domitian Cäsar ist schon vorausgeritten, aber Ihr Vater wartet auf Sie.«
»Ja, ich komme.«
Der Tribun wartete. Titus ließ ihn bleiben.

»Wir brauchen Ihre Hilfe, um die übrigen Verschwörer ausfindig zu machen!« Ich zögerte. Ich war den Beteiligten zu nah, als daß ich die Dinge noch klar beurteilen konnte. Mein Widerstreben kam für ihn offenbar nicht unerwartet.
»Cäsar, die Garde kann jetzt übernehmen. Ich möchte Ihnen einen Hauptmann empfehlen, der schon einiges weiß; er heißt Julius Frontinus. Er wurde auf den Fall aufmerksam, als der erste Barren in Rom auftauchte, und hat mir nachher geholfen, die richtige Spur zu finden –«
»Ein Freund?«
»Er ging mit meinem Bruder zur Schule.«
»Aha!«
Wenn man es mit einem Cäsar zu tun hat, geht es unangenehm höflich zu. Schon weckte seine zuvorkommende Art in mir heftige Skrupel. Statt endlich von allem loszukommen, fühlte ich mich hoffnungslos unter Druck.
»Falco, ich kann Sie nicht zwingen, weiterzumachen, aber ich wünsche es mir. Hören Sie, wollen Sie Ihre Entscheidung nicht

bis morgen aufschieben? In den nächsten vierundzwanzig Stunden geschieht sowieso nichts. Ganz Rom wird stillstehen. Morgen verteilt mein Vater Geschenke an die Leute, die für ihn arbeiten. Das haben Sie gewiß verdient; also lassen Sie es sich nicht entgehen! Bis dahin überlegen wir beide, wie es weitergehen kann. Kommen Sie nach dem Triumphzug wieder, dann reden wir weiter.« Er erhob sich und war jetzt bereit, dem Ruf seines Gefolges zu folgen, aber zur Eile drängte er mich dennoch nicht.

»Das ist ein Menschenschlag, der mir fremd ist«, versuchte ich zu erklären. »Ich kann einen Raubmörder oder einen Dieb ausfindig machen und mit einer Schlinge um den Hals Ihnen vor die Füße werfen, tot oder lebendig, ganz nach Belieben. Aber für dies hier fehlt mir die Finesse.«

Titus Cäsar lächelte boshaft.

»Ein in die Enge getriebener Verräter hält sich sehr wahrscheinlich nicht an die Hofetikette. Didius Falco, mein Vater hat einen Brief von Flavius Hilaris bekommen, in dem er Ihr Durchhaltevermögen und Ihre geistige Beweglichkeit in den höchsten Tönen lobt – drei Seiten lang, auf erstklassigem Pergament! Bisher sind Sie auf Ihre Weise mit jedem zurechtgekommen, der Ihnen in die Quere kam, und jetzt wollen Sie auf einmal nicht mehr?«

»In Ordnung. Ich werde meinen Vertrag einhalten und herausbekommen, wer die Verschwörung organisiert hat –«

»Und die Silberschweine finden!«

»Sosia Camillina hatte einen Verdacht, wo sie sein könnten. Ich glaube, sie hatte von Anfang an recht.«

»In der Granatgasse?«

»In der Granatgasse!«

»Falco«, fuhr Titus auf, »ich kann meine Leute nicht länger in der Granatgasse halten! Sie haben noch anderes zu tun. Das Lagerhaus ist praktisch mehrmals abgetragen und wieder aufgebaut worden. Der Wert der dort gelagerten Gewürze macht

dem verantwortlichen Offizier seine Aufgabe nicht leichter. Der Dame, die Sie vertreten, ist versprochen worden, daß meine Leute das Gebäude bald räumen –«
»Dann geben Sie den Befehl dazu«, schlug ich mit verhaltenem Lächeln vor. »Und lassen Sie mich Helena Justina sagen, daß Ihre Männer von morgen, vom Tag des Triumphes an zu anderen Aufgaben abberufen werden. Es könnte nützlich sein, wenn sich diese Nachricht in ihrer Familie herumspricht ...« Ich erklärte ihm nicht, warum, aber wie jeder intelligente Mensch schätzte er eine Unterhaltung, die ihm das Mitdenken nicht ersparte.
»Sie meinen, solange meine Soldaten auf den Silberschweinen hocken, wird nichts geschehen? Ich bin einverstanden. Sagen Sie Helena Justina, das Lagerhaus stehe zu ihrer Verfügung. Ich werde die Prätorianer bitten, hin und wieder dort vorbeizuschauen – aber, Falco, ich verlasse mich auf Sie!«

Ich verließ den Palast auf der Nordostseite und stieg auf dem Clivus Victoriae zum Forum hinunter. In den Straßen, die nachts sonst in tiefer Dunkelheit liegen, flackerten unzählige Fackeln und Lichter, und überall waren schemenhafte Gestalten damit beschäftigt, die Fassaden mit Girlanden zu schmücken. Arbeitertrupps errichteten Zuschauertribünen. In den Rinnsteinen gurgelte unablässig das Wasser und spülte Schmutz und Abfälle von einem Häuserblock zum nächsten. Eine Militäreinheit nach der anderen marschierte vorüber, dem großen Sammelplatz am Marsfeld entgegen. Bürger, die sich an anderen Tagen nach Einbruch der Dunkelheit in ihre Häuser und Läden einschlossen, wanderten in Grüppchen herum und hatten keine Lust, der erwartungsvollen Atmosphäre den Rücken zu kehren. Schon summte die ganze Stadt.

Ich schickte einen meiner Neffen mit einer Nachricht zu Helena Justina. Ich schrieb, die Gewürze gehörten nun ihr, aber ich könnte an dem geplanten Ausflug in das Lagerhaus leider doch nicht teilnehmen. Ich erklärte ihr nicht, warum. Sie würde es noch früh genug verstehen; bis dahin würde sie wohl annehmen, ich hätte beschlossen, ihr aus dem Weg zu gehen.
Und vielleicht hätte ich das tun sollen.
Ich hatte Helena noch nie zuvor geschrieben. Und dieses erste würde wahrscheinlich auch das letzte Mal sein. Denn sobald sie erfuhr, was ich auf dem Palatin getan hatte, würde die erlauchte Helena Justina mir nur zu gerne aus dem Weg gehen.
Ich sagte meinem Neffen, er solle auf Antwort warten, aber sie schickte keine.

An diesem Abend besuchte ich Petronius zu Hause. Seine Frau, die in den günstigsten Augenblicken nicht viel von mir hält, war keineswegs erbaut; sie wollte, daß er die Zeit mit den Kindern verbrachte, zum Ausgleich für die Überstunden, die er am nächsten Tag machen mußte, wenn er in der Via Ostiensis Jagd auf Einbrecher machen würde.
Ich berichtete Petro, was wohl demnächst geschehen werde, und er versprach, mit mir das Lagerhaus zu durchsuchen, sobald ich ihm eine Nachricht schickte. Als ich ging, kroch er auf Händen und Füßen herum, ein Elefant, auf dem drei kleine Reiterinnen saßen. Seine Frau schenkte mir zum Abschied eine Blutwurst, wahrscheinlich als Belohnung dafür, daß ich sie in Ruhe ließ.
Ich hätte mich gern betrunken. Zum Glück für Petros Frau bin ich allerdings der Meinung, daß man sich während der Arbeit an einem Fall jederzeit betrinken kann, nur nicht, wenn man endlich weiß, hinter wem man eigentlich her ist.
Als ich zum Palast hinaufgestiegen war, hatte ich geglaubt, alles sei vorüber. Aber die Fälle, die man am meisten haßt, nehmen offenbar nie ein Ende.

Kapitel 56

Vespasians Triumphzug habe ich mir zusammen mit allen meinen Schwestern und einem Dutzend kleiner Kinder angesehen. Allein dafür gebührt meiner Seele ungestörte Ruhe auf den Elysäischen Feldern.

Den langweiligen Vorbeimarsch der Konsuln und Senatoren verpaßte ich mit Hilfe eines einfachen Tricks: ich verschlief. (Obwohl die ganze Stadt brodelte, konnte ich oben im sechsten Stock so friedlich in den Morgen schlummern wie ein Taubenei im Nest auf einer Pinie.) Drüben auf dem Marsfeld stellte sich das Heer in Reih und Glied auf, während Vespasian und Titus auf ihren elfenbeinernen Sesseln in der Säulenhalle der Oktavia Platz nahmen, um die Akklamation der Truppen entgegenzunehmen. Als allerdings dieser Ruf erscholl, fiel auch eine aventinische Schlafmütze aus dem Bett. Während der Kaiser und seine Getreuen unter dem Triumphbogen in ihrem Frühstück herumstocherten, suchte ich meine Festtagstunika heraus, goß in aller Ruhe die Blumen auf dem Balkon und kämmte mich. Ich summte vor mich hin, als ich unter den Arkaden nach Norden wanderte, in eine Wand aus Lärm hinein.
Der Tag war warm und hell. Es lag etwas Beschwingendes in der Luft. Für die Füße allerdings war es ein schlechter Tag: Als ich dahergeschlendert kam, gab es nur noch Stehplätze. Alle Tempel waren geöffnet, alle Bäder geschlossen, der Weihrauch von tausend Altären vermischte sich mit dem Duft von einer

halben Million Menschen, die schon jetzt in ihren Festtagskleidern schwitzten und den ganzen Tag über kein Bad nehmen konnten. Abgesehen von ein paar unentwegten Missetätern, die mit ihren Beutesäcken durch verlassene Gassen schlichen, waren alle mit dem Umzug beschäftigt, entweder als Teilnehmer oder als Zuschauer. So viele Gaffer säumten den Weg des Zuges, daß die Marschierer und die Festwagen kaum durchkamen.
Mein Schwager Mico (der Verputzer) hatte sich endlich einmal nützlich gemacht. Im Morgengrauen hatten sie ihn losgeschickt, und er hatte vor dem Privathaus irgendeines arglosen Bürgers eine Tribüne nur für uns errichtet. Eigentlich war an dieser Stelle gar kein Platz für eine Tribüne, aber als die Leute des Ädilen sahen, daß sämtliche Mitglieder der Familie Didius, ausgerüstet mit Freßkörben für den ganzen Tag, bereits Platz genommen hatten und, Strohhüte auf dem Kopf, an matschigen Melonen lutschten, die Nasen tief in die Weinkrüge steckten und die Kehlen voller Flüche hatten, da nahmen sie jeder ein Stück Melone an und zogen von dannen und machten gar nicht erst den Versuch, die Tribüne abzureißen.
Als ich kam, waren die Senatoren zum Glück schon vorüber. Gerade wurden die Trompeten und Kriegshörner vorbeigetragen, deren riesige Schalltrichter auf einer Höhe mit unseren Köpfe waren. Die Beschimpfungen, die Victorina und Alia mir entgegenschleuderten, gingen im Lärm unter. Die übrigen Familienmitglieder hielten sich die Ohren zu und zogen es vor, ihre Stimmbänder nicht mit Klagen über mein verspätetes Erscheinen zu strapazieren.
»Wißt ihr noch«, schrie Victorina, als sich in den Reihen der Trompeter für kurze Zeit eine Lücke auftat, »wie die Elefanten beim Triumphzug nach der Eroberung Britanniens dem kleinen Marcus solche Angst eingejagt haben, daß er kotzen mußte?«
Mit den Elefanten hatte das gar nichts zu tun gehabt. Ich war damals sieben. Im Schneidersitz saß ich auf dem Boden neben

einer Schale persischer Leckereien. Das einzige, was ich vom britischen Triumph zu sehen bekam, waren die Beine anderer Leute. Den ganzen Nachmittag lang fraß ich mich durch drei Pfund in Honig gebratener und gefüllter Datteln, bis mein Bauch sich zur Revolte entschloß. Die Elefanten habe ich überhaupt nicht gesehen ...

Maia warf mir einen Hut zu. Von allen meinen Schwestern ist sie mir gegenüber die freundlichste – wenn man einmal davon absieht, daß sie meinen Schwager Famia in unsere Familie eingeschleppt hat. Dieser Famia war Pferdedoktor bei den Grünen – aber ich hätte ihn auch dann für eine sehr mittelmäßige Erscheinung gehalten, wenn ich kein leidenschaftlicher Anhänger der Blauen gewesen wäre. Eigentlich konnte ich die Männer meiner Schwestern allesamt nicht leiden, und deshalb haßte ich auch Familientreffen. Unter einem Festtag stellte ich mir etwas anderes vor als höfliches Getue mit Idioten und Herumtreibern. Von Gallas Gatten abgesehen, den seine Frau vorübergehend auf den Müllhaufen gesetzt hatte, kamen und gingen diese verabscheuungswürdigen Gestalten den lieben langen Tag, und mein einziger Trost war, daß ihre Frauen sie noch schlechter behandelten als mich.

Und fürwahr, es wurde ein langer Tag. Von Trompeten angekündigt, kamen nun die Beutestücke. Titus hatte recht gehabt – dergleichen hatte die Welt noch nicht gesehen. Es war ein Jahr her, seit Vespasian den Thron bestiegen hatte, und er selbst war schon vor sechs Monaten heimgekehrt. Reichlich Zeit für den Palast, ein Spektakel zu inszenieren, und das hatte man getan. Stundenlang wurden wir mit Darstellungen von Szenen aus Vespasians Feldzug in Judäa traktiert: Wüsten und Flüsse, eroberte Städte und brennende Dörfer, Armeen, die durch glühende Ebenen ziehen, Belagerungsmaschinen, die Vespasian selbst erfunden hatte – all das schaukelte auf Festwagen an uns vorbei, die drei und vier Stockwerke hoch aufragten. Und dann, zwischen riesigen, knarrenden Wagenrädern, umgeben vom Geruch frisch bemalter Leinwand, die in der Sonne sofort rissig wurde, schoben und drängten sich Festwagen mit angemalten Rudern an den Seiten durch die Straßen, die eine entfernte Ähnlichkeit mit Segelschiffen hatten. So gefielen mir Schiffe am besten; wenn sie auf dem trockenen Land segelten, fand ich sie wunderbar.

Und weiter ging es. Träger in karminroten Uniformen, einen Lorbeerkranz auf dem Kopf, marschierten in endlosen Kolonnen durch die Stadt – vom Marsfeld, an den Theatern vorbei, wo die Massen bis in die Fassaden hinaufgeklettert waren, über den Viehmarkt, um den Circus herum, zwischen Palatin und Caelius hindurch und dann über die Via Sacra auf das Forum. Sie trugen Banner aus üppigen babylonischen Stoffen, von Künstlern bemalt oder reich verziert mit Juwelen und Stickereien. In offenen Sänften wurden die festlich geschmückten Statuen der meistverehrten Götter von Rom vorübergetragen. Dann folgten die Kostbarkeiten – in so protziger Fülle, daß sie fast wertlos wirkten; nicht nur das Gold und die Juwelen, die man aus dem Schutt des verwüsteten Jerusalem gebuddelt hatte, sondern auch Wunderdinge von unermeßlichem Wert, die den wohlhabendsten Städten in den reichsten Ecken der Welt auf Befehl Vespasians mit eiserner Diplomatie abgerungen worden waren. Ganze Berge von Edelsteinen hatte man so wahllos auf Tragen gehäuft, als hätten die Gruben Indiens über Nacht den Schluckauf bekommen: Onyx und Sardonyx, Amethyste und Achate, Smaragde, Jaspis, Hyazinth, Saphire und Lapislazuli. Dann folgten, auf Bahren getürmt, die eroberten Goldkronen, die Diademe mit Spitzen wie Sonnengefunkel, die Krönchen mit riesigen Rubinen und großen Perlen. Und immer noch mehr Gold, bis die Straßen unter dem strahlenden Glanz einer goldenen Flutwelle erglühten, die in einem riesigen, schwellenden Mäander heroischen Überschwangs langsam auf das Kapitol zuschwappte.

Ich erinnere mich, daß der Lärm gegen Nachmittag abnahm –

nicht, weil die Massen heiser gewesen wären (obwohl sie es waren), und auch nicht, weil sie das Interesse verloren hätten (das hatten sie keineswegs). Es schien vielmehr, als könnten die Leute diese verschwenderische Prachtentfaltung des Imperiums nicht mehr mit jener naiven Verzückung betrachten, die sie anfangs hatte jubeln lassen. Doch gleichzeitig drängten die endlosen Reihen der Marschierenden noch stolzer vorüber, denn nun nahte der Höhepunkt des Umzugs: die Schätze aus dem Heiligen Tempel von Jerusalem – der merkwürdige siebenarmige Leuchter, ein zentnerschwerer goldener Tisch und die Pentateuch.

»Wenn Festus jetzt hier wäre!« wimmerte Galla, und alle schnieften. (Die Weinkrüge waren inzwischen geleert.)

Es schien eine Unterbrechung zu geben. Maia und ich hoben alle Kinder von der Tribüne auf die Straße. Wir ließen sie nach Familien antreten und führten sie zur nächstgelegenen öffentlichen Latrine. Dann brachten wir sie zurück und füllten sie wieder mit Wasser, bevor sie an Austrocknung und Aufregung zugrunde gingen.

»Onkel Marcus! Der Mann da hat seine Hand unter dem Rock von der Frau!« Das war Marcia. Was für eine Beobachtungsgabe dieses Kind besaß! Peinlichkeiten dieser Art hatte es schon den ganzen Tag gegeben. Marcias Mutter sagte nichts, sie war gegen Marcias gepiepste Kommentare längst immun.

»Der will der Frau bestimmt nur an die Tasche«, erklärte ich. Da platzte Maia los: »O Marcus, du bist widerlich!«

Blendend weiße Stiere, die Hörner mit Blumen geschmückt, wurden jetzt an karminroten Bändern von leichtfüßigen Priestern aus allen heiligen Kollegien vorbeigeführt. Flötenspieler begleiteten sie in einer Wolke von Weihrauch, während Tänzer, wo immer sich Platz dazu bot, ihre Saltos und Räder schlugen. Altardiener schleppten goldene Rauchfässer und Opfergeräte

vorbei. »Onkel Marcus, sieh mal, der Mann da! Der Mann, der stinkt!«
Ein Gesicht in der Menge. Oder vielmehr ein Geruch.

Ich sah ihn in dem Augenblick, als Marcia das sagte. Er lehnte an einem Pfeiler in der Säulenhalle drüben auf der anderen Straßenseite. Das hagere Gesicht, die fahle Haut, das abstoßende schüttere Haar waren unverkennbar: der Glühweinkellner, den ich bei der Rückkehr von meinem Ausflug nach Britannien in meiner Wohnung vorgefunden hatte. Mir wurde klar, daß Smaractus diesen Mieter für meine leerstehende Wohnung nicht zufällig gefunden hatte. Irgend jemand hatte dieses Stinktier auf mich angesetzt. Er folgte mir noch immer. Ich wand mich aus dem Klammergriff einer Zweijährigen, die auf meinen Schultern hockte, und flüsterte Maia zu, sie solle sich um die Familie kümmern. Ich hätte eine Verabredung mit einem Mann, der mir einen Renntip geben wollte, und müßte mal kurz weg.
Ich glaube, Maia hat mir das nicht verziehen; ich bin nämlich nie zurückgekehrt.

Kapitel 57

Ich überquerte die Straße unmittelbar vor den ersten Reihen der Gefangenen aus Judäa. Siebenhundert Männer, sorgfältig ausgesucht wegen ihrer imposanten Statur und nur über das Meer geschafft, damit Titus sie in seinem Siegeszug vorführen konnte. Man hatte sie in teure Gewänder gesteckt, um die Schrammen und Wunden zu verdecken, die ihnen ihre Bewacher während der Überfahrt verpaßt hatten; als ich vor ihnen über das Pflaster stolperte, konnte ich ihre Angst riechen. Sie wußten offenbar, daß der Kaiser während der Zeremonien der Siegesfeier sein Opfer auf dem Kapitolshügel erst dann darbrachte, wenn seine Feinde ritusgemäß im Mamertinischen Gefängnis hingerichtet worden waren. Und diese armen Hunde glaubten, ihnen allen, nicht nur dem Anführer ihrer Revolte, stehe die Schlinge bevor. In Wirklichkeit sollte an diesem Tag nur ein gewisser Simon, Sohn des Gioras, erdrosselt werden. Die Bewacher der Gefangenen probten anscheinend schon, wie sie ihn am Fuß der Gemonischen Treppe aus den Reihen der anderen hervorzerren und ihm in die Nieren treten würden, und schlugen und traten nach mir, als ich vor ihnen über die Straße flitzte. Der Kellner hatte mich kommen sehen und schlängelte sich jetzt zur Via Sacra hinüber. Bei dem Gedränge konnte er die Umstehenden leicht dazu bewegen, ihm Platz zu machen. Ohne seine persönliche Duftnote als Anhaltspunkt wurde es für mich schwieriger, aber der Zorn auf diesen schmuddeligen Typ gab mir Schwung; gnadenlos wühlte ich mich durch die Menschenmenge.

Ich folgte ihm die Straße entlang, die unterhalb des sogenannten Oberpalastes durch das Gelände von Neros Goldenem Haus nach Norden führt. Wir kamen an die Via Sacra. An der Ecke des Vestatempels standen die Massen, die die Hälse nach Vespasian und Titus reckten, so dicht gedrängt, daß es für meinen Kellner nur einen Weg gab: auf das Forum, und zwar auf dessen Südseite. Die Kolonnen der Gefangenen überholten uns, die Menge wich zurück, und wir wurden gegen die Mauern der öffentlichen Gebäude gedrückt. Es ging nur noch höchst mühsam voran. Wir schoben uns durch die Menschenmassen, wie sich eine frische Mahlzeit durch den Körper einer Schlange schiebt – allein mit Hilfe von Muskelkontraktionen.

Hin und wieder warf der Kellner jetzt einen ängstlichen Blick zurück. Er drängelte an der Fassade des Julischen Gerichts vorbei, und ich drängelte schwitzend hinterher. Aus der Richtung des Umzugs hörte ich jetzt das Stampfen der vierundzwanzig Liktoren, die die Eskorte des Kaisers bildeten – wahrscheinlich alle in roten Tuniken, die Rutenbündel geschultert, aber sehen konnte ich in diesem Menschengewühl von alledem nichts. Jetzt nahte Vespasian. Die Erregung wuchs und mit ihr meine Verzweiflung. Ich wollte weiter, aber es war praktisch unmöglich, etwas anderes zu tun, als stehenzubleiben und Vespasian Beifall zu spenden wie alle anderen auch. Am Saturntempel war ich dem Kellner um keinen Schritt näher gekommen, und als ich mich, abgelenkt durch den Trubel um den Siegeswagen des Kaisers, einmal kurz umdrehte, verlor ich ihn endgültig aus den Augen.

Ich ließ ihn laufen. Wozu das eigene Leben unnötig in Gefahr bringen? Und während ich mich nur mit Mühe auf den Beinen hielt, fand ich mich plötzlich auf der Treppe und fast genau an der Stelle wieder, wo Sosia Camillina an jenem Sommertag, als alles begann, auf mich zugestürmt war.

Atemlos und eingezwängt stand ich da, während der Kaiser, an den sie mit solcher Treue geglaubt hatte, vorüberritt, um beim

Jupitertempel vor den Senat zu treten, seinen Sieg als Beschützer der Stadt zu feiern und sich in seiner Eigenschaft als Oberster Priester feierlich dem Frieden und Wohlergehen von Rom zu widmen. Vier kräftige Schimmel zogen seinen mächtigen Wagen durch das dankbare Gebrüll der Massen. In reich bestickten Gewändern stand der alte Mann da, und ein goldener Eichlaubkranz wurde über seinen Kopf gehalten; das war die Krone Jupiters, und sie war so schwer, daß kein Sterblicher sie tragen konnte. In seinem Arm lag ein Lorbeerzweig, den er den Göttern auf dem Kapitol darbringen würde; in der Hand hielt er das traditionelle Elfenbeinzepter mit dem zum Flug sich aufschwingenden Adler an der Spitze. Der Sklave, dessen Aufgabe es war, das Volk an die Unsterblichkeit des Kaisers zu erinnern, hatte anscheinend aufgegeben. Zwecklos war es ohnehin. Vespasian war ein alter, grimmiger Zyniker und wußte Bescheid.

Langsam rumpelte der vergoldete Triumphwagen vorüber. Vespasian machte ein Gesicht, als hielte er sich selbst für einen Dummkopf, weil er einen ganzen Tag bei dieser endlos sich hinziehenden Parade vergeudete. Ich jubelte nicht, aber ich mußte lachen.

Hinter ihm Titus. Titus in einem zweiten großen Wagen, mit einer Miene, als würde ihm das Herz überfließen. Und schließlich Domitian, der junge Prinz, eindrucksvoll und gutaussehend, auf einem tänzelnden Schimmel.

Sie hatten es geschafft. Sie waren hier. Drei sabinische Provinzler, vor einem Jahr noch völlig unbekannt, hatten mit viel Glück und einigem Verdienst ihrer Dynastie die Herrschaft über Rom gesichert.

Ich wandte mich ab. Nach den drei Flaviern kam nun die Masse des Heeres: Standartenträger, Trompeter, Offiziere mit hohen roten Federbüschen, die ihren Kommandeurstab schwangen, Auguren, Pioniere, dann in endlosen Reihen, sechs

Mann breit, das Fußvolk in jenem lockeren Schritt, der die Legionen mühelos durch die Welt geführt hatte. Berufssoldaten, eine Kohorte nach der anderen, gefolgt von ihren Hilfstruppen – dunkelhäutigen Bogenschützen in schimmernden Schuppenpanzern auf munteren Ponys, dann die schwere Reiterei. Die goldenen Gesichtsmasken raubten den Männern, die im Gleichtakt ihre gefiederten Lanzen schwangen, jeden Ausdruck.
Bald würde eine lange Pause entstehen, während der Kaiser auf Knien die Gemonische Treppe erklomm, und dann noch einmal eine Verzögerung, wenn er im Jupitertempel auf dem Kapitol sein förmliches Opfer darbrachte. Umzukehren würde wohl noch eine volle Stunde lang unmöglich sein. Ich beschloß, eine kleine Kurve zu machen und zwischen Palatin und Caelius zu den anderen zurückzukehren. So konnte ich unterwegs einen diskreten Blick auf ein bestimmtes Gebäude werfen.
Ich folgte der Cloaca Maxima, jenem Abwasserkanal, der vor fünfhundert Jahren gebaut worden war, um die Sümpfe am Forum und die Flußseite des Aventin trockenzulegen. Bald erreichte ich das Gewürzviertel und stieß auf einen Wächter, der das Loch in der Granatgasse bewachte, wo die Kanalarbeiter noch immer Tag für Tag schufteten. Heute waren sie nicht da. An einem öffentlichen Feiertag arbeitet niemand in Rom; nur manche Wächter halten Wache, vor allem, wenn sie sich in aller Ruhe betrinken wollen. Dieser hier hatte schon ordentlich gebechert und machte gerade ein Nickerchen, um sich später mit neuem Schwung dem Wein zu widmen.
Soweit nichts Unerwartetes. Aber am Eingang der Gasse erblickte ich ein Mädchen, das mir irgendwie bekannt vorkam.

»Naïssa?« Sie war es, und wieder hatte Helena Justina sie allein gelassen.
Zur Feier des Tages hatte sich Naïssa das Gesicht mit geborgter Schminke zurechtgemacht, aber offenbar bei spärlicher Beleuchtung, denn sie hatte so dick aufgetragen, daß ihre Züge im hellen Sonnenlicht nicht etwa belebt, sondern unnatürlich starr wirkten.
»Wo ist deine Herrin, Mädchen?« fragte ich besorgt.
»Im Lagerhaus ihres Schwiegervaters. Ich hatte Angst, weiterzugehen; sie hat gesagt, ich soll hier warten.«
»Es ist doch bloß ein Lagerhaus, nichts Unheimliches; du hättest mit ihr gehen sollen!«
»Und jetzt? Was soll ich tun?« fragte Naïssa nervös, und ihre phantastisch geschminkten Augen wurden immer größer.
»Tu, was sie dir gesagt hat!« meinte ich unfreundlich. Meine Gedanken überschlugen sich.
Nachdem ich Helena gestern geschrieben hatte, daß ich nicht mit ihr in das Lager gehen würde, konnte ich dort jetzt nicht einfach aufkreuzen. Ich mußte meinen Plan ändern. Jetzt, da ich erkannt hatte, daß zumindest einer ihrer Verwandten an der Verschwörung teilhatte, war es ohnehin schwierig, ihr gegenüberzutreten. Aber die ganze Zeit ließ mich der Gedanke nicht los, daß Sosia in diesem Speicherhaus ermordet worden war. Helena dort allein zu lassen, fiel mir noch schwerer.
»Sind Sie Didius Falco?« fragte Naïssa. Ich hielt inne. »Sie hat gesagt, ich soll zu Ihnen gehen und dies abgeben –«
Sie hielt mir etwas entgegen. Es war in ein Tuch gewickelt, aber das Gewicht kam mir vertraut vor, sobald es in meiner Hand lag.
»Hatte sie eine Nachricht für mich?«
»Nein, Herr.«
Ich wußte sofort, daß etwas Ernstes vor sich ging. Hastig sagte ich zu dem Mädchen: »Geh zurück und sieh dir mit der Familie den Triumphzug an. Und sage Helena Justinas Mutter so unauffällig wie möglich, daß ich mich jetzt um den Schutz deiner

Herrin kümmerte. Ihr Vater ist wahrscheinlich beim Opfer, ihn brauchen wir vorerst nicht zu behelligen. Aber wenn Helena bis zum Festessen noch nicht zurück ist, dann geh zum Senator und sag ihm, wo wir sind.«

Und schon hastete ich die Granatgasse hinunter. Im Laufen faltete ich das Tuch auseinander.
In der Hand hielt ich das Armband aus britischem Gagat, das mir Sosia einmal geschenkt hatte und das mir vor dem Haus des Senators gestohlen worden war.

Kapitel 58

Manche Fälle bestehen aus einer langen Reihe von Tatsachen, die einigermaßen logisch miteinander verbunden sind; mit ein bißchen Verstand kann der Ermittler die ganze Arbeit allein bewältigen, in einem Tempo, das ihm behagt. Aber bei manchen Fällen ist es nicht so. Dann kann man nur im Schlamm rühren, nach irgendwelchen Einzelteilen stochern, die zufällig an die Oberfläche getrieben werden, und darauf warten, daß irgend etwas von dem, was da zum Vorschein kommt, einen Sinn ergibt. Jetzt war etwas sichtbar geworden. Offenbar hatte Helena im Schlamm gerührt. Aber wenn Helena dieses Armband dort gefunden hatte, wo Sosia ihre Namensliste gefunden hatte, dann ergab es einen Sinn. Und es bedeutete, daß Helena Justina wußte, wer der letzte Verschwörer war.
Damit es nicht verlorenging, schnallte ich das Armband an meinen Gürtel.

In der Gasse hatte sich manches verändert, manches war genau wie vorher. Üppiges Unkraut wucherte um die morschen, von Schimmelpilz überzogenen Torpfosten; nebenan prangten an einer erneuerten Einfahrt neue Ketten und neue Vorhängeschlösser. Offenbar wechselten diese Speicherhäuser in den Stürmen des Handelslebens ständig den Besitzer, egal ob diese Stürme von mißgelaunten Göttern auf dem Ozean oder von eifrigen Spekulanten im Emporium entfacht wurden.

Am Lagerhaus des Marcellus schien sich wenig verändert zu haben. Der kaputte Wagen in der Gasse, an den ich mich noch erinnerte, war allerdings ein paar Meter vorwärtsgeschoben worden; es überraschte mich, daß man ihn überhaupt bewegen konnte. Der Unterschied fiel mir nur deshalb auf, weil sich dort, wo dieses Vehikel vorher gestanden hatte, ein Kanalschacht befand, dessen Deckel abgenommen war. Das Tor zum Hof war nur angelehnt, nicht verschlossen. Ich trat rasch ein.
Als ich auf der Suche nach Sosia hierhergekommen war, hatte das Speicherhaus des Marcellus ausgesehen, als würde es leerstehen. Seither war die Schiffsverbindung mit Alexandria wiedereröffnet worden, und offenbar waren mehrere vollbeladene Trieren eingetroffen, solange Pertinax gelebt und sich um seine Geschäfte gekümmert hatte. Es war nicht zu übersehen, daß auf diesem Gelände gearbeitet wurde. An der Hofmauer standen mehrere Wagen nebeneinander, und als ich mich dem Gebäude näherte, konnte ich schon aus fünf Schritten Entfernung den Unterschied riechen. Jemand hatte einen großen Schlüssel von außen im Schloß stecken lassen. Die fast vier Meter hohe Tür gab mit einem Quietschen nach, aber ich mußte mich mit meinem ganzen Körpergewicht dagegenstemmen, um dieses Ungetüm einen Spaltweit zu öffnen.
Ein eigenartiger Ort! Seit Pertinax und sein Partner Camillus Meto das Lager wieder benutzten, hatte die Atmosphäre etwas Magisches bekommen. Aber die Totenstille sagte mir, daß niemand hier war.
Der Pfefferspeicher war ein rechteckiger, hoher Bau. Spärliches Licht sickerte von oben herein. Auch jetzt war das Lagerhaus nicht einmal zur Hälfte gefüllt, aber an diesem warmen Nachmittag trafen mich die vielfältigen Gerüche der hier gehorteten Kostbarkeiten wie dichte Dampfschwaden, wenn man ein gut geheiztes Bad betritt. Sobald sich meine Augen an das schummrige Licht gewöhnt hatten, erblickte ich große Rundgefäße voller Ingwerwurzeln, die in schattigen Reihen dastanden wie Pha-

raonenstatuen an der Straße zu den Gräbern irgendeiner verschwiegenen Totenstadt. In der Mitte waren Säcke voller Gewürznelken, Koriander, Kardamon und Zimt gestapelt. An einer Wand standen große hölzerne Tröge nebeneinander. Bis zum Ellbogen konnte ich den Arm in schwarzen, weißen, grünen Pfeffer tauchen. Eine halbe Handvoll Körner – soviel wert wie ein Jahresverdienst – schob ich mir gedankenverloren in die Tasche.
Sie war nirgendwo zu sehen. Zwischen langen Reihen von Körben und Fässern ging ich in den hinteren Teil des Gebäudes und kehrte dann wieder um. Mir tränten die Augen. Im schwindelerregenden Dunst dieser Wohlgerüche kam ich mir vor wie ein Mann, der in Balsam ertrinkt.
»Helena«, sagte ich vor mich hin, nicht laut. Ich wartete, versuchte mit aller Kraft, ihre Gegenwart zu erspüren, aber ich wußte, sie war nicht hier.
»Helena …«

Ich trat hinaus in das grelle Licht des Hofes. Jemand war hier gewesen. Jemand hatte den Schlüssel zurückgelassen. Jemand wollte zurückkommen.
Im Hof war niemand. Ich stand da und musterte noch einmal die Wagen an der Mauer. Sie waren solide gebaut. Gewürze wurden gewöhnlich in Körben auf Maultieren transportiert.
Ich ging zum Tor hinüber. Naïssa war verschwunden. Sonst hatte sich nichts verändert. Ich ging zurück zu dem Wächter, der gerade aufgewacht war und mir mit verschwommener Glückseligkeit entgegensah.
»Ich suche ein Mädchen.«
»Na, dann viel Glück!«
Für ihn bestand die Welt inzwischen aus lauter Freunden. Deshalb drängte er mich, die nächste Flasche mit ihm zu teilen. Ich setzte mich zu ihm auf den Boden und überlegte, was ich als nächstes tun sollte. Die Flasche mit ihm leeren, hieß, ihm

Gesellschaft leisten – und aus eben diesem Grund hatte der Wächter bisher allein getrunken, denn seine Gesellschaft war unerträglich und der Wein noch schlimmer. Das Trinken machte ihn anscheinend nüchtern, und um mich von seiner langweiligen Art und seinem widerwärtigen Gesöff abzulenken, erkundigte ich mich nach dem Fortschritt der Arbeiten an der städtischen Kanalisation. Ich hätte es bleiben lassen sollen, denn er erwies sich als ein starrsinniger Schwadroneur, der nun allerlei Meinungen über die Inkompetenz der Ädilen als Bauaufseher zum besten gab und nicht mehr zu bremsen war. Er hatte zwar recht, aber deswegen war ich noch lange nicht scharf auf sein Geschwafel. Ich biß auf ein Pfefferkorn und fluchte.

»Das geht hier jetzt schon fast ein Jahr. Warum dauert es so lange?« fragte ich ihn.

Wäre ich ein Mann, dem das Glück hold ist, so hätte er geantwortet, er sei nur der Wächter und habe keine Ahnung; aber Leute, die einem Vorträge über die Probleme der Kommunalverwaltung halten, sind nicht so ehrlich, und sie fassen sich auch nicht so kurz. Nach einem hingenuschelten Vortrag über die Wartung öffentlicher Kanalanlagen, der in den technischen Einzelheiten außerordentlich ungenau war und vollends unerträglich wurde, als sich der Referent anschickte, Skizzen in den Staub der Straße zu zeichnen, begriff ich zumindest, daß die undichten Stellen immer wieder an der gleichen Stelle auftauchten. Die Reparatur war mühsam, denn die problematische Stelle lag ungefähr zweihundert Meter entfernt unter der Granatgasse. Keiner der eingebildeten Besitzer dort wollte zulassen, daß man seinen Hof aufhackte, deshalb mußte der ganze Mörtel mit Schubkarren hierhergeschafft und dann in Tragkörben unter der Erde zur Baustelle geschleppt werden …

»Können die denn keinen näher gelegenen Schacht benutzen?« fragte ich.

Und mit der Logik des Volltrunkenen antwortete er, es gebe keinen.

»Schönen Dank!« sagte ich und tippte an die Kante von Maias Hut.
Ich wußte, daß ich die Silberschweine gefunden hatte.

Da lagen wir nebeneinander – ein hoffnungslos Betrunkener, dessen nackter Bauch hervorschimmerte, und sein Saufkumpan unter einem Strohhut –, und ich versuchte, mich an den Gedanken zu gewöhnen. Eigentlich war ich nicht überrascht, als aus der Richtung der Hauptstraße rasche Schritte auf uns zukamen und an uns vorbei die Gasse hinuntergingen. Ich schob Maias Hut ein wenig zurück und sah, wie ein Mann, den ich kannte, in der Einfahrt des Lagerhauses verschwand.

Ich hatte gerade noch Zeit, die Gasse entlangzuhüpfen und mich in dem kaputten Wagen zu verstecken, als er wie explodierender Lupinensamen wieder auf die Gasse hinausschoß. Auch er mußte den Schlüssel entdeckt haben, der noch immer im Schloß steckte. Ich duckte mich und hörte, wie er auf den Schacht zuging, den das verrottende Gefährt früher versteckt hatte. Anscheinend hielt er kurz inne und lauschte; ich hielt den Atem an. Ich hörte, wie er ein Schwefelhölzchen anzündete. Dann schwang er sich in die Öffnung und stieg die eiserne Leiter hinab, während ich lautlos vom Wagen herunterglitt und mich so dem Loch näherte, daß mein Schatten nicht hineinfiel. Ich wartete, bis das Geräusch seiner Schuhe auf der Eisenleiter verklungen war, und gab noch ein paar Sekunden zu, falls er, unten angekommen, noch einmal hochsah.
Ringsum war niemand zu sehen: Ich raffte mich auf und glitt die Leiter hinab.
Der Schacht mündete in einer kleiner Kammer, von der zur Hofmauer hin ein Gang abzweigte, so hoch, daß man sich nicht zu bücken brauchte. Der Boden war glatt, alles sauber verputzt und vollkommen trocken. Von oben drang so viel Licht herein, daß ich mich zu einer schweren Tür vortasten konnte, die offen

stand. Ich blieb stehen und konnte von der sicheren Dunkelheit aus beobachten, wie der Mann, den ich verfolgt hatte, mit Helena sprach. Es war ihr Onkel Publius.

Ich wußte allerdings nicht, ob er als Bösewicht gekommen war, der sich um seine Beute sorgte, oder wie ich – als harmloser, von bloßer Neugier getriebener Bürger.

Kapitel 59

Publius und Helena hielten jeder eine Lampe in der Hand. Hinter den winzigen Flämmchen, die ihre Gesichter in ein kränkelndes Licht tauchten, türmte sich etwas dunkles Rechteckiges.

»Was tust du denn hier?« rief Camillus Meto und schien etwas erstaunt darüber, daß sich ein junges Mädchen den Triumphzug entgehen ließ. Am Klang seiner Stimme erkannte ich, daß sie in einer kleinen, vollgepackten Kammer standen. »Habe ich dich erschreckt?«

Keiner von beiden schien sonderlich beunruhigt; nur ich war es. Ich hörte mein Herz pochen wie ein Wasserrohr aus Bronze, in dem sich irgendwo Luft festgesetzt hat.

Helena Justina hatte ruhig dagestanden, wie in Gedanken versunken. Sie mußte die Schritte ihres Onkels gehört haben, aber sie schien nicht überrascht. Sie sprach unbefangen mit ihm. »Sieh dir das an! Der Safrankeller birgt ein hübsches Geheimnis. Ich wollte wissen, ob die Soldaten es entdeckt haben. Anscheinend nicht!«

»Du kanntest diese Kammer? Hat Pertinax dich hierher mitgenommen?«

»Ein paarmal, um mir Parfüms zu zeigen. Als wir schon verheiratet waren. Sein trockener Keller mit der Geheimtür, in dem er die kostbarsten Gewürze unter Verschluß halten konnte. Ein einfacher Trick, den Eingang nach draußen, auf die Gasse zu legen – ich wollte nie glauben, daß das sicher ist … Da sind noch

ein paar Lampen –« Sie zündete sie mit einem Span an. Dann sahen beide sich um.
Es war ein niedriges Gewölbe. An den Wänden Borde aus roh behauenen Steinplatten, auf denen wie in einer Apotheke Tonkrüge und Glasgefäße standen. Außer dem Safran, den getrockneten Blütennarben bunter bithynischer Krokusse, der dem Keller seinen Namen gab, verwahrten Pertinax und Publius Meto hier ihre wertvollen Öle vor dem Zugriff der Steuereinnehmer und der Langfinger aus den Reihen ihrer eigenen Lagerarbeiter. Der Geruch des Safran wurde überlagert von den Parfüms, die den Raum mit ihren sehr viel stärkeren ambrosischen Düften erfüllten. Aber Helena und ihr Onkel achteten nicht auf Düfte. Den größten Teil des Bodens nahm ein düsterer, bis in Brusthöhe aufragender Block ein, bei dessen Anblick einem ehemaligen Grubensklaven das Herz stockte: Im Zwielicht türmten sich, sauber geschichtet wie die Grassoden in der Mauer eines Militärlagers, Dutzende von Silberbarren.

Ich konnte sehen, wie Camillus Meto seine Nichte beobachtete.
»Ist Falco bei dir?«
»Nein.« Ihre Stimme klang hart.
Er lachte kurz auf. »Hat dich wohl fallengelassen, wie?«
Helena achtete nicht auf seine Bemerkung. »Eine Anzahlung auf die Herrschaft über das Reich! Falco hätte das gern gesehen. Zu dumm, daß er herausgefunden hat, daß drei Viertel dieser Prachtstücke gar kein Silber mehr enthalten.«
»Der schlaue Falco!« meinte Publius gelassen. »Ich kann mir nicht vorstellen, daß die Prätorianer bei den Villen in Pompei und Oplontis anklopfen, um dort billige Bleirohre zu verkaufen!«
Er wirkte selbstbewußter, als ich ihn in Erinnerung hatte. »Was hast du denn so ganz allein hier unten gemacht, als ich hereinkam?«
»Ich habe nachgedacht.« Sie klang betrübt. »Über Sosia. Ich habe mich gefragt, ob sie in diesem Gewölbe gestorben ist. Sie

kannte es; sie war einmal zusammen mit mir und Gnäus hier. Vielleicht ist sie hierher gekommen, sie wußte, daß es eine Geheimkammer war –«
Mit einer hastigen Bewegung stellte Sosias Vater seine Lampe auf ein Regal, verschränkte die Arme und sah sich mit düsterer Miene um. Tiefe Furchen zeichneten sein Gesicht.
»Zu spät! Jetzt kommt es nicht mehr darauf an«, stieß er hervor. Er wollte sie zum Schweigen bringen. Er ertrug es nicht. Ich auch nicht. Seine Stimme bebte wie bei Sosias Bestattung, so, als wollte er ihren Tod noch immer nicht wahrhaben und nicht daran erinnert werden.
Helena seufzte. »*Schön, ehrerbietig und gehorsam*; Vater hat mir deine Rede vorgelesen. Er war so verstört –«
»Er kommt damit zurecht!« versetzte Publius.
»Nicht so gut wie früher. Vater sagte neulich zu mir, er komme sich vor wie jemand, der in einem Strudel ertrinkt – und wenn ich das hier sehe, verstehe ich ihn!«
»Wie bitte?« Ich sah, wie Publius den Kopf hob.
Fast ungeduldig fragte Helena: »Ist es denn nicht offensichtlich?« Sie reckte sich und sagte bekümmert: »Pertinax hat vielleicht das Lagerhaus mit dem geheimen Gewölbe zur Verfügung gestellt, aber er hatte nicht genug Köpfchen für eine so heimtückische Verschwörung. Ich nehme an, mein Vater hat das alles organisiert.«

Sie deutete zornig auf die gestapelten Barren. Camillus Meto starrte sie an. Die beiden und auch ich dachten daran, welche Folgen das, was sie eben angedeutet hatte, für sie haben würde. Ein Skandal trifft in Rom immer die ganze Familie. Sogar die Generation der Ungeborenen wird nach der Ehrenhaftigkeit ihrer Eltern beurteilt. Die Schande eines Senators riß alle seine Angehörigen mit in den Abgrund. Seine Unehrenhaftigkeit verschonte nicht die Ehrbaren und nicht die Unschuldigen, nicht seine Brüder und nicht seine Söhne. Publius würde Narben davontragen, die ihn für immer entstellten. Die Karriere des gutmütigen Jungen, den ich mit Helena in Germanien besucht hatte, würde zu Ende sein, bevor sie recht begonnen hatte, und die seines Bruders in Spanien ebenfalls. Im fernen Britannien würde der Fluch auch Älia Camilla treffen und durch ihre eheliche Verbindung mit Gaius auch diesen. Und hier in Rom würde er Helena treffen.

Ihr Onkel warf den Kopf zurück und sagte ernst: »O Helena, Helena! Ich wußte natürlich davon; ich wußte es schon lange. Ich war mir nicht sicher, ob du etwas ahntest!«

Ich überlegte: Wenn dieser Mann *selbst* an der Verschwörung beteiligt war, dann verstellte er sich jedenfalls sehr gut. Aber wenn er zu den Verschwörern gehörte, mußte Helena es wissen. In diesem Fall konnte das Mädchen froh sein, daß ich hier war ...

Kapitel 60

»Was hast du nun vor?« fragte Camillus Meto seine Nichte vorsichtig.
»Die Sache in Ordnung bringen, wenn ich kann.« Sie sprach jetzt sehr entschieden, ohne sich lange zu besinnen. Das war Helena! Ich liebte das arme, irregeleitete Mädchen für ihre Aufrichtigkeit!
Irgend etwas kitzelte mich so heftig am Fuß, daß ich mein Bein schüttelte, aber Tiere konnte es in dieser staubtrockenen Höhle eigentlich nicht geben. Hinter mir lag der Gang unter dichter Stille begraben, nur ganz in der Ferne hörte ich etwas wie Jubel. Der Triumph nahm jetzt auf dem Kapitol offenbar seinen Fortgang.
Im schwachen Schein von einem halben Dutzend kleiner Öllampen hatte sich Helena halb abgewandt, aber ich kannte sie so gut, daß ich an der Veränderungen ihrer Stimme erkennen konnte, was sie empfand. Sie klang jetzt matt, wie immer, wenn sie sich niedergeschlagen und einsam fühlte. Aber ob sie ihrem Onkel die Wahrheit anvertraut hatte oder ihn nur auf die Probe stellte, konnte ich nicht ermessen. Er hingegen sah aus wie ein Mann, dessen Gefühlsregungen entweder sehr seicht oder so tief waren, daß man sie gar nicht ergründen konnte.
»Ich hatte gedacht, du würdest deinem ehrwürdigen Vater so etwas nie und nimmer zutrauen!« sagte er.
Helena seufzte. »Das ist es ja gerade. Die Familie verläßt sich auf ihn, auf seine Ehrenhaftigkeit. Aber in Britannien hatte ich

einmal ein langes Gespräch mit meiner Tante. Älia Camilla hat mir damals vieles erzählt. Daß Großvater Camillus auch deshalb in Bithynien gelebt hat, weil er Geld sparen wollte, als die finanziellen Mittel der Familie knapp wurden. Und daß er die Mitgift seiner Frau fünfundzwanzig Jahre lang kaum angegriffen hat, um Vater später für den Senat ausstatten zu können –«

»Und wie habt ihr euch das alles erklärt, du und Älia?« erkundigte sich Publius.

»Du kennst Papa. Er ist eigentlich kein Unruhestifter! Vielleicht glaubte er, seinen Aufgaben und seiner Verantwortung nicht gewachsen zu sein. Vielleicht hat ihn die Angst, zu versagen, zu einer unsinnigen politischen Geste verleitet. Wenn Gnäus als sein Schwiegersohn ihn irgendwie unter Druck gesetzt hat, war Vater eventuell anfällig. Vielleicht hat Gnäus ihn sogar erpreßt. Und dann hat Vater verzweifelt gekämpft, um die Schande von der Familie abzuwenden – und hat sich immer nur weiter ins Unheil verstrickt. Als ich noch verheiratet war, wollte er vielleicht auch mich irgendwie schützen. Jeder Mensch hat seine Schwächen, würde Falco sagen.«

»Ja, immer dieser Falco«, sagte Publius mit kaum verhohlener Verachtung. »Falco ist dem Kern der Sache gefährlich nahe gekommen, meine Liebe. Wenn wir überhaupt noch etwas retten wollen, dann müssen wir diesen jungen Mann auf andere Gedanken bringen.«

»Oh, das habe ich schon versucht!« sagte Helena Justina mit eigenartig verhaltenem Lächeln. Eine kalte Faust preßte sich mir in den Magen; ein Schauer durchlief meine Kniekehlen.

»Ich dachte es mir! Da kommt dir dieses unerwartete Erbe doch gewiß sehr gelegen. Was hast du eigentlich damit vor? Zusammen mit Freund Falco weglaufen?«

»Du kannst mir glauben«, versetzte Helena mit der Heftigkeit jenes Mädchens, das ich in Britannien kennengelernt hatte, »Didius Falco würde von deinem Vorschlag überhaupt nichts

halten! Er will nur eines: mich so schnell wie möglich loswerden.«
»Wirklich? Meine Spione sagen, er würde dich ansehen, als wäre er auf die Luft eifersüchtig, die du einatmest.«
»*Wirklich?*« äffte Helena ihn nach. »Und was für Spione sind das, Onkel?«
Er antwortete nicht.
In diesem Augenblick, während ich überlegte, was Helena damit bezweckte, daß sie ihre Gefühle für mich preisgab, überwältigten mich Angst und Sehnsucht und mir entfuhr ein katastrophales Niesen.

Mir blieb keine Zeit, die Flucht nach hinten anzutreten, also setzte ich meine unbefangenste Miene auf und trat in das Gewölbe.
»Ihr grüner Pfeffer ist erstklassig!« beglückwünschte ich Helena, um mein Niesen zu erklären.
»O Falco!« Ich suchte in ihrer Miene nach einer Andeutung von Freude über mein Erscheinen, aber sie klang richtig zornig. »Was haben Sie hier zu suchen?«
»Soviel ich weiß, hatten Sie mich eingeladen?«
»Soviel *ich* weiß, hatten Sie abgesagt!«
»Zum Glück hat sich mein Pflichtbewußtsein gegenüber der Familie rasch verflüchtigt, nachdem mir der dritte Fünfjährige mit seinem eisenbeschlagenen Schuh vor das Schienbein getreten hat. Hat Atius Pertinax hier sein Kleingeld aufbewahrt?«
»Es ist ein Safrankeller, Falco.«
»Das muß ich mir notieren. So einen Keller möchte ich auch haben, wenn ich mein Landhaus entwerfe! Ob ich hier wohl einen halben Liter Malabathron mitgehen lassen könnte? Es ist für ein Mädchen, das ich kenne.«
»So etwas würden auch nur Sie fertigbringen« meinte Helena, »einer Frau mit einem Geschenk schmeicheln, das Sie ihr vorher gestohlen haben!«

»Das hoffe ich doch«, erwiderte ich fröhlich. »Mit etwas Glück bin ich ja auch der einzige, der weiß, was am besten zu ihr paßt.«
Die ganze Zeit über hatte uns ihr Onkel mit höhnischem Lächeln zugesehen, und ich wußte, daß er sich in diesem Augenblick nichts von meinen Verführungskünsten abgucken wollte.
»Junger Mann«, wendete er sich an mich, »wie kommt es, daß Sie hier einfach so hereinspazieren?«
Ich strahlte ihn an, harmlos wie ein Dorftrottel. »Ich suche nach Silberschweinen!«
Da ich sie nun endlich gefunden hatte, trat ich näher, um sie zu untersuchen, und begrüßte sie, wie es jeder Bergwerkssklave getan hätte, mit einem freundschaftlichen Fußtritt. Mein großer Zeh hatte das Nachsehen, aber das war mir egal; so wußte ich jedenfalls, daß diese schemenhafte Masse wirklich war. Ich bückte mich, um meinen schmerzenden Fuß zu reiben, und stieß dabei mit der Hand an einen kleinen Gegenstand, der im Dunkel neben dem Bleiberg gelegen hatte. Ich hob ihn auf: Es war ein einfaches Tintenfaß aus Messing, dessen Inhalt längst eingetrocknet war. Alle drei betrachteten wir es, aber keiner sagte etwas. Langsam steckte ich es in die Tasche meiner Tunika, dann packte mich in meinem Festtagsgewand ein Frösteln.
Helena Justina rief mit beschwörender Stimme: »Sie gehen zu weit, Falco! Ich möchte, daß Sie uns verlassen.«
Ich drehte mich zu ihr um. Als sich unsere Blicke begegneten, spürte ich Munterkeit in mir aufsteigen. Und ich war mir sicher, daß wir der gleichen Schauspielertruppe angehörten.
Jetzt, da wir zu dritt in diesem Gewölbe standen, war eine neue Spannung entstanden. Es war, als gehörte ich zu einem geometrischen Problem, und wir konnten, ausgehend von bestimmten festen Größen, eine Figur zeichnen, wenn wir nur den Regeln des Euklid folgten. Ich lächelte Helena an.
»Ich habe schließlich herausgefunden, daß ein paar Fässer Muskat nicht ausreichen, die Cloaca Maxima immer wieder zum

Einsturz zu bringen. Aber mit Bleibarren ist das etwas anderes! Die politische Verschwörung ist zusammengebrochen; jetzt wird der Anführer des Komplotts die Barren wahrscheinlich für sich haben wollen. Ich habe auch herausgefunden, daß er die Silberschweine holen und mit ihnen verschwinden will. Draußen steht eine hübsche Reihe von schweren Lastwagen, die vermutlich heute abend mit einer Silberladung abgehen sollen, sobald der Verkehr freigegeben ist. Wenn er sie holen kommt, bin ich da.«

»Falco!« rief Helena, anscheinend außer sich vor Empörung. »Es ist mein Vater, Sie können ihn nicht verhaften!«

»Titus kann. Aber in Fällen von Hochverrat ersparen wir Senatoren die Unannehmlichkeit eines öffentlichen Gerichtsverfahrens. Er kann damit rechnen, daß er rechtzeitig benachrichtigt wird und Gelegenheit erhält, sich in der Zurückgezogenheit seines eigenen Hauses ins Schwert zu stürzen –«

»Es gibt keine Beweise«, wandte Helena ein.

Ich widersprach ihr mit trauriger Miene. »Vieles hat schon immer gegen Decimus gesprochen. Von der Bereitwilligkeit, mit der er seinen Freund, den Prätor, unterstützte, über den Hinterhalt, mit dem man Sie und mich nach unserer Rückkehr hier in Rom begrüßt hat, und bis hin zu einem unappetitlichen Individuum, das in meine Wohnung eingeschleust wurde, während Ihr Vater dort für mich die Miete bezahlte … Übrigens, was mich interessiert, Verehrteste, warum haben Sie eigentlich nie dieses Gewölbe erwähnt? Was haben Sie vor – wollen Sie ihrem Vater helfen, mit dem Silber zu entkommen? Welche Treue! Ich bin zutiefst beeindruckt!« Sie schwieg. Ich wandte mich an ihren Onkel, immer noch in der Rolle des Unbefangenen. »Das kommt alles etwas überraschend für Sie, nicht wahr? Daß Ihr ehrenwerter Bruder Domitians Zahlmeister sein soll –«

»Halten Sie den Mund, Falco«, schimpfte Helena, aber ich fuhr fort:

»Und die Dame hier, die einen Kaiser, der rechnen kann, angeb-

lich so sehr bewundert und dennoch ihrem Vater mit aller Kraft hilft, den Staat zu beschwindeln … Helena Justina, Sie wissen, daß Sie damit nicht durchkommen!«
»Sie wissen nichts über mich, Falco«, murmelte sie.
Ich schlug zurück, vielleicht heftiger, als ich gewollt hatte: *»O meine Seele, aber ich wollte es herausfinden!«*
Ich mußte sie unbedingt von hier wegschaffen, bevor es drunter und drüber ging – und das würde nicht mehr lange dauern.
»Mein Herr, dies ist kein Ort für eine Dame«, appellierte ich an ihren Onkel. »Bitte sagen Sie Ihrer Nichte, sie möge sich entfernen.«
»Darüber kann sie selbst entscheiden, Falco.«
Ich hatte dem kalten Stapel der Bleibarren den Rücken zugekehrt. Helena stand links von mir, ihr Onkel rechts. Ich sah, daß ihm nichts von dem, was ich ihr sagte, neu war. Ich ließ ihn nicht aus den Augen. Ich versuchte es noch einmal.
»Hören Sie, Verehrteste. Als Sie und ich in Britannien waren, haben Sie einmal zu mir gesagt, Sosia hätte die Verschwörer genannt. Das hat sie tatsächlich.«
»Also haben Sie mich belogen, Falco!«
»Nicht absichtlich. Aber jetzt weiß ich, daß sie vor ihrem Tod die beteiligten Männer identifiziert hat. Titus Cäsar hält den Beweis hierfür in der Hand. Wollen Sie also tun, worum ich Sie bitte, Helena? Aus dem, was hier geschehen ist und was heute hier geschieht, können wir Sie heraushalten, wenn –«
Jetzt platzte Publius Camillus Meto dazwischen: »Falsch, Falco!«
Helena Justina zog den Mantel enger um sich. Publius trug, wie jeder Mann von Ansehen, an einem solchen Festtag seine Toga und hatte die Hände in Höhe der Hüften wie ein Soldat gekreuzt, der sich während eines Einsatzes unwillkürlich versichert, daß Dolch und Schwert griffbereit sind. Er sah mich direkt an, als wollte er herausfinden, was ich wirklich wußte. Ich machte ein erstauntes Gesicht und wollte ihn ermuntern, fortzufahren.

Da sagte er mit einer Stimme, die vor Rachsucht ganz sahnig wurde: »Wären Sie wirklich gut unterrichtet, dann wüßten Sie längst, daß Helena seit ihrer Heirat mit Pertinax im Mittelpunkt dieses Komplotts steht!«
Seltsam, wie das Gehirn manchmal funktioniert; noch bevor ich mich zu ihr umgedreht hatte, begriff ich, daß er recht hatte.

Um mich drehte sich alles. Unsere Blicke begegneten einander. Sie versuchte nicht, zu leugnen. Ich hätte es wissen müssen. Mein besonderes Verhältnis zum Glück! Ich hatte mich rückhaltlos auf sie verlassen und nie an ihrer Ehrlichkeit gezweifelt! Sie sah, wie ich begriff, und ich sah die Verachtung auf ihrem Gesicht. Ich hatte geübt, mir keine Gefühlsregung anmerken zu lassen, aber jetzt spürte ich, daß mir das, was ich für sie empfand, nur allzu deutlich im Gesicht geschrieben stand. In meinem Kummer stand ich wie angewurzelt vor den Barren, unfähig, ihr Vorwürfe zu machen, unfähig, ein Wort herauszubringen.
Da explodierte Schwärze in meinem Hinterkopf und aus der Schwärze gleißendes Licht.

Kapitel 61

Nichts von dem, was sie gesagt hat, war jemals wahr. Nichts von dem, was sie getan hat, war jemals wirklich ... Ich war bewußtlos, aber vor mir sah ich ihr starres Gesicht, in dem Augenblick, als sie erkannte, wie ich begriff.

Ich kam soweit zu mir, daß ich spürte, wie mir jemand – Camillus Meto selbst – Arme und Füße fesselte. Ich lag mit dem Gesicht nach unten. Er machte seine Sache nicht schlecht, aber er vergaß, die Stricke an den Händen mit denen an den Füßen zu verknoten, wie ich es getan hätte. Wenn er mich allein ließ, würde ich mir vielleicht ein wenig Bewegungsfreiheit verschaffen können.

Seltsam, wie das Gehirn auch im Zustand der Bewußtlosigkeit weiterarbeitet. Als ich wieder zu mir kam, hörte ich, wie eine empörte Stimme Fragen stellte, die ich mir hätte stellen sollen: *Wenn Helena Teil der Verschwörung ist, warum hat sie mir dann gesagt, daß das Schiff, mit dem die Barren geschmuggelt wurden, Pertinax gehört? Warum hat sie dann Titus Cäsar die Namen der Verschwörer genannt? Warum hat sie mir heute Sosias Armband geschickt?...*

Ich muß gestöhnt haben.

»Ruhe!« zischte Meto.

Ich hatte immer geargwöhnt, daß sich hinter diesem nichtssagenden Äußeren ein äußerst verschlagener Mann verbergen könnte. Zielsicher hatte er den einen Satz gefunden, mit dem er mich aus der Fassung bringen konnte; dann hatte er mir von hinten einen Schlag mit dem Knauf seines Schwertes versetzt, das ich jetzt ganz in der Nähe liegen sah. Um ihn abzulenken, begann ich zu murmeln: »So dumm bin ich mir seit meiner Soldatenzeit nicht mehr vorgekommen, als uns ein Ausbildungsoffizier mal erklärte, die Übung sei zu Ende, und dann mit gezogenem Schwert auf uns losstürmte, als wir gerade den Exerzierplatz verlassen wollten ... Die Lehre, die wir daraus ziehen sollten, lautete: Traue deinem Gegner erst, wenn er in Verwesung übergegangen ist –« Aber dann überlegte ich es mir noch einmal und fügte hinzu: »– oder wenn du ihn gut verschnürt hast!«

Meto antwortete mit einem ironischen: »Pardon!«

Er stand direkt über mir. Jetzt hatte alle Verstellung ein Ende, und meine Zweifel waren verflogen. In dem Augenblick, in dem er mir den Schlag versetzte, hatte er seine Schuld gestanden.

»Wo ist Helena?« wollte ich wissen.

»Ich habe sie hinausgebracht.«

Ich versuchte, die Unruhe in meiner Stimme zu bändigen, aber diese Mitteilung versetzte mich in Panik. Was hatte er mit ihr gemacht? Was *würde* er mit ihr machen?

»Man wird nach mir suchen, Meto!«

»Noch nicht.«

»Mußten Sie das über Helena unbedingt sagen?« Ich war blind vor Wut.

»Die Frage war doch nur, ob Helena Ihnen etwas bedeutete –«

»Unsinn! Die Frage ist, ob ich *ihr* etwas bedeute!«

Lachend hob er sein Schwert auf. »Tja, mein Lieber, falls es so war, dann haben Sie es sich jetzt wohl gründlich mit ihr verdorben!«

»Ich verderbe anscheinend alles«, räumte ich bedauernd ein. Aber ich kannte ein Pferd, das einen Eid darauf geschworen hätte, daß dies nicht stimmte.

Ich lag reglos da. Plötzlich hatte ich das Gefühl, Meto könnte ein Mann sein, der anderen in die Rippen tritt; meine Rippen hatten während der Arbeit an diesem Fall schon gelitten und schmerzten noch immer. Als Sklave hatte ich mich auf die ständigen Mißhandlungen irgendwie gefaßt gemacht, aber jetzt, nachdem das alles vorüber war, packte mich bei der bloßen Drohung panischer Schrecken.

Ein leiser Pfiff ertönte vom Gang herüber. Ich hörte, wie Meto zur Tür ging. Er wechselte ein paar Worte mit jemandem und rief mir dann zu: »Meine Männer holen jetzt die Silberschweine. Machen Sie keinen Unsinn, Falco – denken Sie an das Mädchen. Ich nehme Helena mit, und ein Rat an Sie und meinen Bruder: keine Verfolgung!«

Er ging hinaus. Ich lag gefesselt am Boden. Mit einer einzigen Gefühlsregung hatte ich den ganzen Fall verpatzt. Bis jetzt hatte ich das Silber verloren, ich hatte Helena verloren und den Bösewicht, und bevor der Tag zu Ende war, würde ich mich wahrscheinlich auch noch von meinem elenden Leben verabschieden können.

Der Nachmittag wurde lang. Jemand rollte mich zur Seite, und dann machten sich ein paar Schattengestalten daran, die gestapelten Barren systematisch zu prüfen und die markierten Barren auszusortieren. Während sie hin- und herliefen und die aussortierten Barren wegschleppten, erkannte ich unter ihnen die zwei Fettwänste, die Sosia entführt hatten. Beide schienen sich nicht für mich zu interessieren.

Als die Männer mit der Arbeit fertig waren, ließen sie mich mit den restlichen Bleibarren im Dunkeln zurück.

Ich spürte leichte Erschütterungen. Wahrscheinlich waren oben im Hof die schweren Wagen mit den Silberladungen losgefahren. Anscheinend wollten sie sich Vespasians Triumphzug zunutze machen und versuchen, trotz der Gesetze, die den Lastverkehr bei Tag verboten, durch die leeren Straßen zu

verschwinden. Damit schwand auch die schwache Hoffnung, das Kommando der Prätorianer, das Titus vorbeischicken wollte, könnte auftauchen, solange die Wagen noch hier waren. Von der Garde stand gewiß niemand zur Verfügung – nicht, bevor der Kaiser am Abend wohlbehalten in seinen Palast zurückgekehrt war, und auch die Prätorianer, die anschließend zum Dienst eingeteilt waren, würden dann wohl lieber feiern …
Außerdem hatte Petronius Longus schon immer gesagt, die Prätorianer könnten nicht mal einen Floh fangen.
Ich überlegte, wo Petronius in diesem Augenblick wohl steckte …

Zuletzt hatte ich auf dem Rücken gelegen. Jetzt schaukelte ich mich hin und her, bis ich soviel Schwung hatte, daß ich mit einem Stöhnen auf den Bauch rollte. Das Blut strömte mir in die Arme zurück. Als ich wieder mit dem Gesicht im Schmutz lag, fluchte ich der Form halber erst ein paarmal, zog dann die Knie an, bog die Füße, so weit es ging, nach hinten und versuchte, mit meinen gefesselten Händen nach den Knöcheln zu schnappen.
Nachdem ich ein paar Minuten lang geschnappt hatte, kam mir das Glück doch einmal zu Hilfe: Durch meine wilden Verrenkungen löste sich das Messer, das in meinem linken Stiefel steckte, und glitt an meinem Bein entlang auf den Boden.
Ich fluchte wieder, diesmal mit mehr Inbrunst, und streckte mich mit einem schmerzhaften Ruck wieder der Länge nach aus.
Dann begann ich, auf dem Boden herumzurutschen und nach dem Messer zu suchen, und als ich es schließlich gefunden hatte, ging der Ärger erst richtig los. Ich wand mich zur Seite und drehte mich wieder halb auf den Rücken, bis es mir nach mehreren vergeblichen Versuchen gelang, das Messer mit einer Hand zu greifen.
Den Strick um meine Fußknöchel hätte ich wahrscheinlich

zerschneiden können, ohne größere Teile meiner Beine dabei einzubüßen, aber nur ein Akrobat hätte dadurch mehr Spielraum gewonnen. Meine Hände wären dann ja immer noch unerreichbar auf dem Rücken gefesselt. Zum Glück waren die Männer, die die Barren hinausgeschleppt hatten, am Ende so erschöpft gewesen, daß sie die Tür einen Spaltweit offengelassen hatten. Mit Hilfe meines Gedächtnisses und des Luftzugs, der von dort herüberwehte, fand ich sie schließlich unter heftigem Rutschen und Schieben. Ich klemmte den Griff meines Dolchs zwischen die Tür und den Rahmen und begann, eine Schulter gegen die Tür gedrückt, die Fesseln an meinen Händen zu zerschneiden.

Es dauerte lange und ging nicht ohne größeres Gezappel sowie zwei zerschundene Handgelenke ab, aber schließlich hatte ich mich befreit.

Kapitel 62

Der Lärm des Triumphs war gedämpfter, aber immer noch beschwingend, als ich aus dem Schacht kletterte.
Der Hof war natürlich leer, aber ich beschloß dennoch, mich umzusehen. Mit ein paar raschen Schritten war ich am großen Tor, lauschte, hörte nichts und schob mich vorsichtig hinein. Ich blieb an der Tür stehen, während sich meine Augen an den flimmernden Zimtdunst gewöhnten.
Sie waren noch da! Helena Justina, das flackernde Licht meines geschundenen Lebens, sah fast so erschöpft aus, wie ich mich fühlte. Sie saß auf einem Ballen, anscheinend unverletzt, aber gefesselt. Warum sich ihr Onkel noch nicht verdrückt hatte, war offensichtlich: Er füllte gerade einige Säcke erstklassigen Pfeffer für sich ab. Pertinax war sein Partner gewesen, und Meto meinte offenbar, die Hälfte von allem stehe ihm zu. Er blickte auf und sah mich an.
»Ich kann leider nicht zulassen, daß Sie meine Klientin berauben!« rief ich.
Als Helena sich umblickte, wechselten für einen kurzen Augenblick Vorwürfe zwischen uns hin und her, wie Liebende sie einander machen. Es war, als fühlte sie sich von mir genauso verraten wie ich mich von ihr.
»O ihr Götter«, stieß sie hervor, »gibst du denn niemals auf, Falco?«
Meine Knie zitterten, und an meinen Fingern klebte Blut. Ich ließ ihren Onkel nicht aus dem Auge und er nicht sein Schwert;

es lag auf einem Faß, genau in der Mitte zwischen uns. Ein typischer Vertreter der bürgerlichen Mittelklasse: mangelnde Sorgfalt beim Umgang mit dem Werkzeug.

»Es hat doch keinen Sinn, im Dunkeln herumzuliegen, bis mir irgendein Schurke seine Klinge zwischen die Rippen schiebt –«

Meto stellte den Korb ab, in den er gerade mit einer Schaufel Pfefferkörner gefüllt hatte. Er sah den Dolch in meiner Hand.

Ohne den Blick zu senken, schnallte ich meinen Gürtel ab. Das Ende mit der Schnalle wickelte ich mir um die linke Faust, streifte das Gagat-Armband ab und hielt es so hoch, daß er es sehen konnte.

»Woher diese sentimentalen Anwandlungen, mein Herr? Sehen Sie hier, der Reif von Sosia Camillina –« Er erstarrte. »Warum haben Sie ihn gestohlen? Warum haben Sie ihn behalten? Aus einem Gefühl des Triumphs über mich oder aus Trauer um sie? Trophäe oder Andenken?« Als er nicht antwortete, schleuderte ich ihm entgegen: »Oder schlechtes Gewissen? Publius Camillus Meto, *haben Sie Ihr eigenes Kind getötet*?«

Helena hielt den Atem an.

»Sie sind ja verrückt!« rief Meto.

Ich hatte ihn getroffen. Ich hatte sie getroffen. Als ich es so laut aussprach, hatte ich mich selbst getroffen.

»Oder war es Pertinax?« bellte ich ihn an, um ihn einzuschüchtern. Dabei wußte ich, wer es getan hatte.

»Nein.« Seine Antwort kam langsam.

»Aber Sie haben *ihn* getötet!«

»Machen Sie sich nicht lächerlich –« Ich sah, daß er sich wieder fing. »Falco, meine Tochter ist nur gestorben, weil Sie sich eingemischt haben –«

Da kam mir Helena zu Hilfe: »Ein Narr macht noch kein Drama!«

Ich schluckte und sagte: »Domitian hat Ihre Tochter umgebracht. Sie wissen das ganz genau. Sie waren vielleicht entsetzt – das glaube ich Ihnen sogar –, aber Sie konnten nichts sagen, weil Sie sich damit nur selbst beschuldigt hätten. Domitian hat

Sosia umgebracht. Seine Initialen stehen auf dem Tintenfaß, das ich vor Ihren Augen im Safrankeller gefunden habe. Domitian hat sie umgebracht; ich vermute, er war allein dort. Als ihm klar wurde, daß sie ihn erkennen würde, mußte er schnell handeln. Jemand – er? Sie? Pertinax? – hat dann ihre Leiche aus dem Gewölbe hierher geschafft und wahrscheinlich nicht damit gerechnet, daß die Aventinische Wache auftauchen könnte, die Aventinische Wache und ich –« Ich geriet ins Stocken.

»Marcus!« rief Helena.

Da wußte ich mit absoluter Sicherheit, daß er mich belogen hatte. Helena war *nie* an der Verschwörung beteiligt gewesen.

Meine Augen flogen zu ihr.

Publius begann sich zu bewegen.

»Wer hat dieses Armband gefunden?« Er kam nicht davon los; er hatte seinen Vorteil schon vergeben.

»Ich, Onkel!« rief Helena. »Ich habe es heute in deinem Haus gefunden. O Juno, wie wütend du mich machst! Hältst du denn alle anderen Leute für blind? *Du* hast Sosia entführt; *dein* Name stand in dem Brief, den Onkel Gaius an Vespasian geschrieben hat. Und heute hast du seelenruhig dagestanden und dir angehört, wie ich Papa beschuldige – der zwanzig trübselige Jahre lang deine Schande gedeckt hat! Meine Tante Älia Camilla hat mir erzählt, wie es in Wahrheit gewesen ist – deine wilde Jugend in Bithynien, die so wild war und so lange dauerte, daß von jugendlichem Überschwang keine Rede mehr sein kann! Deine Beamtenkarriere in Mauretanien, die so plötzlich endete – warum, das wurde nie geklärt! Aus einer Provinz nach der anderen hat man dich verstoßen, und dann in Rom! Politische Machenschaften, Skandale, Ausschweifung, zwielichtige Geschäfte, Frauen – *Sosia*! Ihre Mutter die Frau eines designierten Konsuls, aber leider ist der Ehemann zu lange im Ausland; du hättest das Kind am liebsten auf einem Misthaufen ausgesetzt – aber, wie immer: Vater sprang ein. Sein Leben war ein einziges Elend –

du hast ihn sogar dazu gebracht, mich an einen Mann zu verheiraten, den er verabscheute, nur weil du Pertinax auf diese Weise besser überreden konntest, dir beim Transport des Silbers zu helfen!« Ich hatte sie schon früher in heller Empörung erlebt, aber nie hatte sie soviel Leidenschaft gezeigt wie jetzt. »Du glaubst, niemand weiß –«

»Sogar Sosia wußte Bescheid«, warf ich ein. »Auf der Liste, die sie mir gegeben hat, steht auch Ihr Name. *Von Ihrer eigenen Tochter* an einen gemeinen Ermittler ausgeliefert!« Ich sah keinen Grund, ihm zu sagen, daß sie seinen Namen wieder gelöscht hatte.

Er blickte von Helena zu mir und lachte dann so sanft, wie ich ihn noch nie hatte lachen hören. Plötzlich blitzte für einen kurzen Augenblick jenes Reizvolle auf, das mir schon bei Sosias Bestattung aufgefallen war, und ich verstand, was eine Frau, wenn er sich die Mühe machte, zu ihm hinziehen konnte.

»Ihr beide seid ein hervorragendes Gespann!« Er hatte recht. Das waren wir immer gewesen. Und jetzt kämpften wir zusammen gegen ihn. »Aber mir riecht das alles zu sehr nach Mittelklasse. Viel Moral und sonst kaum etwas. Steuereintreiber dritter Klasse. Freigelassene im Sekretariat des Kaisers, der Admiral der britischen Kanalflotte! Viel Arbeit für ein mieses Gehalt oder der ewige Kampf als Kaufmann. Draußen keine Pracht, kein Zeremoniell, und zu Hause weder Stil noch Macht –«

Wenn das seine Anklage gegen die Gesellschaft war, dann beeindruckte sie mich nicht. Mit der ganzen Boshaftigkeit eines aventinischen Mietskasernenbewohners fuhr ich ihn an: »Ihnen hat es nie an irgend etwas gefehlt; Sie hatten immer Ihre Bequemlichkeit. Was wollen Sie eigentlich?«

»Luxus und Einfluß!« stieß er hervor.

Da stand Helena Justina auf und sagte mit klarer Stimme: »Dann nimm dieses Silber. Ich gebe es dir, ich kaufe damit meinen

armen, geplagten Vater von dir los. Nimm es und laß uns fortan in Frieden!«
Jetzt verstand ich, was Helena mit ihren hohen Grundsätzen früher gewollt hatte. Genau wie ihr Vater hatte sie versucht, den Ruf ihres Onkels zu retten, um jeden Preis. Sie hatte sich in ein Netz von Loyalitäten innerhalb ihrer Familie verstrickt, neben dem das kleinliche Gezänk in meiner Verwandtschaft geradezu lächerlich wirkte.
»Dein vom Gewissen geplagter Vater hat mir nichts gelassen, außer –« begann Publius.
Es war eine Finte. Im gleichen Augenblick schossen er und ich zu der Stelle, wo Helena Justina hilflos stand. Sie wußte, daß sie in Gefahr war. Er sah, daß ich ihm zuvorkam, sprang statt dessen zur Seite und packte sein Schwert. Ich sah, wie er eine andere Richtung einschlug, und jagte im Zickzack hinter ihm her.

Kapitel 63

Sobald ich auf ihn losstürzte, wurde mir klar, daß er kämpfen konnte. In irgendeinem finsteren Teil des Reiches hatte er Kniffe gelernt, die ein bürgerlicher Herr nicht kennen sollte. Zum Glück war ich kein bürgerlicher Herr.

Es war ein tückischer Kampf, und er wurde noch schlimmer dadurch, daß Meto zu jener Sorte von Leuten gehörte, die glauben, sie könnten ihren Gegner durch fortwährendes Knurren und Waffengeklirr in Verwirrung bringen. Ich ließ mich dadurch nicht beirren. Ich machte selbst bald Lärm genug, während wir zwischen den Pfeffer- und Gewürzregalen herumkeuchten und immer wieder gegen Fässer und Ballen stießen, bis wir beide außer Atem waren. Zum Glück war Helena Justina so vernünftig, uns nicht in die Quere zu kommen.

Eine halbe Stunde lang kämpfte ich mit dem widerspenstigen Bruder des Senators und jagte mit ihm kreuz und quer durch das aromatische Halbdunkel dieses merkwürdigen Ortes. Uns beiden tränten die Augen. Publius mußte an die Fünfzig sein, aber er hatte die kräftige Statur seiner Familie. Und er hatte die bessere Waffe mit der größeren Reichweite, obwohl mir das noch am wenigsten Sorgen bereitete; ich hatte diese Kombination mit Glaucus jahrelang trainiert. Aber Meto hatte ebenfalls trainiert. Und dort, wo er trainiert hatte, hielt man offenbar große Stücke darauf, dem Gegner die Kniesehnen zu durchtrennen und die Daumen in die Augen zu drücken. Ich hatte mich immerhin darin geübt, ihn mit peitschenden Gürtelschlägen auf

Distanz zu halten oder mir, wenn er zu nahe kam, den Gürtel um den Vorderarm zu wickeln und die Ausfälle seiner Klinge wie ein Gladiator abzuwehren.
Er war gut in Form. Ich war erschöpft. Schon zum dritten Mal waren wir an Helena vorübergestampft, und jedesmal war ich ihrem angsterfüllten Blick ausgewichen. Ich wußte ja, daß ich wie ein Kämpfer aussah – für sie ein ganz normaler Anblick –, jetzt ließ ihr Onkel die Hand sinken, auch meine Konzentration setzte einen Moment lang aus – da schlug er mir plötzlich den Dolch aus der Hand. Entsetzt hechtete ich ihm nach, warf mich zur Seite, schrammte mir auf dem körnigen Boden Hände und Knie auf und landete dann mit voller Wucht auf meinem Dolch. Ich lag am Boden, bereit, mich herumzuwälzen und wieder aufzurappeln, aber ich wußte, es war zu spät. Helena Justina hatte so still dagestanden, daß wir sie beide vergessen hatten. Das Schwert über dem Kopf schwingend, stürzte ihr Onkel mit einem schauerlichen Schrei auf mich zu. In diesem Augenblick warf sich Helena, trotz ihrer Fesseln, mit ihrem ganzen Gewicht gegen ein Faß, hinter das ich sie zwischenzeitlich geschoben hatte. Das Faß kippte. Hüpfend und kullernd ergoß sich sein Inhalt meterweit über den festgebackenen Boden des Lagerhauses.
Keine Zeit, mich zu bedanken. Ich kam wieder auf die Füße und setzte mit einer Grätsche über das Faß. Meto stieß einen Schrei aus. Die winzigen, eisenharten Kugeln unter den zarten Ballen seiner gepflegten Füße brachten ihn ins Taumeln. An meinen von einer soliden Hornhaut überzogenen Füßen saßen Stiefel mit dreifacher Sohle, gut zwei Zentimeter dick. Ich trat den Haufen Muskatnüsse noch weiter auseinander, während ich vorwärtsstolperte, und dann, bevor er sich gefangen hatte, überrumpelte ich ihn und schlug ihm mit dem Knauf meines Messers auf das Handgelenk. Er ließ das Schwert fallen. Um ganz sicher zu gehen, drängte ich ihn mit der Schulter noch weiter ab.
Helena Justina griff sofort nach dem Schwert.

»Halt!« Der Mistkerl bewegte sich.
»Schluß jetzt!«, keuchte ich. »Keine Bewegung. Das war's –«
»Nicht schlecht für einen Lümmel aus den Vorstadtslums«, japste er.
»Unsereins hat nichts zu verlieren – *keine Bewegung*!«
Diese Sorte kannte ich. Er würde mir Ärger machen, bis die Kerkertür hinter ihm zugefallen war.
»Was nun, Falco?« fragte Helena.
»Der Palast. Vespasian soll entscheiden.«
»Falco, seien Sie doch nicht dumm!« rief Publius.
»Teilen Sie sich das Silber mit mir und die Gewürze, und das Mädchen, Falco –«
Ich wurde wütend. Einmal hatte er sie schon für seine niedrigen Absichten mißbraucht und mit Pertinax verheiratet. Nie wieder.
»Ihre Nichte hat zwar einen schlechten Geschmack – aber so schlecht ist er nun auch wieder nicht! Das Spiel ist aus. Die Aventinische Wache hat die Straße nach Ostia gesperrt und durchsucht alles, was sich dort bewegt, von Omas Einkaufskorb bis zum Kamelhöcker. Eine illegale Wagenkolonne wird Petronius Longus nicht entgehen. Dieses Silber ist Ihr sicherer Tod –«
»Sie lügen, Falco!«
»Sie sollten nicht immer von sich auf andere schließen. Es ist Zeit zu gehen.«

Sosias Vater – und er war Sosias Vater; ich glaube, er wußte, daß ich das nie vergessen konnte – hielt mir die offene Hand hin, es war die bittere Geste, mit der ein Gladiator, der seine Waffen verloren hat, seine Niederlage eingesteht.
»Lassen Sie mir die Wahl.«
»Wie bitte?« höhnte ich. »Im Tod plötzlich die Moral, die Sie im Leben so verachtet haben? Ein Hochverräter aus der Mittelklasse – zu ehrwürdig für den Galgen?«
»O Marcus –«, murmelte Helena. Genau in diesem Augenblick

hörte ich die große Eingangstür quietschen. »Laß diesem Mann sein Bürgerrecht«, bat sie. »Gib ihm die Chance und warte, ob er sie nutzt. Laß mich ihm sein Schwert geben –« Sie hatte es getan, bevor ich sie daran hindern konnte, und natürlich setzte er es ihr sofort an die kostbare Kehle.

Camillus Meto hatte die Ehre einer Brennessel, und das Mädchen war ihm zu nahe gekommen. Er fuhr mit einer Hand tief in ihr weiches Haar und zwang sie auf die Knie. Ihr Gesicht war ganz grau geworden. Eine Bewegung von mir oder von ihr, und er würde sie in Scheiben schneiden wie spanischen Räucherschinken.

Ich befahl ihm: »Lassen Sie das Mädchen los –« und versuchte, seinen Blick zu fesseln.

»Ach, Falco! Ihr schwacher Punkt!«

»Nein, Camillus – meine Stärke.«

Helena wehrte sich nicht und sagte nichts; ihre Augen versengten mich. Ich setzte einen Fuß vor.

»Keinen Schritt näher!«

Er stand zwischen mir und der Tür. So hatte er das bessere Licht, aber ich hatte die bessere Sicht.

»Hinter Ihnen, Camillus!«

»O ihr Götter!« grinste er. »Nicht dieser uralte Trick!«

Ich hob die Stimme: »Kamerad, Sie haben sich viel Zeit gelassen!«

Helena schrie auf, als ihr Onkel sie mit gnadenloser Faust an den Haaren riß. Das war sein Fehler. Ich ließ ihn nicht aus den Augen, aber zuletzt hörte auch er die wütenden Schritte von hinten auf sich zukommen.

Er wollte sich umdrehen. Ich schrie: »Er gehört Ihnen!«

Da wandte sich Publius nach hinten; ich machte einen Satz nach vorn und riß Helena weg.

Ich drückte sie an mich und preßte ihr Gesicht an meine Brust. Noch bevor es vorüber war, hörte sie auf, sich zu wehren; sie hatte verstanden. Dann lockerte ich meinen Griff und zerschnitt

den Strick, mit dem sie gefesselt war, bevor ich sie einen Blick auf die Szene werfen ließ.
Ihr Onkel war tot. Neben ihm, in einer Blutlache, ein Schwert: nicht sein Schwert. Daneben sein Henker.

Der Senator Decimus Camillus kniete auf dem Boden. Einen Moment lang hielt er die Augen fest geschlossen. Ohne aufzublicken fragte er mich: »Was sagt uns Ihr Trainer immer? *Wenn man einen Menschen mit dem Schwert töten will, sind drei Dinge nötig: Kraft, Geschwindigkeit – und der brennende Wunsch, ihn tot zu sehen!«* So redete der gute Glaucus tatsächlich. Und es war ein guter, beherzter Schlag gewesen, aber das würde ich dem Senator niemals sagen. »O mein Bruder, Heil dir und Lebewohl!«

Während ich in einem Arm noch immer seine Tochter hielt, trat ich auf ihn zu und bot ihm den anderen, um ihm aufzuhelfen. Helena fiel ihm um den Hals. Ich umarmte sie beide. In diesem Augenblick der Erleichterung und des Schmerzes waren wir einander gleich.
Wir standen noch so, als die Prätorianer kamen. Petronius Longus erschien im Eingang, wachsbleich. Hinter ihm hörte ich das Rumpeln der zurückkehrenden Wagen.
Es entstand eine Menge Lärm. Leute mit Rangabzeichen übernahmen die Regie, und sofort geriet alles in Unordnung. Leute, die bei den Ereignissen dieses Nachmittags überhaupt keine Rolle gespielt hatten, beglückwünschten sich zu ihrem tatkräftigen Einsatz. Ich ging langsam nach draußen, meine Augenhöhlen, so schien es mir, waren leer wie die Öffnungen in einer Schauspielermaske.
Das Lagerhaus mit der Leiche wurde versiegelt. Vor das Hoftor wurde eine Kette gelegt. Decimus wurde mit einer Eskorte zum Palast gebracht, wo er eine Erklärung abgeben sollte; ich sah zu, wie man seine Tochter zu einer Sänfte geleitete. Wir spra-

chen nicht miteinander. Die Prätorianer wußten, daß ein Ermittler – auch ein Ermittler des Kaisers – mit der Tochter des Senators nichts zu schaffen hat. Metos Schwert hatte mich verletzt; auf Helenas Gesicht sah ich mein Blut. Sie wäre gern bei mir gewesen, das spürte ich. Sie war übel zugerichtet, sie war erschüttert, ich sah, daß sie zitterte; aber ich konnte nicht zu ihr.

Hätte sie mir das kleinste Zeichen gegeben – ich hätte sämtliche Prätorianer beiseite geschoben. Sie tat es nicht. Ich stand unschlüssig da. Die Garde brachte sie nach Hause.

Es war Nacht. Der Ruf einer Eule drang vom Kapitol herüber. In den Straßen der Stadt erklang auf einer traurigen Flöte das schäbige Lied von der Ungerechtigkeit der Männer gegen die Frauen und der Ungerechtigkeit der Götter gegen die Menschen.

Petronius Longus stand neben mir und sagte nichts. Wir wußten beide, der Fall der Silberschweine war nun wirklich abgeschlossen.

Kapitel 64

Aber wir lebten in Rom, und Formalitäten mußten sein.
Noch am gleichen Abend, während Vespasian im Palast sein Bankett gab und in ganz Rom die Familien und die Mächtigen mit ihrem Wähleranhang Festessen veranstalteten, holte man mich zu einer Unterredung mit Titus auf den Palatin. Titus Cäsar, berühmt für seine Freundlichkeit, beglückwünschte Camillus Verus, Petronius Longus und mich. Der Senator war noch immer so erschüttert, daß er keine Einwände erhob. Helena Justina stand schweigend neben ihrer Mutter, beide tief verschleiert.
Die besondere Überraschung des Abends sollte die Verleihung des Goldenen Rings an M. Didius Falco sein: vierhunderttausend Sesterzen und die Erhebung in den mittleren Rang. Die großzügige Geste eines jungen Cäsar, der gerne Gutes tat.

M. Didius Falco, berühmt für sein unfreundliches Betragen, gelang es, diesem seinem Ruf ohne weiteres gerecht zu werden. Ich überlegte mir, was das alles bedeutete – nicht bloß der Grundbesitz und der Rang, sondern auch das Leben, das ich mit ihrer Hilfe führen konnte. Wie Flavius Hilaris würde ich leben können, der auf seine Weise – und mit so leidenschaftlichem Einsatz – eine nützliche Furche im öffentlichen Acker zog und mit seiner innig geliebten Frau das Leben in ruhigen, bequemen Häusern genoß (???). Ich würde ein Leben führen können, wie es mir gefiel, mit Menschen, die ich gern hatte, und etwas zustande bringen.

Dann fiel mir Sosia ein, Sosia, die tot war und jetzt nicht einmal mehr einen Vater hatte, der die Götter bitten konnte, ihr freundlich zu begegnen. Ich sagte zu Titus Cäsar: »Das ist also Ihre anständige Prämie! Sie können Sie behalten, Cäsar. Ich habe sie nicht verdient; ich hatte den Auftrag, den Mann zu entlarven, der Sosia Camillina ermordet hat –«

Titus, dem noch der Jubel von ganz Rom in den Ohren klang, war an diesem Tag in fröhlicher Stimmung, trotzdem zuckte er zusammen. Es waren nur wenige Offizielle anwesend, aber ich hatte ihm den Gefallen getan und Domitians Namen nicht erwähnt. Diesen Namen wollte ich ohnehin nie wieder in den Mund nehmen.

»Didius Falco, Vespasian hat diese Akte höchstpersönlich geschlossen!« erklärte Titus vorsichtig.

»In meinen Unterlagen wird sie nie geschlossen werden«, antwortete ich ungerührt.

»Mag sein. Ich verstehe das. Und glauben Sie mir, wir alle trauern um das arme Mädchen. Aber Sie müssen auch versuchen, uns zu verstehen, Falco. Rom braucht jetzt den Glauben an seine erste Familie. Für Kaiser gelten besondere Gesetze –«

»Deswegen bin ich Republikaner, Cäsar!«

Ich bemerkte Gesten der Bestürzung um mich, aber Titus blieb ruhig. Er sah mich nachdenklich an und wandte sich dann um Beistand an den Senator. Nur mit Mühe, die offenkundig aus dem Kummer und der Erschöpfung des Tages, nicht etwa einer Abneigung gegen mich rührte, stieß der Senator hervor: »Marcus, um meiner Tochter willen –«

Aber ich erklärte dem Senator unverblümt, seine feinsinnige Tochter habe etwas Besseres verdient als einen eben beförderten, frisch eingekauften, zum Stillschweigen bestochenen Sekretär im kaiserlichen Rechnungshof.

Er nahm es einigermaßen gelassen hin. Wahrscheinlich war er

sogar meiner Meinung; seine Frau jedenfalls war es, dessen bin ich mir sicher. Um die Sache zum Abschluß zu bringen, setzte ich noch hinzu: »Senator, lassen Sie sich nicht durch einen unbesonnenen Moment in Ihrem Urteil beirren!« Dann wandte ich mich ab.

Ich ging in dem öffentlichen Audienzsaal direkt auf seine Tochter zu. Den Göttern sei Dank, daß sie verschleiert war. Ich hätte es nicht fertiggebracht, wenn ich sie dabei hätte ansehen müssen.

»Meine Verehrte, Sie wissen, wie es ist: jeder Fall ein Mädchen, neue Fälle, neue Mädchen! Trotzdem habe ich Ihnen ein Andenken mitgebracht, von dem Sie einen grünen Finger bekommen werden: *Ex Argentiis Britanniae.* Das Dankgeschenk eines Sklaven aus den Bleigruben.«

Ich gab Helena Justina einen silbernen Ring. Es würde dazu keine andere Gelegenheit mehr geben, deshalb hatte ich ihn an diesem Abend vom Silberschmied geholt. Auf der Innenseite war einer dieser billigen Sprüche eingraviert, die alles oder nichts bedeuten, je nachdem, in welcher Stimmung man ist: *Anima Mea …*

Ich wußte, ich war ein hoffnungsloser Fall. Ich wies sie – in der Öffentlichkeit – zurück und beschwerte nun ihre Einsamkeit mit dieser Last. Ich konnte nichts dafür. Der Silberschmied hatte von mir keine Anweisungen bekommen, deshalb hatte er das hingesetzt, was ihm passend schien; als ich es sah, konnte ich mich nicht entschließen, es noch einmal ändern zu lassen.

Denn schließlich sagte dieser Spruch die Wahrheit: *Anima Mea. Meine Seele.*

Ich hob ihre Hand und schloß ihre Finger fest um mein Geschenk. Dann ging ich hinaus, ohne mich noch einmal umzusehen.

Kapitel 65

Ich wanderte zu den Wallanlagen und stieg hinter den verlassen dastehenden Puppenspielerbuden hinauf zu der einsamen Promenade.

Hier war ich einst mit Helena Justina entlangspaziert. Manchmal ging ich auch allein hierher. Jetzt war es dunkel, aber das war mir gerade recht. Ich zog die Toga fester um mich, lauschte auf das nächtliche Rom und versuchte, meine Panik niederzukämpfen. Ich war über das, was ich getan hatte, selbst tief erschrokken.

Vollkommen allein stand ich da, hoch über der Stadt. Ein kalter Wind blies mir entgegen. Aus der Ferne wehten Fetzen von Musik herüber, die stampfenden Schritte von Wachsoldaten, wildes Gelächter und zuweilen unheimliche Schreie.

Als ich mich beruhigt hatte, das heißt, als mir sehr, sehr kalt war, stieg ich wieder nach unten.

Ich kehrte wieder zum Palast zurück. Ich bat um eine weitere Unterredung mit Titus. Es war jetzt sehr spät. Über die Wände der langen Korridore geisterten Schatten. Die wenigen Bediensteten, auf die ich stieß, plauderten miteinander und blickten kaum auf, als ich mit fahlem Gespenstergesicht vorüberging. Niemand schien sich über meine Anwesenheit zu wundern. Niemand schien Anstoß daran zu nehmen.

Durch mehrere, mit üppigen Draperien ausgestattete Gemächer führte man mich in ein ziemlich unscheinbares Vorzimmer,

und schon hörte ich, wie eine leise, gleichgültige Stimme meinen Namen nannte. Im nächsten Augenblick kam ein munterer alter Knabe in Pantoffeln an die Tür, gefolgt von dem Mann, der mich hierher gebracht hatte und nun verschwand. Der Alte betrachtete mich aufmerksam.
»Die beiden jungen Cäsaren liegen schon im Bett. Nehmen Sie auch mit mir vorlieb?«
Er trug eine zerknitterte purpurne Tunika ohne Gürtel. Ein großer Mann, etwa sechzig Jahre alt, stämmig und gesund, mit tiefen Furchen auf der Stirn und einem offenen Blick. Gerade seine zwanglose Art gab seiner Erscheinung Gewicht: Er war imstande, die Leute allein durch seine Persönlichkeit zu beeindrucken. Und er machte seine Sache gut. Ein verflixter Kerl vom großen Zeh bis zum schütteren Haar – er gefiel mir sofort.
Ich wußte, wer er war: der Kaiser selbst, Vespasian.
Ich hielt es für angebracht, höflich zu antworten, daß ich gern mit ihm vorliebnehmen würde.

Er warf mir einen amüsierten Blick zu und winkte mich herein. In einer Ecke des Raumes, die von mehreren, geschickt verteilten Lampen in ein gemütliches Licht getaucht wurde, hatte er gearbeitet. Zwei Stapel von Briefen lagen dort, mit denen er sich gerade beschäftigte. Alles sah wohlgeordnet aus. In einem solchen Büro hätte ich auch gerne gearbeitet.
»Sie sind also dieser Falco. Mitgenommen sehen Sie aus. Wollen Sie einen Becher Wein?«
»Nein, danke. Mir ist nur ein bißchen kalt. Bitte, keine Umstände.«
»Was heißt hier Umstände?« meinte er fröhlich. »Hier gibt es keine Umstände, sondern unzählige Becherträger und Mundschenke, die nur darauf warten, ihr Zeug loszuwerden –« Ich schüttelte noch einmal den Kopf. Aber er war mit seinem Vortrag noch nicht fertig. »Hereinbringer und Herausträger. Und jeder ist ein Fachmann, der sich auf sein Können etwas einbildet.

Wenn Sie wollten, würde man Ihnen auch einen Sklaven präsentieren, der Ihnen die Fusseln aus dem Nabel entfernt, mit allem was dazu gehört: einer Fusselentfernerschürze und einem Fusselentferner mit perlenbesetztem Griff.« Jetzt hatte er sich anscheinend beruhigt.
»Sehr erholsam, wenn einem das alles zur Verfügung steht.«
»Bei mir war es mit der Erholung vorbei, als ich zum erstenmal die Lohnliste gesehen habe«, meinte Vespasian bitter.
Er richtete seine tiefen Augen auf mich, und mir wurde klar, daß ich mit Titus fertigwerden konnte, aber nicht mit ihm.
»Ich habe gehört, wie Sie sich wegen der Vergütung benommen haben.«
»Ich wollte Sie nicht beleidigen.«
Vespasian schwieg. Mir schien, das Angestrengte in seinem Blick, für das er berühmt war, rührte vielleicht von der Anstrengung, sich jahrein, jahraus an öffentlich Orten das Lachen zu verkneifen. Jetzt allerdings lachte er wirklich nicht.
»Sie beleidigen nur Ihre eigene unbezweifelbare Intelligenz!« Ich mag Leute, die offen reden. »Und welche Possen haben Sie sich nun für diese späte Stunde ausgedacht?« fragte der Kaiser mit sanfter Stimme.
Da erklärte ich ihm, weshalb ich gekommen war und was ich zu erreichen hoffte.
Ich erzählte ihm die ganze Geschichte und sagte ihm, es täte mir leid; ich bat um eine zweite Chance als Sekretär; er fragte, warum; ich sagte, wegen ihr; er sagte nein.
Ich sagte, *wie bitte*? Da sagte er noch einmal nein.

Das hatte ich nicht erwartet, ganz und gar nicht erwartet.
Anschließend bot mir Vespasian einen Auftrag an. Diesmal sagte ich nein. Ich erinnerte ihn daran, daß er keine Ermittler mochte und ich keine Kaiser und daß wir deshalb nicht gut zusammenpassen würden. Er meinte, Ermittler als solche seien ihm nicht unsympathisch, nur die Arbeit, die sie tä-

ten. Ich gestand ihm, daß es mir mit den Kaisern genauso ergehe.
Er sah mich lange an, aber nicht besonders ärgerlich.
»Eigentlich gilt dieser Besuch also der Tochter von Camillus?«
Ich sagte nichts. »Falco, ich glaube nicht an unschickliche Verbindungen zwischen den verschiedenen Klassen. Die Tochter eines Senators hat die Pflicht, die Ehre ihrer Familie zu wahren. Nun ja, ich gelte als altmodisch«, fügte er noch hinzu.
Dabei wußte ganz Rom (und auch mir war es nicht verborgen geblieben), daß Vespasian selbst mit einer Freigelassenen zusammengelebt hatte, die vierzig Jahre lang seine Geliebte gewesen war. Es hieß sogar, er habe diese Getreue mit in den Palast gebracht; aber das war eher unwahrscheinlich.
»Majestät, bei allem Respekt, ich werde Ihnen zu diesen Dingen keine Fragen stellen und möchte deshalb auch für mich nicht antworten müssen.«
Ich glaube, das kränkte ihn nun doch, aber im nächsten Augenblick grinste er wieder: »Titus sagt, sie sei ein vernünftiges Mädchen!«
»Das dachte ich auch – aber dann hat sie sich mit mir eingelassen!«
»Mein alter Freund Hilaris würde Ihnen heftig widersprechen, und ich streite mich nie mit Gaius; der Papierkrieg ist mir zu aufwendig. Jedenfalls hält er große Stücke auf Sie. Was soll ich ihm denn nun sagen?«
Ich sah den Kaiser an und er mich, und schließlich kamen wir zu einer Einigung. Die Idee stammte von mir. Er saß einfach mit verschränkten Armen da, bis ich damit herausrückte. Er würde mich auf die Liste der Anwärter für den zweiten Rang setzen, und er würde mich in den zweiten Rang erheben, wenn ich das hierfür erforderliche Geld selbst zusammengetragen hatte.
Ich hatte mich darauf eingelassen, vierhunderttausend Goldstücke zu verdienen – und zu *sparen*!

Bevor ich ihn verließ, sagte ich: »Ich möchte, daß Sie sich dies hier ansehen.«
Zusammen mit einer halben Handvoll Pfefferkörner zog ich das Tintenfaß aus der Tasche, das ich im Safrankeller gefunden hatte. Der Kaiser nahm es in seine große Hand und betrachtete es von allen Seiten. Es war ein ganz gewöhnliches Tintenfaß, aber auf der Unterseite waren zierliche Buchstaben eingraviert: *T FL DOM*, die Initialen von Vespasians jüngerem Sohn.
Bevor er etwas sagen konnte, nahm ich es wieder an mich.
»Da es vor Gericht nicht gebraucht wird, möchte ich es als Andenken an diesen Fall behalten.«
Und dies sei zu seiner Ehre gesagt: Vespasian ließ zu, daß ich es mitnahm.

Ich ging nach Hause.
Als ich mitten in der Nacht vom Palantin herabstieg, lag Rom wie eine Ansammlung tiefschwarzer Tümpel zwischen den schwachen Lichtern auf den Kuppen der Sieben Hügel. Ich schritt durch schlafende Straßen, bis ich schließlich das heruntergekommene Viertel erreichte, in dem ich lebte, und die nichtswürdige Wohnung, in die ich einmal ein Mädchen namens Sosia Camillina mitgenommen hatte.
Es war der schlimmste Tag meines Lebens, und als ich meine Geschäftsräume betrat, wurde mir klar, daß er noch nicht zu Ende war. Eine Tür stand offen. Ein kalter Luftzug wehte mir entgegen. Draußen auf dem Balkon wartete jemand auf mich.

Kapitel 66

Meine Mutter kam nie so spät. Petronius Longus lief nachts nicht gern im Freien herum. Ich kam zu dem Schluß, daß dort draußen niemand auf der Lauer lag, der mir willkommen war.

Ich hatte mir von den früheren Honorarzahlungen des Senators ein paar Öllampen aus Ton gekauft, und jetzt zündete ich sie alle an, um deutlich zu machen, daß ich gekommen war und bleiben wollte.

Ein Auge auf die Balkontür geheftet, schälte ich mir die Kleider vom Leib, goß Wasser in eine Schüssel und wusch mich gründlich, bis der Geruch von Reichtum und Dekadenz aus den Poren meiner kalten Haut verschwunden war.

Ich ging hinüber ins Schlafzimmer und machte ziemlich viel Lärm, während ich mir eine saubere Tunika heraussuchte, die ich besonders gern hatte, und mich dann kämmte. Die Locken kringelten sich noch immer nicht.

Der Jemand dort draußen wartete weiter, die ganze Zeit über.

Ich wollte mich hinlegen. Aber ich ging zurück in das große Zimmer, nahm eine von meinen Lampen und lenkte meine müden Füße hinaus auf den Balkon. Ich war total erschöpft und vollkommen unbewaffnet.

Die Luft war lau, und gelegentlich drang aus der im Dunkeln daliegenden Stadt ein schwaches Geräusch mit jener seltsamen

Deutlichkeit herauf, die Laute zuweilen gewinnen, wenn sie den sechsten Stock erreichen.
»Was für Aussichten!«
Sie stand an der Balustrade und sah in die Ferne. Als sie mich sprechen hörte, drehte sie sich um: Augen wie warmer Karamel in einem Mandelgesicht. Nur die Götter wissen, wie lange sie dort gestanden hatte und welchen Zweifeln ihre Zuversicht ausgesetzt war, während sie auf meine Heimkehr wartete.
»Sosia hat mir von deiner Aussicht geschrieben.«
»*Die* habe ich nicht gemeint«, sagte ich.
Und sah sie weiter an.

Sie stand dort, und ich stand hier, sie im Dunkeln und ich mit einer Lampe in der Hand. Wir wußten beide nicht, ob wir noch Freunde waren. Hektische Nachtfalter schwirrten aus der Finsternis heran. Irgendwann würden wir über das, was geschehen war, sprechen, aber nicht jetzt; zuviel mußten wir erst zwischen uns zurechtrücken.
»Ich habe schon befürchtet, du würdest überhaupt nicht mehr kommen. Bist du betrunken?« Ich hatte auf dem Nachhauseweg tatsächlich mehrere durchgehend geöffnete Weinlokale besucht.
»Ich werde schnell nüchtern. Wie lange wartest du schon?«
»Lange. Überrascht es dich?«
Ich überlegte. Nein. Bei ihr überraschte es mich nicht.
»Ich dachte, ich würde dich nie wiedersehen, meine Liebe. Wie soll ich dich nennen?«
»Ich finde, jetzt, nachdem du mich in der Öffentlichkeit angespuckt hast, kannst du vielleicht Helena zu mir sagen.«
»Helena«, murmelte ich gehorsam.
Ich mußte mich setzen. Ich ließ mich auf der Bank nieder, die ich für träumerische Stunden nach draußen gestellt hatte, und stöhnte vor Erschöpfung.
»Willst du, daß ich gehe?«

»Zu spät«, sagte ich, und mir war, als hätte ich das irgendwann schon einmal gesagt. »Zu dunkel. Zu gefährlich ... Ich möchte, daß du bleibst. Setz dich zu mir, Helena; setz dich zu einem Mann auf den Balkon und lausche der Nacht!« Aber sie blieb, wo sie war.

»Warst du bei einer Frau?«

In der Dunkelheit konnte ich ihr Gesicht nicht erkennen.

»Geschäftlich unterwegs«, sagte ich.

Helena Justina wandte sich ab und blickte wieder über die Stadt unter ihr.

»Ich bin so froh, dich zu sehen!« sagte ich.

»Mich?« Sie fuhr herum. »Oder irgendeine?«

»Dich«, sagte ich.

»Ach, Marcus, wo bist du nur gewesen?« Als sie es diesmal fragte, hatte ihre Stimme einen anderen Klang.

Ich erzählte ihr von der Wallanlage, und ich erzählte ihr von Vespasian.

»Heißt das, du arbeitest jetzt für den Kaiser?«

Ich arbeitete für sie.

»Ich arbeite für mich selbst. Aber er ist bereit, mich auf die Liste für den zweiten Rang zu setzen, wenn ich das nötige Geld zusammenspare.«

»Wie lange wird das dauern?«

»Ungefähr vierhundert Jahre.«

»Ich kann warten!«

»Allerdings nur, wenn ich zwischendurch nichts esse und in einem Faß unter der Fabrizischen Brücke hause. Ich werde dich nicht warten lassen.«

»Ich kann tun, was ich will!«

Helena Justina fuhr sich mit der Hand über die Augen, und als ihre Stimme vor Unwillen ganz rauh wurde, da wurde mir klar, daß sie genauso erschöpft war wie ich. Ich streckte ihr eine Hand entgegen, und endlich kam sie. Sie setzte sich neben mich; ich legte ihr einen Arm um den Rücken, um sie vor der rauhen Wand zu schützen. Steif saß sie da und rückte noch ein wenig von mir ab. Ich streifte den Umhang zurück, den sie über den Kopf gelegt hatte, und als ich über ihr warmes, weiches Haar strich, schloß sie die Augen. Jetzt wußte ich, daß es Sehnsucht bedeutete, und nicht Abscheu.

Ich streckte ihr eine herabhängende Haarsträhne fest, die hinter das Ohr gehörte, und sagte, mir hätte schon immer die Art gefallen, wie sie ihr Haar hochsteckte.

Helena tat, als hätte sie es nicht gehört, und teilte mir statt dessen frostig mit: »Während ich auf dich wartete, habe ich drei junge Dinger in ungehörigen Kleidern weggeschickt, die gehört hatten, du seist womöglich reich geworden –« Ich griff nach ihrer Hand; sie trug meinen Ring. Das hatte ich erwartet. Aber nicht, daß ich ihn am Ringfinger ihrer linken Hand finden würde.

»Deine Mutter war da.« Sie antwortete auf meine Berührung mit einem beruhigenden Druck ihrer Finger. »Sie hat mich gewarnt, du würdest irgendwann hereingepoltert kommen, kalt und müde, betrunken und verdrossen wie Zerberus. Sie meinte, aus dir würde nie etwas.«

»Sie meint, ich brauche eine gute Frau.«

»Und was meinst du?«

»Wenn ich eine fände, wäre sie enttäuscht.«

»Vielleicht wäret ihr beide enttäuscht. Oder –«

»Oder«, stimmte ich vorsichtig zu, »auch nicht! Ach Liebling, darum geht es doch gar nicht.«

»Du hast mal gesagt«, begann Helena jetzt wieder, »wenn du mich liebtest, würde daraus eine Tragödie. Aber was wäre, wenn ich dich liebe?«

»Ich würde es dir verzeihen, wenn du es dir selbst verzeihen kannst!«

Sie wollte etwas sagen, aber ich legte ihr sanft einen Finger auf die Lippen. »Nicht. Ich ertrage das nicht. Du weißt, wie meine Aussichten sind – fast gleich null. Ich kann dich nicht mit

Versprechungen hinhalten. Besser die Dinge so nehmen, wie sie sind. Besser gar nichts sagen. Besser weglaufen, solange du kannst –«
»Es ist zu spät«, wiederholte Helena meine Worte von vorhin mit trauriger Stimme.
Ich ließ sie los und schlug die Hände vor das Gesicht.

Der Augenblick ging vorüber.

Ein großer Nachtfalter stieß gegen meine Lampe. Er lag auf dem Tisch, nicht versengt, nur betäubt. Er war fünf Zentimeter lang und hatte die Form eines Katapultgeschosses, mit kräftigen, braun gesprenkelten Flügeln, die fest aneinanderlagen. Er war genauso durcheinander wie ich.
Ich stand auf und schob ihn vorsichtig auf den Saum meiner Tunika, während Helena die Lampe löschte. Ich setzte den Falter auf eine Blüte im Blumenkasten. Zuerst torkelte er ein bißchen und blieb dann still sitzen. Mochte er davonflattern oder das Risiko eingehen, am nächsten Morgen von den Tauben zum Frühstück verspeist zu werden. Ich stand da und blickte auf Rom. Der Augenblick war vergangen, aber ihre Worte würden immer bei mir sein. Wenn ich irgendwo allein arbeitete, in jedem ungestörten Augenblick, würden Helenas Worte da sein.
»Marcus!« rief sie.
Ich drehte mich langsam zu ihr um. Bei dem spärlichen Licht der Lampen drinnen konnte ich ihr Gesicht kaum erkennen. Aber darauf kam es nicht an; ich kannte sie. Auch wenn die Trauer sie bedrückte und die Zuversicht sie verlassen hatte, erfüllte mich ihr Anblick zugleich mit panischem Schrecken und bebender Erregung.
»Du weißt, daß ich dich nach Hause bringen muß.«
»Morgen«, sagte sie, » – wenn du willst, daß ich bleibe.«
»Ich will, daß du bleibst!« Ich ging über den Balkon auf sie zu.
Der Blick, den mir die Tochter des Senators zuwarf, sagte mir,

daß sie wußte, was ich im Sinne hatte, und selbst wenn ich anfangs gar nichts im Sinn gehabt hätte, so wäre es mir jetzt in den Sinn gekommen; es war einer von diesen Blicken. Ich stand so nah vor ihr, daß ich ihr einen Arm um die Hüfte legen konnte. Ich zog sie zu mir und drückte sie an mich – und wußte plötzlich wieder, wie ihre Nähe war. Wir waren beide behutsam, aber sie schien sehr kooperativ, und deshalb hob ich sie hoch. Helena Justina wog etwas weniger als ein staatlicher Bleibarren; so schwer, daß man noch hantieren konnte, aber schwer zu stehlen ... Ein Mann konnte sie über seine Schwelle wuchten, ohne daß ihm das alberne Lächeln verging; ich weiß es, denn ich tat es.

Es war so spät, daß selbst der nächtliche Lärm der Lieferwagen endlich abzunehmen begann. Viel zu spät, sie nach Hause zu bringen. Und auch aus dem Haus ihres Vaters würde sie niemand mehr bei mir abholen. Morgen früh würde das gewohnte Leben, der Alltag, der Trott wieder losgehen. Morgen würde ich sie zurückbringen müssen.

Das war morgen. Heute nacht gehörte sie mir.

Bildnachweis

Seiten 117, 118/119, 253, 254/255
Pierre Grimal, Römische Kulturgeschichte, München, Zürich: Knaur 1960

Seite 120 oben und rechts
Anthony Birley, Life in Roman Britain, London: B. T. Batsford LTD 1964

Seite 120 links
Donald Jackson, Alphabet. Die Geschichte vom Schreiben, Frankfurt: Krüger 1981

Seite 256
Helmut Wilsdorf, Kulturgeschichte des Bergbaus, Essen: Verlag Glückauf 1987